# MARGARET KENNEDY

# DIE ENGLISCHE SCHEIDUNG

ROMAN

Aus dem Englischen von
Petra Post und Andrea von Struve

Schöffling & Co.

*Für Rose Macaulay*

Erste Auflage 2024

Originaltitel: *Together and apart*
Originalverlag: Cassell & Co, London

Die deutsche Übersetzung des Gedichts von Samuel Taylor Coleridge stammt aus: Samuel Taylor Coleridge, Christabel. Aus dem Englischen von Joachim Kalka, Copyright Ripperger & Kremers, Berlin 2021, Schlaflosreihe; Band 17, S. 59 und 61
Covergestaltung: Lara Flues
Covermotiv: Mathieu Persan
Satz: Fotosatz Amann, Memmingen
Druck & Bindung: Pustet, Regensburg
ISBN 978-3-89561-869-7

www.schoeffling.de

Ach! Freunde waren sie in ihrer Jugend,
Doch Geflüster vergiftet der Wahrheit Tugend.
Im Himmel nur es Beständigkeit gibt!
Das Leben ist dornig, junge Männer sind dreist,
Und ist man zornig auf den, so man liebt,
Nährt dies bitteren Wahn, der im Hirne kreist.

***

Beide sprachen kränkende Worte daher,
Beide schlugen dem Bruder böse Wunden;
Sie schieden – und sahen sich nimmermehr.
Doch hat keiner je einen anderen gefunden,
Zu lindern der leeren Brust die Schmerzen –
Sie standen allein, mit den Narben im Herzen,
Wie Felsen, welche der Blitz zerspellte,
Ein ödes Meer wogt zwischen dem Paar,
Doch nicht Hitze, nicht Donner, nicht Kälte,
Wird je ganz tilgen, es ist mir wohl klar,
Die Spuren dessen, was einmal war.

Samuel Taylor Coleridge, *Christabel*

TEIL EINS

# ZUSAMMEN

# Zusammen

*Brief von Betsy Canning an ihre Mutter*

Pandy Madoc,
Nordwales,
8. August

Liebe Mutter,
es tut mir leid, dass das Engadin ein solcher Reinfall ist, aber das wundert mich nicht. Wie konntest Du es bloß den Gordons überlassen, das Hotel auszusuchen? Du hättest Dir doch denken können, dass das schiefgeht. Was macht denn Vaters Hexenschuss? Ihr solltet keine Nacht länger in klammen Betten schlafen, sonst holt Ihr beide Euch noch eine Lungenentzündung. Sucht Euch doch um Himmels willen etwas Komfortableres. Ihr seid wirklich zu alt, um in modrigen kleinen Gasthöfen abzusteigen.

Hier ist das Wetter wunderbar – sonnig und heiß. Die Kinder verbringen die Ferien mit uns. Kenneths Schulfreund Mark Hannay ist den Sommer über bei uns zu Besuch. Das Haus ist also ziemlich voll. Leider können wir nicht aufs Cottage ausweichen, weil Alec es in einer Anwandlung von Großmut den Blochs zur Verfügung gestellt hat. Du weißt schon, das ist dieser unglaublich begabte Jude, der das Bühnenbild für die deutsche Inszenierung von *Caroline* entworfen hat. So hat Alec ihn kennengelernt. Und jetzt sind sie aus Deutschland geflohen, mitten in der Nacht, mit nichts weiter als den Kleidern, die sie auf dem Leib trugen. Ohne einen Penny und mit einem Haufen ungezogener Gören. Er versucht hier Arbeit zu finden. Natürlich sollten sie einem leidtun. Aber ich wünschte wirklich, Alec hätte erst mit mir gesprochen, bevor er ihnen das Cottage angeboten hat; das kommt mir alles sehr ungelegen – mitten in den Sommerferien.

Und jetzt, liebe Mutter, muss ich Dir etwas erzählen, das Dir überhaupt nicht gefallen wird. Wahrscheinlich wirst du sogar schockiert sein und überhaupt kein Verständnis dafür haben. Aber versuch bitte, Dich an den Gedanken zu gewöhnen, und bring es Vater schonend bei.

Alec und ich werden getrennte Wege gehen. Wir lassen uns scheiden.

Bestimmt bist Du entsetzt, zumal ich – was vielleicht ein Fehler war – in den letzten Jahren alles getan habe, um unsere Misere vor Euch zu verbergen. Ich wollte natürlich nicht, dass irgendjemand davon weiß, solange noch die Chance bestand, sie irgendwie in den Griff zu bekommen. Aber Tatsache ist, dass wir schon lange ziemlich unglücklich sind, *alle beide*. Wir passen einfach nicht zusammen, und deshalb kann es so nicht weitergehen. Hast Du eigentlich irgendetwas davon geahnt?

Unser Leben ist ganz anders, als wir es uns bei unserer Heirat vorgestellt haben. Alec hat sich sehr verändert. Er braucht eine andere Art Frau. Ich war nie an dem ganzen Geld und dem Erfolg interessiert. Ich habe einen sehr netten, aber ziemlich durchschnittlichen Beamten geheiratet. Mit seinem Einkommen und meinem Geld hatten wir genug, um ein angenehmes, komfortables Leben zu führen. Wir hatten unseren festen Freundeskreis, Leute wie wir, amüsant und kultiviert, nicht reich, aber gut situiert. Und jetzt sagt Alec, dass sie ihn gelangweilt hätten. Früher hat er das nicht gesagt.

Dass er so lange gebraucht hat, um herauszufinden, was er

wirklich will, ist ziemlich bitter. Er meint, seine Mutter wäre schuld daran. Sie hätte ihn so gegängelt, dass er erst mit über dreißig sein wahres Ich entdeckt hätte. Vermutlich hat er recht, aber ich bin diejenige, die es ausbaden muss.

Wenn ich gewusst hätte, dass ich einen zukünftigen Librettisten heiraten würde, hätte ich mich nie auf diese Ehe eingelassen. Mir haben die Sachen, die er und Johnnie Graham zusammen geschrieben haben, immer gut gefallen. Ich glaube, Johnnies Musik inspiriert ihn zu seinen wunderbaren Texten. Aber ich hätte nie gedacht, dass die beiden einmal so populär wie Gilbert and Sullivan werden. Als ihre erste Operette aufgeführt wurde, war ich alles andere als begeistert. Mir wäre es viel lieber gewesen, wenn es ein Steckenpferd geblieben wäre und sie sich mit irgendwelchen Laien, ihren Freunden zum Beispiel, zusammengetan hätten. Als die Sache dann so ein großer Erfolg war, habe ich mich natürlich gefreut, auch wenn ich das Ganze damals schon ein wenig abgeschmackt fand. Aber als sie mit der zweiten Operette den Durchbruch schafften und er aus dem Staatsdienst ausschied, war ich entsetzt.

Natürlich hat er eine Menge Geld verdient und ist wohl ziemlich berühmt. Aber ich fand immer, dass Librettist für einen gebildeten Mann wie Alec kein angemessener Beruf ist. Es ist ja nicht so, dass er und Johnnie große Kunstwerke schaffen würden. Und das wollen sie auch gar nicht; sie sagen selbst, dass es ihnen nur um Unterhaltung geht. Ich habe nicht mehr dieselbe Achtung vor Alec wie damals, als er im Ministerium eine unauffällige, eintönige, aber sinnvolle Arbeit leistete, indem er zur Erhaltung der Zivilisation beitrug. Und er spürt das natürlich. Könnt Ihr mich verstehen, Du und Vater? Ich weiß, Ihr hättet mir gegenüber nie ein Wort darüber verloren, aber ich hatte immer das Gefühl, dass Ihr im Grunde Eures Herzens nicht sehr glücklich über seinen Berufswechsel wart und es bedauert habt, dass er seine Beamtenlaufbahn aufgegeben hat.

Wir haben nicht mehr dieselben Freunde. Er scheint völlig in der Theaterszene aufzugehen. Er ist äußerst beliebt. Alle mögen ihn. In unserem Haus tummeln sich Leute, mit denen ich nichts gemeinsam habe, für die ich nichts weiter als »Alecs Frau« bin, falls sie überhaupt Notiz von mir nehmen, was selten genug der Fall ist. Sie haben noch nie etwas von Vater gehört. Beim Wort »Professor« fällt ihnen höchstens eine Witzfigur ein: ein zerstreuter alter Mann mit Bart und Schmetterlingsnetz. Sie sind eben richtige Banausen; aber schließlich sind sie Alecs Freunde, und er kann natürlich verkehren, mit wem er will, obwohl ich nicht verstehe, wie sich ein Mann von seinem Niveau und seiner Sensibilität mit einem Haufen Ignoranten abgeben kann. Wie Du Dir sicher denken kannst, können *meine* Freunde überhaupt nichts mit ihnen anfangen.

Ich merke gerade, wie wehleidig dieser Brief klingt, als ob ich die Einzige wäre, die unter der ganzen Situation leidet. Aber tatsächlich ist Alec genauso unglücklich wie ich. Ich bin nicht mehr die richtige Frau für ihn, deshalb kann er mit mir nicht glücklich werden. Und damit Du mir glaubst, werde ich Dir zwei Dinge erzählen, die ich Dir nie verraten würde, wenn wir nicht beschlossen hätten, uns zu trennen. Zum einen trinkt er zu viel. Nicht, dass er jemals *betrunken* wäre, aber wenn wir in London sind, trinkt er ständig – er schwebt auf einer weichen, alkoholgeschwängerten Wolke, ist nie ganz er selbst. Deshalb bin ich jedes Mal heilfroh, wenn ich ihn dazu bringen kann, mit mir aufs Land zu fahren. Dort läuft es viel besser. Und zum anderen hat er seit einigen Jahren eine Affäre. Er hat sich nicht mal die Mühe gemacht, es vor mir zu verbergen. Sind Dir irgendwelche Gerüchte zu Ohren gekommen? Solange wir noch ein Bett teilten, habe ich natürlich mit niemandem darüber gesprochen. Ich habe es einfach ignoriert. Ich mache ihm auch gar keinen Vorwurf. Aber du verstehst jetzt sicher, dass ich nicht die Richtige für ihn bin.

Warum ich dann nicht schon früher an eine Trennung gedacht habe? Wegen der Kinder natürlich. Ich wollte, dass sie ein richtiges Zuhause haben, dass wir alle zusammenbleiben, solange Alec und ich es schaffen, wenigstens einen Anschein von Harmonie zu wahren. Aber jetzt habe ich es mir anders überlegt, gerade der Kinder wegen. Jetzt glaube ich, dass sie glücklicher wären, wenn Alec und ich diese jämmerliche Farce beenden würden. Sie sind inzwischen alt genug, um die Spannungen zwischen uns zu spüren, vor allem Kenneth, der sehr wohl merkt, dass Alec nicht immer sehr respektvoll mit mir umgeht, und ihm das ziemlich übel nimmt. Vater und Sohn können einander so viel bedeuten; es wäre schrecklich, wenn sie sich für immer entfremden würden. Ich möchte nicht, dass unsere Kinder, die täglich ihre unglücklichen Eltern vor Augen haben, mit einer falschen Vorstellung von der Ehe aufwachsen. Ich glaube, es ist an der Zeit, ganz offen mit ihnen darüber zu sprechen.

Folgendes werde ich ihnen sagen:

»Euer Vater und ich haben einen Fehler gemacht. Das ist bedauerlich, aber Menschen machen manchmal Fehler, und wenn sie aufrichtig und vernünftig sind, können sie sie korrigieren. Niemand ist schuld. Wir passen einfach nicht zueinander. Wir haben uns nicht gestritten, und keiner von uns ist wütend oder verbittert. Wir werden uns auf freundliche und zivilisierte Weise trennen. Ihr werdet eure Mutter und euren Vater genauso oft sehen wie bisher. Es wird für alle das Beste sein.«

Liebe Mutter, versuch bitte, die Sache ganz nüchtern zu betrachten. Denk nicht gleich, dass eine Scheidung eine Schande für die Familie wäre, dass bei uns so etwas noch nie vorgekommen ist. Wer würde denn darunter leiden? Wäre das

Leben nicht für uns alle leichter? Klingt das nicht vernünftig? Alec kann die Frau heiraten, die wirklich zu ihm passt, ich kann mein eigenes Leben leben, mit meinen eigenen Freunden, und die Kinder werden ohne Kummer und Groll aufwachsen. Natürlich ist es sehr traurig, dass meine Ehe gescheitert ist. Aber was nützt es, so zu tun, als ob es anders wäre? Wir haben beide versucht, eine gute, gelingende Ehe zu führen, aber es hat nicht geklappt.

Ich schreibe Dir, weil wir beschlossen haben, die Sache so schnell wie möglich hinter uns zu bringen. Alec geht am Mittwoch mit den Hamiltons auf einen Segeltörn, so wie jeden Sommer. Danach kommt er nicht mehr zurück. Er wird mir das schriftlich mitteilen und mir die nötigen Beweise schicken, damit ich mich von ihm scheiden lassen kann. (Natürlich würde ich nicht im Traum daran denken, die andere Frau da mit hineinzuziehen. Es wird eine reine Formsache sein.) Vielleicht solltest Du diesen Brief lieber verbrennen. Jedenfalls darf Vater ihn auf keinen Fall lesen. Erzähl ihm einfach, was ich Dir geschrieben habe, und versuch, ihm meine Entscheidung begreiflich zu machen. Aber sag ihm nicht, dass wir alles schon geregelt haben. Er ist ja so korrekt, wenn es um Dinge wie Einkommenssteuer usw. geht, dass er auf keinen Fall erfahren darf, dass wir uns abgesprochen haben.

Es gäbe noch so viel zu sagen, aber ich muss Schluss machen, denn die Post geht gleich raus.

Bitte versuch mich zu verstehen. Und gib Alec nicht die Schuld. Ich habe genauso versagt wie er.

Deine Dich liebende
Betsy.

PS: Alecs Mutter weiß noch nichts davon. Wir werden sie erst einweihen, wenn sie keine Gelegenheit mehr hat, uns einen Strich durch die Rechnung zu machen.

*Telegramm von Mrs Hewitt an ihre Tochter*

ENGADIN ENTSETZT UEBER BRIEF KOMME SOFORT BIS DAHIN NICHTS UNTERNEHMEN ANKOMME WALES MITTWOCHABEND VATER WEISS NOCH NICHTS MUTTER.

# Die Großmütter

Emily Canning, Alecs Mutter, war Witwe und lebte zusammen mit ihrer alten Haushälterin in Camden Hill. Doch war ihr Leben weder einsam noch untätig. Sie hatte einen großen Freundeskreis, vielseitige Interessen und einen ausgeprägten Machthunger. All das bewahrte sie vor der Lethargie des Alters.

Es war ihr schon immer ein Bedürfnis gewesen, andere zu beeinflussen, über sie zu bestimmen und in ihrem Leben die Hauptrolle zu spielen. Zum Glück erlaubten ihre Talente es ihr, dieser Leidenschaft nach Belieben zu frönen. Sie sah immer noch gut aus, hatte Charme, Witz und einen scharfen Verstand. Sie vermochte es, Dramatik zu erzeugen, die Gemüter zu erhitzen, jede Beziehung mit starken persönlichen Gefühlen aufzuladen. Für sie war eine Freundin zugleich auch eine Verbündete. Eine abweichende Meinung empfand sie als illoyal. Menschen beiderlei Geschlechts und unterschiedlichen Alters lagen ihr zu Füßen. Bei manchen allerdings rief sie eine heftige, irrationale Abneigung hervor. Und nur wenigen gelang es, ihr gegenüber vollkommen gleichgültig zu bleiben und ihren Seelenfrieden zu bewahren, nachdem sie in ihren Dunstkreis eingetaucht waren.

Sie besaß eine Fähigkeit, die man nicht selten bei Menschen ihres Typs antrifft – die Gabe des zweiten Gesichts. Ihre hellseherische Begabung war verbürgt; sogar ihre Feinde gestanden sie ihr zu, während sie für ihre Freunde ein Quell des Stolzes waren. Sie hatte schon mehrere echte Geister gesehen. Manchmal, wenn das Telefon klingelte, wusste sie bereits, bevor sie den Hörer abnahm, wer sie sprechen wollte. Sie hatte Vorahnungen unerwarteter Briefe oder Besuche, und ihre Träume waren ganz ohne Zweifel prophetischer Natur.

Dienstagnacht oder vielmehr am frühen Mittwochmorgen hatte sie einen höchst bemerkenswerten Traum. Es war offenbar morgens, und jemand brachte ihr das Frühstückstablett ans Bett. Aber es war nicht die alte Maggie, ihre Haushälterin, sondern Henrietta Hewitt, die Mutter von Alecs Frau, einst ihre Freundin und jetzt schon seit vielen Jahren ihre Feindin.

Mrs Canning war erbost über diesen Eindringling, gab aber vor, ihn nicht zu bemerken, und verzehrte seelenruhig ihr Frühstück. Kurz darauf war sie jedoch gezwungen, den Blick zu heben. Henriettas Gesicht schwebte über dem Fußende des Betts. Ihr Körper schien verschwunden zu sein; dieses dümmliche Pferdegesicht hing wie eine Maske in der Luft. Es sah verhärmt und grau aus. Augen und Nase waren rot, und die blassen Lippen bewegten sich lautlos. Ein Schwall unverständlicher Worte kam aus Henriettas Mund, während Tränen über ihre eingefallenen Wangen liefen. Mrs Canning starrte sie an und bemerkte kühl:

»Das wirst du noch bereuen.«

Das hatte sie auch damals nach ihrem heftigen Streit gesagt. Jetzt hörte sie undeutliche Wortfetzen:

»... So krank ... mein Fieber steigt ... steigt immer weiter ... so krank ... kalter Wind ... Ich kann nicht ... kann einfach nicht ...«

»Das wird dir noch leidtun. Dafür werde ich sorgen!«, rief Mrs Canning wütend.

Sie nahm das Etui mit den Visitenkarten vom Nachttisch und warf sie nach dem Gesicht, das daraufhin mit einem lauten, zwitschernden Geräusch verschwand. Plötzlich hellwach, setzte sie sich auf und starrte aufs Fußende des Betts. Aber da war nichts. Die Morgensonne schien ins Zimmer, und in der

Platane vor dem Fenster schimpften die Londoner Spatzen, machten einen Höllenlärm.

Nach wenigen Sekunden hatte sie ihre Verwirrung abgeschüttelt und begriff, dass sie geträumt hatte. Die Uhr auf ihrer Frisierkommode zeigte Viertel vor sechs.

Sie lehnte sich in die Kissen zurück und dachte, was für ein seltsamer Traum das doch gewesen war. Und wünschte, wie alle Träumenden, sie könnte sofort jemandem davon erzählen. Allmählich machte sich die Gewissheit in ihr breit, dass dies einer ihrer prophetischen Träume war. Sie würde heute bestimmt Besuch von Henrietta bekommen, und die Tatsache, dass das höchst unwahrscheinlich war, machte sie umso sicherer. Voller Vorfreude malte sie sich aus, wie sie diese Geschichte ihren Freundinnen erzählte:

»Ich hatte nicht die geringste Veranlassung anzunehmen, dass sie kommen würde. Ich wusste ja, dass die Hewitts in der Schweiz waren. Und wie ihr wisst, sind wir nicht gerade Busenfreundinnen … ganz und gar nicht … Es ist eine alte Geschichte, die man lieber begraben sollte, aber Henrietta ist schrecklich nachtragend … Sie hat sich ganz abscheulich benommen …«

Vor zwölf Jahren hatte sich Henrietta, ihre Freundin und Verbündete, plötzlich gegen sie gewandt. Sie war bei ihr gewesen und hatte fürchterliche Dinge gesagt, hatte sogar ihre Visitenkarten mitgebracht – der Gipfel der Absurdität zwischen zwei Großmüttern und engen Vertrauten. Dieses Spatzenhirn wollte sich wohl mit ihrem förmlichen Auftritt Mut machen. Sie drehte das Etui mit den Karten nervös zwischen den Händen, eine willkommene Gelegenheit für ihre Widersacherin, sich über sie zu mokieren.

»Wie ich sehe, hältst du alle Karten in der Hand«, hatte Mrs Canning bemerkt.

Woraufhin die arme Henrietta rot geworden war und erschrocken ihr Etui auf den Boden fallen ließ. Sie war so leicht zu verunsichern. Nur leider ging der Schuss nach hinten los. Sie hielt tatsächlich alle Karten in der Hand. Während sich ein Schwall schlecht gewählter, unzusammenhängender Wörter über Mrs Canning ergoss, ging ihr allmählich ein Licht auf.

»Junge Leute mögen es nicht, wenn man sich einmischt. Man muss sie ihre eigenen Fehler machen lassen, allerdings war Betsy schon immer praktisch veranlagt. Trotzdem hätte ich mir manchmal gewünscht, dass sie meinen Rat angenommen hätte. Dieses Kindermädchen zum Beispiel, das hätte ich ihr gleich sagen können. Ich meine, schließlich habe ich genug Erfahrungen mit Mädchen aus dem Waisenhaus. Aber das ist nicht weiter schlimm, und im Ernst, liebe Emily, du musst nicht glauben, dass ich kein Verständnis für sie habe. Wir Mütter sind alle gleich, und wir leiden, weil wir doch nur helfen wollen. Aber siehst du, in Wales kann man sehr gut im Meer baden.«

»Meine Liebe. Das glaube ich gern. Aber was hat das alles mit Wales zu tun?«

»Deshalb bin ich ja hier. Verstehst du, diese alte Mühle ist ein echtes Schnäppchen ... direkt an der Küste, das ideale Ferienhaus. Betsy kennt sie, sie war schon ein paarmal dort. Sie gehört unseren Freunden, den Aylmers. Vielleicht bist du ihnen ja mal begegnet? Dr. Aylmer, vom Corpus-College ...«

»Sie wollen die Mühle kaufen?«, unterbrach Mrs Canning sie scharf.

»Sie ... haben sie schon gekauft.«

Und hatten die beschränkte Henrietta, bewaffnet mit ihrem Visitenkarten-Etui, zu ihr geschickt, um es ihr brühwarm zu erzählen. Offenbar schämten sie sich so sehr, dass sie nicht den Mut aufbrachten, es ihr selbst zu sagen.

Mrs Cannings Freundinnen trauten ihren Ohren nicht, als sie es erfuhren. Denn alle Welt wusste ja, dass sie ihnen ein perfektes Ferienhaus schenken wollte, ein reizendes altes Haus in Gloucestershire. Offiziell würde es ihr gehören, sie würde zwei Zimmer darin bewohnen und es für sie in Ordnung halten. Aber sie könnten kommen, wann immer sie Lust hätten, und die Kinderschar zu ihr schicken, wenn sie Luftveränderung brauchte. Sie hätten keinerlei Kosten, und Betsy müsste sich nicht um den Haushalt kümmern. Es wäre die ideale Lösung für sie alle.

Und jetzt erfuhr sie von Henrietta, dass sie andere Vorstellungen hatten. Sie wollten ein eigenes Ferienhaus. Natürlich hatte sie so etwas geahnt, aber das kam schlicht nicht infrage, und es war ihr gelungen, ihre zaghaften Einwände zu ignorieren. Deshalb hatte sie die Verhandlungen für den Kauf von Marstock Hall vorangetrieben, ohne sie einzubeziehen, hatte gehofft, dass die ganze Sache erledigt wäre, bevor sie protestieren könnten.

In ihrer Enttäuschung beging sie einen schweren Fehler. Sie sagte:

»Das können sie nicht machen. Das geht nicht. Ich habe Marstock Hall doch schon gekauft.«

Das stimmte leider nicht. Sie hatte weder Kosten noch Mühen gescheut, war mehrmals nach Gloucestershire gefahren, hatte einen Gutachter bezahlt und das Haus in Bedford Gardens einem Makler übergeben. Alle ihre Freundinnen waren über ihren geplanten Wegzug aus London informiert worden und hatten Alecs Glück, eine so großzügige Mutter zu haben, gebührend gewürdigt. Doch sie hatte keinen Vertrag unterzeichnet, und es war immer noch möglich, vom Kauf zurückzutreten. Offenbar blieb ihr auch nichts anderes übrig. Sie ärgerte sich maßlos darüber, dass man sie dermaßen brüskiert hatte.

»Warum haben sie dich hergeschickt?«, fragte sie.

Henrietta erklärte, dass man sie nicht geschickt habe. Sie sei aus freien Stücken gekommen, weil sich die arme Betsy vor der Auseinandersetzung mit ihrer Schwiegermutter gefürchtet hatte, und es war nicht gut für sie, sich so aufzuregen, weil sie die süße kleine Daphne noch stillte.

»Du bist so bestimmend, liebe Emily. Das warst du schon als kleines Kind. Das muss ich dir doch einmal sagen, weil Alec und Betsy darunter leiden. Ich weiß ja, dass du es gut meinst, weil sie dir am Herzen liegen, aber du bist immer so kritisch, so dominant. Betsy ist sehr selbstständig, und du kannst nicht erwarten, dass Alec, der immerhin ein verheirateter Mann ist, immer noch nach deiner Pfeife tanzt. Du zerstörst ihr Glück.«

Zorn muss sich Luft machen. Notfalls bohrt sich der Dolch in die eigene Brust. Leichten Herzens marschierte Mrs Canning an den gestrengen Wächtern ihres Gewissens vorbei. Sie war frei. Nichts, keinerlei Skrupel hielten sie zurück, und sie konnte sagen, was sie wollte.

»Vielleicht«, begann sie fast heiter, »möchtest du dir etwas Kritik an Betsy anhören.«

»Nein, nein, das möchte ich nicht«, protestierte Betsys Mutter.

»Ich rede nicht von mir. Es mag dich überraschen, aber ich bin nicht die Einzige, die deine Tochter für selbstgefällig und egoistisch hält. Tatsächlich denken die meisten unserer Freunde so … glaub nur nicht, dass alle Alec für einen Glückspilz halten. Deine Tochter ist furchtbar verwöhnt. Du hast sie darin bestärkt, sich für einzigartig zu halten. Zweifellos ist sie sehr hübsch, keine Frage, und als Tochter eines angesehenen Vaters war sie ja schon immer was Besonderes. Aber …«

»Oje, oje«, jammerte Henrietta angesichts des Gewitters, das sich über ihr entlud. »Ich habe befürchtet, dass du wütend sein würdest, Emily. Das überrascht mich gar nicht. Das alles muss sehr enttäuschend für dich sein. Sie hätten wirklich …«

»Ich bin nicht wütend«, erklärte Emily. »Ich finde nur, dass du Bescheid wissen solltest.«

Und als hätte sie der Teufel geritten, wiederholte sie jede böse Bemerkung, die sie je über ihre Schwiegertochter gehört hatte.

»... und was May Cameron betrifft, die ja nichts auf dich und Arthur kommen lässt, so kann ich dir versichern, dass sie entsetzt war, als sie von der Verlobung erfuhr. Sie nahm kein Blatt vor den Mund: ›Alec ist viel zu gut für sie. Er zerstört sein ganzes Leben.‹ Und als ich erwiderte, dass sie sich gewiss noch ändern wird, meinte May: ›Nein. Dafür ist sie viel zu eingebildet. Sie haben dem Mädchen beigebracht, sich für was Besseres zu halten. Für sie wird er immer nur der Prinzgemahl sein.‹«

»May Cameron hat das gesagt?« Henrietta rang nach Luft.

Mrs Cannings Zorn ließ sich durch Henriettas schmerzerfüllten, herzzerreißenden Blick besänftigen. Die Wunde war geschlagen, und die Euphorie verebbte. Sie hatte sie verletzen wollen, und es war ihr gelungen. Mit eingezogenem Kopf schlich Henrietta zur Tür.

Aber so konnten sie nicht auseinandergehen. Es musste noch etwas gesagt werden – etwas, was sie aus den zeitlosen Regionen der aufgewühlten Emotionen ins Hier und Jetzt zurückholte. Das Gespräch sollte mit einer ruhigen, sachlichen Äußerung enden. Und so sagte sie zum Abschied:

»Das wirst du noch bereuen.«

Henrietta ging nach Hause, zutiefst verletzt, aber mit einem reinen Gewissen. Sie hatte sich nichts vorzuwerfen. Sie hatte offen und ehrlich ihre Meinung gesagt. Bosheit oder Arglist lagen ihr fern; sie wollte nur ihre Pflicht erfüllen. Es war ihr unmöglich, May Cameron je zu verzeihen, und das hatte sie ihrem Mann auch voller Entrüstung gesagt. Aber er hatte sie davon überzeugt, dass sie ungerecht war. Betsy sei wirklich sehr eingebildet, meinte er. Eine Charakterschwäche, die für ihre Eltern offensichtlich war, würde ihren Freunden wohl kaum verborgen bleiben. Hatte Henrietta sich denn nie über die Cameron-Mädchen mokiert? Hatte sie nicht des Öfteren Bemerkungen über deren dicke Fesseln und deren Akne gemacht? Würde May Cameron ihr das nicht auch übel nehmen, wenn sie es wüsste? Das überzeugte sie. Sie verzieh ihrer Freundin und fühlte sich gleich viel wohler. Die arme Emily tat ihr mehr denn je leid, und bald hatte sie den ganzen Vorfall vergessen.

Ganz anders als Emily Canning, deren Gewissen sie jetzt plagte. Sie, die in Bezug auf Marstock Hall gelogen, die leichtfertig das Vertrauen vieler Menschen missbraucht hatte, konnte das Ganze nicht so leicht vergessen. Außerdem hatte sie niemanden, der ihr den Kopf zurechtrückte. Ihre Freundinnen waren voller Empörung und ergriffen Partei für sie. Doch das war ihr kein Trost. Niemand ahnte, wie leid es ihr tat, dass sie solche grausamen Dinge zu Henrietta gesagt hatte.

Jetzt, da ihr Verhältnis völlig zerrüttet war, hoffte sie auf eine Wende des Schicksals, eine Art ausgleichende Gerechtigkeit, die ihr zu ihrem Recht verhelfen und die Dinge wieder ins Lot bringen würde. Wenn Henrietta je Anzeichen von Reue zeigen sollte oder wenn sie gezwungen wäre, sie um Hilfe oder Rat zu bitten, wäre das ausgleichende Gerechtigkeit.

Ich wollte den Kindern doch mein ganzes Leben widmen, dachte sie. Aber sie sind so undankbar. Sie lassen nicht zu, dass ich … Ich bin so einsam. Daran denken sie überhaupt nicht.

Schwere Schritte gingen an ihrer Tür vorbei und dann die Treppe hinunter.

Maggie, dachte sie und warf wieder einen Blick auf die Uhr.

Es war schon nach sieben.

Faule Trine! Sie denkt wohl, ich merke nicht, dass sie spät dran ist. Ich werde runtergehen und ihr Beine machen.

Haushälterin und Herrin waren ein Herz und eine Seele, was sie dadurch bewiesen, dass sie sich ständig kleinere Gefechte lieferten. Maggie wienerte die Eingangshalle. Als sie hörte, dass sich Mrs Cannings Tür öffnete, schob sie die Unterlippe vor und beschloss augenblicklich, sich nicht aus der Ruhe bringen zu lassen. Ein kleines Scharmützel vor dem Frühstück war nichts Ungewöhnliches, denn Emily Canning schlief schlecht, wachte früh auf und langweilte sich, wenn sie nicht aufstand und aktiv wurde.

»Guten Morgen, Maggie!«, erklang ihre Stimme vom oberen Treppenabsatz.

»Guten Morgen, Ma'am.«

Die beiden alten Frauen beäugten einander misstrauisch. Maggie war fünfundsechzig, dick, hatte rote Wangen und Asthma. Ihre Herrin, wenngleich drei Jahre älter, hatte sich ihre schlanke Figur und eine mädchenhafte Anmut bewahrt. Im schummrigen Licht des Treppenhauses hätte man sie fast für eine junge Frau halten können. Ihr weißer Morgenmantel umhüllte sie sanft, und ihr Gesicht war nur ein blasses Dreieck, in dem ihre grünen Augen feurig loderten. Ein schwarzes Chenille-Netz verbarg das verräterische Grau ihrer Haare.

Sie eröffnete das Feuer:

»Ich vermute, du ruinierst meinen schönen Boden, weil du spät dran bist. Sieh dir mal die Kratzer an!«

»Das liegt am Bohner«, sagte Maggie. »Die werden so, wenn se abgenutzt sind.«

»Den habe ich doch erst im Frühjahr gekauft. Der war ganz neu.«

»Nein, Ma'am. Tschuldigung. Aber der war nich neu. Sie hab'n ihn auf'm Flohmarkt von St. Mary Abbott gekauft.«

»Du hast zu viel Politur genommen.«

»Das muss ich. Der ist so abgenutzt, da brauch ich halt viel Politur.«

Während Mrs Canning noch überlegte, ob das sein konnte, nutzte Maggie die Gelegenheit und bot ihr versöhnlich eine Tasse Tee an.

»Ich bin schon ewig wach«, sagte Mrs Canning. »Ich …«

Sie erinnerte sich an ihren Traum und beschloss, ihrer Haushälterin sofort davon zu erzählen. Die grässliche alte Maggie hatte nämlich gelegentlich Anzeichen von Ungläubigkeit gezeigt, wenn sie mit ihren übernatürlichen Kräften geprahlt hatte. Aber wenn sie ihr diesen Traum erzählte und er sich bewahrheitete, wovon sie felsenfest überzeugt war, würde Maggie Abbitte leisten müssen. Der Bohner konnte warten.

»Mrs Hewitt kommt möglicherweise heute zu Besuch«, sagte sie munter. »Vielleicht schon zum Frühstück. Haben wir Speck da?«

Maggie, die ebenfalls wusste, dass die Hewitts in der Schweiz waren, verzog keine Miene.

»Ja, Ma'am«, sagte sie. »Vier Scheiben.«

»Ich hatte so einen lebhaften Traum, dass ich sicher bin, dass da was dran ist. Sie ist schon auf dem Weg zu mir.«

»Ja, Ma'am.«

»Ach, Maggie! Du bist wirklich furchtbar. Ich dachte eigentlich, du wärst wenigstens ein bisschen überrascht.«

»Mich überrascht gar nix.«

»Ich weiß, dass du nicht an meine Träume glaubst. Aber du musst zugeben, dass es wirklich seltsam wäre, wenn sie heute Morgen käme.«

»Wirklich sehr seltsam, Ma'am.«

»Gibst du zu, dass da etwas dran ist?«

»Ich hab nie behauptet, es wär nix dran«, erklärte Maggie. »Aber Sie setzen nachher immer noch einen drauf.«

In dem Moment klingelte es an der Eingangstür, und sie durchquerte die Vorhalle, um zu öffnen. Mrs Canning huschte die Treppe hinauf und lauschte.

Sie hörte, wie Maggie die Kette entfernte, die nachts immer vorgelegt wurde. Jetzt war die Tür offen. Man hörte Gemurmel. Jemand wurde ins Haus geführt.

»Sie erwartet Sie, Ma'am«, sagte Maggie.

Mrs Canning machte einen kleinen aufgeregten Hüpfer. Sie konnte hellsehen! Das war der Beweis. Das würde eine wunderbare Geschichte ergeben.

Sie linste übers Geländer und sah Henriettas dümmliches Gesicht in der Eingangshalle, genauso wie sie es geträumt hatte, nur dass es jetzt von einem albernen Hut gekrönt wurde. Jegliche Verbitterung war vergessen, sämtliche Erinnerungen an frühere Verletzungen wie weggewischt. Beschwingt und selbstzufrieden eilte sie die Treppe hinunter, überglücklich, dass sie ihrem Instinkt vertraut und Maggie von ihrer Vorahnung erzählt hatte. Jetzt hatte sie eine Zeugin, und Maggie würde zu Kreuze kriechen müssen. Oh, was war sie zufrieden mit sich. Arme Henrietta! Sie sah ja ganz elend aus.

»Emily! Komm mir bitte nicht zu nahe. Ich habe mir eine Grippe eingefangen.«

»Ach, du Arme!«

»Das Fieber ist die ganze Nacht gestiegen. Ich kann nicht lang bleiben … Ich gehe ins Spital. Das wird das Beste sein. Erinnerst du dich an das in der Devonshire Street, wo Arthur operiert wurde? Zum Glück gab's in meinem Zimmer im Hotel ein Telefon, sodass ich dort anrufen konnte, aber ich musste dich sehen, ich konnte es dir nicht am Telefon erzählen, das ist irgendwie zu unpersönlich. Ich konnte nicht einfach zu ihnen fahren. Ich kann nicht nach Wales fahren. Ich war im Paddington Hotel, bin direkt dorthin, als ich gestern Abend in London ankam, weil ich heute Morgen den Zug um 11.50 Uhr nehmen wollte. Komm mir bitte nicht zu nah. Du könntest dir ein Taschentuch mit Desinfektionsmittel vors Gesicht halten. Vielleicht bin ich auch gar nicht ansteckend und es ist nur eine Erkältung. Die Betten in der Schweiz waren ziemlich klamm.«

Henrietta war auf einen Stuhl in der Halle gesunken. Sie wedelte mit der Hand, um die beiden anderen Frauen auf Abstand zu halten, weigerte sich, nach oben in den Salon zu gehen.

»Ich sollte mich nicht zu sehr anstrengen«, erklärte sie.

Das Fieber hatte sie etwas benommen gemacht. Doch schließlich halfen sie ihr die Treppe hinauf, und Henrietta ließ sich schwer aufs Sofa im Salon fallen. Maggie verschwand, um eine Tasse Tee zu kochen. Henrietta bestand darauf, dass Mrs Canning ein paar Spritzer Lysol auf ein großes Taschentuch gab und es sich wie eine Art Maske aufs Gesicht legte. Äußerst lästig!

Was geben wir doch für ein ulkiges Paar ab, dachte Emily. Man könnte eine lustige Geschichte draus machen. Und in meinem Traum hatte Henrietta ja tatsächlich Fieber. Aber ich habe vergessen, es Maggie zu erzählen, dämlich wie ich bin. Jetzt behauptet sie bestimmt wieder, ich hätte im Nachhinein noch einen draufgesetzt.

Als Henrietta dann von ihrer geplanten Reise nach Wales plapperte, packte sie die Angst.

»So was Furchtbares ... ich bin sofort mit dem nächsten Zug zurückgefahren ...«

»Henrietta! Sind sie verletzt? Sind sie krank? Ist irgendjemand ...«

»Nein, nein, nicht *so* furchtbar.«

Der Unterschied war Mrs Canning sonnenklar. Sie war erleichtert und stellte sich auf eine amüsante Anekdote ein. Aber als Maggie gerade in diesem Moment mit dem Tee hereinkam, überlegte sie es sich anders. Sie würde Henrietta von ihrem Traum erzählen und ihrem Ruf als Prophetin gerecht werden.

»Ich wusste, dass du kommen würdest. Du bist mir letzte Nacht im Traum erschienen. Ich hab's Maggie erzählt. Stimmt's, Maggie?«

»Was?«, fragte Henrietta mit Leidensmiene. »Ich versteh dich nicht, wenn du das Taschentuch vors Gesicht hältst.«

»Ich habe geträumt, dass du kommst.«

»Wie seltsam! Halt bitte das Taschentuch vor den Mund. Ich versteh dich schon, wenn du deutlich redest.«

Sobald Maggie den Raum verlassen hatte, kam Henrietta zum Punkt.

»Sie wollen sich scheiden lassen.«

»Wie? Was? Das ist nicht wahr!«

»Doch! Ganz sicher! Betsy hat es mir geschrieben.«

»Aber warum? Wieso? Ist es wegen dieser Mrs Dingsda? Das kann sie doch nicht machen! Nicht nach all den Jahren. Sie muss es doch gewusst haben. Sie muss es gebilligt haben.«

»Mrs Dingsda?«

»Mrs Adams.«

»Wer ist … oh, verstehe. Ich kannte ihren Namen nicht. Betsy hat ihn nie erwähnt.«

»Dann ist es ihretwegen?«

»Nein. Überhaupt nicht. Es war ein großer Schock für mich. Ich wusste nichts davon, hatte absolut keine Ahnung.«

»Wirklich nicht, Henrietta? Aber alle Welt wusste es. Das geht schon seit Jahren.«

»Es muss schrecklich für Betsy sein. Du willst doch nicht …«

»Natürlich nicht. Alec ist eindeutig schuld. Aber man darf sich ja nicht einmischen, oder?«

Diese kleine Spitze entging Henrietta, die lediglich sagte:

»Vermutlich nicht. Mrs Adams … was für eine Person …?«

»Ich habe sie nur einmal gesehen«, sagte Mrs Canning. »Man hat sie mir im Theater gezeigt. Sehr jung, sehr blond und eiskalt. Es heißt, dass sie ziemlich schamlos ist. Es gab außer Alec noch zahlreiche andere. Aber sie hatte es nun mal auf ihn abgesehen. Es ging mehr von ihr aus als von ihm. Er hätte bestimmt die Finger von ihr gelassen, wenn Betsy nicht …«

»Aber er will sie heiraten!«

»Großer Gott! Das kann er nicht machen. Wie schrecklich. Henrietta! Das muss verhindert werden. Wir dürfen nicht zulassen, dass er so was Unbedachtes tut. Hat Betsy … Was genau hat sie gesagt?«

Mrs Hewitt drehte sich der Kopf. Ihr tat der Hals so weh, dass sie kaum einen Ton hervorbrachte. Sie erinnerte sich nur noch vage daran, was Betsy gesagt hatte. Sie kramte in ihrer Handtasche und fand den Brief. Und während sie noch ihre Brille suchte, schnappte Emily ihn sich. Ein diffuses Unbehagen überkam sie, denn sie erinnerte sich dunkel daran, dass sich Betsy nicht besonders freundlich über Alecs Mutter geäußert hatte. Aber es ging ihr zu schlecht, um zu protestieren. Es war wahrscheinlich besser, wenn Emily den Brief las. Dann müsste sie weder reden noch denken noch sonst irgendetwas tun. Sie könnte sich einfach zurücklehnen und vor sich hin leiden.

Ihr Zustand schien sich schubweise zu verschlechtern, wie ein Auto, bei dem man die Gänge hochschaltete. Letzte Nacht, als sie sich hin- und hergewälzt hatte und ihr der Kopf schwirrte, war ihr unerträglich heiß gewesen. Jetzt war ihr kalt. Noch nie im Leben war ihr so kalt gewesen.

Ein Schnauben drang an ihr Ohr. Sie öffnete die Augen und sah Emilys Wuschelkopf direkt vor sich. Ihre wütende, ungeduldige Stimme wurde von dem Taschentuch nur unwesentlich gedämpft.

»Das ist ein ausgemachter Blödsinn. Es ist doch klar wie Kloßbrühe. Er will keine Scheidung. Sie … hat ihn dazu überredet.«

»Meinst du?«

»Das meine ich tatsächlich. Da steckt was dahinter. Irgendwas, was sie nicht zugeben will. Sie behauptet, dass sie frei sein will, um ihr eigenes Leben zu führen … aber das ist bestimmt nicht alles. Sie hat ihn überredet. Er ist ja so schwach, der arme Alec.«

»Aber das muss verhindert werden«, jammerte Mrs Hewitt, die jetzt am ganzen Leib zitterte.

»Natürlich muss es das. Wissen sie, dass du kommst?«

»Ja, ich habe ihnen telegrafiert. Aber ich kann unmöglich hinfahren. Ich … du … musst ihnen telegrafieren …«

»Schon gut. Mach dir keine Sorgen, Henrietta. Überlass nur alles mir.«

Der Triumph in Mrs Cannings Stimme war trotz des Taschentuchs nicht zu überhören. Sie konnte nicht umhin, in alldem die Hand des Schicksals zu sehen. Die arme Henrietta wäre von dieser Situation eindeutig überfordert gewesen. Sie hätte zweifellos alles vermasselt. Sie hätte mit Alec und Betsy diskutiert, ihnen Vorwürfe gemacht und damit beide gegen sich aufgebracht, wenn die offensichtliche Taktik doch darin bestand, einen Keil zwischen sie zu treiben. Die Scheidung war das Ergebnis einer freundschaftlichen Übereinkunft … Deshalb musste man dafür sorgen, dass sich die beiden zerstritten. Man musste Alecs Groll anstacheln, damit er sich weigerte, seine Frau freizugeben. Wahrscheinlich hatte er sich wider besseres Wissen von ihr dazu überreden lassen. Sobald man wüsste, was dahintersteckte, was Betsy tatsächlich im Schilde führte, könnte man ihm das Ganze ausreden. Wusste Alec es? War sie ihm gegenüber ehrlich gewesen? Falls nicht und er dahinterkäme …

Was auch immer es ist, dachte Mrs Canning, ich finde es heraus. Ich werde ihr schon auf die Schliche kommen.

Sie betrachtete ihre leidende Gefährtin, die jetzt starr und reglos dasaß. Das wirst du noch bereuen, hatte sie gesagt, und sie hatte recht behalten. Sie hatten Betsy zu sehr verwöhnt, und das rächte sich jetzt. Das ist ausgleichende Gerechtigkeit, dachte sie.

# Die Ehefrau

Betsy stand in der Vorhalle und starrte fassungslos auf das Telegramm ihrer Mutter. Es hätte unmöglich so lange brauchen dürfen, selbst wenn es aus der Schweiz kam. *Ankomme Wales Mittwochabend.* Jetzt war es Mittwochmorgen. In nicht mal acht Stunden würde die Schlacht beginnen.

Sie bereute ihren übereilten Brief zutiefst, obwohl sie ihn geschrieben hatte, um genau das zu verhindern: die unerbetene Einmischung aufgebrachter Familienmitglieder. Ihre Eltern hatten eigentlich den ganzen Sommer im Ausland verbringen wollen, und sie hatte darauf gebaut, dass sie unter keinen Umständen von ihren Plänen abrücken würden – so enervierend dies bei anderen Gelegenheiten auch sein mochte. Sie hatte damit gerechnet, dass sie ihr schreiben würden, zahlreiche, mahnende Briefe, aber niemals hätte sie gedacht, dass sie ihr vor dem Herbst, wenn alles längst geregelt wäre, ernsthafte Schwierigkeiten machen würden. Genau aus diesem Grund hatte sie Alec erklärt, dass er sie noch im August verlassen müsse, damit ihnen niemand in die Quere käme.

Doch sie hätte mit ihrem Brief warten müssen, bis Alec fort war. Schlimm genug, dass sich nun alles verzögerte, weil er wegen Johnnie Grahams ungebremstem Schaffensdrang den Segeltörn hatte absagen müssen, sodass er sie frühestens in drei Wochen verlassen könnte. Dass er jetzt noch länger in Pandy Madoc blieb, würde ihre Nerven auf eine harte Probe stellen. Womöglich würde er es sich wieder anders überlegen und doch keine Scheidung wollen. Und das bedeutete noch mehr Auseinandersetzungen, noch mehr Szenen. Die ganze

Mühe umsonst, denn sie hatte ihn gerade so weit gehabt, hatte geglaubt, die Sache schnell hinter sich bringen zu können. Er war so träge, so lethargisch. Er ging jeder Anstrengung, jeder Entscheidung aus dem Weg. Irgendwann hatte er eingesehen, dass er sie verlassen musste, dass sie ein Recht auf ihre Freiheit hatte. Aber aus reiner Bequemlichkeit hatte er nicht die notwendigen Schritte unternommen. Und jetzt kam auch noch ihre Mutter, um ihm den Rücken zu stärken und ihm jede Menge Gründe für seine Untätigkeit zu liefern.

Sie hatte keine Ahnung, was sie jetzt tun sollte. Ihr tat der Kopf weh. Es gab tausend Dinge zu erledigen, und sie wusste nicht, wo sie anfangen sollte. Sie stand einfach nur da, faltete das Telegramm immer und immer wieder, bis es wie ein Fächer aussah.

Das Licht, das durch die geöffnete Haustür fiel, zeichnete ein Dreieck auf die schwarz-weißen Fliesen, färbte das Weiß cremegelb. Draußen war der Himmel strahlend blau: Es war einer jener gleichförmigen heißen Tage, an denen es keine Schatten gibt und die Möwen reglos über dem Meer stehen, das Stunde um Stunde zwischen den Gezeiten verharrt. Es war der perfekte Tag, um am Strand zu liegen und dem matten Ruf einer Möwe zu lauschen, dem trägen Plätschern einer Welle, während der Horizont im flirrenden Dunst zu versinken scheint; kein Tag, um zu grübeln, Pläne zu schmieden und herumzuhetzen, sondern um endlos in der Sonne zu liegen und im Meer zu baden, um das kalte Wasser auf der warmen Haut zu spüren, sich wieder in den Sand zu legen, die heiße Sonne auf der kühlen Haut zu spüren – nur daliegen und träumen, bis irgendwann die Zeit zurückkehrt und mit ihr die Schatten. Draußen vor dem Haus wartete genau so ein Tag auf sie. Aber drinnen nicht, drinnen warteten so viele häusliche Pflichten. In jedem Zimmer tickte eine Uhr. Tu dies! Tu das! Beeil dich! Entscheide dich! Und sie wagte es nicht, auch nur einen Augenblick innezuhalten. Es ist einfach nicht fair, dachte sie.

Das war es nie gewesen. Soweit sie zurückdenken konnte, hatte sie unter der Ungerechtigkeit des Lebens gelitten. Schon als Kind hatte sie sich bitter darüber beklagt; sie hatte es ungeheuerlich gefunden, dass es keine unparteiische Instanz, kein Naturgesetz gab, das dafür sorgte, dass Betsy Hewitt zu ihrem Recht kam. Sie fand es immer noch ungeheuerlich, auch wenn sie es nicht mehr in die Welt hinausposaunte. Weder Alec noch seine Mutter noch sonst irgendjemand, sondern das Leben selbst hatte sie betrogen. Sie war jetzt siebenunddreißig und hatte noch nie einen wirklich glücklichen Moment erlebt. Sie war getäuscht worden. Das Leben hatte sie hungrig zurückgelassen, voller Sehnsucht nach etwas, was sie nicht benennen konnte. Ständig verzehrte sie sich nach etwas, was nicht eintrat. Sie freute sich auf bestimmte Ereignisse, und wenn sie hinter ihr lagen, kam es ihr so vor, als hätten sie nie stattgefunden. Echte Erfahrungen entgingen ihr. Nicht ein einziges Mal hatte sie in der unmittelbaren Gegenwart gelebt, den kostbaren Moment zwischen Vergangenheit und Zukunft in seiner ganzen Intensität erfahren.

Das war natürlich ungerecht, das hatte sie einfach nicht verdient. Immer war sie auf der Suche nach dem Glück gewesen. Schon als ganz junges Mädchen hatte sie erkannt, dass erfolglose, unglückliche Menschen nicht sonderlich interessant sind, und deshalb beschlossen, einmal erfolgreich und glücklich zu sein. Sie würde alles richtig machen und eine beliebte, wohlhabende und geachtete Frau werden. Und im Großen und Ganzen war sie das auch. Sie hatte durchaus Glück gehabt. Die Entbindungen waren bei Weitem nicht so schmerzhaft gewesen wie bei den meisten ihrer Freundinnen. Ihre Köchinnen kündigten nicht, ihre Wasserleitungen froren nicht ein, ihre Kinder waren selten krank, und sie konnte immer ihre Rechnungen bezahlen. Die Spannungen zwischen Alec und ihr hätten sich zu einer Tragödie auswachsen können, wenn sie es zugelassen hätte. Aber das hatte sie nicht; sie war fair und besonnen gewesen. Wenn es also irgendjemand verdient hatte, glücklich zu sein, dann sie, die so darauf bedacht war, dem Unglück aus dem Weg zu gehen.

Immer wieder rang sie um innere Gelassenheit. Solange sie beschäftigt war, ging es ihr gut. Aber wenn sie nur einmal innehielt, war es mit der Zufriedenheit vorbei, und sie fühlte sich wieder betrogen. Das ersehnte Glück war ihr immer einen Schritt voraus oder hinkte einen Schritt hinterher, wurde nie heimisch in ihrem Herzen. Es war einfach nicht gerecht.

Sie wusste nicht, was sie eigentlich wollte, außer sich draußen in die Sonne zu legen, statt hier im Haus herumzuwirbeln. Niemand außer ihr hatte eine solche Bürde zu tragen. Alec war glücklich, die Kinder waren glücklich und die Dienstmädchen auch. Sie mussten sich nicht über alles Mögliche den Kopf zerbrechen, den Alltag organisieren und einen Wagen bestellen, der ihre Mutter vom Bahnhof abholte. Nur sie, auf die sich alle verließen, rackerte sich pausenlos ab, bis sie – schon siebenunddreißig, im Nu vierzig – bald alt und grau und tot wäre, ohne je zu ihrem Recht gekommen zu sein.

Draußen rannte ein Kind über den Kies, stapfte die Auffahrt herauf. Das konnte nur Eliza sein, die bedauerlicherweise nicht den leichtfüßigen Gang ihrer Geschwister hatte, sondern gerade eine linkische Phase durchmachte, gegen die weder Eurythmiekurse noch Ballettstunden etwas auszurichten vermochten. Jetzt kam sie wie ein Nilpferd ins Haus getrampelt, was Betsys Gereiztheit nur noch steigerte.

»Ich verstehe nicht, wie man mit Strandschuhen so einen Lärm machen kann«, stöhnte sie. »Man könnte meinen, du hättest Bleifüße.«

Eliza blieb abrupt stehen und musterte finster ihre Füße. Sie ärgerten sie genauso wie ihre Mutter. Ihr ganzer Körper ärgerte sie. Sie konnte ihn weder kontrollieren noch ignorieren. Er hatte sich in letzter Zeit auf besorgniserregende Weise verändert. Er schien von Tag zu Tag unförmiger zu werden. Hinten beulte er sich so sehr aus, dass sie keine Shorts mehr tragen konnte. Vorn beulte er sich genauso aus, sodass ihre Pullover plötzlich zu eng waren. Die Erwachsenen waren taktlos genug, um sie auch noch darauf anzusprechen. Sie musterten Eliza stirnrunzelnd und sagten, sie sei ja ganz schön in die Höhe geschossen. Aber eigentlich meinten sie wohl eher »in die Breite gegangen«. Die Tatsache, dass diese abstoßenden, beschämenden Veränderungen nur ein Übergangsstadium waren und sie langsam, aber sicher eine weibliche Figur bekam, tröstete sie kein bisschen. Sie hatte eher das Gefühl, dass sie nicht weiblicher, sondern immer monströser wurde. Wie konnte jemand, der mit einem solchen Körper geschlagen war, auch nur das geringste Selbstbewusstsein entwickeln? Viele erwachsene Frauen trugen Shorts, ohne darin lächerlich auszusehen. Bei ihrer Mutter beulte sich überhaupt nichts aus, und bei Joy Benson, dem Kindermädchen, auch nicht. Niemand in ganz Wales hatte einen so hässlichen Körper wie sie.

»Kannst du denn nicht ein bisschen leiser auftreten?«

»Mach ich doch. Ist unser Lunch fertig?«

»Woher soll ich das wissen? Kümmre dich selbst darum. Wenn du Sandwiches willst, mach dir welche.«

»Wozu haben wir denn Dienstmädchen?«

Ihre Blicke trafen sich, verkeilten sich. Ständig gerieten sie ohne ersichtlichen Grund aneinander. Ungläubig betrachtete Betsy dieses ungelenke, plumpe Mädchen, das ihr kein bisschen ähnelte und dessen Wesen ihr so fremd war. Das konnte doch unmöglich das süße kleine Baby gewesen sein, das sie zur Welt gebracht und aufgezogen hatte. Eliza, die dies vage spürte, fühlte sich erdrückt von den vielen Qualitäten ihrer Mutter – ihrer Selbstsicherheit, ihrem scharfen Verstand, ihrer spitzen Zunge, ihrer schlanken Figur und ihrer Eleganz; all das stand wie eine Mauer zwischen ihnen. Und doch waren sie einander ähnlicher, als sie ahnten. In zwanzig Jahren würde Eliza das genaue Ebenbild ihrer Mutter sein. Auch wenn ihr Mund größer, das Grau ihrer Augen dunkler, ihre Brauen gerade und nicht sanft geschwungen waren, bestand kein Zweifel, dass sie Mutter und Tochter waren.

»Die Mädchen haben genug zu tun«, sagte Betsy. »Sie müssen nicht auch noch euch Kinder bedienen. Ihr macht euch eure Sandwiches gefälligst selbst.«

»Na gut, wie du meinst.«

»Allerdings meine ich das, mein Kind. Schließlich wohnst du unter meinem Dach.«

»Ach ja? Ich dachte, das Haus gehört Vater.«

»Treib es nicht zu weit. Du tust, was ich sage.«

Eliza zog ruckartig die Schultern hoch.

»War das eben ein aufmüpfiges Achselzucken?«

Genau das war es. Aber Eliza zog sofort den Kopf ein. Sie war ihrer Mutter nicht gewachsen.

»Jetzt lauf schon, Schatz. Ihr geht doch alle zum Strand runter, oder? In der Küche findest du Brot und ein Messer.«

Eliza lief nicht, schon gar nicht in die Küche. Sie ging betont langsam die Treppe hinauf und trat dabei trotzig gegen die Stufen.

Betsy blickte ihr nach und ermahnte sich, in Zukunft etwas nachsichtiger mit ihr zu sein. Im Gegensatz zu den meisten anderen Müttern hatte sie noch Glück. Alle Mädchen machten schließlich diese Phase durch, und viele hatten picklige Gesichter, Eliza gottlob nicht.

Dieser schöne, klare, dunkle Teint ist wirklich ein Segen,

dachte sie. Das ist das Einzige, was sie von mir geerbt hat, das arme Ding. Egoismus ist in diesem Alter ganz normal. Abgesehen davon bin ich auch ziemlich egoistisch …

Da kam Kenneth herein und erkundigte sich ebenfalls nach den Sandwiches. Ihre Miene wurde sanft und zärtlich; sie bedachte ihn mit einem liebevollen Blick. Jedes Mal, wenn sie ihn ansah oder seine Stimme hörte, durchströmte sie ein warmes Glücksgefühl. Denn Kenneth hatte sich überhaupt nicht verändert oder ihr entfremdet. Er war immer noch ihr kleiner Schatz, ihr Erstgeborener, ihr kluger und lieber Junge.

»Ihr kleinen Faulpelze«, seufzte sie. »Warum könnt ihr euch eure Brote nicht selber schmieren?«

»Weil wir verwöhnt sind, Mrs C. Deshalb. Weil uns immer jemand welche schmiert.«

»Aber heute kümmert ihr euch mal selber darum.«

»Was ist denn los? Warum machst du so ein komisches Gesicht? Von wem ist denn das Telegramm?«

Er klang mitfühlend und interessiert. Doch als sein Freund Mark Hannay aus dem Garten nach ihm rief, stürmte er nach draußen, ohne ihre Antwort abzuwarten.

Er hat gleich gemerkt, wie aufgewühlt ich bin, dachte sie. Wie lieb von ihm! Wie können die eigenen Kinder nur so verschieden sein? Er ist mir wirklich ein großer Trost. Wieso Trost? Ich bin nicht unglücklich. Nur ein bisschen beunruhigt. Oh, dieses verdammte Telegramm!

# Der Ehemann

Pandy Madoc, die alte Mühle, die die Cannings Dr. Aylmer abgekauft hatten, lieh auch dem neuen Haus seinen Namen. Alec hatte mehrere Hektar Hügelland oberhalb der Mühle dazugekauft und, nachdem er zu Reichtum gekommen war, dort in großem Stil gebaut. In einem verhängnisvollen Anflug von Großzügigkeit hatte er einem befreundeten Architekten, der dringend einen Auftrag brauchte, freie Hand gelassen. Weder ihm noch Betsy gefiel das Ergebnis. Ihr neues Haus war modern und geräumig, aber ziemlich hässlich. Es hatte die Trostlosigkeit einer Lungenheilanstalt; die flachen Dächer, alle auf unterschiedlichen Ebenen, ließen an Liegestätten für Schwindsüchtige denken. Es schien ausschließlich aus Fenstern zu bestehen, die widerwillig durch spärliches Mauerwerk miteinander verbunden worden waren, und war in einem satten Ockerton gestrichen, der mit den Farnen und dem Ginster auf dem Hügel harmonierte. Doch trotz aller Bemühungen fügte sich das Haus leider ganz und gar nicht harmonisch in die Landschaft ein.

Der Garten zog sich in steilen, kahlen Terrassen den Hang hinauf. Nirgends gab es Bäume, außer in der Schlucht, wo das Flüsschen floss, das einst die Mühle angetrieben hatte. Am Fuß des Hanges, unweit des Meeres, verlief die Hauptstraße, von der sich eine Auffahrt zum Haus hinauf schlängelte. Hier unten gab es weitere Gebäude, ebenfalls gelb gestrichen, eine Garage, den Schuppen für den Generator und die alte Mühle. Ganz oben auf dem Hügel, auf der obersten Terrasse, stand das Gartenhaus, Alecs Refugium.

Direkt nach dem Frühstück zog er sich dorthin zurück, begann aber in der Regel erst frühestens eine Stunde später mit der Arbeit. Diese Zeit brauchte er, um »in die Gänge zu kommen«, wie er es bezeichnete. Er konnte sich nur allmählich dazu aufraffen, sich der gewaltigen Herausforderung des kreativen Prozesses zu stellen. Zuerst musste er eine Pfeife rauchen, dann ein paar Bleistifte spitzen, die Zeitung lesen und gelegentlich ein Kreuzworträtsel lösen. In dieser Phase war es am wahrscheinlichsten, dass er Briefe beantwortete. Um den Sprung ins kalte Wasser hinauszuzögern, waren ihm selbst die langweiligsten Beschäftigungen recht. Doch irgendwann überwand er sich, und bis zum Nachmittag hatte er mehrere leere Seiten mit Wörtern gefüllt.

Johnnie Grahams neuste Komposition lag im Zimmer verstreut. Bei ihrer gemeinsamen Arbeit gingen sie immer nach demselben Plan vor. Zunächst überlegten sie sich die Handlung und einigten sich auf die Abfolge der Szenen. Dann schrieb Graham die Musik dazu, die er Alec nach und nach schickte, der sich wiederum Texte ausdachte, die so passend waren, so perfekt auf die Melodien abgestimmt, dass die meisten Menschen dachten, der Textdichter hätte den Tondichter inspiriert. Tatsächlich aber war es umgekehrt. Alec brauchte Johnnies Vorlage zur Inspiration. Ohne Johnnie war er verloren. Er nahm nur Aufträge an, bei denen er mit Graham zusammenarbeiten konnte. Und die Nachfrage nach ihren Gemeinschaftsproduktionen reichte aus, damit sie beide gut beschäftigt waren.

Sie waren schon ihr ganzes Leben lang befreundet. Während des Krieges waren sie zusammen in Palästina gewesen, und danach arbeiteten sie im selben Ministerium. Erst als sie beide über dreißig waren, nutzten sie ihr gemeinsames Talent und machten es zu ihrem Beruf. Alec bewunderte Johnnie maßlos. Jedes Mal, wenn eine neue Partitur eintraf, staunte er über dessen Genialität. Johnnie dagegen bewunderte niemanden, schon gar nicht sich selbst. In der Schule war er ein schüchterner, wortkarger kleiner Junge gewesen. Erfolg und Ruhm hatten daran nicht viel geändert. Niemand konnte sich erklären, woher die Anmut und Heiterkeit kamen, die sein Werk durchdrangen, oder sich vorstellen, in welcher Gemütsverfassung er sich seine Kompositionen erarbeitete. Sollte sein Schaffen ihn beflügeln, vielleicht sogar beglücken, so war im Alltag nichts davon zu spüren. Er äußerte sich nicht mal zu Alecs Texten, es sei denn, er wollte etwas daran ändern. Schweigen war seine Art des Lobes.

Im Frühling hatten sie über Alecs Idee einer Operette über Byron gesprochen. Johnnie war entgegen seiner sonstigen Art Feuer und Flamme gewesen.

»Unangenehmer Bursche, dieser Byron!«, sagte er und fügte feixend hinzu: »Der ideale Stoff.«

»Man könnte ihn als romantische Figur darstellen«, schlug Alec vor.

»Was? Ich wär eher für seine Zeit in Venedig. Als er nach Venedig kam, war er schon ziemlich dick. Macht die Auswahl an Sängern größer.«

»Ich dachte, wir könnten Lady Caroline reinbringen ...«

»Nein. Auf gar keinen Fall. Zu viel Handlung. Das langweilt die Leute. Wie wär's mit einem Maskenball und einem Mädchen, das sich als Junge verkleidet hat – du weißt schon. Ein törichtes Ding ... eine Jungfrau ...«

»Warum muss sie als Junge verkleidet sein?«

»Das mögen die Leute. Und dann brauchen wir noch eine andere Frau, älter, grell geschminkt, eine Dirne. Verwicklungen. Missverständnisse. Aber alle wissen, was sich gehört. Sie vergeben einander, verzichten großmütig usw. Das Mädchen behält seine Ehre – würg! Heiratet einen anständigen Gondoliere ... Byron macht sich auf den Weg nach

Griechenland, mit oder ohne Dirne. Das klären wir später. Würg!«

»Das kommt mir irgendwie bekannt vor«, warf Alec ein.

»Oh, nein! Nein, überhaupt nicht.«

Johnnie meinte damit die Komposition, also seinen eigenen Part, Alecs interessierte ihn nicht die Bohne.

Sie hatten sich darauf geeinigt, dass Alec im Herbst den Text schreiben sollte, aber Johnnie wurde überraschend von der Muse geküsst, sodass der erste Akt schon Anfang August in Pandy Madoc eintraf, mit der Aufforderung, Alec möge sich sofort an die Arbeit machen. Diese Planänderung kam ihm ungelegen, aber Johnnie, der von Anfang an über ihre Zusammenarbeit bestimmt hatte, hasste es, seinen Schaffensprozess zu unterbrechen. Alec las die Partitur durch und stellte fest, dass sich Johnnie wieder einmal selbst übertroffen hatte. Die idiotische Handlung nahm eine ganz neue Form an. Damit konnte er arbeiten. Seinen Segeltörn musste er leider absagen.

Er mochte seine Arbeit, doch er hasste es, sich anzustrengen. Für ihn waren das zwei unterschiedliche Dinge. Ihm gefiel die Vorstellung, etwas zu schaffen, solange er nicht aktiv damit beschäftigt war. Aber den Prozess an sich empfand er als unwürdig. Irgendwo in seinem Unterbewusstsein, in irgendeinem trüben Tümpel lagen die Wörter, die Ideen, die er brauchte. Er ließ eine Leine hinunter, um sie hochzuziehen – ein Vorgang, der ihn anwiderte. Stunde um Stunde. Meist war der Haken leer. Manchmal brachte er Müll mit oder verhedderte sich im Schilf. Der Müll war trügerisch; oft glich er einem echten Fang. Aber wenn er beharrlich blieb, tauchte am Ende doch das richtige Objekt auf. Er wusste, dass es das richtige war, auch wenn er es noch nie zuvor gesehen hatte.

Sobald er seinen Schatz ans Ufer gezogen hatte, konnte er ihn formen und polieren und ihm seinen korrekten Platz zuweisen. Es gab Tage, an denen er überhaupt nicht angelte, sondern seine Zeit damit verbrachte, den Fang des Vortags wieder zu beseitigen. Und es gab andere Tage, an denen ihm das Angeln zu mühsam war und er auf den Müll zurückgriff, ihn herausputzte, wie er es gelernt hatte, und Teile davon verwertete. Das tat er ohne Reue, denn sonst würde er nie fertig werden, und außerdem schien sowieso niemand den Unterschied zu bemerken. Nur wenn er zu viel herausgeputzten Müll in sein Libretto einbaute, bestand die Gefahr, dass Johnnie ein großes NEIN darüberkritzelte und es ihm zurückschickte.

Heute würde ein Angeltag werden. Die Vorstellung war ihm so zuwider, dass er sogar in Erwägung zog, einen netten langen Brief an seine Mutter zu schreiben. Er würde ihr sowieso bald schreiben und mitteilen müssen, dass er sich scheiden ließ. Eine Scheidung ähnelte in vielerlei Hinsicht einer Hochzeit; Verwandte waren pikiert, wenn man sie nicht rechtzeitig informierte. Doch eigentlich war es dafür noch zu früh, und ihm fiel nichts ein, was er ihr sonst erzählen könnte. Also verwarf er die Idee und schrieb stattdessen ein oder zwei Leuten, die ihn um ein Autogramm gebeten hatten. Dann trat er auf die Terrasse, um noch eine letzte Pfeife zu rauchen.

Schon jetzt hatte die Sonne eine enorme Kraft. Über dem Meer lag ein Dunstschleier, der die endlose Küstenlinie der Cardigan Bay verdeckte. Eine leichte Brise schien die Luft zu bewegen, denn die Kiefern hinter dem Gartenhaus seufzten, aber auf der Terrasse war es vollkommen windstill. Er setzte sich auf die heiße Steinmauer, glücklich und zufrieden wie eine sonnenhungrige Eidechse.

Der Generator unten im Schuppen bei der Mühle rackerte sich ab, schnaufte wie eine Dampflock: Paff-Tschaff! Paff-Tschaff! Paff-Tschaff! Paff-Tschaff! Er musste an einen bestimmten Typ Frau denken. Betsy war so und seine Mutter auch. Beneidenswerte Wesen! Glücklich, solange sie herumwuseln konnten. Sie hetzten ständig durch die Gegend, was er früher ziemlich nervig fand. Aber inzwischen hatte er gelernt, damit umzugehen, ihr Gewusel einfach auszublenden und sich nicht aus der Ruhe bringen zu lassen.

Gerade kam Betsy aus dem Haus gerannt, als ginge es um Leben und Tod. Sie lief auf die Terrassenstufen zu. Offenbar wollte sie zu ihm. Es musste dringend sein, denn sie störte ihn nie, wenn er angeblich arbeitete. Wahrscheinlich sollte er irgendwas erledigen oder, was noch schlimmer war, seine Meinung zu irgendwas abgeben. Ihm wurde ganz beklommen zumute.

Doch Mrs Lloyd, die Frau des Pastors, die gerade die Auffahrt heraufkam, versprach einen willkommenen Aufschub. Betsy war gezwungen umzukehren. Er hoffte, dass die beiden Frauen ins Haus gehen und so schnell nicht wieder herauskommen würden. Sie blieben jedoch in der Auffahrt stehen. Wie es aussah, bat Mrs Lloyd um irgendwas, und Betsy schien ihrem Wunsch entsprechen zu wollen. Keine hörte der anderen zu; sie waren anscheinend zu sehr damit beschäftigt, ein und dasselbe mit immer neuen Worten zu sagen.

Jetzt stürmten die Kinder, mit Badetüchern und Picknickkörben beladen, aus dem Haus. Sie scharten sich um Betsy und bedrängten sie mit ihren Wünschen. Bestimmt rief Mrs Lloyd entzückt, wie groß sie doch geworden seien. Und wahrscheinlich waren sie genervt, denn sie starrten peinlich berührt auf den Boden und kickten gegen die Kieselsteine. Mark Hannay, ihr junger Gast, stand etwas abseits, spielte an den Knospen der Fuchsien herum und tat so, als ginge ihn das alles nichts an. Schließlich zogen sie ab. Offenbar hatte Betsy ihre Wünsche erfüllt, denn sie stürzten freudig den steilen Pfad durch den Garten hinunter. Aber jetzt mussten die beiden Frauen natürlich noch mal von vorn anfangen. Alec war es unbegreiflich, dass sich Frauen x-mal wiederholen mussten, um sich ihrer guten Absichten zu versichern. Es war ihm klar, dass es sich um eine Höflichkeitsgeste handelte, die Untergebene allerdings ausschloss.

Jetzt waren die Kinder unten angelangt. Sie flitzten über die Straße, stiegen über einen Zauntritt und rannten über die Felder auf die Dünen und das Meer zu. Die übliche Reihenfolge war wieder hergestellt, vorn die beiden Mädchen, dahinter die beiden Jungen.

Betsy und Mrs Lloyd näherten sich dem Ende ihrer Unterhaltung. Eine gewisse Unruhe wurde spürbar. Betsy machte einen halben Schritt zurück, wie um ihre Gefährtin zu ermutigen, ihrem Beispiel zu folgen. Keiner von beiden machte es Spaß, dort zu stehen. Die Angelegenheit war schon längst geklärt, und beide hatten tausend andere Dinge zu erledigen. Aber es fiel ihnen offenbar ungeheuer schwer, sich zu trennen. Zentimeter um Zentimeter vergrößerten sie den Abstand zwischen sich, ohne ihr Gespräch zu unterbrechen. Bestimmt glaubte Betsy, jeden Augenblick erlöst zu sein.

Doch sie irrte sich. Der nächste Störenfried war bereits im Anmarsch. Eine vierschrötige Person war hinter den Fuchsiensträuchern aufgetaucht – Frau Bloch aus dem Cottage am Fuß des Hügels. Sie wartete mit kleinlauter Leidensmiene darauf, dass Betsy sie bemerkte. Trotz der Hitze trug sie einen Pelzmantel. Niemand hatte sie bisher ohne dieses Kleidungsstück gesehen, und die Cannings vermuteten, dass es der Mantel war, in dem sie mit ihrer Familie vor Hitler geflohen war.

Obwohl sie gerade erst Mrs Lloyd losgeworden war, stellte Betsy sich schon der nächsten Herausforderung. Auch wenn Alec ihr Gesicht nicht sehen konnte, bemerkte er amüsiert, dass es diesmal erheblich weniger Wiederholungen gab. Sie versuchten gar nicht erst höflich zu sein. Betsy konnte die Blochs partout nicht leiden, die es gar nicht zu schätzen wussten, dass sie im Cottage wohnen durften, und ständig hochkamen, um sich zu beschweren. Er konnte ihr keinen Vorwurf machen; die Blochs waren schwierige Leute, und er konnte sich nicht erklären, welcher Teufel ihn geritten hatte, als er ihnen eine Unterkunft anbot. Bloch hätte doch merken müssen, dass er betrunken war, und ihn nicht beim Wort nehmen dürfen.

Betsy hatte natürlich recht, sauer zu sein, da sie im Cottage normalerweise Gäste unterbrachte. Jetzt fehlte ihr der zusätzliche Platz. Außerdem war Frau Bloch eine Nervensäge und konnte jeden Moment aus den Fuchsien stürzen. Beispielsweise jetzt. Betsy musste sich zu ihr hinunterbeugen, um zu verstehen, was sie sagte. Ein kurzer Austausch regelte die Angelegenheit. Der Pelzmantel verschwand zwischen den Büschen, und Betsy atmete erleichtert auf.

Aber sie eilte nicht sofort davon, um sich dem nächsten Problem zuzuwenden. Aus irgendeinem Grund blieb sie stehen. Sie wirkte irgendwie bedrückt und verstört. Und Alec empfand wie so oft Mitleid mit ihr. Er wusste sehr gut, dass sie nicht glücklich war, dass ihr die ganze Hetzerei eigentlich zuwider war. Er wusste auch, dass sie sich nach Ruhe sehnte und nur jemanden brauchte, der sie in ihrem Bedürfnis unterstützte. Es war sein größtes Versäumnis als Ehemann, dass er das nie getan hatte.

Er hatte es nicht einmal versucht. Halb spöttisch, halb schmunzelnd hatte er sie gewähren lassen. Wie schon bei seiner Mutter war er den Weg des geringsten Widerstands gegangen. Seine Gutmütigkeit und Gelassenheit waren keine Tugenden, sondern Laster. Er hatte sich nie ernsthaft mit ihrer Beziehung auseinandergesetzt oder versucht, ihr in Krisen Orientierung zu bieten. Dennoch hatte er sie einmal leidenschaftlich geliebt und hatte sie immer noch sehr gern. Es bekümmerte ihn, dass sie mit ihrem Leben so unzufrieden war.

Als sie schließlich die Terrassenstufen heraufkam, gehorchte er seinem besseren Ich und rief ihr zu:

»Brauchst du mich? Bin sofort da!«

Er stand auf. Sie wedelte mit einem Blatt Papier, einem Brief oder so was, und erwiderte, dass sie hochkommen und mit ihm reden wolle. Also setzte er sich wieder auf die Mauer und beobachtete, wie sie im Zickzack den Weg heraufeilte. Es war ein Jammer, dass die erste Zeile von *Byron* just in diesem Moment aus dem Tümpel sprang. Aber so war es immer. Jedes Mal, wenn sich eine Unterbrechung anbahnte, schossen die Fische an die Oberfläche.

»Was wollte Frau Bloch?«, fragte er, als sie zu ihm stieß.

»Ach … diese Tölpel haben es geschafft, dass sämtliche Sicherungen durchgebrannt sind. Lass uns reingehen. Ich krieg sonst noch einen Sonnenstich.«

Sie traten in die Kühle des Gartenhauses. Er warf einen gequälten Blick auf die Partitur, die auf dem Tisch lag. Jetzt, in diesem Moment, hätte er sich hinsetzen und seinen genialen Einfall zu Papier bringen müssen. Aber da war der schillernde Fisch schon verschwunden. Einen solchen Schatz würde er kein zweites Mal heben.

»Meine Mutter kommt.«

Schweren Herzens verabschiedete er sich von seinem verheißungsvollen Fang und betrachtete das Telegramm, das sie ihm hinhielt. Vorsichtig und stockend begann sie zu erzählen. Offenbar fürchtete sie, dass er ihr Vorwürfe machen könnte, weil sie sich das alles selbst eingebrockt hatte. Aber Gutmütigkeit ist sowohl eine Tugend als auch ein Laster, und er war nun mal ein netter Mensch.

»Das ist wirklich äußerst lästig«, stimmte er ihr zu. »Allerdings sehe ich nicht, wie wir sie davon abhalten können, du etwa?«

»Sie will mit uns reden. Sie will die Scheidung verhindern.«

»Wenn sie es versucht, sagen wir ihr, sie soll sich raushalten. Wir sagen, dass noch nichts entschieden ist und dass sie nur Schaden anrichtet, wenn sie ihre Nase in unsere Angelegenheiten steckt. Natürlich drücken wir es etwas höflicher aus.«

»Aber das stimmt doch nicht«, wandte Betsy rasch ein. »Wir haben uns doch schon entschieden, oder? Das Ganze verschiebt sich doch nur um drei Wochen.«

Er zögerte. Die Aussicht auf eine Scheidung war ihm höchst zuwider. Er verspürte nicht das geringste Bedürfnis, sich zu trennen. Aber Betsy dachte, zu Unrecht, wie er fand, dass sie ohne ihn glücklicher wäre. Dabei würde sie auch weiterhin herumhetzen, würde mit zunehmendem Alter immer unzufriedener werden und sich fragen, was ihr zu ihrem Glück eigentlich fehlte.

»Wir haben uns doch entschieden, oder?«, fragte sie noch einmal. »Waren wir uns nicht einig, dass es die einzige Möglichkeit ist?«

»Jaaa. Weil ich es nicht schaffe, ein besserer Ehemann zu sein.«

Das sagte er mehr zu sich selbst.

»Ach, Alec! Ich hab nie behauptet, dass du ein schlechter Ehemann wärst.«

»Bin ich aber.«

Sie lächelte, erfreut darüber, dass er das zugab, auch wenn sie niemand anderem erlaubt hätte, so etwas zu sagen.

»Und ich …«, erwiderte sie, »bin eine schlechte Ehefrau.«

Ein guter Ehemann hätte versucht, sie zu führen. Das wäre ein ständiger Kampf gewesen, der ihn völlig ausgelaugt hätte. Es hätte ihm ein Höchstmaß an Konzentration, Verständnis und Mitgefühl abverlangt.

Er zweifelte nicht an seiner Überlegenheit, denn er hielt

sich für vernünftiger, gerechter und rationaler als sie. Er und nicht sie hätte in ihrem gemeinsamen Leben den Ton angeben sollen. Doch er zweifelte daran, dass er genug Kraft hatte, um sich gegen sie zu behaupten. Sie war ihm nicht nur ebenbürtig, sondern auch kultiviert und sensibel. Er konnte nicht mit ihr umspringen wie mit einem Haustier oder einem Sklaven. Und sie auf andere Weise zu führen, würde ihn geistig und seelisch überfordern. Das Leben war nicht lang genug, um sich das anzutun.

Trotzdem hatte er sie geheiratet und sich verpflichtet, sie zu lieben und glücklich zu machen.

»Es ist allein meine Schuld«, sagte er langsam. »Ich bin so verdammt bequem. Das ist das Problem.«

»Du wirst dich nicht mehr ändern, nicht in deinem Alter. Und überhaupt ... selbst wenn du es versuchen würdest, selbst wenn du sie aufgeben würdest, glaubst du wirklich, wir kämen dann besser miteinander aus?«

Er starrte sie an. Was um Himmels willen ... großer Gott! Sie meinte Chris Adams. Sie dachte an seinen Seitensprung, der so unwichtig war, dass er ihn längst vergessen hatte.

»Du solltest sie heiraten, wirklich, Alec. Du wärst ihr bestimmt ein guter Ehemann.«

»Liebes Kind, schlag dir das aus dem Kopf. Ich werde Chris niemals heiraten. Ich will es gar nicht. Und selbst wenn ich es wollte, würde sie mich nicht haben wollen. Sie hat schon einen Mann, der sehr gut zu ihr passt.«

»Er ist ein schrecklicher Mensch. Das sagt jeder.«

»Außerdem habe ich dir gesagt, dass es vorbei ist. Sie ist nach Kalifornien gezogen. Ich nehme nicht an, dass ich sie je wiedersehen werde. Es ist schon seit Monaten vorbei.«

»Ich kann nicht verstehen, wie du zulassen konntest, dass sie einfach aus deinem Leben verschwindet. Wenn du sie geliebt hättest ...«

»Hab ich aber nicht. Liebe hatte nie etwas damit zu tun.«

Aber genau das weigerte sie sich zu glauben. Es hätte alles so viel einfacher gemacht, wenn Alec Mrs Adams nur aufrichtig geliebt hätte. Dann hätte *er* um die Scheidung gebeten und nicht sie.

Betsy seufzte und sank resigniert auf den Fenstersitz.

»Du bist einfach erschöpft«, sagte Alec. »Das ist das Problem. Du bist nicht in der Verfassung, eine so wichtige Entscheidung zu treffen. Du kommst hier nicht zur Ruhe. Alles lastet auf dir, die Kinder, das Personal, die Blochs. Kein Wunder, dass du glaubst, du müsstest dich scheiden lassen. Wie können wir bei diesem Tohuwabohu einen klaren Gedanken fassen? Wenn wir irgendwo hinfahren könnten, wo es ruhig ist, und über alles reden … Was ist? Was hast du?«

Sie lehnte sich aus dem Fenster; offenbar hatte irgendetwas ihre Aufmerksamkeit erregt.

»Ich dachte, ich hätte jemand auf der Terrasse gehört. Oh! Es ist Emil Bloch! Ich wünschte, sie würden nicht hier hochkommen. Es war nie die Rede davon, dass sie den ganzen Garten nutzen dürfen.«

»Er will doch hoffentlich nicht zu uns?«, fragte Alec besorgt.

»Nein. Er geht den Hügel hinunter.«

Sie sah dem schmalen, dunklen Kopf ihres Gastes nach, der unterhalb der Terrasse verschwand, und fügte hinzu:

»Ich vermute, er hat gelauscht.«

»Ich glaube nicht, dass er so etwas tut. Hast du eigentlich gehört, was ich gerade gesagt habe?«

»Wo in aller Welt soll ich meine Mutter unterbringen, wenn sie kommt? Nirgendwo ist Platz, jetzt, wo die Blochs im Cottage wohnen. Du wirst hier oben schlafen müssen, Alec. Ich bringe sie im Gästezimmer unter, und Mark kriegt dein Zimmer.«

»Na schön. Ausquartiert. Hast du gehört, was ich gesagt habe?«

»Natürlich.«

»Dann antworte mir. Ich bin vielleicht ein schlechter Ehemann, aber du hast die unschöne Angewohnheit, nie auf das einzugehen, was ich sage. Also, was habe ich gesagt?«

»Das ich allein verreisen und zur Ruhe kommen soll. Ich stimme dir zu. Ich denke das schon seit Jahren. Aber ich sehe nicht, wie das gehen soll.«

»Warum nicht?«

»Na ja … es ist mitten in den Ferien.«

»Es ist immer irgendwas.«

»Wie soll ich denn allein …«

»Ich meinte nicht allein. Ich meinte mit mir.«

»Mit dir?«

»Wir haben nie richtig … ich habe nie … meinst du nicht, dass wir, bevor wir eine Entscheidung treffen, ernsthaft versuchen sollten, einander zu verstehen? Herausfinden, was falschläuft, und versuchen, es zu ändern? Es gibt eine Menge, was ich dir noch sagen will, aber ich muss erst darüber nachdenken, und hier ist das unmöglich. Deine Mutter könnte sich um den Haushalt und die Kinder kümmern.«

»Du meinst, verreisen? Jetzt sofort? Aber was ist mit deiner Arbeit? Ich dachte, Johnnie hätte gesagt …«

»Der kann sich zum Teufel scheren. Das hier ist wichtiger.«

Sein Eifer überraschte sie. Sie spürte zum ersten Mal, dass er sie halten wollte, dass er sie schätzte. Bei ihren früheren Auseinandersetzungen hatte sie stets den Eindruck gehabt, dass er lediglich keine Veränderungen in seinem Leben wollte. Im ersten Moment wusste sie nichts zu erwidern. Um Zeit zu gewinnen, sah sie ihn fragend an.

»Und überhaupt«, sagte Alec entschlossen, »stimme ich dieser Scheidung erst zu, wenn du dir ganz sicher bist.«

»Aber wir waren uns einig. Mehr gibt es dazu doch nicht zu sagen.«

»Ich habe noch jede Menge dazu zu sagen.«

Sie schwankte. Irgendwie fühlte sie sich schwach und müde. Er sah, dass er sie beeindruckt hatte. Jetzt musste er schnell sein, um seinen Vorteil zu nutzen.

»Nimm dir einen Tag frei und komm mit mir an den Strand. Wir entscheiden dort, was wir machen. Nach einem entspannten Tag und einem langen Bad im Meer fällt es dir bestimmt leichter, deiner Mutter gegenüberzutreten.«

»Das geht nicht. Ich hab so viel zu tun.«

»Lass es liegen.«

»Du hast leicht reden. Aber ...«

»Ich meine es ernst, Liebes. Ich werde der Scheidung nicht zustimmen, solange ich nicht sicher bin, dass du in der Verfassung bist, eine vernünftige Entscheidung zu treffen. Jetzt bist du es nicht. Du brauchst Ruhe. Also je eher du auf meinen Vorschlag eingehst, desto eher kriegen wir die Sache geregelt.«

Sie protestierte halbherzig und gab dann nach. Ihre Neugier war geweckt: Sie wollte wissen, was er ihr so Dringendes mitzuteilen hatte.

»Ich lass uns was zum Lunch einpacken«, sagte sie.

»Gut. In zehn Minuten gehen wir los.«

Sie nickte und wandte sich zur Tür. Während sie durch den Garten hinunterging, hörte er, wie sie gebieterisch rief:

»Joy! Joy!«

# Der Schützling

Ein langbeiniges anmutiges Wesen hüpfte den Hang hinauf. Es war Joy Benson, die jeden Sommer mit der Familie nach Wales fuhr. Betsy zahlte ihr ein Pfund die Woche, damit sie ihr als eine Art Gouvernante und Mädchen für alles unter die Arme griff. Es war keine angenehme Beschäftigung, aber Joy brauchte das Geld, weil sie ihre kranke Mutter unterstützen musste. Das restliche Jahr über unterrichtete sie an einer Vorschule in der Provinz. Die Hewitts, die ihren Vater gut gekannt hatten, hatten sich erstaunlich großzügig gezeigt und ihre Ausbildung finanziert.

Auch wenn sie eher zurückhaltend war, hatte sie nie Anlass zu der Vermutung gegeben, sie sei undankbar. Betsy, die sie seit ihrer Geburt kannte, betrachtete ihre Loyalität als selbstverständlich. Sie hielt Joy für ein nettes Mädchen, fand sie allerdings ein wenig dröge, einfältig und zu ernst. Ihr Name wurde ihrem Wesen nicht im Entferntesten gerecht. Aber sie war sehr hübsch. Sie hatte weizenblondes, seidig glänzendes Haar und einen straffen, geschmeidigen Körper, dessen Grazie selbst durch ihre unvorteilhafte Garderobe nicht geschmälert wurde: unförmige Kleider, die wahrscheinlich irgendwelche Bäuerinnen handgewebt und bestickt hatten. In einem Badeanzug sah sie einfach umwerfend aus. Nackt hätte sie auch als Aphrodite durchgehen können.

»Alec und ich machen nachher einen Ausflug«, sagte Betsy, als sie in Hörweite war. »Serena soll uns bitte ein paar Sandwiches zurechtmachen. Meine Mutter kommt heute Abend mit dem Zug aus London. Richte Eccles aus, dass er sie mit dem Wagen abholen und an den Gepäckanhänger denken soll, denn sie hat immer riesige Koffer dabei. Sag Blodwen, dass sie im Gartenhaus für Alec ein Bett herrichten soll. Und Mark Hannay muss in Alecs Zimmer umquartiert werden. Das freie Zimmer macht ihr dann bitte für meine Mutter fertig. Kümmere dich um neues Schrankpapier für die Kommodenschubladen, frische Seife und Handtücher. Blodwen vergisst das immer. Und denk an die Blumen für den Frisiertisch.«

»Okay«, sagte Joy düster.

»Sag bitte nicht okay. Dieses Wort will ich in meinem Haus nicht hören. Bei den Blochs im Cottage sind die Sicherungen durchgebrannt. Kümmere dich darum. Mrs Lloyd braucht zwei Dutzend Gläser für ihre Feier. Ich habe ihr gesagt, dass wir ihr welche leihen können. Zähle sie und kümmere dich darum. Denk an den Fisch und schick die Lebensmittelbestellung los …«

Joy sagte immer wieder artig »Ja, Mrs Canning«, die braunen Augen aufmerksam auf Betsys Gesicht gerichtet. Falls es sie überraschte, dass Mrs Hewitt zu Besuch kam, war es ihr nicht anzumerken.

»Und dann geh ruhig zu den Kindern an den Strand. Du kannst ja nicht hier ganz allein deinen Lunch essen. Sag Serena, dass sie dir auch ein paar Sandwiches machen soll«, fügte Betsy noch hinzu.

Joy entfernte sich mit einem eleganten Hüpfer. Auf Betsys Kommando hin zu springen, war ihr in Fleisch und Blut übergegangen. Sie erledigte ihre täglichen Aufgaben wie eine graziöse melancholische Ballerina. Dank ihrer jugendlichen Vitalität wirbelte sie leichtfüßig durch den Tag. Erst lief sie in die Küche, dann die Treppe hinauf, um Blodwen, das Hausmädchen, zu suchen. Während sie sich gemeinsam an die Arbeit machten, fragte sich jede von ihnen, warum Mrs Hewitt so unerwartet zu Besuch kam und warum Alec und Betsy den Tag allein verbringen wollten, etwas, was nur äußerst selten vorkam. Beide stellte ihre ganz eigenen Vermutungen an, die eine auf Englisch, die andere auf Walisisch. Sie zogen Alecs Bett ab und legten Laken und Decken bereit, um sie später ins Gartenhaus zu bringen. Ein schwacher maskuliner Geruch entströmte dem Bett und stieg ihnen in die Nase. Mit leicht geröteten Wangen wuchteten sie die schwere Matratze herum, beide in aufwühlende Gedanken versunken – der goldblonde Haarschopf dicht neben dem dunklen.

Blodwen dachte daran, dass sie heute an ihrem freien Nachmittag mit ihrem Liebsten ausgehen würde. Sie war ganz vernarrt in ihn. Sie wollten sich um drei Uhr treffen, und da alle unterwegs waren und nur Sandwiches zum Lunch aßen, würde sie sich nicht um den Abwasch kümmern müssen und hätte genügend Zeit, um sich die Haare einzudrehen. Ach, sie konnte es kaum erwarten, bis es endlich drei Uhr war. Ihre dunklen Augen funkelten, während sie die Kissen abzog.

Joy wünschte, sie könnte wenigstens ein paar Minuten allein sein. Sie wollte sich auf die Matratze fallen lassen und still daliegen, in dem Bett, in dem *er* geschlafen hatte. Es war so schlimm gewesen, zu erfahren, dass er nun doch nicht weggehen würde, nachdem sie sich gerade mit der Tatsache abgefunden hatte, dass sie ihn diesen Sommer nicht mehr sehen würde. Und nun würde er sich weitere drei Wochen im selben Haus aufhalten, häufig sogar im selben Zimmer. Er würde mit ihr sprechen, sie manchmal sogar berühren. Allein die Vorstellung war ihr unerträglich. Wenn er weg war, konnte sie ihn manchmal vergessen. Aber wenn er hier im Haus war, lebte sie wie im Fieberwahn; nichts war real oder hatte irgendeine Bedeutung, bis auf die wenigen Momente, in denen sie ihm begegnete und hoffte, dass er sie erkannte. Sie konnte nicht anders als warten und hoffen.

Nur wenn er unterwegs war, wurde ihr bewusst, wie schändlich ihre Liebe war und dass sie sich von ihr befreien musste. Er liebte sie nicht und würde es nie tun. Er nahm sie ja kaum wahr. Er bedeutete ihr alles und sie ihm nichts. Aber sobald er in Pandy Madoc war, wollte sie es einfach nicht wahrhaben, glaubte zu spüren, dass sie irgendetwas verband, auch wenn er es nicht wusste.

Er hatte sie ein Mal geküsst, in London, vor zwei Jahren. Bis zu diesem Tag war sie frei gewesen und hatte sich keinen Deut um Betsys Mann geschert, auch wenn sie ihn ganz nett fand. Doch dann war sie über die Weihnachtsfeiertage bei den Cannings in ihrem Haus im Well Walk gewesen, um Betsy zu unterstützen. Und eines Abends hatten sie mit ein paar Leuten, die nach irgendeiner Party vorbeigekommen waren, im Dunkeln Verstecken gespielt. Im ganzen Haus hörte man nur noch Flüstern und Kichern, spitze Schreie und hastige Schritte. Alec musste sie für jemand anderen gehalten haben – für eins der Mädchen, die leicht beschwipst bei den Cannings hereingeschneit waren. Sie hatten sich beide hinter einem Vorhang in der Bibliothek versteckt. Sie erkannte sofort seine Stimme. Als sie jemanden durchs Zimmer schleichen hörte, packte sie warnend seinen Arm. Und so standen sie dicht voreinander im Dunkeln und hielten gespannt den Atem an. Und dann, als sich die Schritte knarzend entfernt hatten, küsste Alec sie, flüsterte einen fremden Namen, hielt sie offenbar für eine jener Frauen, die sich bei einem Kuss nichts weiter dachten. Auch er dachte sich nichts dabei. Doch dann geschah etwas Unerwartetes: Ein Feuer loderte in ihnen auf, nicht nur in ihr, sondern in ihnen beiden. Wer bist du?, flüsterte er immer wieder. Wer bist du? Aber sie verriet es ihm nicht. Sie floh, ehe er es herausfinden konnte.

Und doch hatte sie ihm etwas bedeutet. Ein paar Sekunden lang hatte sie ihm alles bedeutet; sie hatte gespürt, wie er nach Luft rang und zitterte, hatte gespürt, wie sein Herz wie wild pochte. Es war passiert, und es konnte wieder passieren. Und obwohl sie wusste, dass es verwerflich war, konnte sie nicht anders als warten und hoffen. Aber weiter würde sie nicht gehen; ihr Gewissen und ihr Schamgefühl ließen es nicht zu. Sie würde sich ihm niemals zu erkennen geben, würde ihn niemals mit irgendwelchen Tricks dazu bringen, sich an jenen Kuss zu erinnern. Aber sie war nicht stark genug, um die Hoffnung aufzugeben. Es konnte doch irgendetwas passieren. Es konnte doch, ganz ohne ihr Zutun, eine Situation eintreten, in der sie einander wieder ganz nahe kamen.

Mit schwerem Herzen und federndem Gang lief sie treppauf, treppab. Sie zählte die Whiskygläser, gab die Lebensmittelbestellung auf und pflückte Blumen für Mrs Hewitts Frisiertisch. Im Cottage würde sie erst am Mittag vorbeischauen, wenn sie zu den Kindern an den Strand hinunterging.

Gegen zwölf packte sie ihre Badesachen ein und lief in den diesigen, sonnendurchfluteten Tag hinaus. Salziger Meeresgeruch vermischte sich mit dem Duft des blühenden Ginsters. Er wehte in warmen aromatischen Wellen zu ihr herüber. Aber der Geruch, der sich mit dem Einzug der Blochs im Cottage eingenistet hatte, war noch intensiver – nicht unangenehm, eine Mischung aus Zwiebeln und Möbelpolitur. Aus sämtlichen Fenstern hingen Federbetten. Wenn es nach Frau Bloch gegangen wäre, hätte sie auch noch die Matratzen gelüftet.

Joy stand unschlüssig auf der Türschwelle, während ihr der penetrante Zwiebelgeruch (oder war es Knoblauch?) entgegenschlug. Es schien niemand zu Hause zu sein. Keinerlei Geräusche, keine Stimmen waren zu hören. Sie klopfte ein paarmal an die offen stehende Haustür. Nicht zu fassen, dass sie einfach weggegangen waren, ohne abzuschließen. Es konnten jederzeit Leute von der Straße, irgendwelche Landstreicher, hereinspazieren und Betsys Sachen stehlen.

Aber sie wusste ja, wo sich der Sicherungskasten befand; also könnte sie einfach hineingehen und nachsehen, was kaputt war. Schließlich gehörte das Haus nicht den Blochs, und außerdem hatte Betsy sie gebeten, sich darum zu kümmern. Sie ging hinein und verzog angewidert die Nase. Im Wohnzimmer herrschte ein heilloses Durcheinander. Der Tisch, auf dem noch die Reste des Frühstücks herumstanden, war mit Kohlezeichnungen übersät, offenbar Entwürfe für Filmkulissen. Mit spitzen Fingern griff sie nach einem Blatt, dessen eine Ecke am Honigschälchen klebte, und legte es mechanisch beiseite. Einen Moment lang vergaß sie ihr ganzes Elend und dachte über die Blochs nach. Sie stellte sich vor, wie diese fremden Menschen um den Tisch saßen, Deutsch redeten und deutsch dachten und die Welt mit fremden Augen sahen. Doch eigentlich interessierte sich Joy nicht besonders für sie. Ihr einziges Interesse galt ihrer zwanghaften Liebe. Es war, als hätte sie Scheuklappen auf. Sie hatte sich in einen Zustand geistiger Beschränkung hineinmanövriert, der schon an Schwachsinn grenzte. Die Abenteuer des Geistes, die Sphären der Spekulation, der Fantasie und der Reflexion, existierten für sie nicht mehr.

Ein Blick auf den Sicherungskasten genügte. Sie stieg auf einen Stuhl und begann, von einem Draht, den sie mitgebracht hatte, kurze Stücke abzuschneiden und damit die Sicherungen zu ersetzen.

Eine Stimme aus der Küche ließ sie zusammenfahren.

»Hallo?«

Schlurfende Schritte näherten sich, und dann stand Emil Bloch in der Tür.

»Hallo, Miss Benson!«

»Ich wollte nach den Sicherungen sehen. Ich hab ein paarmal geklopft. Ich dachte, es wäre niemand zu Hause.«

»Ach so?«

Er lehnte am Türpfosten und stierte sie an. Was für ein grässlicher, ungehobelter Mensch, dieser Ausländer. Aber da er ein altes blaues Hemd trug, das einmal Alec gehört hatte, fand er Gnade vor ihren Augen. Dieser eine Umstand verlieh ihm eine gewisse Bedeutung. Und so schaute sie sich hin und wieder nach ihm um, während sie kleine Stücke vom Sicherungsdraht abknipste. Jedes Mal begegnete sie seinem ausdruckslosen, unergründlichen Blick. Es war, als würde sie belauert. Sie fand ihn ein wenig unheimlich. …

»Haben Sie ein elektrisches Bügeleisen benutzt?«, fragte sie ihn schließlich.

Er schüttelte den Kopf.

»Das sollten Sie auch nicht. Der Strom ist nicht stark genug.«

»Ach so.«

Plötzlich lächelte er. Seine Miene wurde freundlich und sanft, als ob er sie aus irgendeinem Grund sehr mochte.

»Sie haben eine schöne … Statur«, sagte er langsam.

Hätte er Körper oder Figur gesagt, wäre sie empört gewesen. Aber dieses ungewöhnliche Wort klang unschuldig und harmlos. Sie lachte, und er lachte mit.

»Schöne Schekel«, fuhr er fort. »Sehr schön …«

Er schlug sich auf die Beine und sah sie fragend an.

»Schenkel«, sagte sie nach kurzem Zögern.

»Ah, Schenkel.«

Er wiederholte das Wort leise, fast wehmütig, während sie vom Stuhl stieg. Sie lachte wieder, diesmal etwas unsicher, weil sie nicht wusste, was sie sagen sollte.

»Ich habe Sie noch nie lachen gehört, Joy. Es geht Ihnen nicht gut hier … glaube ich. Sie sind in einer schlimmen … Lage.«

»Oh, nein … Ich … ich fühle mich sehr wohl hier. Ich …«

Er schnitt ihr mit einer Geste das Wort ab, während er sich einen neuen Satz auf Englisch zurechtlegte.

»Bald geht es Ihnen besser … Sie wollen eine … Scheidung.«

»Was?«

»Und dann, vielleicht, nimmt er Sie mit.«

»Was sagen Sie da? Wie meinen Sie das?«

»Sie lieben Alec, oder?«

Joy schnappte nach Luft und brach in Tränen aus.

Mit verwirrter und zugleich besorgter Miene redete Emil auf sie ein, unverständliche deutsche Sätze, die sie wohl beruhigen sollten.

»Aber woher wissen Sie das?«, stieß sie schluchzend hervor. »Das stimmt doch gar nicht. Woher wollen Sie das wissen? Wie können Sie bloß so was denken?«

»Wie Sie mit ihm sprechen … wie Sie ihn ansehen … ein paarmal … Keine Angst. Niemand hat etwas gesagt. Aber es … springt mir ins Auge … nur mir … Wenn die Scheidung kommt, ist alles gut. Ich freue mich für Sie. Und für ihn.«

»Aber Sie haben das falsch verstanden. Sie irren sich. Er … er macht sich überhaupt nichts aus mir. Ich bedeute ihm gar nichts. Er weiß nicht …«

»Ach so? Er weiß nichts?«

Er verstand die Welt nicht mehr, denn bis eben hatte er geglaubt, das hübsche junge Mädchen wäre Alecs Geliebte.

Eine tiefe Niedergeschlagenheit überkam ihn. Wieder einmal wurde ihm bewusst, dass er sich in einem fremden Land befand, in dem nichts so war, wie es zu sein schien, weshalb er, ein kluger Mann, lauter dumme Fehler machte. Er hatte doch nur nett zu diesem Mädchen sein wollen, das er oft bemitleidet hatte, weil es unter ihrer heimlichen Liebe litt. Er empfand echtes Mitgefühl mit ihr. Es musste doch schlimm sein, von der strengen Betsy wie eine Haussklavin behandelt zu werden. Aber er hatte alles falsch verstanden, denn er war ein Vertriebener und hatte keinerlei Gemeinsamkeiten mit diesen Engländern, diesen Fremden, die zwar freundlich zu ihm waren, doch letztlich reserviert und undurchschaubar blieben. Mit betrübter Miene sagte er:

»Es tut mir leid. Ich weiß nicht, warum sie sich scheiden lassen wollen. Ich verstehe gar nichts.«

»Aber das stimmt nicht. Sie lassen sich nicht scheiden. Sie müssen da etwas missverstanden haben.«

»Doch, doch, sie lassen sich scheiden. Ich habe es gehört.«

»Von wem?«

»Ich war am Fenster. Sie haben die ganze Zeit geredet, von der Scheidung. Und dass die alte Frau kommt, sie will es verhindern.«

»Welche alte Frau?«

»Die alte Dame … die Mutter.«

Mrs Hewitt? Kam sie deshalb hierher? Aber das war unmöglich.

»Sie müssen das missverstanden haben. Oder haben sie sich gestritten? Aber sie sind doch gerade zusammen zum Strand gegangen.«

Er zuckte mit den Schultern und lachte verächtlich.

»Vielleicht ist das ein englischer Brauch.«

»Andere Leute bespitzeln ist jedenfalls kein englischer Brauch«, sagte sie schnell.

»Wie?«

»Das ist schändlich.«

»Was meinen Sie bitte?«

»Private Gespräche belauschen … so was tut man in England nicht … nicht, wenn man ein Gentleman ist.«

»Ach so. Es ist schwer, ein englischer Gentleman zu sein.«

»Warum sollten sie sich überhaupt scheiden lassen? Sie sind doch ganz glücklich zusammen.«

»Meinen Sie? Mrs Betsy wünscht sich vielleicht was Besseres. Ich glaub, sie will Lord St. Mullins heiraten.«

»Lord St. Mullins?«

Joy hatte Betsys Cousin, der vor Kurzem ziemlich unerwartet einen Adelstitel geerbt hatte, noch nie gesehen. Aber sie hatte oft von ihm gehört, denn die ganze Familie machte sich über ihn lustig. Niemand erwähnte seinen Namen, ohne dass alle in schallendes Gelächter ausbrachen. Dank des Ablebens diverser Onkel und Cousins durfte sich der einstige Max Buttevant nun Lord St. Mullins nennen. Er war ein Sonderling, ein Pazifist, ein Kriegsdienstverweigerer und Gegenstand unzähliger urkomischer Anekdoten.

»Das kann nicht sein. Wie kommen Sie denn darauf?«

Er überlegte, suchte nach Worten für eine Antwort.

»Im Juni, wir sind gerade angekommen, war sie allein hier. Er hat sie jeden Tag besucht, jeden Tag. Ich habe sie sehr oft zusammen gesehen.«

»Das kann gut sein. Er hat ja bei seiner Schwester in Tan-y-Vron gewohnt. Natürlich hat er Betsy besucht. Er ist schließlich ihr Cousin.«

»Er liebt sie«, sagte Bloch entschieden. »Er ist sehr reich, nicht? Und ein Adliger.«

»Sie haben das völlig falsch verstanden. Das ist unmöglich.«

»Vielleicht. Wenn Sie meinen. Ich verstehe nichts.«

»Sie dürfen das niemandem erzählen. Niemandem.«

Obwohl er nickte, hatte sie das Gefühl, dass man ihm nicht trauen konnte.

Er war Ausländer und kein Gentleman.

»Kein Wort zu irgendjemandem über eine Scheidung. Das ist alles nur ein Missverständnis, da bin ich mir sicher. Und auch nicht ... über mich ... dass ich vorhin geweint habe. Das hatte nichts zu bedeuten ... Das war einfach albern von mir ... Erzählen Sie es niemandem.«

»Wie Sie wollen.«

Sie beäugten einander misstrauisch. Er war sicher, dass sie log. Er wusste, was er gehört hatte. Er hatte schließlich Ohren. Und Augen im Kopf. Noch nie hatte er einen Mann erlebt, der einer Frau so ungeniert den Hof gemacht hatte wie Lord St. Mullins.

Schweigend trat er zur Seite, um sie vorbeizulassen.

Als sie sich im Garten bückte, um den Riemen ihrer Sandale festzuziehen, hörte sie plötzlich, dass er drinnen mit jemandem sprach. Eine heisere, knurrige Stimme antwortete ihm. Es war Frau Bloch, die die ganze Zeit im Haus gewesen sein musste, in der Küche, gleich nebenan. Sie hatte also alles mitbekommen, jedes Wort, das sie mit ihrem Mann gesprochen hatte, und auch, dass sie in Tränen ausgebrochen war.

Jetzt erzählte er ihr irgendetwas – ein langer, wütend klingender Monolog. Joy glaubte, ihren Namen zu hören, mehrmals hintereinander. Diese Banausen sprachen über sie. Und dann ging es um Lord St. Mullins. Was für schreckliche Leute, finster und böswillig. Fremde eben.

# Am Strand

Die Kinder waren an diesem Morgen schon viermal im Wasser gewesen. Jetzt war Ebbe, und das Meer hatte sich so weit zurückgezogen, dass die Küste fast hinter einer riesigen dunstigen Fläche aus Sand und seichten Tümpeln verschwand. Daphne aalte sich ein letztes Mal in den kleinen, schmatzenden Wellen, die sich in der Bucht kräuselten, und suchte dann mit zusammengekniffenen Augen die fernen Dünen nach dem genauen Ort ab, wo sie die Picknickkörbe abgestellt hatten. Sie orientierte sich an einem orangefarbenen Punkt: Das musste die Boje sein, die sie nach ihrem dritten Bad dort deponiert hatten. Sie hielt darauf zu, rannte schnell über den weichen Sand, etwas vorsichtiger über die geriffelten Stellen und platschte durch die Tümpel, die sich nach dem belebend kalten Meerwasser an ihren Knöcheln fast heiß anfühlten.

Eliza folgte ihr. Bald hatten sie das Meer weit hinter sich gelassen, doch die Dünen schienen kein bisschen näher zu kommen. Die schlanke Daphne rannte mit erhobenem Kinn, ihre roten Haare wehten im Wind. Die dicke Eliza trottete mit gesenktem Kopf hinter ihr her und hielt nach Messermuscheln Ausschau.

Plötzlich blieb Daphne, den Blick starr auf die Dünen gerichtet, stehen und rief:

»Guck mal! Da ist Joy.«

»Wo?«, fragte Eliza, nachdem sie sie eingeholt hatte.

»Bei unseren Picknicksachen.«

»Oh, verflucht!«

Sie drehten sich zu den Jungen um, um sie darauf aufmerksam zu machen, aber die waren gerade erst aus dem Wasser gekommen und schienen sich kaum vom Fleck zu rühren. Sie waren viel zu weit weg, um sie zu verstehen.

So war es immer bei ihren Ausflügen. Daphne und Eliza bildeten die Vorhut, flitzten einen Hügel hinauf, sausten ins Tal hinunter, neugierig und abenteuerlustig. Mark und Kenneth, in endlose Diskussionen vertieft, folgten ihnen in einigem Abstand, nahmen ihre Umgebung aber kaum wahr. Für sie war ein Ort wie jeder andere. Sie spazierten über den Strand wie durch den Kreuzgang in ihrer Schule. Selbst in Badesachen hatten sie etwas Gelehrtenhaftes an sich, die Schultern leicht vorgebeugt, als würden ihre langen Talare im salzigen Wind flattern. Wenn ihnen danach war, konnten sie auch richtig sportlich sein, dann schwammen sie durch die Bucht und rannten um die Wette die Berge hinauf.

Schicksalsergeben setzten sich die beiden Mädchen in den Sand, um auf sie zu warten. Unmerklich kamen sie näher. Mark hielt, ohne aufzublicken, direkt auf ihren Picknickplatz zu. Kenneth, der ihm nie von der Seite wich, hing an seinen Lippen, ernst und aufgewühlt. In seiner Badehose sah er dünn und klein aus, und seine blonden, borstigen Haare, die kein Wasser zu bändigen vermochte, standen nach allen Seiten ab. Sein wacher Blick huschte hin und her, von Marks Gesicht zum Meer, dann zu den Dünen hinüber. Der fast zwei Jahre ältere Mark war kräftiger gebaut und hatte dunkles Haar, das ihm jetzt am Kopf klebte, sodass dieser etwas zu klein erschien.

Schließlich waren sie in Hörweite, und Daphne rief ihnen die unliebsamen Neuigkeiten zu. Die beiden Jungen warfen nur einen kurzen Blick auf den Störenfried und setzten unbeirrt ihr Gespräch fort. Als sie auf ihrer Höhe waren, schlossen sich die beiden Mädchen ihnen an und hörten ihnen gelangweilt zu.

»In der dritten Dimension, im Raum, gibt es irgendwo ein Zeitelement«, sagte Mark. »Nimm ein normales Foto. Es ist vollkommen flach … zweidimensional. Wenn du es durch ein Stereoskop betrachtest, hast du den Eindruck, es wäre dreidimensional. Es hat Tiefe bekommen. Na gut. Aber irgendwie sieht es künstlich aus. Oder? Viel weniger realistisch, wie tot. Die Personen sind wie erstarrt … wie versteinert. Warum? Weil du die Zeitkomponente brauchst, um etwas plastisch darzustellen. Und die gibt es in einem Foto nicht.«

»Du meinst einen Schnappschuss, keine Langzeitaufnahme«, unterbrach Daphne ihn.

Kenneth warf ihr einen ungehaltenen Blick zu, während Mark ungerührt weiterredete.

»Man kann sich den Raum nicht ohne die Zeit vorstellen und umgekehrt.«

»Das habe ich auch nie behauptet«, erwiderte Kenneth. »Ich sage ja nur, dass … dass unsere Gedanken … nicht daran gebunden sind. Wenn ich an letzte Woche denken will, muss ich nicht erst Stunde für Stunde zurückgehen, bis ich zu dem Tag komme, an den ich mich erinnern will. Ich kann an letztes Jahr genauso schnell denken wie an gestern. Wenn ich an unser Esszimmer zu Hause denken will, muss ich mir nicht erst den ganzen Weg durch den Sand und die Felder und die Straße und den Hügel hinauf vorstellen. Ich bin in einer Sekunde da.«

»Aber dein Astralleib nicht«, mischte sich Daphne erneut ein. »Wenn du willst, dass dein Astralleib auch dort ist, musst du dir jeden Meter des Wegs vorstellen.«

Beide Jungen fielen über sie her. Sie waren so herablassend, dass Eliza den Tränen nahe war. Aber Daphne hatte keine Angst vor ihnen. Sie hatte in einer Zeitschrift alles über Astralleiber gelesen und antwortete ganz gelassen:

»Das ist bewiesen. Es gab da einen alten Mann, der in eine

Bibliothek wollte, die schon geschlossen hatte. Also schickte er seinen Astralleib rein, und der las das Buch, das er ausleihen wollte, und konnte viel mehr damit anfangen als er, wenn er selbst reingegangen wäre.«

»Und danach ist er wahrscheinlich nie mehr irgendwohin gegangen. Hat nur faul im Bett gelegen, während sich sein Astralleib für ihn abgerackert hat«, höhnte Kenneth.

»Das habe ich nicht gesagt«, erwiderte Daphne ungerührt.

Sie machten sich einen Spaß daraus, sie auf den Arm zu nehmen. Eliza, die ihrem Gespräch durchaus folgen konnte, hätte gern etwas gesagt, wagte es jedoch nicht, aus Furcht, angeschnauzt zu werden. Es erstaunte sie immer wieder, dass sie, die schließlich nicht auf den Kopf gefallen war, schweigend neben ihnen herlief, während Daphne, kapriziös und flatterhaft wie ein Schmetterling, ihre spöttische Aufmerksamkeit erregte.

Je näher sie ihrem Picknickplatz kamen, desto mehr trödelten sie, wie um den Moment hinauszuzögern, in dem sie Joy in ihren Kreis aufnehmen mussten. Keiner von ihnen mochte sie, wenngleich sie nicht hätten sagen können, warum. Ihre beflissene Gehorsamkeit gegenüber Betsy machte sie nicht gerade zu einer angenehmen Gefährtin. Außerdem spielte sie sich gern als Autoritätsperson auf und machte ihnen Vorschriften. Anders als manche Erwachsene ließen sie sich jedoch nicht von ihrer beschwingten Umtriebigkeit täuschen. Ihnen entging nicht, dass Joy häufig gedrückter Stimmung war, und sie spürten instinktiv, dass irgendetwas mit ihr nicht stimmte.

Als sie schließlich die Dünen erreichten, begrüßten sie sie ohne große Begeisterung und ließen sich in den Strandhafer fallen. Die Sandwiches wurden verteilt, und schweigend begannen sie zu essen. In der Ferne flüsterte das Meer. Seevögel rannten über den nassen Sand, als suchten sie dort vor dem grellen Himmel Zuflucht. Die fünf Personen in den Dünen hatten sich in ihre private Welt zurückgezogen. Ihre Gedanken gingen getrennte Wege, und es schien, als wären sie meilenweit voneinander entfernt, obwohl sie dicht nebeneinander lagen und sich fast berührten.

Mark dachte weiter über Raum und Zeit nach. Er versuchte, zu irgendeinem Ergebnis zu kommen, aber es gelang ihm nicht. Fünf Minuten lang saß er gedankenversunken da und hielt sein angebissenes Sandwich in der Hand. Vage nahm er das ferne Meer und das gleißende Licht wahr. Ein wohliges Gefühl durchströmte ihn.

Daphne lag auf dem Bauch, weil sie ihren Rücken bräunen wollte. Sie wälzte scheinbar tiefgründige Gedanken. Wahllose Bilder tauchten in ihrem Kopf auf. Die Mädchen in der Schule bewunderten ihren Rücken. Sie war brauner als alle anderen. Aber in einem Buch hatte sie gelesen, dass zu viele violette Strahlen das Knochenmark auflösen können. Sie sah, wie es schmolz und blubberte. Und Miss Troutbeck, die Hausmutter in ihrer Schule, die jetzt vor ihnen im Physiksaal stand, sagte, dass man es mit dem Sonnenbaden auch übertreiben könne. Elsie Mottrams rosiges Gesicht tauchte auf. Trouty sei eben altmodisch, eindeutig Vorkriegsgeneration, spottete sie. Sie behaupte ja auch, dass man eine Lungenentzündung bekäme, wenn man sich unter den Armen rasierte. Ein paar der Mädchen kicherten. Das war nicht besonders witzig, aber so waren die Mädchen in Raum sechs nun mal. Ihr seid ja noch Kinder, ihr habt keine Ahnung, sagten sie zu ihr und Jean, Daphnes bester Freundin. Und die erwiderte: Besten Dank, das wollen wir auch gar nicht, das betrifft uns noch lange nicht. Sie gingen runter zur Vorratskammer, um ein paar Kekse zu stibitzen, und eine Aufsichtsschülerin erwischte sie. Sie musste an Geister denken, weil die Aufsichtsschülerin jemanden kannte, der einen Geist gesehen hatte. Aber das

Wort macht mir Angst, weil es mich daran erinnert, dass ich vielleicht in die Hölle komme. Maisie Renshaw machte sich über den Heiligen Geist lustig: Wer aber den Heiligen Geist lästert ... – ich hab nur gelacht. Irgendwer meinte, dass Geist dasselbe bedeute wie Gespenst. Und Maisies Stimme ertönte: Wie wär's mit dem Heiligen Gespenst? Alles lachte. Hatten wir uns jetzt alle versündigt? Jean behauptete Nein, und ihr Vater ist schließlich Pfarrer. Sie meinte, nur Maisie hätte sich versündigt. Er lud uns in eine Teestube ein und bestellte Erdbeereis. Aber warum trug er ein Kreuz an seiner Uhrkette, praktisch vor seinem Bauch, was ja nicht gerade gottesfürchtig ist? Warum trug er es nicht an einer Kette um den Hals?

Elizas Gedanken waren zusammenhängender. Sie sagte etwas sehr Kluges, und Mark und Kenneth hörten ihr andächtig zu. Daphne war nicht da. Mark sagte: Das hast du sehr gut ausgedrückt. Viel besser, als ich es könnte. Oder vielleicht sagte er auch: Darauf wäre ich nie gekommen. Was genau hatte sie gesagt? Gab es irgendetwas, was sie wusste und die beiden Jungen nicht? Wie kam es, dass sie so viel mehr wussten als sie selbst? Saß sie nicht stundenlang an ihrem Schreibtisch und paukte? Immerhin sprach sie im Gegensatz zu ihnen fast akzentfrei Französisch. Aber warum waren Jungen so anders? Ihr Leben in St. Clere's in den Welsh Marches war so verschieden von ihrem. Sie hatten Kreuzgänge und Bibliotheken, und sonntags wanderten sie auf dem River Cliff entlang, machten Spaziergänge in der Natur. Sie redeten gestelzt, wie Chaucer. Sie führten ein vornehmes und freies Leben, während sie ihres in einer Bruchbude aus billigem Kiefernholz und mit pseudogotischer Fassade fristete. Sie hätte alles dafür gegeben, ein Junge zu sein und einen Freund wie Mark zu haben.

Kenneth dachte an einen Witz, den er gern zum Besten geben würde. Aber er bräuchte dazu einen Aufhänger. Irgendjemand müsste sagen, wie öd es wäre, dass Joy ihren Lunch beaufsichtigen sollte, dann könnte er erwidern, dass sie sicher auch »ohne die Hilfe von *Freude* gestärkt und genährt« werden könnten. Er würde so tun, als wäre ihm das gerade eingefallen. Die Mädchen kannten das Zitat bestimmt nicht; dazu waren sie zu blöd. Aber Mark kannte es, weil Emily Brontë bei der Intelligenzija von St. Clere's gerade in Mode war. Mark würde bestimmt darüber lachen, und seine Anerkennung war für ihn pures Glück. Schon bei seinem Anblick – wie er dasaß mit seinem angebissenen Sandwich in der Hand, die Stirn in Falten gelegt – ging ihm das Herz auf. Er war unglaublich schön. Unfassbar, dass ein Mensch so vollkommen sein konnte. Er war in der Oberprima, Aufsichtsschüler und äußerst belesen. Manche hielten ihn für einen Aufschneider. Vor allem einige Lehrer schienen das zu denken. Sie behaupteten, dass Parkin, der zwar ganz in Ordnung war, aber außer von Botanik von nichts einen Schimmer hatte, eigentlich einen besseren Schulpräfekten abgeben würde. Aber warum sollte jemand, der einzigartig war, nicht das Recht haben, arrogant zu sein? War der Witz über Joy eigentlich wirklich so komisch? Oder eher geschmacklos? Mark fand es vielleicht schäbig, sich über ein Mädchen wie Joy lustig zu machen, im Grunde ein Dienstmädchen; Mark war immer sehr höflich zu ihr, half ihr, Sachen zu tragen, und hielt ihr die Tür auf, als wäre sie ein Gast. Aber Marks Manieren waren ohnehin perfekt, und ihm rutschte nie etwas Beleidigendes heraus, wie es Kenneth gelegentlich passierte.

Joy hatte ihr Sandwich aufgegessen und starrte aufs Meer, ohne dessen Weite und Schönheit wahrzunehmen. Ihre Gedanken waren wie Wellen, die sich auf einen bestimmten Punkt zubewegten und sich dann wieder zurückzogen. Eine Scheidung. Falls das wahr wäre, dann … aber das konnte nicht wahr sein. Es war einfach unmöglich. Es war falsch und sündhaft, sich so etwas auch nur vorzustellen. Aber falls es doch wahr war, wenn so etwas möglich war, dann wären auch andere Dinge möglich, und er wäre nicht mehr Betsys Mann und deshalb … aber den Gedanken sollte sie sich aus dem Kopf schlagen. Wenn sich Paare scheiden lassen, dann streiten sie sich und machen kein Picknick. Die Blochs haben eine rege Fantasie … sie sollte ihnen überhaupt nicht zuhören, das war illoyal … aber warum kommt dann Mrs Hewitt? Vielleicht stimmt es ja doch. Kann das wirklich sein? Nein, auf gar keinen Fall.

Die Sonne war weitergewandert und näherte sich dem Horizont. Das Wasser und der Sand leuchteten jetzt in einem zarten Goldton, und die einsetzende Flut hatte eine ganz eigene Melodie.

Betsy erwachte wie aus einem tiefen Schlaf. Sie ließ den trockenen, heißen Sand durch ihre Finger rieseln, spielte dieses uralte Spiel, wie es Menschen schon immer getan haben, seit die Welt erschaffen wurde. Ausgeruht und ganz mit sich im Reinen lag sie da und ließ sich treiben, wie all die anderen fühlenden und nicht fühlenden Wesen auch. Zu gern hätte sie hier gelegen, bis die Nacht hereinbrach und der heiße Sand sich abgekühlt hatte. Letztlich war es Alec, dem auffiel, dass es schon spät war, und der zum Aufbruch mahnte.

»Ich glaube«, begann er zögernd, »wir sollten langsam los, um deine Mutter abzuholen.«

Sie stimmte zu, machte aber keine Anstalten aufzustehen. Er musste ihre Schuhe holen und sie ihr überstreifen und ihre Badesachen zusammenrollen. Sie lag nur reglos da.

Den ganzen Tag hatte er über ihre Scheidung nachgegrübelt und sich für schwierige Entscheidungen gewappnet. Aber er hatte nichts gesagt, weil es ihm klüger erschienen war, sie schlafen zu lassen. Während er jetzt den Sand aus seinen Schuhen schüttelte, bemerkte er:

»Wir haben gar nicht geklärt, was wir deiner Mutter genau sagen wollen. Ich bleib dabei, was ich vorhin vorgeschlagen habe, dass wir eine Weile zusammen verreisen sollten, bevor ich in irgendetwas einwillige. Wenn du dir anschließend sicher bist, dass du dich trennen willst, dann soll's mir recht sein. Sollen wir ihr für ihren Besuch danken und sie bitten, sich in unserer Abwesenheit um den Haushalt zu kümmern? Wir geben ihr klipp und klar zu verstehen, dass wir nicht über unsere privaten Angelegenheiten diskutieren, bis wir wieder zurück sind.«

Betsy dachte: Wenn ich mit ihm verreise, blas ich womöglich die ganze Sache ab, so nett wie er damit umgeht. Und dann dachte sie: Warum eigentlich nicht?

Sie sagte: »Aber ich verstehe immer noch nicht, was es noch zu diskutieren gibt.«

»Ich möchte sicher sein, dass du weißt, was du tust, dass du mit deinem Leben klarkommst, wenn ich mich nicht mehr um dich kümmern kann. Ich habe mich zwar nicht immer bemüht, dich glücklich zu machen, aber es ist ja noch nicht zu spät. Schließlich willst du keinen anderen Mann heiraten. Wärst du nicht ziemlich einsam?«

»Nein, nicht mehr als jetzt auch.«

»Wie stellst du dir dein Leben … danach vor?«

Viel glücklicher, so stellte sie es sich zumindest vor. Und überhaupt nicht einsam. Natürlich würde sie irgendwann wieder heiraten. Und der andere Mann, wer immer er war, würde sie mehr lieben, als Alec es je getan hatte, er würde sie auf Händen tragen. Sie hatte jetzt schließlich Erfahrung; sie kannte ihren Wert. Ein zweites Mal würde sie nicht den Fehler begehen, sich so bedingungslos an einen Mann zu binden, alles zu geben, ohne allzu viel zurückzubekommen. Der andere Mann sollte sich ihrer nie zu sicher sein, sie niemals für selbstverständlich nehmen.

Glaubte Alec wirklich, dass es niemand gab, der sie heiraten würde? Es gab jede Menge Kandidaten; zum einen war da Max Buttevant, Max St. Mullins. Es war einfach rührend, wie der arme Max sie anbetete. Vielleicht heiratete sie ihn ja. Sie musste sehen, wie sie darüber dachte, wenn sie frei wäre, was sie ihm auch gesagt hatte, bevor er nach China ging.

Warum sage ich Alec das nicht? Warum sage ich ihm nicht, dass Max mich heiraten will? Warum will ich das nicht? Weil er dann fragt, warum wir überhaupt über eine Scheidung diskutiert haben. Er wird denken, dass alles schon entschieden ist. Dabei bin ich mir gar nicht sicher. Ich weiß nicht, ob ich Max heiraten will.

Sie sah Alec an, der so arglos und freundlich war, und dachte: Ich wäre ein ganz schönes Miststück, wenn ich Max heiraten würde, ohne Alec vorzuwarnen, vor allem, wenn wir ein paar Tage zusammen wegfahren.

Sie seufzte, und Alec drehte sich zu ihr um, nahm ihre Hand und sagte:

»Du willst es doch gar nicht, mein törichter Liebling.«

»Vielleicht … hast du recht.«

Wenn sie ihn nicht verließ, müsste sie sich jedenfalls nicht wie ein Miststück vorkommen.

Er dachte: Wir kommen doch prima miteinander aus. Für heute haben wir genug erreicht. Mrs Hewitt ist nicht so dumm, wie sie aussieht. Ich deute an, wie die Dinge stehen, und dann fahre ich mit Betsy weg. Und danach … reiße ich mich am Riemen, trinke weniger, gebe Betsy das Gefühl, dass sie geliebt wird … aber ich werde keine Mätzchen dulden; ich werde dafür sorgen, dass sie diese Opferrolle endlich ablegt … und sich zusammennimmt. Großer Gott, was für eine Plackerei!

Dann hielt er ihr die Hände hin und zog sie hoch. Sie gingen schnell, genossen die Bewegung nach der langen Rast. Es war jetzt kühler, und das Licht war klarer, denn es wehte eine leichte Brise. Die Berge leuchteten in ihren Nachmittagsfarben, während blaue, zerklüftete Schatten an den Hängen emporkrochen.

Der Zug erreichte das Meer entlang der Mündung des Afon Arian, der zwischen Felswänden weit ins Landesinnere floss. Alec und Betsy gingen eine kleine Bucht entlang, umrundeten eine Halbinsel und kamen nach Morvah Bay, wo die Kinder und Joy zusammen mit den Bloch-Jungen im Sand Schlagball spielten. Als Betsy fragte, ob jemand Lust hätte, mit zum Bahnhof zu kommen, um Großmutter zu begrüßen, war die Überraschung groß.

»Wusstet ihr denn nicht, dass sie kommt? Hat Joy es euch nicht erzählt?«

Joy hatte nicht daran gedacht, es ihnen zu sagen, und Betsy registrierte zum hundertsten Mal, wie träge das Mädchen doch war.

»Zieht schnell eure Schuhe an«, befahl sie. »Joy, du gehst nach Hause und kümmerst dich um den Tee. Mark! Würdest du ...«

Mark bot rasch an, die Körbe und Handtücher für Joy zu tragen. Was sollte er auch auf dem Bahnhof? Von Betsy zur Eile angetrieben, setzten sich die Kinder hin, um ihre Schuhe anzuziehen, obwohl eigentlich noch genug Zeit war.

Joy rannte aufgeregt herum und sammelte eifrig die Handtücher ein. Sie trug immer noch ihren zweiteiligen Badeanzug, den Betsy viel zu freizügig fand. Joy hätte eigentlich wissen müssen, dass in ihrer Position ein einteiliger Badeanzug passender gewesen wäre; das knappe Oberteil und das noch knappere Höschen wirkten geradezu aufreizend. Kenneth war immerhin schon fast sechzehn und Mark knapp zwei

Jahre älter. Der Anblick eines halb nackten Mädchens konnte sie leicht auf dumme Gedanken bringen.

Auch Alec sah das Mädchen an, betrachtete das Spiel ihrer Muskeln auf ihrem gebräunten Rücken, als sie sich hinunterbeugte. Er fand an ihrem Badeanzug nichts auszusetzen. Sie hatte die Figur dazu. Trotzdem wandte er rasch die Augen ab. Ihre Stellung in seinem Haushalt, ihre Jugend und ihre Schamhaftigkeit wirkten sich ernüchternd auf seine Gedanken aus. Er ließ den Blick übers Meer schweifen, bis hin zu den schemenhaften Umrissen von Bardsey Island, die gerade aus dem Dunst auftauchten. Und ihn überkam eine diffuse Traurigkeit, eine Sehnsucht, die alles Schöne auslöst, ein tiefes Mitgefühl mit allem Zarten, Flüchtigen und Einsamen.

Betsy versammelte ihre Sprösslinge um sich und ermahnte sie, sich ordentlich zu benehmen. Nach außen hin wirkte sie umtriebig wie immer, aber innerlich war sie ruhig und gelassen wie seit Monaten nicht. Sie fühlte sich seltsam unbeschwert und hoffnungsvoll. Von den Gefahren, die auf sie lauerten, dem Minenfeld, auf das sie stoßen sollte, ahnte sie nichts. Unbekümmert ging sie ihren Weg, wie eine Schlafwandlerin, die am Rand eines Abgrunds umherirrt. Der blinde Zufall mochte sie schützen. Nur wenn das Schicksal ihr übel mitspielte, würde sie aufwachen.

# Auf dem Bahnhof

Anscheinend wollten die kleinen Blochs unbedingt mitkommen. Sie stapften hinter den Cannings her, schwatzten in ihrer merkwürdigen Sprache miteinander. Betsy versuchte vergeblich, sie zum Umkehren zu bewegen. Eliza meinte, dass sie aus reinem Vergnügen mitgingen. Sie liebten den Bahnhof, mehr als das Meer oder die Berge, vielleicht, weil sie sich dort ihrer Heimat am nächsten fühlten – ein Ort, der zugleich Ankunft und Aufbruch bedeutete. Oft waren sie schon morgens um sieben dort, flitzten die Bahnsteige auf und ab, rüttelten an den Münzautomaten und blieben bis zum Abend. Die Kofferträger waren sehr nett zu ihnen und brachten ihnen Walisisch bei, das sie mittlerweile besser verstanden als Englisch.

Auch Emil Bloch war häufig dort. Ganz am Ende des Bahnsteigs stand eine Bank, von der aus man die Flussmündung sehen konnte. Hier saß er dann stundenlang zusammengesunken und grübelte über sein bitteres Exildasein nach. Heute Abend jedoch war er nicht gekommen, um vor sich hin zu brüten, sondern um die Ankunft der alten Dame mitzuerleben. Er wollte wissen, was wirklich bei den Cannings los war.

Als er Alec und Betsy inmitten ihrer Kinder sah, war er ein wenig irritiert. Sie wirkten so glücklich, dass er daran zu zweifeln begann, dass er das, was die beiden im Gartenhaus besprochen hatten, richtig verstanden hatte. Mit einem scheuen, fast unterwürfigen Lächeln lief er auf sie zu, begrüßte sie übereifrig und bestürmte sie mit Fragen. Wahrscheinlich hielten sie ihn für ziemlich unverfroren, aber einem armen, unwissenden Fremden würden sie es nachsehen. Ja, sagten sie, sie wollten Betsys Mutter abholen, die ganz überraschend zu Besuch käme.

»Warum kommt sie denn?«, fragte er unschuldig.

Die Blicke der Kinder schienen dasselbe zu fragen.

»Familienangelegenheiten«, sagte Alec. »Schaut mal! Da kommt der Zug.«

Weit hinten in Richtung der Flussmündung kroch eine weiße Dampfwolke am Fuß eines Hügels entlang. Doch Emil ließ sich von Alecs Ablenkungsversuch nicht beirren und ging gleich wieder zum Angriff über:

»Doch hoffentlich ... nichts Schlimmes? Keine schlechten Nachrichten?«

»Nein, nein«, sagte Betsy schnell. »Kinder, lauft und seht nach, ob der Wagen schon da ist.«

Kenneth und Eliza rannten zum Zaun und spähten zum Bahnhofsvorplatz hinüber, wo sie sogleich den Wagen mit dem Gepäckanhänger entdeckten.

»Warum kommt sie nun eigentlich?«, fragte Kenneth.

»Ich glaub, die Eltern haben sich gestritten«, sagte Eliza.

»Blödsinn!«

»Na ja, das kommt doch manchmal vor.«

Dem konnte Kenneth nicht widersprechen. Er konnte sich nicht mehr erinnern, wann er zum ersten Mal bemerkt hatte, dass sein Vater ein Schürzenjäger war und dass seine Mutter schrecklich darunter litt. Aber mittlerweile hatten er und Eliza sich so daran gewöhnt, dass es ihnen ganz normal vorkam. Vielleicht war das ja bei allen Eltern so.

»Wie kommst du denn darauf?«, fragte er. »Ich meine, hast du irgendwas mitgekriegt?«

»Als ich sie heute Morgen nach unsrem Lunch gefragt hab, hatte sie ihre Leidensmiene aufgesetzt ... wie immer, wenn er mal wieder was ausgefressen hat. Du weißt schon.«

»Nein, ich weiß gar nichts. Und jetzt halt die Klappe, du Trampeltier!«

Kenneth liebte seine Mutter über alles und mochte es nicht, wenn Eliza irgendetwas Negatives über sie sagte. Seinem Vater gegenüber war er äußerst kritisch, vor allem, seit er wusste, dass Mark nicht besonders viel von den Gemeinschaftsproduktionen von Canning und Graham hielt.

Der Zug war jetzt keine zwei Meilen mehr entfernt. Die Dampfwolke verschwand in einem Wäldchen, und als sie wieder auftauchte, stürmten die kleinen Blochs aus der Paketaufgabe und drängten sich um die Cannings. Betsy warf Alec einen entnervten Blick zu; grinsend schob er ihre Hand unter seinen Arm. Das würde Mrs Hewitt bestimmt zu denken geben, wenn sie so einträchtig beieinanderstanden.

Der Zug fuhr rumpelnd in den Bahnhof ein und kam schnaufend zum Stehen. Die Cannings gingen suchend an den Waggons entlang. Doch nirgendwo tauchte ein besorgtes, einfältiges Gesicht auf. Sie hasteten verwirrt auf und ab, bis Emil Bloch sie schließlich auf die elegante kleine Dame aufmerksam machte, die gerade in aller Seelenruhe dem hintersten Wagen entstieg.

»Da … die Lady … die Mutter«, rief er.

Während Mrs Canning ihnen entgegenging, amüsierte sie sich über ihre entgeisterten Mienen. Die ganze Fahrt über hatte sie sich schmunzelnd ausgemalt, wie sie reagieren würden, wenn die falsche Mutter aus dem Zug stieg. Es war genau so, wie sie es sich vorgestellt hatte. Erst waren sie überrascht, dann erschrocken. Schließlich fassungslos.

Während sie einen nach dem anderen umarmte, dachte Alec beschämt, dass ein beherzterer Mann sie einfach geschnappt und in den nächsten Zug zurück nach London gesetzt hätte. Betsy dagegen kochte vor Wut.

Warum ist sie hergekommen? Warum bloß? Um uns einen

Strich durch die Rechnung zu machen? Wenn sie nur ein Wort sagt, ein einziges Wort ... Ich werde mich von ihr nicht einschüchtern lassen. Ganz gleich, was sie von mir verlangt, ich werde das Gegenteil tun ... Sollte sie nur ein Wort sagen, dann ...

## Einmischung

Aber Mrs Canning sagte nichts. Und allmählich fragten sie sich, warum sie überhaupt gekommen war. Sie schien nichts von Betsys Brief oder dessen Inhalt zu wissen. Die arme Henrietta Hewitt war morgens bei ihr zu Hause aufgetaucht, erzählte sie, zu krank, um irgendwas zu erklären.

»Ich war wirklich sehr besorgt um sie. Sie konnte kaum sprechen. Ich habe sie ins Krankenhaus gebracht und ihr versprochen, mich um alles zu kümmern, ohne wirklich zu wissen, worum es eigentlich ging. Sie war ganz verzweifelt, weil sie nicht zu euch kommen konnte, konnte mir aber nicht sagen, warum es so dringend war – nur dass du und Alec auf einer Jacht irgendwohin fahren wolltet. Sie redete wirres Zeug, die Arme. Immer wieder kam sie auf diese Jacht zurück. Also dachte ich, wenn eine Großmutter gebraucht wird, könntet ihr auch mit mir vorliebnehmen. Während ihr unterwegs seid, könnte ich mich um den Haushalt kümmern. Wir sollten heute Abend unbedingt im Krankenhaus anrufen und herausfinden, wie's ihr geht.«

Der ärztliche Befund war ernst. Mrs Hewitts Fieber war weiter gestiegen, und der Arzt vermutete stark, dass es sich um Typhus handelte. Voller Panik nahm Betsy den Morgenzug nach London. Später rief sie an und berichtete, dass ihre Mutter schwer krank sei und dass sie unbedingt noch ein paar Tage bei ihr bleiben müsse.

Alec war erleichtert, dass die Katastrophe vorerst abgewendet war. Er hatte sich vor der Konfrontation zwischen Betsy und seiner Mutter gefürchtet. Es war ihm deshalb nicht unlieb, dass Betsy nach London fuhr, Hauptsache, sie und seine Mutter hielten sich nicht unter demselben Dach auf. Wegen seiner Mutter machte er sich keine großen Gedanken. Sie hatte offenbar keine Ahnung von der geplanten Scheidung, sodass er auch keine Kämpfe mit ihr ausfechten musste. Er hatte den Kopf frei und konnte sich ganz seiner Arbeit widmen. Und sobald es Betsys Mutter besser ging, würde er auf einem gemeinsamen Urlaub bestehen.

Er hätte wissen müssen, dass ein Frontalangriff nicht zur Strategie seiner Mutter gehörte. Lange Erfahrung hatte sie gelehrt, die Kapriolen des menschlichen Geistes einzukalkulieren. Sie wusste, dass es die meisten Menschen nicht mochten, wenn man ihnen half, ihnen gute Ratschläge gab oder sie zu ihrem Glück zwang. Gestritten hatte sie sich schon seit Jahren mit niemandem mehr. Sie hatte gelernt, indirekten Zwang auszuüben, statt sich auf ihre Überredungskünste zu verlassen, und war inzwischen eine Meisterin darin, widerspenstigen Mitmenschen ihren Willen aufzuzwingen. Sie verschleierte ihre wahren Absichten und zermürbte ihre Opfer stattdessen durch ständige kleine Scharmützel, um ihren Widerstand zu brechen. Sie provozierte sie so lange, bis ihnen scheinbar ohne Grund der Geduldsfaden riss, vorzugsweise in Gegenwart eines feindseligen Publikums, schnitt ihnen sämtliche Fluchtwege ab, und wenn es schließlich zum letzten Gefecht kam, mussten ihre Opfer feststellen, dass sie ihr hilflos ausgeliefert waren.

Bei diesem Feldzug hatte das Schicksal ihr in die Hände gespielt und Betsy nach London geschickt.

Als Erstes musste sie ihren Charme spielen lassen und sich bei allen in Pandy Madoc einschmeicheln. Ihr Besuch musste ein Erfolg werden. Sie würde alle auf ihre Seite ziehen. Wenn Betsy dann zurückkam und bei der kleinsten Kleinigkeit die Beherrschung verlor, hätte keiner Verständnis für sie.

Zweitens musste sie alles in Erfahrung bringen, was für diesen Fall von Bedeutung sein könnte. Möglicherweise hatte Betsy jemanden ins Vertrauen gezogen. Vielleicht sogar mehrere Personen. Diese mussten ausfindig gemacht, ausgefragt und überredet werden, die Seiten zu wechseln, sich kritisch und missbilligend zu äußern, wenn sich Betsy Hilfe suchend an sie wandte.

Erst wenn das alles erledigt war, würde sie sich um Alec kümmern und ihn mit ihrem neu erworbenen Wissen überraschen. Wenn sie Glück hatte, brauchte sie weder Mrs Hewitt noch den Brief zu erwähnen. Vielleicht konnte sie ihm etwas erzählen, was ihn fürchterlich aufregen würde. Betsy würde lernen müssen, dass seine Geduld nicht unerschöpflich war.

Der erste Teil ihrer Aufgabe war einfach. Wenn sie wollte, konnte sie ein sehr umgänglicher Mensch sein. Sie war gutmütig und großzügig, fügte sich mühelos in den fremden Haushalt ein und erlaubte den Dienstmädchen, zum Tanzen ins Dorf zu gehen, etwas, was Betsy ihnen untersagt hatte. Es gab täglich Hummer statt nur einmal die Woche und Pfirsiche im Überfluss. Der Eisverkäufer wurde gebeten, jeden Abend vorbeizukommen. Den Kindern wurden keinerlei Grenzen gesetzt; selbst Daphne durfte ins Bett gehen, wann sie wollte.

Zu aller Erstaunen freundete sie sich mit den Blochs an, die im Gegenzug richtiggehend aufblühten. Alecs Mutter sprach fließend Deutsch, was nach der primitiven Babysprache, die Alec und Betsy zustande brachten, eine willkommene Abwechslung für sie war. Die Blochs hatten sich seit Monaten mit niemandem mehr richtig unterhalten. Sie brachte Frau Bloch dazu, ihren Pelzmantel auszuziehen und hoch ins Haus zu kommen, um Schubert-Lieder vorzutragen. Nach nur drei Tagen hatte sie erkannt, dass die Frau eine schöne Stimme und einen exzellenten Musikgeschmack hatte. Alec konnte sich des Gefühls nicht erwehren, dass Betsy das ebenfalls hätte erkennen müssen. Doch Betsy war gegenüber den Blochs nie fair gewesen. Im Grunde genommen waren sie gar nicht so grässlich; seine Mutter mochte sie und schien zu verstehen, warum er ihnen das Cottage angeboten hatte. Seine Mutter hatte viele gute Seiten. Sie war die Einzige, die ihm erlaubte, so viel Hummer zu essen, wie er wollte, der ihm im Übrigen bestens bekam, egal was Betsy sagte.

Mrs Canning kam zu dem Schluss, dass es höchst unwahrscheinlich war, dass Betsy die Blochs ins Vertrauen gezogen hatte. Sie und Betsy hatten wenig füreinander übrig, also musste sie woanders nach Betsys Verbündeten suchen. Die kleine Joy Benson kam da schon eher infrage. Das Mädchen gehörte praktisch zum Haushalt und schien Betsy treu ergeben zu sein. Es war wahrscheinlicher, dass sie etwas wusste. Einem Mädchen ihres Alters, naiv und unerfahren, mochte Betsys Scheidungswunsch einleuchten. Sie musste unbedingt aufgeklärt werden.

Und so kam es, dass Mrs Canning den zweiten Teil ihres Feldzugs mit einem Gespräch mit Joy eröffnete. Sie waren zusammen zu einem See in den Bergen gefahren. Der Rest der Gruppe würde laufen, aber sie hatte Joy lächelnd gebeten, ihr bei den Vorbereitungen für das Picknick zu helfen. Während sie im Heidekraut am Seeufer saßen, versuchte sie mit Andeutungen und Fragen, irgendwelche nützlichen Informationen aus Joy herauszukitzeln.

»Die arme Mrs Hewitt! Du machst dir bestimmt große Sorgen. Du bist ja fast wie eine Tochter für sie. Eigentlich wollte ich gar nichts sagen, aber du gehörst praktisch zur Familie. Ich war ganz erschrocken, als sie neulich morgens bei mir auftauchte. Vielleicht lag es daran, dass sie ziemlich verwirrt war, aber sie hatte sich eine ganz merkwürdige Idee in den Kopf gesetzt. Ich habe Alec und Betsy nichts davon erzählt, weil ich es kaum glauben konnte. Sie war vollkommen davon überzeugt, dass sich die beiden scheiden lassen wollen!«

Joy schwieg. Ihr leerer Blick verriet nichts.

»Du hast nichts davon gewusst? Betsy hat dir nichts gesagt?«

»Nein, Mrs Canning.«

»Es fällt mir schwer, darüber zu reden. Wenn Menschen so krank sind, kommen sie manchmal auf dumme Gedanken … Aber ich finde, wenn wirklich etwas Wahres dran ist, sollten Betsys Freunde ihr beistehen.«

»Ja, Mrs Canning.«

Du lieber Himmel! Warum sagt sie ständig: Nein, Mrs Canning! Ja, Mrs Canning! Das hätte Betsy ihr unbedingt abgewöhnen müssen.

»Man darf nicht zulassen, dass sie ihr Glück aufs Spiel setzt. Aus dem, was Mrs Hewitt sagte, schloss ich, dass Betsy meint, nicht die richtige Frau für Alec zu sein. Weder versteht sie was von seiner Arbeit, noch interessiert sie sich dafür. Und sie glaubt, dass er ohne sie glücklicher wäre. Jetzt mal allgemein gesprochen, was hältst du denn von Scheidungen? Wie denkt deine Generation darüber?«

Mrs Cannings Lächeln war hinreißend, während sie sich mit der Jugend beriet, nur begriff Joy offenbar nicht, dass sie ins Vertrauen gezogen wurde. Sie errötete und sagte, dass sie es nicht wisse.

Woraufhin sie belehrt wurde, dass es die jüngere Generation verwerflich fand, wenn sich ältere Paare scheiden ließen. Bei jungen Leuten war es verzeihlich, da sie sich noch ausprobieren mussten. Aber in Betsys Alter (Sie ist immerhin schon siebenunddreißig!) war eine solche Entscheidung ein Armutszeugnis. Die heutige Jugend hatte wenig Verständnis für Niederlagen, dazu war sie zu scharfsichtig und clever.

Jetzt musste sie nur noch Joy dazu bringen, der heutigen Jugend beizupflichten. Betsy würde sich grün und blau ärgern. Doch das Mädchen war leider ziemlich dumm. Sie sagte überhaupt nichts, fragte nach einer kurzen Pause nur, ob Alec die Scheidung auch wolle. Als sie das vehement verneinte, meinte Joy:

»Dann kann sie sich nicht scheiden lassen, oder?«

»Sie könnte ihn überreden. Sie könnte ihm das Gefühl geben, dass er es ihr schuldig ist.«

»Aber wie sollten sie ... ich meine, müsste nicht einer von ihnen ... würde er nicht ...«

»Das ist ja das Furchtbare. Sie müsste beweisen, dass er ihr untreu war.«

»Und ... war er es?«, flüsterte Joy.

»Natürlich nicht. Das ist alles so abstoßend. Er müsste wohl mit irgendeiner Frau in ein Hotel gehen und dort übers Wochenende bleiben. Irgendeine Frau, die ihm nichts bedeutet.«

Es überraschte Mrs Canning, dass das Mädchen so ahnungslos war. Vielleicht hatte der zweiteilige Badeanzug sie irregeleitet. Hätte sie das gewusst, hätte sie sich nicht so viel Mühe gegeben, ihr die angeblichen Ansichten der heutigen Jugend schmackhaft zu machen.

»Sie meinen, er müsste mit irgendjemand ... in ein Hotel gehen?«, rief Joy.

»So lautet das Gesetz«, sagte Mrs Canning und fügte hinzu: »Natürlich würde nichts passieren.«

Diese pauschale Aussage war nicht gerade befriedigend. Aber es war schwierig, sich verständlich zu machen, ohne geschmacklos zu werden.

Das Mädchen wirkte nicht sonderlich überrascht. Mrs Canning hätte viel dafür gegeben, ihre Gedanken lesen zu können.

»Hattest du wirklich keine Ahnung von alldem?«, fragte sie unvermittelt. »Du hast überhaupt nichts mitgekriegt?«

»Doch … ja …«

»Was? Aber du hast doch gesagt, dass Betsy nie …«

»Nein. Mr Bloch …«

»Mr Bloch? Großer Gott! Wissen die Blochs davon? Was haben sie gesagt?«

»Er hat mich mal danach gefragt. Ich hab gesagt, ich hätte keine Ahnung. Ich hab nicht gedacht, dass da was dran ist. Ich hab geglaubt, dass sie einfach kein Englisch verstehen.«

Jetzt war es Mrs Canning, die überrascht war.

# Der Blick

Ein ferner Ruf hallte über den See. Die Wandergruppe war eingetroffen. An der Flanke eines grünen Hügels zeichnete sich eine Handvoll Gestalten gegen den Himmel ab. Einen Moment lang standen sie dicht beieinander, dann trennten sie sich wieder, und jeder stapfte in seinem eigenen Tempo den grasbewachsenen Hang hinunter.

Alec stand oben auf dem Bergrücken und wartete auf Eliza, die ein Stück zurückgeblieben war. Er hatte bemerkt, oder glaubte, bemerkt zu haben, dass sie absichtlich trödelte. Wahrscheinlich hatten die Jungen sie wieder geärgert.

Früher in den Ferien waren sie und Kenneth unzertrennlich gewesen, und Daphne hatte die zweite Geige gespielt. Doch seit Marks Ankunft war Eliza abgemeldet. Jeder Tag brachte neue Kränkungen und Enttäuschungen, sodass es Alec, dem das nicht entging, in der Seele wehtat. In ihrer kindlichen Unbefangenheit durchschaute sie die Situation nicht. Unverdrossen hielt sie an der Vorstellung fest, dass Ferien doch Spaß machen sollten, und betrachtete jeden Dämpfer als Ausnahme, statt zu erkennen, dass Kenneth und sie sich einfach verändert hatten. Jeden Morgen freute sie sich auf einen unbeschwerten Ferientag, unbeirrt von der Tatsache, dass sie bislang noch keinen einzigen erlebt hatte. Und ein paar Stunden später dann trottete sie hinter den anderen her, verstört und geknickt, aber immer noch entschlossen, sich zu vergnügen, wenn die anderen es nur zuließen.

Alec hätte sie gern ein wenig aufgemuntert, doch er wusste nicht, wie. Sicher half es nicht, ihr zu sagen, dass sie es diesen arroganten Bengeln eines Tages heimzahlen würde, weil sie dann nämlich Mädchen wie ihr, die sie jetzt verachteten, wehrlos ausgeliefert wären. Da mochten sie noch so clever sein.

Die pummelige, ernste und hoffnungsfrohe Eliza würde sich unweigerlich in eine Frau verwandeln und ihm fremd werden. Das betrübte ihn, denn er liebte sie so, wie sie war. Sie war das einzige seiner drei Kinder, das ihm wirklich etwas bedeutete. Die anderen beiden schlugen eher nach ihrer Mutter. Aber Eliza hatte sein Herz tief berührt, als sie kaum eine Stunde alt war. Als man sie ihm in den Arm legte, sah sie ihn mit einem Blick an, der zu fragen schien, was zur Hölle da gerade passiert war. Manchmal schaute sie ihn immer noch so an, und dann durchströmte ihn jedes Mal eine Welle von Zärtlichkeit und Mitgefühl. Sie war ein hilfloses, verwirrtes Wesen in einer kaltherzigen Welt, vor der er sie nicht beschützen konnte, ganz gleich, wie vorausschauend und fürsorglich er war. All dies ging ihm durch den Kopf, während er beobachtete, wie sie sich den Hang hinaufkämpfte, um einen Bruder einzuholen, der sie nicht mochte. Als sie oben angekommen war, sagte er ihr, sie solle sich ein wenig ausruhen, und zündete sich eine Pfeife an. Sie setzten sich auf den warmen Torfboden und ließen den Blick über die Seenlandschaft zu ihren Füßen wandern, über die mit Wolkenschatten gefleckten Berge, die das Hochtal säumten. Sie betrachteten *ihren* See, den Llyn Alyn, seine silbrig glänzende Oberfläche, die kleine Insel in seiner Mitte. Wie oft sie die Szenerie auch in sich aufnahmen, sie prägte sich nie deutlich genug ein, um sie sich später wieder ins Gedächtnis rufen zu können. Ganz gleich, wie lange sie sie mit den Augen aufsaugten, zurück blieb nur eine blasse Erinnerung an Licht und Weite und sanfte Farben, die so flüchtig war wie ein schemenhaftes Traumbild.

Beiden ging das Gleiche durch den Kopf, denn Eliza sagte plötzlich:

»Stimmt es eigentlich, dass die Natur niemals das Herz verraten hat, das sie geliebt hat?«

»Liebe Güte, keine Ahnung!«, rief Alec. »Wer hat das denn gesagt?«

»Wordsworth. Wir haben ihn letztes Jahr durchgenommen. Das ist seine Lebensphilosophie, weißt du. Über dieses Zitat mussten wir einen Aufsatz schreiben ... und auch über das mit der ›gemeinsten‹ aller Blumen. Ich frag mich, was für eine Blume das eigentlich sein soll?«

»Vielleicht Löwenzahn.«

»Nein. Der ist zu gelb. Ich glaub eher Vogelmiere. Schon komisch, wie man beim Anblick einer Vogelmiere solche ›tiefen‹ Gedanken haben kann. Aber was glaubst du, was er genau damit gemeint hat, dass die Natur einen nicht verrät?«

»Na ja ... Wahrscheinlich will er damit sagen, dass, wenn einem das alles hier etwas bedeutet ...« Er wies auf die weite, majestätische Landschaft zu ihren Füßen. »... es einem im Laufe des Lebens immer mehr bedeutet. Es wird dir also nicht eines Tages egal sein.«

»Also kann die Natur einen trösten, wenn man ein gebrochenes Herz hat.«

»Mag sein. Falls du dumm genug bist, dir das Herz brechen zu lassen.«

Eliza machte ein nachdenkliches Gesicht. Sie überlegte, wie es wohl wäre, ein gebrochenes Herz zu haben. Tatsächlich sehnte sie sich manchmal danach, endlich erwachsen zu sein und sich unglücklich zu verlieben. Bestimmt würde sie eines Tages eine tragische Liebe erleben, und das würde sie geheimnisvoll und interessant machen. Die Leute würden sagen: Eliza – nein – Elizabeth Canning hat Schlimmes durchgemacht ...

»Ken und Mark sind jetzt unten an der Straße«, sagte sie

wehmütig. »Guck mal, die sind schon wieder am Reden schwingen.«

Alec seufzte. Es beschämte ihn, dass er den jungen Hannay nicht sonderlich mochte, denn er war anscheinend ein netter, gut erzogener, gescheiter Bursche. Genau der richtige Freund für Kenneth, der eitel, verweichlicht und labil war, ganz gleich, was seine Mutter behauptete. Aber es gab da einen ganz persönlichen, eigentlich lächerlichen Grund für seine Vorbehalte gegenüber Mark: Er hatte manchmal das Gefühl, dass sein junger Gast ihn insgeheim abschätzte und zu einem wenig schmeichelhaften Urteil kam. Nicht, dass Mark ihn dies je hätte spüren lassen. Aber Alec war sich ziemlich sicher, dass er in ihm einen Mann in den mittleren Jahren sah, der ein paar Pfunde zu viel auf den Rippen hatte, körperlich und geistig nicht mehr in Höchstform war, auf eine etwas verlebte Art attraktiv, unglaublich faul und ohne besonderen Ehrgeiz.

»Wir müssen sie einholen, bevor sie am See sind«, sagte Eliza. »Wär doch blöd, wenn sie ohne uns schwimmen gehen.«

Offenbar konnte sie es kaum erwarten, wieder bei den Jungen zu sein. Diese Grünschnäbel waren ihr wichtiger als ihr Vater. Nun ja, immerhin waren sie ihre Altersgenossen. Sie trieb ihn in halsbrecherischem Tempo den Hügel hinunter, aber als sie unten ankamen, schwammen die Jungen bereits im See – ihre Köpfe schwebten über der Wasseroberfläche.

Mrs Canning saß allein im Heidekraut am Ufer. Sie reichte den beiden ihre Handtücher und sagte:

»Das Wasser soll schön warm sein.«

Alec sah sie scharf an. Da war ein gefährliches Funkeln in ihren Augen.

»Mutter! Du wirst doch nicht … Außerdem hast du doch gar keinen Badeanzug dabei.«

»Aber ich habe doch mein Unterkleid.«

»Was für ein Irrsinn! Denk an das letzte Mal, als du in Arisaig warst und unbedingt im Meer schwimmen musstest. Hinterher warst du wochenlang krank! Dein Hexenschuss …«

»Es lag nicht am Schwimmen. Das ewige Bridge-Spielen hat mich krank gemacht.«

»Mutter … ich flehe dich an …«

»Na gut. Dann lass ich's eben bleiben.«

Einen Augenblick lang zitterte sie vor Wut. Es war eine Zumutung, alt zu sein, herumzusitzen und anderen Leuten bei ihren Vergnügungen zuzuschauen, obwohl sie im Herzen doch jung geblieben war.

Alex stellte sich hinter eine Steinmauer und zog seine Badehose an. Wenn Betsy mitgekommen wäre, hätte sie Badeschuhe eingepackt, mit denen er gefahrlos über den steinigen Grund hätte gehen können. Der Nachteil an diesem See war nämlich, dass man ein ganzes Stück durchs Wasser waten musste, bis es tief genug zum Schwimmen war – über spitze Steine, die noch dazu mit einer schleimigen Schicht überzogen waren.

Als er hinter der Mauer hervortrat, stellte er erleichtert fest, dass die Kinder auf die andere Seite der Insel geschwommen waren. Niemand würde sein peinliches Gestakse, Getorkel und Gestöhne mitbekommen. Immer wenn er in diesem See baden ging, kam er sich alt und tölpelhaft vor.

Als er am Ufer stand und überlegte, an welcher Stelle er den gefährlichen Vorstoß wagen sollte, rief jemand seinen Namen. Er drehte sich um und sah Joy, die ein paar Badeschuhe in der Luft schwenkte. Dankbar lächelte er ihr zu. Leichtfüßig lief sie durchs Heidekraut. Sie trug wieder ihren gewagten Badeanzug, war anscheinend noch nicht im Wasser gewesen; ihre strohblonden Haare flatterten im Wind. Wie schön, dass es dieses zauberhafte Wesen gab, das sich um ihn kümmerte. Einen Moment lang fühlte er sich wie ein orientalischer Herrscher, der nur in die Hände zu klatschten brauchte, und schon eilten wunderschöne bronzene Mädchen herbei und lasen ihm jeden Wunsch von den Augen ab.

Schnaufend stand sie jetzt vor ihm und reichte ihm die Schuhe, ihre jungen Brüste hoben und senkten sich unter dem knappen Oberteil. Er beugte sich vor und zog sich die Schuhe an. Jetzt fühlte er sich der Herausforderung gewachsen. Als er sich aufrichtete, stand sie immer noch da und sah ihn an, blickte ihm unverwandt in die Augen.

»Jetzt aber fort mit dir«, sagte er hastig. »Ich will nicht, dass mir jemand zuschaut, sonst falle ich trotz der Dinger hier noch auf die Nase.«

Lächelnd wandte sie sich ab und lief geradewegs in den See, über die tückischen Steine hinweg wie über einen samtweichen Teppich. Dann warf sie sich ins tiefe Wasser. Und schon trieb ihr strohblonder Schopf auf die Insel zu.

Beklommen folgte Alec ihr, setzte vorsichtig einen Fuß vor den anderen, taumelte und fluchte bei jedem Schritt. Schließlich war es tief genug. Er beugte sich ein wenig vor, streckte die Arme aus und löste sich vom Boden. Dann schwamm er los. Das seidige Wasser hüllte ihn ein, sanft und weich, ganz anders als das salzige Meer.

Er schwamm langsam, in Gedanken versunken. Gerade eben hatte er etwas ganz Erstaunliches erlebt. Erst sagte er sich, dass er sich geirrt haben musste. Dann kam er zu dem Schluss, dass dem nicht so war.

Kein Zweifel, die kleine Joy hat mir gerade einen eindeutigen Blick zugeworfen.

# Indiskretionen

Nach drei Wochen in Pandy Madoc war es unvermeidbar, dass sich Mark Hannay zu langweilen begann. Kenneths schwärmerische Bewunderung isolierte sie von der restlichen Familie. Er durfte kaum ein Wort mit jemandem wechseln; es war, als wären die beiden Jungen von der Außenwelt abgeschnitten, auf einer verzauberten, aber leider viel zu kleinen Insel ausgesetzt. Sie waren geschwommen, hatten geangelt, waren auf Berge geklettert und meilenweit den Strand entlanggeradelt. Viel mehr gab es nicht zu tun. Kenneths logische und argumentative Fähigkeiten waren beschränkt. Er war zu leicht zu schlagen und wollte oft nur gefallen oder Mark beeindrucken. Sie waren einander nicht ebenbürtig. Mark sehnte sich nach Abwechslung.

Eines Abends nach dem Essen standen sie im Garten und sahen sich den Sonnenuntergang an. Obwohl sie sich tagsüber ausgetobt hatten, waren beide noch voller Tatendrang. Sie hatten Lust, noch etwas zu unternehmen. Doch Kenneths Vorschlag, schwimmen zu gehen, stieß auf wenig Gegenliebe. Kenneth war geknickt. Er hatte sich immer davor gefürchtet, dass dieses idyllische Intermezzo eines Tages ein Ende haben würde. Als er jetzt in das kalte, attraktive Gesicht seines Freundes blickte, versetzte es ihm einen Stich.

»Dann schlag du was vor«, meinte er kleinlaut. »Was wollen wir machen?«

Mark antwortete nicht. Er lauschte. Aus den geöffneten Fenstern des Salons stahl sich zaghaftes Geklimper in die duftende Abendluft.

»Wer ist das?«

»Ach, das ist bloß Eliza.«

Mark hörte eine Weile aufmerksam zu und meinte dann überrascht:

»Sie spielt gut.«

Musik war ein Vergnügen, das sie nicht teilten, obwohl sich Kenneth große Mühe gegeben hatte, um Marks Begeisterung nachzuahmen. Wenn Frau Bloch zu ihnen hochkam und Schubert-Lieder vortrug, unterdrückte er ein Gähnen, während er mit hoch konzentrierter Miene neben seinem Freund stand. Ein paar Exemplare der *Lieder* lagen auf dem Klavier, und manchmal suchte Mark das eine oder andere heraus, das ihm besonders gut gefallen hatte, und versuchte es zu spielen. Aber Eliza hatte mehr Talent.

»Brahms«, sagte Mark lächelnd. *»Wie Melodien ...«*

»Wir könnten unten im Klub Karten spielen«, unternahm Kenneth einen neuen Versuch.

»Nein, lass uns lieber reingehen und Eliza zuhören. Vielleicht spielt sie für uns ja noch ein paar Stücke.«

»Sie kann überhaupt nicht spielen, sie klimpert doch nur.«

»Ich finde, sie macht das gar nicht schlecht.«

Jetzt sang Eliza. Ihre zarte, ungeschulte Stimme erhob sich wie ein Vogel in die Lüfte. Mark drehte sich um und ging ins Haus.

Der Salon war in Dämmerlicht getaucht. Spiegel, Schalen und polierte Tischchen leuchteten im rosaroten Schein des Sonnenuntergangs. In einer dunklen Zimmerecke saß Joy, von Zigarettenrauch umwabert. Eliza hatte eine Kerze angezündet und aufs Klavier gestellt. Ihr matt glänzendes Gesicht, das über die Noten gebeugt war, hatte nichts Kindliches mehr an sich. Es lag eine Ernsthaftigkeit darin, die erahnen ließ, wie sie einmal als erwachsene Frau sein würde. Mark stellte sich hinter sie, um die Noten zu lesen. Zunächst hörte sie ihn nicht. Als sie sich seiner Gegenwart bewusst wurde, verlor sie ihre Sicherheit, spielte eine falsche Note und brach ab. Sie verwandelte sich wieder in ein unsicheres, tollpatschiges Kind.

»Spiel weiter«, sagte Mark.

»Ich kann nicht.«

»Du spielst viel besser als ich«, sagte er behutsam.

Er blätterte in den Notenheften auf dem Klavier und suchte nach anderen Liedern. Kenneth, der eifersüchtig zuschaute, beobachtete einen erstaunlichen Wandel im Verhalten seines Freunds. Die Arroganz und das Respekteinflößende waren verschwunden, er schien ein völlig anderer Mensch zu sein. Er sprach mit Eliza ganz offen und natürlich, kein bisschen überheblich, als wäre sie ihm ebenbürtig, als wolle er das Wesen wieder hervorlocken, das sie noch vor Kurzem gewesen war.

Eliza fragte schüchtern, ob er schon mal *Am Wasser zu singen* versucht habe zu spielen. Sie selbst könne das Stück zwar spielen, es aber nicht gleichzeitig singen.

»Dann summ es doch«, sagte Mark, suchte das Lied heraus und legte es vor sie auf den Notenständer. »Ich summ mit.«

Sie begann zu spielen und zu summen. Mark fiel ein wie eine fröhliche Hummel. Die Unzulänglichkeit ihrer Darbietung störte keinen von beiden, denn in ihrer Versunkenheit vergaßen sie alles um sich herum.

Kenneth stand unschlüssig da. Er hatte nicht die geringste Lust mitzusingen, außerdem war er völlig unmusikalisch. Er konnte aber auch nicht so tun, als genieße er die Vorstellung. Seine Mutter hätte hier sein sollen, um Eliza, dieser Dilettantin, ihr Geklimper zu verbieten. Aber da war nur Joy, die wie gewöhnlich ihre Zeit vertrödelte, eher ein Möbelstück als ein menschliches Wesen. Er polterte durchs Zimmer und fragte sie laut, wo die anderen seien.

»Weiß nicht«, sagte Joy und streckte sich. »Ich glaub, Daphne schreibt in der Bibliothek Briefe. Dein Vater ist runter zum Pub gegangen, um zu fragen, wo das Bier bleibt.«

»Und Großmama?«

»Sie besucht die Blochs.«

Es gab eine kurze Unterbrechung, und Kenneth fragte ironisch, ob sie etwa erwarteten, dass er und Joy jetzt applaudierten. Aber das Paar am Klavier nahm keine Notiz von ihm. Sie setzten ihr Spiel fort, und so schlenderte er in den Garten, erfüllt von einer quälenden, peinlichen Eifersucht.

Wenige Minuten später folgte ihm Joy. Sie wollte im Garten sein, wenn Alec nach Hause käme. Sie verfolgte keinen bestimmten Plan, hatte sich aber angewöhnt, wann immer es ging, seinen Weg zu kreuzen. Das war keine bewusste Entscheidung, sondern eher ein Drang, den sie verspürte, seit sie mit Mrs Canning am Ufer des Llyn Alyn gesessen hatte.

Gedanken an die Zukunft waren ihr fremd. Sie fragte sich nicht, was sie mit ihm anfangen würde, nachdem sie ihn erobert hätte. Es war beinah so, als erwartete sie zu sterben, sobald ihr Traum in Erfüllung gegangen war. Im Grunde dachte sie überhaupt nicht groß nach. Das bisschen Vernunft, über das sie verfügte, war ihr nur hinderlich.

Im Garten war es frisch und dunkel. Ein gewaltiger, klarer Himmel spannte sein Zelt über die wachsame Erde. Sie ging hoch zur oberen Terrasse und stützte sich mit den Ellbogen auf die Mauer, die immer noch etwas Wärme verströmte. Der Duft von Levkojen stieg ihr in die Nase. Kühle Luft fächelte ihre nackten Schultern.

Die Türen ihres Gefängnisses standen offen, und einen Moment lang konnte sie einen Hauch von Freiheit atmen. Ihr verlorenes Ich rief leise nach ihr. Es hätte eine andere Joy geben können, die nicht in der Gefangenschaft verrottete, keine Sklavin, sondern ein freies Wesen, das lachte, schaute, hörte und lernte – und die Welt eroberte. Ein liebenswertes, ehrliches Geschöpf, das über innere Stärke und Klugheit verfügte. Aber stattdessen würde sie in ihren Ketten verkümmern und schließlich sterben. Überwältigt von Scham, flüsterte sie:

»Vergiss ihn … geh weg … mach dem Ganzen ein Ende … du bist verrückt … das ist keine Liebe … es ist schrecklich … sei tapfer und beende es …«

Schritte kamen durch den Garten herauf. Weiter unten sah sie seine Zigarre glimmen, wie ein Glühwürmchen. Jetzt tauchte er auf ihrer Terrasse auf, zuerst sein Kopf und seine Schultern, die sich vor dem Hintergrund des Himmels deutlich abhoben. Er war stehen geblieben, hatte sie offenbar entdeckt. Dann kam er auf sie zu und lehnte sich neben sie an die Mauer.

Unten im Pub hatte er Freunde getroffen und ein paar Bier getrunken. Hätte er auf das letzte verzichtet, wäre er an ihr vorbeigegangen. Aber er war in einer Stimmung, in der man zur Unbesonnenheit neigt, und das Mädchen verwirrte ihn. In letzter Zeit hatte er öfter an sie gedacht. Während er sie früher kaum wahrgenommen hatte, schien sie jetzt ständig um ihn herum zu sein. Er wusste nur nicht, ob es reiner Zufall war oder ob sie es drauf anlegte.

»Du bist so nachdenklich«, sagte er.

Sofort bereute er seine Bemerkung, denn eigentlich wollte er auf Distanz zu ihr bleiben. Es war nichts Schlimmes dabei, neben ihr an der Mauer zu lehnen, aber er musste aufpassen, was er sagte.

»Ich hab daran gedacht«, sagte Joy, »wie schade es ist, dass ich nächsten Sommer nicht hier sein kann.«

»Wieso? Kommst du denn nicht wieder her?«

»Ich weiß nicht. Ich hab mir überlegt, im Herbst eine neue Stelle anzunehmen. Ich hab keine Lust mehr zu unterrichten. Eine Freundin hätte gern, dass ich ihr in ihrem Buchladen in Chelsea helfe. Ich glaub, das würde mir Spaß machen.«

»Was meint denn Betsy dazu? Hast du ihr davon erzählt?«

»Nein, ich hab noch niemand was gesagt.«

»Und was ist mit deiner Mutter?«

»Die zieht sowieso zu ihrer Schwester. Das ist so gut wie sicher. Ich bin froh, dass ich dann mehr Freiheit habe. Ich finde, man sollte sein eigenes Leben leben, meinen Sie nicht?«

Alec ging durch den Kopf, dass Betsy und die Hewitts wahrscheinlich anderer Meinung wären. Sie hatten Joy eine Ausbildung zur Vorschullehrerin bezahlt, damit sie für ihre Mutter sorgen konnte. Ihm wurde bewusst, dass er sie dann nicht mehr so oft sehen würde. Sie würde im Sommer nicht mehr mit nach Pandy Madoc kommen, und Betsy würde sie auch nicht mehr in den Well Walk einladen. Schon ganz bald wäre sie nicht mehr seine Angestellte, dieses seltsame, verstörende Mädchen, das ihm trotz ihrer Schüchternheit manchmal anzügliche Blicke zuwarf.

Das Schweigen wurde allmählich unangenehm, und so unterbrach er es, um trotz seiner guten Vorsätze eine weitere persönliche Bemerkung zu machen.

»Wirst du dich nicht erkälten?«

»Nein«, erwiderte sie und schlang die nackten Arme um sich. »Mir ist warm genug.«

Sein innerer Moralapostel warnte ihn eindringlich davor, den Bogen zu überspannen, aber er wollte sich vergewissern, ob er nicht doch recht hatte.

»Hmm ... ja ... stimmt.«

Hör auf damit, du Narr! Fass sie nicht an! Lass ihren Ellbogen los!

»Ihr Frauen«, rief er, »seid wirklich merkwürdige Geschöpfe. Es ist mir ein Rätsel, dass ihr nicht alle an Lungenentzündung sterbt. Dein Kleid ist doch aus Musselin, richtig?«

»Chiffon ...«

»Das hält doch nicht warm. Ich habe eine Jacke an und friere trotzdem.«

»Seide wärmt angeblich am besten«, sagte Joy verwirrt, während er seinen Griff um ihren Arm verstärkte.

»Nein. Der Geist triumphiert über die Materie.«

Das klang selbst in seinen Ohren ein bisschen zu schwülstig, und er fügte rasch hinzu:

»Für uns Männer ist Kleidung nichts als eine Hülle. Aber für euch ist das anders. Ihr betrachtet sie nie unter dem Gesichtspunkt der Wärme oder Bequemlichkeit. Solche Überlegungen sind euch fremd …«

Er ließ sich noch eine Weile über Kleidung im Allgemeinen aus, obwohl er wusste, dass sie ihm gar nicht zuhörte. Aber sein pathetischer Vortrag half ihm, sein ungehöriges Verhalten auszublenden. Solange er redete, konnte seine Hand bleiben, wo sie war. Es bedeutete nichts. Eigentlich wollte er nur wissen, wie sie reagieren würde. Das war alles, und jetzt wusste er es. Wenn er gewollt hätte, hätte er die Situation ausnutzen können. Sie würde sich ihm nicht verweigern. Aber so betrunken war er schließlich nicht. Er wusste, wo die Grenze war. Gleich würde er würdevoll und leicht zerstreut seine Hand wegnehmen und ihr eine gute Nacht wünschen.

Plötzlich lachte er laut auf. Ein alberner Vers war ihm in den Sinn gekommen: *Er nahm die Hand von ihrem Leib und sie starb den Kältetod.* Joy zuckte zusammen und versteifte sich. Sein schallendes Gelächter hatte das arme kleine Ding erschreckt, was ja auch kein Wunder war.

»Tut mir leid«, murmelte er. »Es tut mir leid, mein Liebling.«

Du Flegel! Was fällt dir ein, die Gouvernante zu küssen!

Sie ist doch gar keine Gouvernante. Und bald ist sie sowieso nicht mehr hier.

Seine Leidenschaft war entfacht. Sein Gelächter, seine Neugierde und seine beschwipste Selbstsicherheit wichen der demütigenden Erkenntnis, dass er nie zuvor jemanden geküsst hatte, dem er so nah gewesen war, noch nie jemanden so begehrt hatte wie dieses Mädchen. Außer einmal …

»Warst du das?«, flüsterte er. »Hinter dem Vorhang?«

»Ja …«

»Komm mit hoch ins Gartenhaus, nur ganz kurz …«

Doch dann stieß er sie plötzlich von sich.

»Tut mir leid«, sagte er noch einmal. »Ich muss betrunken sein.«

Ganz in der Nähe hörten sie Schritte, die sich entfernten. Joy rang nach Luft und stützte sich an der Mauer ab. Er erinnerte sich, kurz zuvor schon mal Schritte gehört zu haben. Jemand rannte davon. Er beugte sich über die Brüstung und spähte in die Dunkelheit.

»Wer ist da?«, rief er.

Er rannte zur unteren Terrasse, aber als er dort ankam, war niemand zu sehen. Auch im Garten schien niemand zu sein.

Diese jähe Unterbrechung hatte ihn ernüchtert. Seine Erregung war abgeflaut – wie elektrischer Strom, den man abgestellt hatte. Stattdessen plagten ihn Selbstvorwürfe. Was war er bloß für ein Narr gewesen! Er sah zu Joy hinauf, die an der Mauer über ihm lehnte, und rief:

»Hast du gesehen, wer's war?«

»Nein.«

Nichts auf der Welt konnte ihn dazu bewegen, noch einmal zu ihr zu gehen. Er zögerte und wünschte ihr dann eine gute Nacht.

»Gute Nacht, Alec.«

Während er zum Haus eilte, versuchte er sich einzureden, dass die Schritte nichts zu bedeuten hätten. Er schwor sich, in Zukunft vorsichtiger zu sein. Es war nichts passiert, aber er wusste jetzt, dass er sich nicht über den Weg trauen konnte.

Betsys Schuld, sagte er sich. Sie hält mich wie in einem Eisschrank und lässt dann so ein impulsives Mädchen auf mich los.

Seine Mutter war im Salon und legte gerade eine Patience. Sie warf ihm einen scharfen, neugierigen Blick zu. Offenbar war er zu ungestüm hereingeplatzt.

»Ich war unten im Pub«, beeilte er sich zu sagen. »Ich wollte mich nach dem Bier erkundigen und habe die Garstangs getroffen. Sind schon alle ins Bett gegangen?«

»Keine Ahnung«, sagte Mrs Canning. »Ich bin gerade erst gekommen.«

»Wo warst du denn?«

»Unten bei den Blochs. Sie haben mich auf einen Kaffee eingeladen. Außerdem sollte ich mir seine Entwürfe für einen Film ansehen.«

»Ach, wirklich?«

Er atmete auf. Also konnten es nicht ihre Schritte auf der Terrasse gewesen sein. Sie hätte nie so schnell davonrennen können, schon gar nicht im Dunkeln.

Während sie die Karten auslegte, bemerkte sie beiläufig:

»Die armen Blochs! Sie finden das englische Leben so verwirrend. Sie haben mich nach Lord St. Mullins gefragt.«

»Max? Warum? Kennen sie ihn denn?«

»O ja. Er war im Juni hier, erinnerst du dich? Hat bei seiner Schwester drüben in Llanfair gewohnt. Die Blochs haben ihn getroffen, als er Betsy besuchte.«

»Ach so. Es wundert mich nicht, dass er sie verwirrt hat. Er ist ja ziemlich erklärungsbedürftig.«

»Sie konnten nicht verstehen, warum Betsys Cousin ein Earl ist und sie selbst keinen Titel hat. Er kam ihnen sehr merkwürdig vor.«

»Das ist er doch auch, findest du nicht?«

»Ich glaube nicht, dass ich ihm je begegnet bin.«

»Ach, Mutter, ganz bestimmt. Er war doch auf unserer Hochzeit.«

»Ich kann mich nicht erinnern. Ich erinnere mich an mehrere Buttevant-Verwandte, an Mrs Pattison und den alten Lord St. Mullins, den alten Onkel und den armen Jungen, der ertrunken ist, aber ich glaube nicht, dass ich …«

»Wenn du ihn einmal gesehen hast, vergisst du ihn so schnell nicht wieder.«

Sie schüttelte den Kopf und sah ihn fragend an.

»Warum? Ist er so hässlich?«

»Ach, du weißt schon … er ist ein hutzeliger kleiner Kerl mit einer Piepsstimme. Plappert die ganze Zeit und fuchtelt mit den Händen herum.«

»Wie alt ist er denn?«

»Um die Vierzig. Aber er altert nicht. Er war auch noch nie jung. Immer schon ein ältlicher Junge. Ich glaube, seine Eltern waren bei seiner Geburt schon ziemlich alt, vielleicht liegt es daran. Du weißt, wie ein Apfel aussieht, der schrumpelig wird, bevor er reif ist?«

»Ist er sympathisch?«, fragte Mrs Canning. »Von seinem Aussehen mal abgesehen.«

»Na ja … er ist nicht unsympathisch. Er ist warmherzig und aufrichtig. Weißt du, dass er mal unsterblich in Betsy verliebt war?«

»Ach, tatsächlich?«

Mrs Canning legte das zweite Päckchen aus. Er ging zum Beistelltisch und mixte sich einen Drink. Dann plapperte er munter weiter, damit sie nicht auf die Idee kam, ihn zu fragen, was eigentlich mit ihm los sei.

»Ja. Und als sie ihm einen Korb gab, weinte er sich die Augen aus, der arme kleine Mann, sodass sie beinah ihre Meinung geändert hätte. Er ist ein schrecklicher Langweiler, aber er hat jede Menge Freunde, weil es keiner übers Herz bringt, ihn vor den Kopf zu stoßen. Und außerdem ist er ein Spinner, ein verrückter Weltverbesserer. Fühlt sich berufen, sie zu einem besseren Ort zu machen. Er versucht, Gräueltaten zu verhindern, Streitereien zu schlichten. Und mischt sich in Raufereien ein, auch wenn er dabei ein blaues Auge riskiert. Eins muss man ihm lassen: Er ist mutig wie ein Löwe. Im Gegensatz zu mir kommt er bestimmt in den Himmel. Man muss den Mann bewundern. Er kennt keine Angst.«

»Was hält Betsy von ihm?«

»Sie lacht über ihn, aber ich denke, sie mag ihn auch. Er verehrt sie wie eine Göttin, was ihr sicher schmeichelt.«

»Das glaub ich gern. Und was ist mir dir … magst du ihn?«

»Ja … irgendwie schon. Aber manchmal übertreibt er es wirklich mit seinem missionarischen Eifer. Wenn man ihn zum Abendessen einlädt, zeigt er einem echte Folterinstrumente, die er aus irgendeinem obskuren Land mitgebracht hat, oder Fotos von Elendsvierteln. Und dann kommt einem das ganze Essen wieder hoch. Mir gegenüber gibt er sich kumpelhaft, weil ich Betsys Mann bin, aber eigentlich haben wir nichts gemeinsam. Er fragt mich übers Theater aus, ob die Bühnenarbeiter Arbeitslosengeld kriegen und ob die Tänzerinnen in ihrer Garderobe genug Luft zum Atmen haben. Natürlich kann ich ihm das nicht beantworten.«

»Genießt er es, ein Earl zu sein?«

»Ich glaube schon. Er redet gern im Oberhaus. Da unterbricht ihn wenigstens niemand. Ins Unterhaus hat er's nie geschafft, obwohl er es früher mehrmals versucht hat. Jedes Mal hat er seine Kaution verloren. Er hat bestimmt nichts dagegen, jetzt so viel Geld zu haben. Auch wenn er kaum etwas für sich ausgibt. Aber es macht ihm Spaß, es unter die Leute zu bringen.«

Mrs Canning hob schnell den Kopf.

»Ach, hat er so viel Geld? Ich dachte, bei der ganzen Erbschaftssteuer nach immerhin drei Sterbefällen so kurz hintereinander ...«

»Es waren keine drei, nur einer. Der alte Lord St. Mullins und der kleine Junge starben zuerst, erinnerst du dich? Deshalb hat Max den alten Onkel beerbt, den du kennengelernt hast. O ja, er ist schrecklich reich. Ihm gehören drei Seebäder, die ganzen Ländereien und so.«

Die Patience war aufgegangen. Mrs Canning sammelte die Karten ein und legte sie beiseite.

»Dann wäre Betsy, wenn sie ihn nicht abgewiesen hätte, jetzt eine Gräfin und sehr reich«, bemerkte sie leichthin.

»Ja. Die arme Betsy! Sie hat ihre Chance verpasst. Aber keine Frau, die etwas auf sich hält, würde Max heiraten.«

»Wo ist denn dieses ... Llanfair, wo seine Schwester wohnt? Mrs Pattison, oder?«

»Das liegt an der Küste. Vielleicht fünfzehn Meilen südlich von hier.«

»Ich habe mich gefragt, ob ich sie nicht mal besuchen sollte, während ich hier bin. Eine Art Höflichkeitsbesuch.«

»Ich glaub nicht, dass das nötig ist. Aber wenn du unbedingt willst.«

»Sie und Betsy sind doch Freundinnen, oder?«

»Nein. Das würde ich nicht sagen. Natürlich kennen sie einander schon ihr ganzes Leben. Sie sind schließlich Cousinen. Aber besonders eng sind sie nicht.«

Sie erhob sich, nahm ihre Karten, ihre Stickerei und ihre Brille und wünschte ihm eine gute Nacht. Als er ihr die Tür aufhielt, sagte sie:

»Ich glaube, ich besuche sie. Ich würde sie gern wiedersehen.«

Nachdem sie weg war, schwante ihm, dass er zu viel geredet hatte. Er hatte seine innere Unruhe überspielen wollen, aber er fürchtete, er hatte es übertrieben.

Und es überraschte ihn, dass seine Mutter Max noch nie getroffen hatte. Vorhin war er so in Fahrt gewesen, dass es ihm gar nicht in den Sinn gekommen war, dass das eigentlich nicht sein konnte. Jetzt war er sicher, dass sie sich getäuscht hatte. Sie mussten sich öfter über den Weg gelaufen sein. Das hätte sich gar nicht vermeiden lassen.

Aber sie wurde alt, und ihr Gedächtnis ließ nach. Sie machte oft seltsame kleine Fehler. Betsy, die voreingenommen war, behauptete, dass sie oft die Vergessliche nur mimte. Doch das glaubte er nicht; seine Mutter hatte bestimmt keine Hintergedanken. Sie hatte das mit Max einfach vergessen, und er hatte keinen Grund anzunehmen, dass sie ihn ausfragen wollte. Wenn er nüchterner und weniger zerstreut gewesen wäre, hätte er bestimmt nicht so viel erzählt. Nicht, dass er etwas besonders Indiskretes gesagt hatte. Aber an diesem Abend schienen Indiskretionen in der Luft zu liegen, und darüber war er alles andere als glücklich.

# Die Freunde

Mark putzte sich gerade die Zähne, als er hörte, wie Kenneth die Treppe hinauflief, kurz stehen blieb und dann an seine Tür klopfte.

»Komm rein!«, rief er freundlich. »Wo zum Teufel hast du denn die ganze Zeit gesteckt?«

»Im Garten«, sagte Kenneth und schloss die Tür hinter sich.

»Um zu schmollen?«

»Halt die Klappe!«

Mark wandte sich verdutzt um. Er sah sofort, dass sein Freund immer noch in düsterer Stimmung war. Das musste sich ändern. Warum war der Knabe bloß so dünnhäutig?

»Wieso hast du dich denn vorhin so aufgeregt?«, fragte er ihn. »Wir wollten pokern, aber du warst plötzlich verschwunden.«

»Ich dachte, ihr wolltet noch weitersingen.«

»Doch nicht den ganzen Abend, du Esel. Ich finde, du solltest über die Vergnügungen anderer Leute nicht so streng urteilen. Ich gebe zu, dass es ein ziemliches Gejaule war, aber es hat ja nicht lang gedauert. Du musst dich einfach damit abfinden, dass du auch mal außen vor bleibst. Eliza geht's genauso, und die ist nicht gleich eingeschnappt.«

»Und was ist mir dir?«

Mark lachte.

»Bei mir ist das anders. Ich bin eben ein toleranter Mensch.«

Kenneth setzte sich missmutig aufs Bett. Er war richtiggehend grün im Gesicht. Mark wurde klar, dass hier einer nicht nur die beleidigte Leberwurst spielte. Irgendetwas stimmte nicht mit ihm. In versöhnlichem Ton fragte er ihn, was denn eigentlich los sei.

»Nichts.«

»Hast du dir den Magen verdorben?«

»Nein.«

»Du siehst aber aus, als wär dir schlecht.«

»Ach ja?«

»Mach mal Platz, ich würde mich gern hinlegen.«

Kenneth erhob sich wortlos. Einen Moment lang herrschte Stille. Mark wartete darauf, dass Kenneth endlich mit der Sprache herausrückte, aber der stand einfach nur schweigend im Zimmer herum. Schließlich verlor Mark die Geduld.

»Entweder du sagst jetzt, was los ist, oder du verziehst dich.«

»Ich kann nicht drüber reden«, erklärte Kenneth mit zittriger Stimme.

Also gab es doch etwas, was ihm auf dem Herzen lag. Kenneth wirkte völlig aufgelöst, aber auch wütend.

»Jetzt mach nicht so ein Theater«, sagte Mark und riskierte einen Schuss ins Blaue. »Wahrscheinlich bist du draußen im Dunkeln über ein Liebespärchen gestolpert.«

»Woher weißt du das?«

»Also hab ich recht?«

»Ja.«

Endlich wusste er, worum es ging. Damit konnte er umgehen.

»Das hab ich auch schon mal erlebt«, sagte er. »Da war ich noch ziemlich klein. In einem halb verfallenen Cottage … Auf der Rückfahrt im Auto musste ich mich übergeben. Ich sag dir, das war kein schöner Anblick … weiß Gott nicht …«

Er lehnte sich in die Kissen zurück und starrte an die Decke.

In Wirklichkeit war er nicht annähernd so selbstsicher, wie er sich nach außen hin gab. Sein Verstand glich einem streng abgeschirmten Refugium, in dem alles genauestens dokumentiert, analysiert und eingeordnet wurde. Kein Problem blieb ungelöst, keine Frage ungeklärt. Doch über die benachbarten Bereiche hatte er keinerlei Kontrolle, auch wenn er es nicht wahrhaben wollte. Wie ein kleiner Stern funkelte sein Geist einsam in der Finsternis. Ringsum gab es dunkle Sphären, in denen namenlose Triebe und Leidenschaften gärten, die er nicht zu erforschen wagte. Und da sein Verstand nicht in der Lage war, diese verborgenen Kräfte ans Licht zu holen, zog er es vor, sie schlichtweg zu ignorieren. Meist zog er sich mit einem Lachen aus der Affäre; in seinem wohlgeordneten Verstand gab es einen Bereich, der Frivolitäten vorbehalten war. Dorthin flüchtete er sich, wenn er sich von etwas Unbekanntem bedroht fühlte.

Auch jetzt wollte er die Situation mit Humor retten. Er würde Kenneth mit einem schmutzigen Witz zum Lachen bringen, und alles wäre wieder gut. Und so äffte er ihren Hausvater aus dem Internat nach, indem er mit verstellter Stimme sagte:

»Ihr wisst doch Bescheid, Jungs, nicht wahr? Vollkommen harmlos! Vollkommen natürlich! Lach nicht, Wedderburn! Das … ist … nicht … witzig!«

»Stimmt«, sagte Kenneth. »Ich kann auch nichts Witziges dran finden.«

Plötzlich musste er würgen. Ihm war alles andere als zum Lachen zumute.

»He!«, rief Mark erschrocken. »Kotz mir jetzt bloß nicht die Bude voll. Komm, trink ’nen Schluck Wasser.«

Er sprang aus dem Bett, füllte einen Zahnputzbecher mit Wasser und reichte ihn Kenneth, der sich mit krächzender Stimme bedankte.

»Kopf hoch«, ermunterte Mark ihn. »Was haben die denn nun eigentlich gemacht?«

»Sie haben sich … geküsst.«

»Geküsst? Du meine Güte! Ist das alles?«

Kenneth trank noch einen Schluck Wasser. Dann platzte es aus ihm heraus:

»Es war mein Vater! Und Joy!«

Einen Moment lang herrschte Totenstille. Mark war schockiert. Darüber konnte man wahrlich keine Witze machen. Er blickte Kenneth mit betroffener Miene an.

»Verstehe«, sagte er schließlich. »Na ja … da kann man nichts machen. Ich an deiner Stelle würde mich in die Falle hauen und die ganze Sache vergessen.«

»Dieser Lustmolch! Er ekelt mich an.«

»Tut mir leid, aber ich will lieber nichts darüber hören. Er ist dein Vater, nicht meiner.«

»Und wie würdest du es finden, wenn's dein Vater wäre?«

Mark hatte nicht die leiseste Ahnung. Er hatte seinen Vater, der im Krieg gefallen war, nie kennengelernt. Auch seine Mutter war gestorben, als er noch ziemlich klein gewesen war. Deshalb war er ohne eine richtige Familie aufgewachsen, hatte sich nie auf irgendetwas oder irgendwen verlassen können. Er hatte nur wenig Liebe und Zuwendung erfahren. Sein Verstand war früh gereift, sein Herz aber verkümmert.

»Sehr witzig, was?« Kenneth ließ nicht locker. »Zum Schreien komisch. Wahrscheinlich würdest du dich ausschütten, wenn's um deinen Vater ginge.«

»Nein, natürlich nicht. Red keinen Quatsch.«

»Also, sag schon, was würdest du an meiner Stelle tun?«

Mark hatte keine Ahnung, was er antworten sollte. Er war schockiert. Aber das konnte er unmöglich zugeben. Schließlich wollte er seinen Ruf als Mr Unfehlbar nicht gefährden. Kenneth hatte in ihm immer ein Vorbild gesehen, und es wäre ihm ziemlich unangenehm gewesen, einzugestehen, dass er tatsächlich keinen Rat wusste. Seine Eitelkeit, aber auch ein tiefes Unbehagen standen ihm im Weg.

Er zögerte. Kenneth brauchte seine Unterstützung, und er wusste sehr gut, wie labil sein Freund war. Das hatte er schon vor Jahren erkannt: Er war jemand, der schnell den Boden unter den Füßen verlor, wenn man nicht auf ihn aufpasste. Deshalb revanchierte er sich für Kenneths Bewunderung, indem er Verantwortung für ihn übernahm. Wenn er diesen Hilferuf ignorierte, würde er seinen Freund schmählich im Stich lassen.

Und doch tat er genau das, einfach deshalb, weil er nirgendwo in seinem wohlsortierten Gehirn einen klugen Rat fand. Er hatte schlicht kein Rezept parat. Und er war zu unerfahren, zu unreif, um zu wissen, dass es kein Patentrezept gab, keine geniale Idee, um ein verwundetes Herz zu heilen. Mitgefühl war alles, was es brauchte, aber er musste noch viel lernen, bis er das begriff.

»Ich kann mir kein moralisches Urteil über deinen Vater erlauben«, sagte er schließlich. »Das geht einfach nicht. Außerdem machst du dich viel zu verrückt wegen der Sache. Ich versteh nicht, was dich das überhaupt angeht.«

»Ach ja? Du hast doch selbst erzählt, dass du dich mal übergeben musstest … Und anscheinend ging's da nicht mal um Leute, die du kanntest.«

»Das war etwas ganz anderes. Die haben sich nicht nur geküsst.«

Kenneth ging zum Waschtisch und stellte den Becher zurück. Dann sagte er, halb von Mark abgewandt:

»Aber hattest du damals nicht auch das Gefühl, dass du … so was selber gern machen würdest … obwohl dir kotzübel war?«

»Jetzt hör schon auf!«, fuhr Mark ihn an. »Denk einfach an

was anderes. Das ist doch alles halb so wild. Man darf sich eben nicht zum Sklaven seiner Begierden machen.«

»So wie mein Vater. Aber vielleicht bin ich genau wie er. Vielleicht ist das ja erblich.«

Mark schnaubte.

»Na, egal«, sagte Kenneth und ging zur Tür. »Jedenfalls bin ich schwer enttäuscht von dir.«

# Ein vergeudeter Vormittag

Die Neuigkeiten aus London klangen beruhigend. Mrs Hewitt war außer Lebensgefahr, und Professor Hewitt hatte seinen Aufenthalt in der Schweiz abgebrochen, um sich um sie zu kümmern, sodass Betsy hoffte, schon bald nach Pandy Madoc zurückkehren zu können. Aber in Betsys Briefen schwang auch Besorgnis mit, was Alec nicht entging. Sie waren voller unausgesprochener Fragen. Offenbar wollte sie herausfinden, was seine Mutter im Schilde führte. In seinen Antworten versuchte er, ihr Misstrauen zu zerstreuen.

»Sie ist äußert friedlich«, schrieb er. »Und ich habe noch nie erlebt, dass sie das Leben so leichtnimmt. Ob Du's glaubst oder nicht, sie lässt uns alle machen, was wir wollen.

Wenn überhaupt, dann lässt sie die Zügel zu sehr schleifen; es wird Zeit, dass Du zurückkommst und wieder das Zepter schwingst. Freiheit ist ja schön und gut, aber man sollte es nicht übertreiben. Für mich ist das kein Problem. Aber für andere ist zu große Nachsicht Gift. Sie brauchen klare Vorgaben.

Die Dienstmädchen werden immer nachlässiger. Blodwen hat sich wieder angewöhnt, nach dem Putzen nur jeweils einen Schuh in mein Zimmer zu stellen, sodass ich nie ein ganzes Paar finde. Und die Kinder geraten zusehends außer Kontrolle. Ken hat sich in den letzten Tagen ziemlich unmöglich benommen, er war trotzig und beleidigend. Vielleicht liegt es daran, dass er Mark Hannay vermisst, der am Dienstag abgereist ist. Jedenfalls ist er zurzeit unausstehlich. Heute Morgen hat er den Garagenschlüssel verloren. Pure Faulheit! Er hat ihn in die Tasche gesteckt, statt sich die Mühe zu machen, ihn an seinen Platz zurückzubringen. Dann ist er schwimmen gegangen und hat ihn am Strand verloren. Wir mussten in Morvah einen neuen anfertigen lassen. Als ich ihn rüffelte, hat er sich nicht einmal entschuldigt, sondern mir nur eine patzige Antwort gegeben. Ich hätte nie gedacht, dass ich mal zu meinen Kindern sagen würde: ›Mir gefällt dein Ton nicht.‹ Es war eine ziemlich hässliche Szene. Aber er reißt sich bestimmt am Riemen, wenn Du wieder hier bist. Er ist nicht der Einzige, der Dich dringend braucht.

Betsy, Liebes, Du hattest recht, dass mir Hummer nicht bekommt. Werde ich denn nie lernen, auf Dich zu hören? Mutter hat uns eine Woche lang jeden Tag Hummer vorgesetzt, und jetzt kann ich keinen mehr sehen. Mir war hundeelend, aber dann habe ich Unmengen von Wismut geschluckt, und jetzt geht's mir wieder besser. Bitte komm bald zurück, denn ohne Dich ist das Leben hier fad.«

Er arbeitete wirklich viel und sah seine Familie nur beim Frühstück und beim Abendessen. Das lag unter anderem daran, dass Johnnie Graham ihm Druck machte, aber auch, weil er sich von Joy fernhalten wollte. Seit mehreren Tagen war sie ihm nun schon nicht mehr über den Weg gelaufen, und er hoffte sehr, dass sie den Vorfall vergessen hatte.

Eines Morgens jedoch, als er nach dem Frühstück zum Gartenhaus hinaufging, lag auf seinem Schreibtisch ein Brief. Während er ihn las, schwand seine Zuversicht zusehends dahin.

Lieber Alec,
Mrs Canning hat mir erzählt, dass Du und Betsy Euch scheiden lassen wollt. Sie hat gesagt, dass Du mit einer anderen Frau eine Weile weggehen musst, um ihr einen Grund zu liefern. Stimmt das?

Wenn Du schon mit jemand weggehen musst, warum dann nicht mit mir? Ich liebe Dich so sehr, dass ich sterbe, wenn ich Dich nie mehr wiedersehe. Du bist mein ganzes Leben. Natürlich weiß ich, dass Du mich nicht genauso liebst und es auch nie wirst. Aber nach dem, was neulich abends passiert ist, glaube ich, dass es Dir nichts ausmachen würde, eine Weile mit mir zusammen zu sein, und danach würde ich Dich nie mehr belästigen oder Dich um irgendwas bitten. Ich hätte ein bisschen Glück erlebt und das ist mehr, als die meisten Menschen von sich behaupten können. Ich würde lieber etwas Zeit mit Dir verbringen und danach versuchen, noch mal von vorn anzufangen, als immer so weiterzumachen. Ich werde bestimmt unglücklich sein, aber mein Leben hätte einen Sinn und jetzt hat es das nicht. Lieber nehme ich diesen Kummer in Kauf.

Bitte denk nicht, dass ich zu jung bin. Ich weiß genau, was ich tue, und ich ruiniere damit auch nicht mein Leben. Wie Du weißt, gebe ich meine Stelle auf und werde mit meiner Freundin zusammen einen Buchladen führen. Meine Freundin mischt sich nicht in mein Privatleben ein. Außerdem ist sie auch keine Heilige.

Ich schreibe Dir, weil es dann für uns beide leichter ist, wenn Du Nein sagst. Wenn Du es mir schreibst, meine ich. Aber sag nicht Nein, solange Du Dir nicht ganz sicher bist. Und sei bitte nicht wütend auf mich, weil ich Dir das alles geschrieben habe. Ich bin so verzweifelt. Ich halte es einfach nicht mehr aus. Du siehst mich nicht an, sprichst nicht mit mir, dabei hast Du gar keinen Grund, wütend auf mich zu sein.

Joy.

In diesem Brief hatte Joy so viele Bomben platzen lassen, dass Alec am Boden zerstört war.

Schon der erste Satz, der ihm den Beweis für die Hinterhältigkeit seiner Mutter lieferte, schockierte ihn. Sie hatte die ganze Zeit von Betsys Absichten gewusst und sogar anderen davon erzählt. Nicht auszudenken, welchen Schaden sie angerichtet hatte. Gut möglich, dass sie jetzt gerade Isobel Pattison, mit der sie zum Lunch verabredet war, brühwarm die Neuigkeiten berichtete.

Und was Joy betraf …

Das war ein absoluter Albtraum. Über eine Stunde lang tigerte er durchs Zimmer, verfluchte sämtliche Frauen, selbst Betsy, die ihm mit ihrem voreiligen Brief an ihre Mutter diesen Schlamassel eingebrockt hatte. Er war so wütend, dass er zunächst gar nicht vorhatte, Joy irgendeine Antwort zu geben. Sie hatte es nicht verdient. Er würde ihren ungeheuerlichen Vorschlag ignorieren und hoffen, dass sie aus seinem Schweigen schloss, was er von ihr hielt.

Aber nach einer Weile gingen ihm andere Überlegungen durch den Kopf. Wenn er nicht reagierte, glaubte sie vielleicht, er würde noch über ihren Vorschlag nachdenken. Und wenn sie sich dann bei den Mahlzeiten begegneten, würde dieser unbeantwortete Brief zwischen ihnen stehen. Außerdem durfte er die Behauptung seiner Mutter nicht unwidersprochen lassen. Vielleicht sollte er ihr doch lieber eine kurze, nüchterne Nachricht schreiben, abstreiten, dass Betsy und er sich scheiden lassen wollten, und ihr zu verstehen geben, dass sie sich schämen sollte. Er ließ sich auf seinen Stuhl fallen, nahm einen Stift und schrieb:

Liebe Joy,
meine Mutter irrt sich. Betsy und ich lassen uns nicht scheiden, sodass diese Situation nicht eintreten wird …

Sollte er noch mehr schreiben? Würde sie die indirekte Zurückweisung verstehen? Oder musste er hinzufügen, dass er unter keinen Umständen auf ihren Vorschlag eingehen würde?

Als er daran dachte, was auf der Gartenterrasse vorgefallen war, fand er doch, dass eine Erklärung angebracht war. Wie auch immer er es drehte und wendete, die Schuld lag hauptsächlich bei ihm. Trotzdem musste er versuchen, sie zur Vernunft zu bringen, ihr klarmachen, dass sie einem Kuss viel zu viel Bedeutung beimaß.

Er las ihren Brief noch einmal durch, und zum ersten Mal empfand er so etwas wie Mitgefühl mit ihr. Er war zu sehr mit seinen eigenen Sorgen beschäftigt gewesen, um sich über sie Gedanken zu machen. Jetzt musste er sich eingestehen, dass sie litt. Sie glaubte, ihn zu lieben, und er hatte sie zweifellos dazu ermutigt. Ein solcher Irrtum war bei einem so jungen Mädchen durchaus verzeihlich, und es stand ihm nicht zu, sie deswegen zu tadeln. Er sollte ihr lieber entgegenkommen und seine Antwort so formulieren, dass er ihre Gefühle nicht verletzte. Eine Ablehnung war demütigend genug; er musste ihr unnötig bittere Gefühle ersparen. Das war er ihr schuldig. Er war schließlich zwanzig Jahre älter als sie und hatte mehr Lebenserfahrung.

Fluchend machte er einen neuen Anlauf:

»Aber, meine liebe Joy …«

War das zu freundlich? Er glaubte nicht.

»… unter keinen Umständen könnte ich Deinen Vorschlag auch nur in Erwägung ziehen. Zunächst einmal glaube ich nicht, dass Du weißt, wie vernünftige Menschen mit einer solchen Angelegenheit umgehen. Es stimmt, dass nach dem Scheidungsgesetz ein Beweis der Untreue erbracht werden muss; aber das ist eine reine Formsache. Gewöhnlich bedeutet es, dass man ein Wochenende in einem Hotel verbringt …«

O Gott! Reicht das? Versteht sie es? Oder muss ich den Begriff Ehebruch verwenden? Es geht doch nur darum, dass sie angeboten hat …

»Aber ohne dass man Ehebruch begeht …«

Es ist lediglich eine Absprache zwischen uns, liebe Joy! Wirklich eine reizende Aufgabe, dir das alles erklären zu müssen. Und so überaus sinnvoll, wenn man bedenkt, dass wir uns vielleicht wirklich scheiden lassen. Oh, Betsy! Dafür könnte ich dir den Hals umdrehen!

»Und zweitens kann ich nicht zulassen, dass Du in die Sache verwickelt wirst. Das wäre schändlich von mir. Du bist noch so jung und zudem Betsys Freundin. Außerdem gehörst Du zur Familie, jedenfalls im römischen Sinn des Wortes.

Drittens musst Du mir glauben, dass Deine Gefühle für mich nicht so bedeutsam oder beständig sind, wie Du denkst. Ich bin älter und erfahrener und weiß, was ich sage. Natürlich bin ich gerührt und dankbar …«

Bin ich das? Nein. Ja. Vielleicht. Das arme kleine Ding!

»… und weiß, dass es zum Teil meine Schuld ist, weil ich an jenem Abend den Kopf verloren habe. Dafür gibt es keine Entschuldigung. Ich habe mich sehr schlecht benommen, und dafür schäme ich mich. Aber glaub mir bitte, wenn ich Dir sage, dass Du mich in ein paar Jahren …«

Jahre? Das klingt sehr selbstgefällig. Sie würde mich jahrelang nicht vergessen?

»… in wenigen Monaten …«

Ein bisschen hartherzig vielleicht? Als würde ich sie nicht ernst nehmen.

»… schneller, als Du denkst, vergessen wirst. Wir alle verlieben uns beim ersten Mal in die falsche Person. Der erste Schuss geht immer daneben. Früher oder später wirst Du den Richtigen finden. Was Du jetzt in mir siehst, ist das, was Du unbewusst in einem Mann suchst. Du bist also auf dem richtigen Weg. Wenn Du ihn gefunden hast, wirst Du verstehen, was ich meine. Er wird Dich ein bisschen an mich erinnern, aber er wird hundert Prozent netter sein. Also verzweifle bitte nicht, meine Liebe, und denk dran: Die glücklichsten Menschen machen Fehler. Ich bin froh, dass Du es mir gesagt hast, und es sollte Dir nicht leidtun, weil …«

Ihm fiel absolut kein Grund ein, warum es ihr nicht leidtun sollte. Sie hatte sich ihm an den Hals geworfen. Sie war zurückgewiesen worden. Es gab nichts, was sie wirklich trösten konnte.

Als er seinen Brief noch einmal durchlas, kam er ihm verlogen und falsch vor. Er drückte sich vor dem eigentlichen Problem – der starken körperlichen Anziehung, die sie beide gespürt hatten. Er tat einfach so, als gäbe es sie nicht. Was war er nur für ein Feigling und Heuchler!

Er nahm ein anderes Blatt und schrieb:

»Ich gehe mit niemandem irgendwohin. Aber wenn doch, dann höchstens mit Dir. Ich finde Dich äußerst attraktiv, und die Vorstellung wäre sehr reizvoll, solange ich Dir gegenüber keinerlei Verpflichtungen eingehen müsste. Denn ich glaube, dass unsere gegenseitige Anziehung nicht von Dauer ist und dass unsere Gemeinsamkeiten nicht ausreichen, um uns langfristig zu binden. Aber natürlich hätte eine Affäre mit Dir etwas sehr Verführerisches.

Es wäre allerdings falsch und töricht. Deshalb hoffe ich, dass ich die Kraft habe, der Versuchung zu widerstehen. Wir sollten uns die Idee wirklich aus dem Kopf schlagen. Das wäre das Beste für uns beide und für alle, die uns nahestehen.«

Das war ehrlich, direkt und irgendwie auch weniger kränkend für sie. Aber so etwas durfte er ihr höchstens persönlich sagen, keinesfalls schreiben. Er besaß immerhin noch einen Funken Verstand. Vielleicht sollte er trotz allem lieber mit ihr reden.

Er zerriss ihren Brief sowie seine eigenen Entwürfe und verbrannte die Schnipsel allesamt im Kamin. Es war halb eins, und er hatte noch nichts gearbeitet. Sein Tagespensum lag unberührt auf seinem Schreibtisch. Diese verfluchten Frauen hatten ihm den ganzen Vormittag gestohlen. Beim Mittagessen würde er ihr begegnen, aber das schaffte er nicht, solange die Angelegenheit zwischen ihnen nicht geklärt war. Er beschloss, den restlichen Tag auf dem Golfplatz zu verbringen.

Auf dem Weg nach unten fiel ihm ein, dass er ja gar kein Auto hatte. Seine Mutter war damit nach Llanfair gefahren. Also musste er das Fahrrad nehmen, was bei dem hügeligen Gelände fast so schlimm war, wie zu Fuß zu gehen. Er kochte vor Wut. Wie die meisten gutmütigen Männer hatte er wenig Kontrolle über sich, wenn das Maß voll war. Er fand es ungeheuerlich, dass er, Alec Canning, ein angesehener Mann, der genug Geld verdiente, um sich einen großen Buick leisten zu können, gezwungen war, an einem brütend heißen Sommertag sein Fahrrad fünf Meilen zu schieben, nur weil ihn ein paar unmögliche Frauen aus seinem Haus vertrieben hatten.

Der Schlüssel zum Fahrradschuppen hing normalerweise an einem Nagel hinter der Eingangstür. Er betrat das Haus, um ihn zu holen, und lief prompt Joy in die Arme, die sich gerade um die Blumen in der Vorhalle kümmerte. Sie wechselten einen entsetzten Blick.

»Ich fahr zum Golfklub«, sagte er hastig. »Wo ist der Schlüssel zum Fahrradschuppen?«

»Er hängt am Nagel. Ist er denn da nicht?«

»Nein. Er hängt nicht am Nagel.«

»Wirklich nicht?«

»Nein, wirklich nicht.«

»Vielleicht hat Ken ihn genommen.«

»O Gott! Wo ist er?«

»Ich weiß nicht. Vielleicht nach Morvah gefahren.«

Sie hatte Alec noch nie so wütend erlebt und war verwirrt.

»Kann ich ...«, sagte sie eilfertig, »... kann ich vielleicht ...«

»Was denn?«

»Einen anderen Schlüssel holen?«

»Einen anderen Schlüssel holen? Woher?«

Das war natürlich absurd, aber sie wäre ihm so gern behilflich gewesen. Ihr bleiches, bestürztes Gesicht war der Funke, der ihn zum Explodieren brachte.

»Was für ein Blödsinn! Was für ein ausgemachter Blödsinn! Wie kannst du nur so einen Blödsinn reden? Das geht ja auf keine Kuhhaut!«

»Ach, Alec! Bist du mir sehr böse? Warum bist du so wütend?«

»Warum? Warum? Reicht es nicht, dass meine Mutter diese Geschichte ... diese Lügen ... überall rumerzählt?«

»Dann stimmt es also nicht?«

»Natürlich nicht. Kein Wort davon ist wahr.«

»Oje. Aber woher sollte ich das wissen? Wie sollte ich ...«

»Und dann musst du mich auch noch derart belästigen ...«

»Alec! Ach, Alec!«

»... und mir diesen abscheulichen Vorschlag machen! Ich weiß, es war meine Schuld. Ich hätte dich nicht küssen dürfen. Aber du hast mich provoziert ...«

»Ich hab nur ...«

»Um Himmels willen, verschwinde! Hau einfach ab und lass mich in Frieden. Ich will dich nie wiedersehen. Wenn du nur das geringste bisschen Anstand hättest, würdest du einfach gehen ...«

Sie verbarg das Gesicht in den Händen und wich vor ihm zurück, als hätte er sie geschlagen. Nachdem er schon längst fort war, stand sie immer noch mit eingezogenem Kopf und in sich zusammengesunken da.

# Heimkehr

Am frühen Nachmittag hüllte sich der sonnige Tag in einen trüben Wolkenschleier. Die scharf umrissene Silhouette der Berge schimmerte blau, das schiefergraue Meer erstreckte sich ruhig und glatt bis zum Horizont. Betsy, die vom Bahnhof den Hügel hinaufging, blieb immer wieder stehen und sah sich um; während der Zugfahrt war sie nervös und aufgewühlt gewesen, aber die friedvolle Atmosphäre hatte eine beruhigende Wirkung auf sie. Sie war so froh, wieder zurück zu sein. Es schien ihr, als würden Himmel, Meer und Erde sie willkommen heißen. Sie hatte immer wieder darüber nachgedacht, was sie zu Hause erwarten würde, sich gefragt, was Mrs Canning wohl ausgeheckt hatte, wie Alec sie empfangen und wie nun alles weitergehen würde. Sie hatte ganz vergessen, dass sie an einen Ort zurückkehrte, den sie seit vielen Jahren liebte. Jetzt würde sie ihn noch mehr lieben, sich seinem Zauber nicht länger verschließen, denn ganz gleich, was geschah, Pandy Madoc würde ihr bleiben. Wenn sie ihren unbändigen Wunsch nach Freiheit begrub und sich mit ihrer Rolle als Ehefrau und Mutter begnügte, wäre das ein tröstlicher Gedanke. Dann hätte sie die innere Gelassenheit, auch diesem Leben etwas abzugewinnen.

Und da oben in diesem Haus, dachte sie, wird sich alles schon irgendwie regeln lassen. Niemand ist gegen mich. Alle lieben mich. Wir haben keinen Streit. Selbst *sie* mag mich und meint es gut mit mir. Wir wollen doch beide dasselbe. Doch ich muss mir meine innere Gelassenheit bewahren. Ich darf mich nicht von ihr provozieren lassen. Ich muss versuchen, besonnen und versöhnlich zu sein; ich darf meinen Seelenfrieden nicht gefährden. Ich bin zwar traurig, aber jeder Frieden hat auch etwas Trauriges an sich. Akzeptieren ist schwieriger als Kämpfen.

Als sie in Pandy Madoc eintraf, waren anscheinend alle ausgeflogen. Die Türen standen offen, und die Zimmer wirkten leer und düster im trüben Licht des Nachmittags. Sie warf einen Blick in den Salon. Auf dem Klavier, dessen Deckel aufgeklappt war, lag ein unordentlicher Stapel Notenhefte; der ganze Raum trug Spuren einer fremden Herrschaft. Einige Sessel waren umgestellt worden. Der Fenstersitz war mit Leinenstoff und Bündeln von Stickgarn übersät. Die Bücherregale waren nur halbherzig abgestaubt worden. Sie registrierte diese Details mit leichtem Unbehagen, denn sie alle zeugten von der Anwesenheit jener Frau, die seit ihrer Abreise hier das Zepter schwang. Anscheinend musste Emily Canning jedem Ort, an dem sie sich aufhielt, ihren Stempel aufdrücken.

Aber das alles lässt sich mit ein paar Handgriffen wieder in Ordnung bringen, dachte Betsy, als sie in die Vorhalle zurückging, wo es unangenehm nach verwelkten Blumen roch. Mit wachsendem Unmut sah sie, dass auf dem runden Tisch Blumenschalen und Vasen herumstanden, die meisten zur Hälfte mit fauligem Wasser gefüllt. Auf einem Zeitungsstapel lag vermoderndes, stinkendes Grünzeug, das längst hätte entsorgt werden müssen. Jemand hatte offensichtlich die Vasen mit frischen Blumen bestücken wollen und sie dann einfach liegen gelassen, und zwar vor Stunden schon, denn die Wicken und Rosen aus dem Garten waren schon ganz welk, die Armen!

Betsy, der üble Gerüche zuwider waren, wandte sich ab, um draußen etwas Luft zu schnappen und ihre düstere Laune abzuschütteln. Doch dann nahm sie auf der Treppe eine leichte Bewegung wahr. Sie blickte hinauf und sah Mrs Canning, die über das Geländer spähte – mit wachsamem, lauerndem Blick, wie ein Tier, das aus seinem Bau hervorlugt. Die selbst ernannte Herrin des Hauses trat auf den Plan.

»Betsy!«

»Hallo! Ich bin wieder da.«

Ich muss besonnen und versöhnlich sein, ermahnte sie sich und lächelte sie freundlich an.

Mrs Canning eilte die Treppe herunter.

»Meine Liebe, wir hatten ja keine Ahnung, dass du heute schon zurückkommst! Hast du denn nicht telegrafiert?«

»Nein«, sagte Betsy immer noch lächelnd. »Ich dachte, ich überrasche euch einfach.«

»Und deine Mutter? Wie geht es ihr?«

»Schon viel besser. Sie ist außer Gefahr. Der Befund heute Morgen war so gut, dass ich einfach in den nächsten Zug gestiegen und nach Hause gekommen bin.«

»Aber … du Ärmste! Keiner hat dich abgeholt.«

»Das macht doch nichts. Ich bin gern gelaufen. Es war schön, ein bisschen Bewegung zu bekommen, nachdem ich den ganzen Tag im Zug gesessen habe. Mein Koffer kann jederzeit vom Bahnhof abgeholt werden. Wie geht's euch allen? Wo sind denn die anderen?«

»Ich weiß nicht. Alec ist auf dem Golfplatz.«

»Ach wirklich?«, fragte Betsy überrascht. »Aber er hat doch so viel zu tun! Kommt er nicht weiter?«

»Ich weiß nicht. Ich war den ganzen Tag unterwegs, habe mit Mrs Pattison zu Mittag gegessen.«

»Ach!«

Irgendetwas an Mrs Cannings Tonfall verriet ihr, dass sie eigentlich noch viel mehr hätte erzählen können, wenn sie nur gewollt hätte. Und wieder einmal schrillten bei Betsy die Alarmglocken. Eine innere Stimme sagte ihr, dass sie auf der Hut sein, womöglich kleine Intrigen spinnen musste, um die kleinen Intrigen ihrer Widersacherin zu vereiteln. Doch wenn sie besonnen und versöhnlich sein wollte, musste sie diese Ahnung ignorieren. Sie fragte beiläufig, ob es irgendwelche Neuigkeiten gäbe.

»Ach … Joyce Dings – wie heißt sie noch gleich – dein Hausmädchen?«

»Joy Benson?«

»Sie klagt über Kopfschmerzen. Ich war gerade oben bei ihr. Ich weiß nicht, was ihr fehlt. Sie sieht aus, als hätte sie sich die Augen aus dem Kopf geweint. Aber sie behauptet, sie hätte Kopfschmerzen.«

»Jetzt verstehe ich«, sagte Betsy und sah zu den leeren Blumenvasen hinüber. »Tja, dann geh ich gleich mal hoch zu ihr und finde heraus, was los ist.«

In diesem Moment erschien Kenneth im Türrahmen. Als er seine Mutter sah, stieß er einen Freudenschrei aus und fiel ihr um den Hals. Sie drückte ihn fest an sich. Was Alec ihr über ihn geschrieben hatte, beunruhigte sie. Sie erkannte sofort, dass er eine schlimme Zeit durchmachte. Dann kamen Eliza und Daphne hereingestürmt. Die Halle füllte sich mit fröhlichem Geplapper, und das Haus erwachte wie aus einem bleiernen Schlaf. In der Küche klapperten die Dienstmädchen mit dem Geschirr. Füße trappelten treppauf, treppab, Türen knallten, und in den Badezimmern plätscherte das Wasser.

Mrs Canning ging in den Salon, setzte sich auf den Fenstersitz und nahm ihre Stickerei wieder auf. Sie arbeitete an einem Bezug für Betsys Klavierhocker. Bei der Wahl des Musters hatte sie sich von einem Ausstellungsstück im Victoria and Albert Museum inspirieren lassen. Wie alle ihre Stickarbeiten war auch diese originell und hübsch und sorgte für Bewunderung – sofern man nicht genauer hinsah. Denn leider war sie kein besonders geduldiger Mensch. Die Stiche waren unregelmäßig, die Linien krumm und schief und die Farben falsch abgestimmt. Den Hintergrund hatte sie erst einmal ausgespart und sich auf die interessanteren Teile des Musters konzentriert; und so würde das gute Stück wahrscheinlich sein Dasein in der untersten Schublade ihrer Florentiner Kommode fristen, neben vielen anderen unvollendeten Werken, von denen einige ein halbes Jahrhundert alt waren. Sie brachte es nicht fertig, auch nur eines davon wegzuwerfen, denn sie hatte fest vor, sie alle irgendwann fertigzustellen. Doch stattdessen stürzte sie sich immer wieder mit dem Elan einer Zehnjährigen in neue Projekte. Der Inhalt dieser Schublade war der sichtbare Beweis dafür, dass in einer Ehefrau, Mutter, Großmutter und umtriebigen Matriarchin eine Zehnjährige schlummerte, die aller Welt vorgaukelte, eine lebenserfahrene Frau von achtundsechzig Jahren zu sein.

Als Mrs Canning draußen auf dem Kies Schritte hörte, blickte sie auf. Alec trottete müde den Gartenweg herauf. Der Tag auf dem Golfplatz hatte ihm offenbar nicht besonders gutgetan, so erschlagen, wie er wirkte. Als er näher kam, erkannte sie sofort, dass er in einer schrecklichen Gemütsverfassung war. Das geschah so selten, dass sie immer wieder vergaß, wie aufbrausend er sein konnte. Aber die Anzeichen waren ihr nur allzu vertraut – dieser seltsame leere Blick.

»Betsy ist zurück!«, rief sie ihm durchs Fenster zu.

»Ah, gut!«, erwiderte er.

Es klang allerdings nicht sehr überzeugend. Er funkelte seine Mutter zornig an.

»Ich muss mit dir reden.«

Sie erschrak, doch dann fiel ihr ein, dass auch sie mit ihm ein Wörtchen zu reden hatte. Er war offenbar wütend auf sie, doch sie würde ihm Paroli bieten, immerhin hatte sie einen Trumpf in der Hand.

»Ja, mein Lieber«, sagte sie ruhig. »Aber es ist schon Viertel vor acht. Wenn du noch ein Bad nehmen willst, musst du dich beeilen.«

Als er um die Hausecke verschwand, wandte sie sich wieder ihrer Stickarbeit zu. Von Zeit zu Zeit ließ sie die Nadel sinken, blickte hinaus und betrachtete den grauen Himmel, das graue Meer und die Bergkette dahinter. Heute würde es keinen Sonnenuntergang geben. Alles verschwamm in einem sanften Dämmerlicht.

# Das Zerwürfnis

Mrs Cannings Herrschaft war zu Ende, und die Kinder wurden wieder früh ins Bett geschickt. Betsy folgte ihnen kurz darauf, weil sie müde war und sich unwohl in ihrer Haut fühlte. Seit sie das Haus betreten hatte, hatte sich ihr Gleichmut mehr und mehr verflüchtigt.

Es lag etwas Unheilvolles in der Luft, irritierend wie ein übler Geruch. Sie spürte es, konnte es aber an nichts festmachen. Mehrere Kleinigkeiten störten sie, die im Grunde nichts miteinander zu tun hatten und mit denen sie umgehen konnte. Das Haus war schmutzig und unaufgeräumt. Die Angestellten waren nachlässig geworden. Joy hatte Kopfschmerzen. Kenneth schmollte. Und Alec war überhaupt nicht er selbst – litt vermutlich immer noch an den Folgen von zu viel Hummer und Wismut. Aber nichts von alldem erklärte ihre Vorahnung einer bevorstehenden Katastrophe.

In der Abgeschiedenheit ihres Schlafzimmers konnte sie ihr Unbehagen in Schach halten. Sie sagte sich, dass es keinen Grund zur Besorgnis gäbe. Schon die Anwesenheit ihrer Schwiegermutter genügte, dass sie sich unbehaglich fühlte. Mrs Canning machte aus einer Mücke einen Elefanten. Keiner sagte, was er dachte, und die Atmosphäre war mit unterschwelligen Aggressionen aufgeladen. Das hatte nichts weiter zu bedeuten; es war nur so, dass ihr Temperament eine Art chemische Reaktion in ihrer Umgebung auslöste.

Und doch, dachte Betsy, während sie sich die Haare bürstete, ist sie kein schlechter Mensch. Sie ist furchtlos und kann durchaus großzügig sein. Sie hängt sehr an uns allen. Aber sie nimmt es mit der Wahrheit nicht so genau; eigentlich steht sie mit ihr auf Kriegsfuß. Wenn man sich gegen sie zur Wehr setzt, kämpft man auf verlorenem Posten ... Zum Glück reist sie bald wieder ab. Eines Tages wird sie sterben. Ja ... ich bin froh, wenn sie tot ist ... Ich wünschte, es wäre nicht so, aber ich kann es nicht ändern. Vielleicht bereue ich es ja dann, dass ich ihr gegenüber immer so kritisch war. Wenn Menschen sterben, erscheinen sie uns in einem anderen Licht. Einfach nur, weil sie tot sind und wir leben. Im Nachhinein tut es uns oft leid, dass wir so stur waren und nicht auf sie zugegangen sind. Aber vielleicht ist es ja noch nicht zu spät. Wenn ich mir viel Mühe gebe, werden wir vielleicht doch noch Freundinnen ...

Im Salon, direkt unter ihr, hörte sie Stimmen, mal lauter, mal leiser. Alec und seine Mutter unterhielten sich. Sie fragte sich, wie lange noch und ob sie Zeit hätte, ihr Gesicht einzucremen, bevor sie hochkämen. Seit Mark Hannays Abreise schlief Alec wieder in seinem eigenen Zimmer, und sie hoffte, er würde bei ihr vorbeischauen und sie könnten noch etwas plaudern, bevor sie zu Bett ging. Aber sie wollte nicht, dass er sie mit Nachtcreme im Gesicht sah, denn das war der erste Abend ihres neuen Lebens. Es würde nichts weiter passieren. Sie würden sich unterhalten und lachen und Pläne schmieden – das war alles. Aber es wäre ein erster Schritt in eine neue Zukunft.

Sie beugte sich zum Spiegel vor und betrachtete aufmerksam ihr Gesicht, um zu sehen, welche Veränderungen die letzten siebzehn Jahre mit sich gebracht hatten. Alles in allem waren sie kaum der Rede wert. Sie hatte noch immer ein jugendliches Gesicht, auf das sie auch viel Mühe verwendet hatte. Doch das junge Mädchen, das Alec geheiratet hatte, war verschwunden, den Jahren zum Opfer gefallen. Die Zeit verging wie im Flug, und sie hatten so viel davon vergeudet.

Schon bald würde sie alt sein. Und eines Tages wären sie und Alec tot, und jeder läge in seinem eigenen Grab. Das junge Mädchen von damals hatte keine Vorstellung von Zeit gehabt. Ihr ganzes Leben hatte noch vor ihr gelegen, und sie war völlig ahnungslos gewesen – arme, bedauernswerte, beneidenswerte Närrin. Jetzt war die Zeit kostbar. Jede Stunde brachte sie dem Ende näher.

Unten wurde eine Tür geschlossen. Sie hörte, wie Mrs Canning nach oben kam und ins Gästezimmer ging. Sie stellte das Döschen mit der Nachtcreme hin und lauschte. Es dauerte eine Ewigkeit, bis sie Alecs Schritte auf der Treppe hörte, so lange, dass sie langsam ungehalten wurde. Denn sie hatten bisher kaum drei Worte miteinander gewechselt, und er musste doch wissen, dass sie auf ihn wartete. Als er endlich an ihre Tür klopfte, forderte sie ihn barscher als beabsichtigt auf, hereinzukommen.

»Betsy, was hat es mit Max Buttevant auf sich?«

Ihr Herz setzte einen Moment aus. Das konnte nicht sein. Max hatte bestimmt nichts gesagt.

»Was meinst du damit?«

»Ich meine, stimmt es, dass du Max St. Mullins versprochen hast, ihn zu heiraten, sobald du mich los bist?«

»Wer sagt das?«

»Also stimmt es?«

»Nein. Es stimmt nicht. Wer behauptet so was?«

»Isobel Pattison hat es meiner Mutter heute Nachmittag erzählt.«

»Sie muss verrückt geworden sein.«

Betsy stand auf und begann, ein paar Kleider in den Schrank zu hängen. Sie musste Zeit gewinnen. Wenn sie nur etwas mehr Zeit hätte, würde sie gewiss heil aus der Sache herauskommen. Denn sie könnte jede Menge dazu sagen. Sie hatte lange genug darüber nachgedacht, was sie sagen würde, falls

Alec ihr auf die Schliche käme. Doch jetzt hatte er sie kalt erwischt.

»Isobel sagt, dass er ihr alles erzählt hat, bevor er nach China gereist ist. Für ihn schien die Sache klar zu sein – dass du deine Freiheit bekommst, während er weg ist, und ihn später heiratest.«

»Dazu hatte er kein Recht. Er hätte mich fragen müssen.«

»Hast du je mit ihm darüber gesprochen – über unsere Scheidung? Nein … das wäre gar nicht möglich gewesen. Er ist nach China gegangen, bevor das Thema aufkam. Hat er dich gebeten, ihn zu heiraten? Was hast du geantwortet? Bist du deshalb auf die Idee gekommen, dich scheiden zu lassen?«

»Deine Mutter richtet nur Unheil an. Wie kannst du nur auf sie hören? Du hast versprochen, dass du nicht mit ihr über meine Angelegenheiten sprichst. Das ist illoyal …«

»Bitte beantworte meine Fragen. Sie hat dir etwas unterstellt. Ich will wissen, ob da was dran ist.«

»Warum sollte ich Max eigentlich nicht heiraten? Wenn ich frei wäre, könnte doch niemand was dagegen haben.«

»Darum geht's nicht. Ich will nur wissen, warum ich erst jetzt davon erfahre. Hast du ihm gegenüber irgendwann erwähnt, dass du deine Freiheit willst?«

»Ja … habe ich … aber …«

»Wann?«

»Im Juni. Als er hier war.«

»Aber du hast mich erst im Juli um die Scheidung gebeten.«

»Weil du nicht hier warst. Im Juni habe ich mich dazu entschieden und es dir gesagt, sobald du kamst.«

»Aber du hast zuerst mit ihm darüber gesprochen?«

»Ja. Ich habe ihm gesagt, dass ich drüber nachdenke.«

»Warum?«

»Er ist mein Cousin … Er mag mich …«

»Hat er dich gebeten, ihn zu heiraten?«

»Ja, hat er. Aber ...«

»War es das erste Mal, dass er dir einen Antrag gemacht hat? Er ist seit Jahren in dich verliebt. Warum plötzlich jetzt?«

»Wenn du's unbedingt wissen willst, es lag daran, dass er kurz vorher das von dir und Chris Adams erfahren hatte. Normalerweise gibt er nicht viel auf Tratsch. Er dachte immer, wir wären glücklich miteinander. Er hatte nicht die geringste Ahnung, wie die Dinge tatsächlich stehen. Als er davon erfuhr, war er entsetzt und bat mich, dich zu verlassen ...«

»Und dann hast du beschlossen, es zu tun. Es war also allein seine Idee.«

»Überhaupt nicht. Ich hatte die Nase voll von dir. Ich hätte mich auch ohne ihn so entschieden. Er hat nichts damit zu tun.«

»Ach, hat er nicht? Aber er hat dich gebeten, ihn zu heiraten, und glaubt auch, dass du es tust. Oder hast du ihm einen Korb gegeben? Was hast du ihm gesagt?«

»Ich hab gesagt, wir könnten erst darüber reden, wenn ich frei wäre. Vielleicht heirate ich ihn, vielleicht auch nicht.«

»Und kein Wort darüber zu mir! Kein einziges Wort!«

»Warum hätte ich dir etwas sagen sollen? Es war überhaupt noch nicht spruchreif. Woher soll ich wissen, was ich in ein paar Jahren will? Es hätte sich viel konkreter angehört, als es war. Ich hätte mir nie träumen lassen, dass du etwas dagegen haben könntest, wenn ich nach unserer Scheidung noch mal heirate. Umgekehrt würde es mir nichts ausmachen. Ich würde es dir sogar wünschen. Was wir tun, wenn wir frei sind, ist unsere Angelegenheit.«

Ohnmächtig vor Wut standen sie da und funkelten einander an.

»Dann waren also die Gründe, die du mir genannt hast, völliger Humbug.«

»Nein, waren sie nicht.«

»Du hast vermutlich gedacht, der wahre Grund würde sich weniger gut anhören.«

»Du bist total ungerecht. Ich lass mich von dir nicht ins Kreuzverhör nehmen … Ich lass mich nicht so behandeln. Ich …«

»Deine Verlogenheit ist nicht zu fassen. Ich geb's auf. Du mimst die betrogene Ehefrau, spielst mit meinen Gefühlen, redest seelenruhig über unsere Kinder … und die ganze Zeit gibt's da einen anderen Mann … einen Mann, den du nicht liebst … Du weißt genau, dass du ihn nicht liebst … Du könntest es gar nicht … aber du willst unbedingt Lady St. Mullins sein und deshalb …«

»Er liebt mich. Er liebt mich und du nicht. Du hast mich nie geliebt. Du willst nur, dass ich bei dir bleibe, weil …«

»Also, willst du ihn nun heiraten oder nicht?«

»Das geht dich nichts an.«

»Tut es wohl. Wenn du ihn heiraten willst, trennen wir uns hier und jetzt. Du musst die Karten auf den Tisch legen.«

»Ich hab dir gesagt, dass ich mich erst entscheiden kann, wenn …«

»Und du glaubst, ich warte hier geduldig ab, bis du weißt, ob du mir wegen dieser Witzfigur den Laufpass gibst? Du entscheidest dich jetzt sofort.«

»Deine Mutter hat dir die Pistole auf die Brust gesetzt.«

»Unsinn.«

»Mir so eine Falle zu stellen! Hinter meinem Rücken Beweise zu sammeln … mich hinzustellen wie … Ich werde dir nie verzeihen, dass du ihr geglaubt hast.«

»Ich hab dich nicht darum gebeten, mir zu verzeihen. Ich habe ein Recht, die Wahrheit zu erfahren, findest du nicht?«

»Es gibt nichts, wofür ich mich schämen müsste.«

»Ach, wirklich? Hast du mich etwa nicht angelogen, immer und immer wieder?«

»Hab ich nicht. Ich lass mich von dir nicht einschüchtern. Du und deine Mutter … Du kannst ihr sagen, dass sie sich damit keinen Gefallen getan hat. Wenn du glaubst, dass du mich auf diese Weise halten kannst …«

»Was willst du? Soll ich gehen? Das Feld räumen? Für ihn? In Ordnung. Es ist mir egal. Ich gehe. Morgen bin ich weg. Du bist es nicht wert …«

»Ja – geh! Geh nur!«

»Ich werde nicht wieder zurückkommen.«

»Ich will dich nicht zurückhaben. Ich will dich los sein. Du hast mich beleidigt und mich eine Lügnerin genannt. Wenn du nicht gehst, gehe ich.«

»Du hast recht. Leb wohl.«

»Leb wohl.«

# Mitternacht

Alec ging hoch ins Gartenhaus und schaltete das Licht ein. Ihn empfing die triste, unpersönliche Atmosphäre eines Zimmers, das man vor Stunden verlassen hat. Die tägliche Routine war zum Stillstand gekommen, jede menschliche Energie hatte sich verflüchtigt. Der unaufgeräumte Schreibtisch, die Pfeifen, die Briefordner, die vollgekritzelten Blätter wirkten nutzlos und verwaist.

Mit der traumwandlerischen Sicherheit eines zornigen Mannes steuerte Alec auf seinen Schreibtisch zu und begann seine Sachen zusammenzusuchen. Er brauchte nur die Partitur von *Byron*, sein Manuskript, ein paar unbeantwortete Briefe und sein Scheckbuch. Dann würde er endgültig seine Zelte abbrechen. Nachdem er aus Betsys Zimmer gestürmt war, war er schnurstracks in die Abstellkammer gegangen und hatte ein paar Koffer geholt. Er würde gleich morgen den Sieben-Uhr-Zug nach London nehmen. Er war wild entschlossen, etwas Drastisches und Unwiderrufliches zu tun.

Die ganze Zeit über hatte er Betsys Gesicht vor Augen, nicht das von eben – er war viel zu aufgebracht gewesen, um sie richtig anzusehen –, sondern das traurige, flehentliche, mit dem sie in genau dieses Zimmer gekommen war und ihn um ihre Freiheit gebeten hatte. So quälend es auch war, er konnte nicht anders, als sich die Szene immer wieder ins Gedächtnis zu rufen. Er erinnerte sich an jedes Wort, das sie damals gesagt hatte, ihre gespielte Freundlichkeit, ihren Appell an seine Großmut. Sie war ein Flittchen, und er bereute es, ihr das nicht gesagt zu haben; ein verschlagenes, kaltblütiges und herzloses Flittchen. Wenn sie eine Affäre gehabt hätte, hätte er ihr das verzeihen können. Aber sie machte sich nicht das Geringste aus Max, aus niemandem, dieses Flittchen, diese falsche Schlange …

Doch jetzt war er fertig mit ihr. Sollte sie sich doch zur Hölle scheren. Er würde sich nicht die geringsten Sorgen um sie machen. Sollte sie sich doch dieser Witzfigur mit dem lächerlichen Gehstock an den Hals werfen, mit ihm ins Bett gehen, ihren ach so kostbaren Körper verkaufen, um den sie so viel Tamtam machte. Ein perfekter Tauschhandel für sie, denn der Kerl war ein jämmerlicher Schlappschwanz, aber das würde ihr perfekt in den Kram passen. Hauptsache, sie wurde Lady St. Mullins. Jetzt, nachdem er ihr auf die Schliche gekommen war, konnte sie ihm herzlich egal sein. Es gab schließlich noch mehr Frauen auf der Welt, bessere als sie. Mehr als genug. O ja, er würde wunderbar ohne sie zurechtkommen.

Während er die durcheinandergeratenen Seiten seines Manuskripts ordnete, begann er, leise vor sich hin zu pfeifen. Er war jetzt ganz ruhig und entspannt. Es machte ihm nicht das Geringste aus, sie zu verlassen. Warum er ausgerechnet ein Kirchenlied pfiff, wusste er selbst nicht; es war die erste Melodie, die ihm in den Sinn kam, eine Melodie, die seit über vierzig Jahren im dunklen Speicher seines Gedächtnisses geschlummert hatte und sich nun, von Alecs trotziger Munterkeit wachgerüttelt, ihren Weg ans Licht bahnte:

»Jerusalem von Golde,
wo Milch und Honig fließt …«

Joy, die auf dem Diwan lag und sich unter den Kissen versteckt hatte, war entsetzt.

Immer und immer wieder pfiff er dieselbe Melodie, während er mit den Blättern raschelte. Sie war wie gelähmt vor

Schreck, wagte kaum zu atmen. Konnte er nicht einfach still sein und verschwinden?

»Du Königsstadt, du holde,
mein sehnend Aug dich grüßt …«

Als plötzlich das Licht angegangen und er hereingekommen war, hatte sie gedacht, er würde sie suchen. Vielleicht tat es ihm ja leid, dass er sie so angefahren hatte. Sie hatte sich voller Panik zusammengekauert und damit gerechnet, dass er sie sofort entdecken würde. Erst allmählich war ihr gedämmert, dass er gar nicht ihretwegen gekommen war. Aber es war zu spät, um sich fortzuschleichen. Er hatte kein einziges Mal in die dunkle Ecke geschaut, in der der Diwan stand. Er war die ganze Zeit mit den Sachen auf seinem Schreibtisch beschäftigt gewesen.

»Jerusalem von Golde …«

Manchmal hörte er auf zu pfeifen, während er einen Brief oder ein Notenblatt überflog. Dann war es so still, dass man die Motten im Zimmer herumflattern hörte. Sie mussten von draußen hereingekommen sein, als er das Licht eingeschaltet hatte. Jetzt zerriss er ein Blatt und pfiff weiter:

»Jerusalem von Golde,
wo Milch und Honig fließt …«

Plötzlich brach er ab.

Dann drehte er sich um und sah entgeistert zu ihr herüber. Mit schnellen Schritten ging er zum Diwan und blieb vor ihr stehen. Seine starren Augen schienen durch sie hindurchzusehen.

»Was machst du hier?«

»Ich … ich …«

»Was willst du hier?«

»Gar nichts. Ich hab nicht damit gerechnet, dass du so spät noch hochkommst. Ehrlich. Ich dachte, du wärst längst schlafen gegangen … Wirklich. Ich geh weg, so wie du's gewollt hast. Gleich morgen. Glaub mir, ich hab's wirklich nicht drauf angelegt. Als du reinkamst, wusste ich nicht, was ich machen sollte. Ich hab gehofft, du würdest mich nicht entdecken und einfach wieder gehen.«

»Wieso bist du dann überhaupt hergekommen?«

»Bitte, Alec …«

»Du hast also hier im Dunkeln gelegen, als ich reinkam?«

Sie wagte es nicht, sich zu rühren, kauerte auf dem Diwan und starrte ihn nur stumm an. Schließlich stammelte sie:

»Ich wollte irgendwie … Abschied nehmen … von dir … und deinem Zimmer und deinen ganzen Sachen … weil ich dachte, ich würde dich nie wiedersehen … Ich wollte nur mal kurz hier liegen … da, wo du geschlafen hast … mehr nicht.«

»Aha.«

Er ging zum Schreibtisch zurück und stopfte seine Papiere in eine Aktenmappe. Seine Hände zitterten leicht, aber er sagte ganz ruhig:

»Ich bin nicht wütend. Jedenfalls nicht auf dich. Nicht, weil du hier bist.«

Erleichtert setzte sie sich auf, strich sich die Haare aus dem Gesicht und murmelte:

»Ich wär längst weg, aber ich konnte mich nicht rausschleichen, ohne dass du's merkst.«

Er warf einen letzten Blick auf seinen Schreibtisch, um sich zu vergewissern, dass er auch nichts vergessen hatte. Dann sagte er, halb von ihr abgewandt:

»Meine Mutter hatte anscheinend doch recht. Betsy will mich loswerden, also gehe ich.«

Joy, die sich schwerfällig erhob, sank auf den Diwan zurück und sah ihn mit großen Augen an.

»Was?«

»Ich sagte, ich geh fort. Für immer.«

»Du gehst fort?«

»Ja.«

Er drehte sich zu ihr um. Sie hatte immer noch das Gefühl, dass er durch sie hindurchsah. Seit Alec das Zimmer betreten hatte, war er ihr wie ein Fremder vorgekommen, als hätte ein fremdes Wesen von seinem Körper Besitz ergriffen. Dann schnappte er seine Aktenmappe, ging zur Tür und streckte die Hand nach dem Lichtschalter aus.

Der Schalter klickte, und sie saß im Dunkeln. Nicht das kleinste Geräusch war zu hören. Sie war sich nicht sicher, ob er noch da war.

»Nimm mich mit«, sagte sie in die Dunkelheit hinein, obwohl sie nicht wusste, ob er sie hören konnte.

Hätte sie es gewusst, hätte sie nie den Mut aufgebracht, es laut auszusprechen.

Es war vollkommen still. Die Finsternis war erdrückend. Jetzt nahm sie eine leichte Regung wahr. Er war also doch noch da. Die Tür schnappte zu, und ein Schlüssel drehte sich im Schloss. Zögernde Schritte tappten durchs Zimmer.

Er tastete sich an den Möbeln entlang. Dann fing er wieder an zu pfeifen, ganz leise und doch seltsam schrill, während er den Vorhang vor die helle Fensteröffnung zog.

»Jerusalem von Golde,
wo Milch und Honig fließt …«

Sie ließ sich auf den Diwan zurücksinken und vergrub den Kopf in den Kissen, um sein Pfeifen auszublenden.

## Der nächste Morgen

Blodwen brachte Betsy Alecs Abschiedsbrief zusammen mit ihrem Tee ans Bett. Er war recht kurz. Alec teilte ihr darin nur mit, dass er den Morgenzug nehmen werde und seine Adresse bis auf Weiteres der Klub sei.

Gefasst las sie ihn. Sie hatte gut geschlafen und war in dieser seltsamen Starre erwacht, die kurz nach einem Schock eintritt – wie ein Mensch, der die Treppe hinuntergefallen ist und noch eine Weile reglos daliegt, bevor er überprüft, ob er sich verletzt hat. Im Moment spürte sie nichts.

Alec war fort. Das war ihr eigener Wunsch gewesen, deshalb konnte man es nicht als Katastrophe bezeichnen. Sie bemitleidete sich nicht. Und sie wollte auch nicht von anderen bemitleidet werden. Seit Monaten hatte sie auf diesen Tag hingearbeitet, auch wenn sie in letzter Zeit etwas geschwankt hatte. Und die fürchterliche Szene gestern Abend hatte wirklich nichts zu bedeuten. Je eher sie sie vergaß, desto besser, denn dieser Streit hatte nichts mit ihrer Trennung zu tun. Sie waren sich einig gewesen, dass sie sich trennen würden, und es wäre kindisch, jetzt Bedauern darüber zu empfinden. Es gab an diesem Morgen nicht mehr zu bedauern als an jedem anderen Tag.

Wenn sie nur nicht so entsetzlich müde wäre! Als hätte sie die ganze Nacht kein Auge zugetan. Am liebsten hätte sie den Tag im Bett verbracht. Aber sie musste sich der Situation stellen und ihrer Umgebung zeigen, dass sie kein Mitleid brauchte. Sie würde ganz sachlich und nüchtern die Lage schildern und ihre Version wie ein Mantra wiederholen, bis jegliche Erinnerung an den vergangenen Abend ausgelöscht wäre.

Entschlossen sprang sie aus dem Bett und nahm ein kaltes Duschbad. Anschließend machte sie sich besonders sorgfältig zurecht. Normalerweise legte sie nicht schon morgens Rouge auf, vor allem nicht auf dem Land. Aber heute war es etwas anderes. Heute musste sie gut aussehen. Ihre Mühe wurde belohnt: Das Ergebnis wirkte sehr überzeugend.

Aber wird es auch *sie* überzeugen? Ist es nicht verräterisch, wenn ich runterkomme und besser aussehe als sonst? Vielleicht doch ein bisschen weniger Rouge ... Jetzt sitzt er im Zug und entfernt sich immer mehr ... Er ist dort. Ich bin hier. Und wenn schon. Ich bin glücklich. Ist er es auch? Vielleicht ist er ja wütend und unglücklich. Hoffentlich nicht! Hoffentlich denkt er wie ich ... dass es so am besten ist. Seine Gefühle dürfen mir nicht egal sein. Wir sind schließlich immer noch Freunde, hoffe ich wenigstens ... So. Jetzt sieht's schon besser aus.

Als der Gong ertönte, betrat sie das Esszimmer, forsch, gelassen und selbstsicher. Doch es war niemand da, der sie hätte bewundern können, und ihr dämmerte, dass ihr öffentlicher Auftritt ein bisschen zu früh erfolgt war. Die Kinder kamen immer zu spät, aber Joy hätte eigentlich pünktlich da sein müssen. Dann fiel ihr ein, dass Joy ja Kopfschmerzen hatte. Am Vortag war so viel liegen geblieben, aber sie war so schrecklich müde. Als ihre Schwiegermutter hereinkam, drehte sie sich um und begrüßte sie, hoffte, dass sie ihr ihre Erschöpfung nicht ansah.

Emily Canning hatte sich nicht die Mühe gemacht, die Spuren einer schlechten Nacht zu kaschieren. Neun Stunden lang hatte sie sich hin und her gewälzt und sich gefragt, ob wohl wieder alles in Ordnung käme. Sie hatte gehört, wie Alec in Betsys Zimmer gegangen war, und hatte Hoffnung geschöpft, weil er nicht lange blieb. In so kurzer Zeit konnte

Betsy ihn wohl kaum beschwichtigt haben. Sie war zwar zu allem fähig, konnte einem zweifellos Sand in die Augen streuen, aber um ihr Verhalten zu rechtfertigen, hätte sie die halbe Nacht gebraucht. Offenbar waren ihre Argumente nicht sehr überzeugend gewesen. Alles wäre gut, wenn Alec nur standhaft geblieben wäre. Es war bedauerlich, dass er die Beherrschung verloren hatte. Sein größter Fehler war, dass er sich erst wehrte, wenn das Maß voll war. War es klug gewesen, die Katze schon aus dem Sack gelassen zu haben? Die Stunden schlichen dahin. Noch nie war ihr eine Nacht so lang erschienen. Ihre Unruhe wuchs. Heute würde sie nicht im Bett frühstücken. Sie würde hinuntergehen und in Erfahrung bringen, was geschehen war. Als Betsy sie überrascht ansah, sagte sie betont heiter:

»Ich war wach, also bin ich aufgestanden.«

»Porridge?«, fragte Betsy. »Kaffee?«

»Danke dir. Porridge wäre nett.«

Betsy reichte ihr den Krug mit Sahne und bemerkte leichthin:

»Alec ist fort.«

»Fort? Wo ist er denn hin?«

»Das weiß ich nicht«, erwiderte Betsy und ging zur Anrichte, um sich eine Scheibe Schinken abzuschneiden. »Wir haben uns gestern Abend ausgesprochen. Ich vermute, Sie wussten von unserer geplanten Trennung. Jetzt, da ich wieder hier bin und keine Angst mehr um meine Mutter haben muss, gibt es nichts, worauf wir noch warten müssten. Also haben wir beschlossen, das Ganze hinter uns zu bringen. Und jetzt ist er fort.«

Mrs Canning schwieg. Sie goss Sahne über ihr Porridge, anschließend auf die Tischdecke. Als sich Betsy umdrehte, hatte sich bereits eine große Lache auf dem Tisch gebildet. Verzagt starrte die alte Frau darauf.

»Halb so wild«, sagte Betsy schnell. »Ich wisch es gleich weg.«

Sie nahm eine Serviette und saugte damit die Sahne auf, stellte dann eine umgedrehte Untertasse auf den feuchten Fleck. Der Frühstückstisch wirkte jetzt unordentlich und schmuddelig. Mrs Canning blickte einfältig, mit offenem Mund ins Leere. Sie sah plötzlich um zehn Jahre gealtert aus; ihre Züge waren erschlafft, und ihre Lippen zitterten. Betsy schämte sich. Was hatte sie der armen Frau nur angetan?

Hätte ich es ihr verheimlichen sollen? Ich hatte ja keine Ahnung, dass es sie so treffen würde. Ach, warum müssen Menschen auch alt werden? Das ist so unfair.

»Ich dachte«, begann Betsy, »dass wir heute alle zusammen zur Hundeschau gehen könnten.«

Mrs Canning wiederholte geistesabwesend:

»Hundeschau …« Ihre Stimme klang fremd, so als gehörte sie nicht zu ihr.

Schließlich fand sie die Sprache wieder und fragte:

»Habt ihr euch gestritten?«

»Wie bitte?«

»Du und Alec, habt ihr euch gestern Abend gestritten?«

»Nein«, beteuerte Betsy. »Ganz und gar nicht.«

»Aber er hat dich verlassen.«

»Wir sind uns einig, dass wir uns trennen. Das ist in Ordnung. Wirklich. Wir sind beide glücklich mit dieser Entscheidung. Wir diskutieren seit Wochen darüber.«

»Nein! Nein! Ihr habt euch gestritten. Das ist alles meine Schuld.«

»Aber nein, wirklich nicht, Mrs Canning. Es hat überhaupt nichts mit Ihnen zu tun. Glauben Sie mir, wir wollten es so.«

»Es ist meine Schuld, dass ihr euch gestritten habt. Ich wollte, dass er wütend auf dich ist. Ich dachte, wenn er nur wütend genug ist, würde er dir die Flausen schon austreiben. Ich wollte eure Scheidung verhindern.«

»Sie hätten sie nicht verhindern können.«

Betroffen sahen sie einander über den verschmutzten Tisch hinweg an. Ihr ganzes Leben lang waren sie Gegnerinnen gewesen, aber jetzt, da Betsy die Partie für sich entschieden hatte, empfand sie keinerlei Triumph.

Der Sieg über das Alter erfüllt einen nie mit Genugtuung. Er ist zu endgültig. Sie hatten beide das Gefühl, dass Betsy ihrer Schwiegermutter den Todesstoß versetzt hatte. Sie hatte zu lange gelebt. Betsy verspürte plötzlich den Wunsch, sie zu trösten, ihr zu sagen, dass es keinen Grund gab, die Flinte ins Korn zu werfen. Ihre Schwiegermutter hatte eigentlich einen eisernen Willen und würde schon darüber hinwegkommen.

»Ach, Mrs Canning, Sie werden sehen … Sie werden es verstehen. Alec wird viel glücklicher sein. Sie werden froh sein, dass es so gekommen ist. Enttäuschen Sie uns nicht, seien Sie nicht gegen uns. Wir werden Ihre Hilfe nötiger denn je brauchen. Sie können jetzt so viel für uns tun. Uns stehen schwere Zeiten bevor, und wir werden auf Ihre Unterstützung angewiesen sein.«

»Ich weiß nicht, ob ich das überlebe.«

»Wir müssen jetzt einen klaren Kopf bewahren. Wir dürfen die Kinder nicht beunruhigen. Das wäre nicht gut für sie.«

»Ach, die armen Kinder!«, rief Mrs Canning mit zitternder Stimme. »Die armen Kleinen! Was soll nur aus ihnen werden?«

»Wir müssen besprechen, was wir ihnen sagen.«

»Wie konnte er dem nur zustimmen? Er hätte an die Kinder denken müssen.«

»Aber sie werden nicht darunter leiden. Kinder akzeptieren so etwas. Man muss es ihnen nur richtig erklären. Wir werden uns gemeinsam um sie kümmern. Es wird keine hässlichen Zankereien geben, auch nicht ums Geld. Das Ganze kann auf friedliche Weise über die Bühne gehen, wenn nur …«

Betsy brach ab, weil genau in diesem Moment Daphne ins Zimmer stürmte.

»Liebling, dein Haar ist ja ganz nass. Warst du schon schwimmen?«

»Ja. Wir alle. Wo sind eigentlich Vater und Joy hin?«

»Vater ist nach London gefahren. Und was Joy angeht …«

»London?«, rief Eliza aus, die gerade hereinkam. »Was machen sie denn in London?«

»Joy ist nirgendwohin. Euer Vater ist geschäftlich unterwegs. Also wirklich, Eliza! Dein Haar tropft. Hattet ihr denn keine Badekappen auf?«

»Aber Joy ist weg. Sie war auf dem Bahnhof«, sagte Eliza.

»Joy war was?«

»Die Bloch-Jungen haben sie gesehen«, erklärte Daphne. »Vater und Joy, wie sie in den Sieben-Uhr-Zug gestiegen sind. Wir haben sie auf der Straße getroffen, die Bloch-Jungen, meine ich, und da haben sie's uns erzählt.«

»Sie haben *Joy* gesehen? Was um alles in der Welt …?«

Mit einem Schrei sprang Mrs Canning auf.

»Dann ist es also wahr! Es stimmt. Dieses Mädchen … sie haben mich gewarnt … Frau Bloch deutete so etwas an … aber natürlich habe ich ihr nicht geglaubt. Ich sagte ihr, dass Alec niemals … aber es muss gestimmt haben. Ach, Betsy!«

»Aber sie kann doch nicht …«

»Hast du denn nichts davon gewusst?«, fragte Eliza.

»Betsy … Das musst du verhindern. Du musst sie zurückholen.«

»Ich versteh das nicht. Ich glaub es einfach nicht. Das muss ein Irrtum sein.«

»Mutter! Was ist denn los?«

»Das ist vollkommen unmöglich«, erklärte Betsy. »Nichts auf der Welt kann mich davon überzeugen …«

Ihre Miene strafte ihre Worte Lügen. Das Rouge auf ihren aschfahlen Wangen sah aus wie feiner roter Staub. Benommen wandte sie sich ab und wankte zur Tür, wo sie auf Kenneth traf, dessen Gesicht ebenso weiß war wie ihres.

»Es stimmt, Mutter. Sie ist weg. Ich war gerade in ihrem Zimmer. Ihre ganzen Sachen sind weg. Sie ist mit ihm fort.«

Er umarmte sie mit seinen dünnen Armen, als wolle er sie beschützen, und fügte hinzu:

»Ich hab's gewusst.«

»Was hast du gewusst, Ken?«

»Das von ihm und Joy. Vergiss die beiden. Die sind's nicht wert. Lass dich vom ihm scheiden, Mutter. Ich kümmere mich um dich.«

Eliza und Daphne beobachteten betroffen die Szene zwischen Mutter und Sohn und ahnten nicht, dass etwas vorgefallen war, das ihr aller Leben grundlegend verändern sollte.

# Ferienende

Etwas Schreckliches war geschehen, aber keines der Kinder sprach darüber. Mrs Canning fuhr in Tränen aufgelöst nach London zurück. Ihre Mutter hatte ein Dauerlächeln im Gesicht, was kaum zu ertragen war. Sie sagte, sie brauchten sich keine Sorgen zu machen, denn für sie würde sich nicht das Geringste ändern. Es beträfe nur sie und ihren Vater.

Im September kam Mrs Trotter zu Besuch, die beste Freundin ihrer Mutter, und es wurden endlose Gespräche hinter verschlossenen Türen geführt. Mrs Trotter lief mit Trauermiene durchs Haus, doch das schalkhafte Blitzen in ihren Augen verriet, dass sie die ganze Situation genoss. Sie behandelte ihre Mutter wie eine Schwerkranke, hätschelte und umsorgte sie und rief die Kinder zur Ordnung, wenn sie Lärm machten. Jedes Mal, wenn das Gespräch auf ihren Vater kam, setzte sie eine geheimnisvolle Miene auf und sprach nur freundlich über ihn, aber es klang nicht sehr überzeugend. Sie schrieb so viele Briefe, dass der Postkorb jeden Morgen überquoll.

Eliza und Kenneth unterhielten sich nur einziges Mal über das, was vorgefallen war, allerdings gerieten sie sich derart in die Haare, dass sie es bereuten, das Thema überhaupt angesprochen zu haben.

»Wenn du dich auf seine Seite schlägst, red ich kein Wort mehr mit dir«, sagte Kenneth drohend.

»Ich bin nicht auf seiner Seite. Ich hab bloß gesagt, dass wir doch gar nicht wissen, warum er's getan hat.«

»Ich weiß sehr wohl, warum«, brummte Kenneth.

»Dann hat er dich wohl vorher um Erlaubnis gebeten und dir alles erklärt?«

»Red keinen Blödsinn. Du bist so was von kindisch. Du hast anscheinend überhaupt nicht kapiert, worum's geht.«

»Natürlich hab ich's kapiert«, erwiderte sie entrüstet. Dann errötete sie und sagte mit ernstem Gesicht: »Wahrscheinlich glaubst du, er hätte das Ehelager entweiht.«

Obwohl Kenneth so elend zumute war, bekam er einen Lachanfall. Bei dem Wort »Ehelager« musste er an die mit schwarzem Rosshaar gepolsterten und mit Zierdeckchen versehenen Chaiselongues denken, die sie in den Pensionen am Meer gesehen hatten. Eliza benutzte neuerdings diesen altmodischen Ausdruck, weil er in der griechischen Tragödie *Alkestis* vorkam, die sie in der Schule gelesen hatte.

»Du Dummian«, sagte er immer noch glucksend. »Du hast wirklich keine Ahnung.«

»Doch, natürlich«, sagte Eliza beleidigt. »Ich weiß alles über die Ehe und so. Mutter hat's mir schon vor Ewigkeiten erklärt. Außerdem haben wir's in Biologie durchgenommen. Aber was ich meine, ist ... Er kann so was einfach nicht getan haben. Das sind doch alles nur Spekulationen. Bloß weil er mit Joy in denselben Zug gestiegen ist ...«

»Sie ist eine Hure«, sagte Kenneth und wurde knallrot.

Er fand es aufregend, dieses Wort auszusprechen. Aber Eliza schien es nicht sonderlich zu schockieren. Trotzdem fühlte sie sich bemüßigt, ihn zurechtzuweisen.

»Du bist wirklich ekelhaft. Das kannst du doch gar nicht wissen.«

»Doch, tu ich aber. Ich wusste sogar als Erster davon. Sie haben es ständig miteinander getrieben, bevor sie zusammen weggefahren sind. Sie sind immer ins Gartenhaus gegangen.«

»Du lügst! Wie kann man nur solche Lügen erzählen? Er würde nie ...«

»Es stimmt aber. Ich hab sie einmal zusammen gesehen. Er hat sie geküsst und gesagt, sie soll mit ihm ins Gartenhaus kommen. Es war sonnenklar, wie er das gemeint hat. Ich wusste genau, was er vorhatte.«

»Ich will nichts mehr davon hören. Das ist einfach nicht wahr. Das ist nur wieder so ein Hirngespinst von dir. Keiner außer dir käme auf so eine Idee.«

»Mutter schon.«

»Nein. Tut sie nicht.«

»Doch. Ich hab's ihr nämlich erzählt.«

»Was? Du hast's ihr erzählt? Also du bist wirklich ... o Gott, du widerst mich an!«

»Tja, sie hat's mir geglaubt. Das war nicht zu übersehen.«

»Dann widert sie mich auch an. Sie ist genauso schlimm wie du, und dabei geht's um ihren eigenen Mann. Wahrscheinlich hat er sie verlassen, weil sie so gemein zu ihm war.«

»Wenn du das noch mal sagst, fängst du eine.«

»Und jetzt will sie alle auf ihre Seite ziehen.«

»Jeder anständige Mensch würde sich auf ihre Seite schlagen, das ist doch nur logisch. Sie will sich von ihm scheiden lassen. Und das könnte sie nicht, wenn sie nicht im Recht wäre.«

Der letzte Satz traf sie wie ein Schlag ins Gesicht. Eliza brach in Tränen aus.

»Das dürfen sie nicht zulassen!«, schluchzte sie. »Damit darf sie nicht durchkommen. Das wäre total ungerecht. Wenn sie wirklich geschieden wird, dann nur, weil sie dem Gericht lauter Lügen erzählt hat. Die du dir ausgedacht hast, und das weiß sie ganz genau.«

Kenneth machte zwei Schritte auf sie zu, hielt dann inne.

»Ich kann dich nicht schlagen«, sagte er langsam. »Aus dem Alter bin ich raus. Aber ich rede nie wieder mit dir.«

Und die restlichen Ferien über sprach er kein Wort mehr

mit ihr. Und sie keines mit ihm. Wenn es etwas zu klären gab, übernahm Daphne es, Botschaften zwischen ihnen zu übermitteln. Sie gingen einander so weit wie möglich aus dem Weg.

Daphne litt unter der häuslichen Situation nicht so sehr wie ihre Geschwister. Sie verstand nur wenig von dem, was vorgefallen war, und hatte auch nicht Bedürfnis, mehr darüber zu erfahren. Ihr Vater war weggegangen, er hatte sich merkwürdig verhalten. Einen merkwürdigen Vater zu haben oder irgendwie merkwürdig zu sein, war allerdings schlimm. Niemand in der Schule durfte etwas davon erfahren; sonst würde sie nicht mehr dazugehören. Sie würde aus dem fröhlichen Kreis ihrer Kameradinnen ausgestoßen werden und der traurigen Truppe der Sonderlinge angehören. Niemand sonst, jedenfalls niemand, der zählte, hatte einen merkwürdigen Vater. Es war allgemein bekannt, wie ein Vater zu sein hatte: reich, bedeutend und, wenn möglich, attraktiv – eine einflussreiche Persönlichkeit. Ich bin für die Konservativen, weil mein Daddy einer ist. Daddy meint, dass der Völkerbund abgeschafft werden sollte. In der Schule sprach sie immer von ihrem »Daddy«, weil alle ihre Väter so nannten. Niemand durfte wissen, dass er zu Hause »Vater« hieß. Man konnte auch mit seinem Reichtum und Erfolg prahlen, man durfte es nur nicht übertreiben. Ein armer Vater war fast so schlimm wie ein merkwürdiger. Daddy meint, dass ich Klavierunterricht nehmen kann, wenn ich Lust dazu habe, aber nur als Hobby. Er würde nicht wollen, dass ich Konzertpianistin werde. Ich muss ja schließlich nicht meinen Lebensunterhalt damit verdienen. Daddy hat Mummie ein wunderschönes diamantbesetztes Platinarmband geschenkt. Und wenn er gut aussah, führte man ihn auf der Schulfeier vor. Früher war Alec ein durchaus vorzeigbarer Vater gewesen – reich und berühmt. Die anderen Mädchen bewunderten ihn sehr. Da er sich für Politik nicht interessierte, konnte Daphne einfach behaupten, dass er ein Konservativer wäre.

Jetzt war er weg und hatte etwas Merkwürdiges getan. Ihre größte Sorge war, dass Jean Hodgekin, die gerade bei ihnen zu Besuch war, Wind davon bekommen könnte. Jean war ihre beste Freundin, doch es gab Dinge, die auch die beste Freundschaft nicht überstand. Sie hatte schreckliche Angst, dass die anderen mit einer unbedachten Bemerkung das schändliche Geheimnis preisgeben könnten.

Jean war allerdings kein sehr helles Mädchen. Sie stammte aus einem strengen, freudlosen Elternhaus, weshalb ihr die gedrückte Stimmung in Pandy Madoc nicht weiter auffiel. Nach allem, was Daphne ihr erzählt hatte, hatte sie eigentlich erwartet, dass die Cannings jede Menge Spaß miteinander hätten und sich gegenseitig foppten, aber das stimmte gar nicht, was sie erleichterte, denn sie mochte es nicht, wenn man sie foppte. Dass Eliza und Kenneth kein Wort miteinander wechselten, war allerdings schon komisch; aber schließlich war Eliza auch ziemlich komisch, obwohl sie Daphnes Schwester war. Alle in der Schule fanden das. Und Kenneth machte immer solche sarkastischen Bemerkungen. Und das sagte sie Daphne am letzten Ferientag auch, worauf diese ihn sofort verteidigte und meinte, dass er ziemlich schlau sei.

»Nur weil man gescheit ist, muss man noch lange nicht sarkastisch sein, hat mein Daddy gesagt«, erklärte Jean.

»Na ja … kluge Leute sind halt nun mal so.«

»Daddy sagt, wirklich kluge Leute sind konstruktiv und nicht destruktiv. Er meint, es ist leicht, alles zu kritisieren und herunterzumachen. Aber sie selbst haben nichts vorzuweisen.«

»Was denn vorweisen?«

»Na ja, sie machen nur alles nieder. Kenneth sollte sich nur mal fünf Minuten in eine Kinderwitwe reinversetzen.«

»Kinderwitwe?«

»Ich meine die verwitweten Mädchen in Südindien. Dein Bruder hat eine sarkastische Bemerkung darüber gemacht. Deshalb hab ich zu ihm gesagt, dass er sich mal in eine Kinderwitwe versetzen soll. Kein Problem, hat er geantwortet. Und da hab ich gesagt, dass er ja keine Ahnung hat. Sie nehmen dir deinen ganzen Schmuck weg, rasieren dir den Kopf und bürden dir die ganze Hausarbeit auf. Und du kriegst nur eine mickrige Mahlzeit am Tag. Und wenn es die britische Kolonialregierung nicht verboten hätte, würden sie dich sogar verbrennen. Und die Missionare tun auch viel für sie. Aber auch darüber hat er sich lustig gemacht. Ich hab ihm gesagt, dass sie in Bombay nicht mal ihre Toten begraben. Sie legen sie auf solche hohen Türme, damit die Vögel sie fressen. Das ist doch ekelhaft. Und alles, was er dazu gesagt hat, war: Tja, immerhin tun sie den Vögeln was Gutes.«

»Er ist eben ein streitlustiger Mensch«, erklärte ihr Daphne.

Jean hielt das für abartig. Streiten war unhöflich. Nette Menschen taten das nie, weil sie sich immer einig waren.

Sie drückte sich die Nase am Fenster der Bibliothek platt. Es goss in Strömen. Seit sie in Wales war, hatte es jeden Tag geregnet.

Das Meer war eine wabernde grau-weiße Fläche, der Horizont war verschwunden.

»Komm, wir überlegen uns noch ein paar chinesische Foltermethoden«, sagte sie. Das war ihr neuster gemeinsamer Zeitvertreib. »Du bist dran.«

»Nein, du.«

»Nein, du. Ich hab dir doch gestern von der mit den Ameisen erzählt, die einem den Hals runterkrabbeln.«

»Mir fallen keine guten mehr ein. Jedenfalls keine chinesischen. Ich weiß noch eine, von der Betty Morrison mir mal erzählt hat, aber da geht's um die Inquisition.«

»Betty Morrison! Du meinst doch nicht wirklich Betty Morrison?«

»Oh, nein«, sagte Jean und grinste schelmisch. »Ich meine natürlich Prinzessin Margaret Rose.«

»Aber ich dachte, du findest sie unmöglich.«

»Sie ist gar nicht so übel, wenn man ihr nur oft genug eins auf den Deckel gibt.«

»Als sie neu an der Schule war, fanden sie alle nur unmöglich.«

»Na ja, alle Neuen sind doch erst mal unmöglich. Aber irgendwann findet man sie dann ganz in Ordnung.«

Das stimmte wirklich. Neu zu sein war eine verachtenswerte Eigenschaft, die einen unweigerlich zur Außenseiterin machte. Einige der Neuen waren schüchtern, andere großspurig, aber alle waren sie unmöglich, bis man sich irgendwann an sie gewöhnt hatte.

»Also, von welcher Foltermethode hat sie dir erzählt?«

»Von der mit dem Zimmer, das immer kleiner wird. Kennst du die?«

»Nein. Erzähl schon!«

»Sie führen dich in ein schönes Zimmer und servieren dir ein leckeres Essen«, begann Jean eifrig. »Und du glaubst, dass alles gut wird, aber …«

In diesem Moment stürmte Eliza herein und klappte den Klavierdeckel auf. Sie würde mindestens zwei Stunden lang üben. Wenn sich jemand daran störte, konnte er sich ja verziehen.

Daphne und Jean reagierten auf diesen Überfall, indem sie verstummten und sich verschwörerische Blicke zuwarfen, als hätten sie gerade etwas streng Vertrauliches besprochen. Sie saßen nebeneinander auf dem Fenstersitz und steckten tuschelnd die Köpfe zusammen. Unterdrücktes Gekicher mischte sich unter Elizas Geklimper. Sie sprachen nicht über sie, aber ihre Seitenblicke ließen genau das vermuten.

Eliza übte jede Tonleiter und jedes Arpeggio, in Oktaven, Terzen und Sexten, in Dur und Moll. In den letzten drei Wochen hatte sie so unermüdlich geübt, dass sich ihr Spiel deutlich verbessert hatte. Sie hatte eine beachtliche Fingerfertigkeit erlangt, was sie enorm beflügelte. Um die Tonleitern flüssig spielen zu können, musste sie sich so konzentrieren, dass sie alles andere ausblenden konnte. Für traurige Gedanken gab es keinen Platz mehr. Nichts sonst konnte sie von ihrem Kummer ablenken – kein spannendes Buch, keine heiteren Gedanken. Aber weil die Tonleitern so furchtbar schwierig waren, konnte sie sich an ihnen festbeißen.

Mittlerweile war sie allein. Daphne und Jean waren es anscheinend leid, ihr weiter zuzuhören, und hatten sich nach oben verzogen. Für den Schluss hatte sich Eliza etwas ganz Besonderes aufgehoben. Sie wollte unbedingt den letzten Satz der Mondscheinsonate lernen, weil Mark einmal gesagt hatte, dass die meisten den letzten Satz nur mit gedrückten Pedalen gefühlvoll spielen könnten. Sie hatte den Verdacht, dass er auch sie damit gemeint hatte. Aber wenn er das nächste Mal nach Pandy Madoc käme, würde er eine Überraschung erleben: Während sie den ersten Satz spielte, würde er freundlich, aber gelangweilt lächeln. Wenn sie den zweiten Satz, der viel schwieriger war, in Angriff nahm, würde er anerkennend nicken. Und beim letzten Satz würde er aus dem Staunen nicht mehr herauskommen.

Das war der einzige Weg, ihrem tristen Leben ein paar schöne Momente abzutrotzen. Sie würde die Hoffnung nicht aufgeben. Dieses ganze Elend konnte doch nicht ewig andauern. Das würde der liebe Gott nicht zulassen. Irgendwie musste sich doch alles zum Guten wenden. Ihr Vater würde zurückkehren, und alle wären glücklich und zufrieden. Sie würden auch den nächsten Sommer in Pandy Madoc verbringen, einen wunderbaren gemeinsamen Sommer. Sie und Mark und Ken wären unzertrennlich. Und sie würde die ganze Mondscheinsonate ohne einen einzigen Patzer spielen können.

Aber vor allem der letzte Satz war so unglaublich schwierig. Sie konnte sich mit dem dezenten Einsatz des lauten Pedals durch die schnelle Abfolge der Arpeggios mogeln, um ihren Mangel an Eleganz zu überspielen. Würde Mark es merken? Bestimmt. War das Leben nicht zu kurz für so eine Quälerei?

Im Moment allerdings kam ihr das Leben ziemlich lang vor. Vier öde Jahre noch, bis sie endlich achtzehn und erwachsen sein würde. Mit achtzehn könnte sie endlich zu leben anfangen und aufregende Erfahrungen machen. Sie könnte endlich die interessante, geheimnisvolle Frau sein, die Schlimmes erlebt hat. Dass sie auch jetzt schon viel durchmachte, kam ihr nicht in den Sinn. Sie glaubte, dass sie in vier Jahren ein völlig anderer Mensch wäre – wie eine Larve, die aus ihrem Kokon schlüpft und als ein neues Wesen in die strahlende weite Welt hinausflattert. Nichts, was jetzt geschah, würde irgendeinen Einfluss auf die Zukunft haben.

Der Regen rann in Strömen an den Fensterscheiben hinunter. Eliza schlug in die Tasten, zählte laut den Takt, bis Kenneths Stimme sie aufschreckte. Er hatte den Kopf durch die Tür gesteckt und warf ihr einen kläglichen Blick zu.

»Also dann«, sagte er verlegen. »Ich fahr jetzt.«

Die Ferien waren zu Ende, und er musste ins Internat zurück.

Sie sprang auf. Ihr schlimmer Streit klaffte wie ein tiefer Abgrund zwischen ihnen, und ihr fiel nichts ein, was sie hätte sagen können, um ihn zu überwinden. Sie konnten unmöglich auseinandergehen, ohne sich wieder zu vertragen. Hastig fragte sie ihn, ob sie zum Bahnhof mitfahren könne.

»Mutter kommt schon mit und Mrs Totter.«

»Na ja, dann ist wohl kein Platz mehr im Wagen.«

Sie blickten einander schweigend an. Dann ging er zu ihr und drückte ihr einen flüchtigen Kuss auf die Wange.

»Mach's gut … Schwesterchen!«

»Ach, Ken … Du auch.«

Es war wie vor vielen Jahren, als sie sich zum ersten Mal trennen mussten, weil Kenneth in die Schule kam. Beide waren von ihrem Kummer völlig überrascht worden. Sie hatten sich über den bevorstehenden Abschied keine Gedanken gemacht, bis Kenneth am Abend des letzten Ferientags mit banger, feierlicher Miene im Kinderzimmer aufgetaucht war. Er wollte ihr seine alte Puppe Valerie geben, damit sie auf sie aufpasste, solange er fort war. Da riss Eliza den Mund auf und heulte los. Und dann heulte auch er los, während die dreijährige Daphne sie durch die Gitterstäbe ihres Kinderbettchens neugierig beobachtete. Sie veranstalteten einen solchen Lärm, dass ihre Eltern es hörten und zu ihnen nach oben eilten. Betsy beruhigte Kenneth, Alec nahm Eliza in den Arm, und Nannie tröstete Daphne, die ebenfalls zu brüllen angefangen hatte, weil sie sich ausgeschlossen fühlte.

Aber jetzt waren sie zu alt, um in Tränen auszubrechen. Sie wussten auch nicht, wie sie miteinander umgehen sollten. Sie lebten jetzt in getrennten Welten. Ihre gemeinsame behütete Kindheit war vorbei. Sie waren zwei eigenständige Wesen, die sich nach der Geborgenheit ihres Zuhauses zurücksehnten – wie Küken, die aus dem Nest gefallen sind und verloren in der Kälte zittern, die sich nach ihren flaumigen Gefährten sehnen, um sich an sie zu schmiegen oder mit ihren kleinen Schnäbeln nach ihnen zu picken. Doch nun wussten sie nicht, wie sie einander wieder nahekommen sollten. Die Hürde war einfach zu hoch.

Sie umarmte ihn und küsste seine kalte Wange, spürte den rauen, nassen Stoff seiner Jacke. Er war draußen im Regen gewesen und hatte geholfen, sein Gepäck in den Wagen zu laden.

Ihre Mutter rief aus der Vorhalle nach ihm. Er machte sich los und war weg.

TEIL ZWEI

# ZORN

# Zorn

(Auszüge aus diversen Briefen, die den Fall Canning gegen Canning und Benson betreffen.)

*Mrs Graham an Mrs Trotter*

St. Leonard's Terrace
20. Sept.

Meine liebe Angela,
Johnnie und ich sind gerade aus Salzburg zurückgekommen und können nicht fassen, was wir über die Cannings gehört haben. Gestern trafen wir bei der Premiere von *Vereker* die Merricks, die uns erzählten, dass sich Alec und Betsy trennen. Stimmt das? Ich hoffe nicht. Ich habe gehört, dass Du in Pandy Madoc warst. Dann weißt Du vielleicht Genaueres. Bitte schreib mir ein paar Zeilen.

Johnnie ist ziemlich aufgebracht, was mich etwas verwundert, weil er Alecs Affäre mit Chris Adams so gleichgültig hinnahm. Hat Chris etwas damit zu tun? Die Merricks meinen Nein, sie sei nach Kalifornien gezogen. Johnnie sagt, dass sich Alec am Riemen reißen und seine Familie nicht zerstören soll. Es sei gut und schön, sich zu amüsieren, aber das gehe nun wirklich zu weit. Er sagt, wenn man eine Frau heiratet, dann bleibt man mit ihr zusammen, auch wenn sie einen langweilt. Er meint, sonst würde keine Ehe länger als eine Woche halten. Charmant, nicht?

Die Merricks glauben, dass Betsy die treibende Kraft ist. Wie Du weißt, waren sie ihr gegenüber schon immer voreingenommen. Sie halten sie für egoistisch und arrogant. Um Himmels willen, schreib mir und erzähl mir, was sich da wirklich abspielt. Ich muss unbedingt wissen, wie Betsy das Ganze sieht, bevor ich ihr begegne. Wo ist sie jetzt? Immer noch in Wales?

*Mrs Trotter an Mrs Graham*

Cambridge
23. Sept.

... Meine Liebe, ich weiß alles darüber. Aber ich fürchte, ich kann Dir keine Einzelheiten verraten, weil ich Betsy versprochen habe, mit niemandem darüber zu sprechen. Aber eins kann ich Dir sagen: Alec hat sich schändlich benommen. Die Merricks würden sich nicht so für ihn einsetzen, wenn sie die ganze Wahrheit kennen würden. Und dass sie Betsy schlechtmachen – nun, ich fand sie immer sehr sympathisch, aber man lernt offenbar nie aus!

Betsy ist bei ihrer Familie in Oxford. Es ist wirklich erstaunlich, wie sie mit der ganzen Sache umgeht. Sie ist eine richtige Heilige. Sie lässt nichts auf Alec kommen, meint, sie würden sich schon gütlich einigen. Sie will nicht, dass seine Freunde erfahren, wie er sich benommen hat. Sie sollen nicht gegen ihn aufgehetzt werden. Eins kann ich Dir immerhin verraten, und das muss ich auch: Es hat nichts mit Chris Adams zu tun. Sie ist längst passé.

Aber ich persönlich denke, dass Alec nicht ungeschoren davonkommen sollte. Betsy hat ihm die besten Jahre ihres Lebens geschenkt, nur um mit fast vierzig mit drei Kindern am Hals einfach sitzen gelassen zu werden. Es ist eine Schande! Ich habe ihn noch nie gemocht, wie Du weißt, aber dass er zu so etwas fähig ist, hätte ich nicht gedacht. Er hat sie nie zu schätzen gewusst. Von Anfang an hatte er andere Frauen und hat sie vernachlässigt. An dem Abend, an dem Daphne geboren wurde, hat er eine andere Frau ins Theater eingeladen! Das kann ich Dir ruhig verraten, weil alle Welt davon weiß. Und erinnerst Du Dich noch, wie schlecht es Betsy ging? Es ist unglaublich, was sie alles mitgemacht hat, nicht nur wegen Chris Adams, und sie hat sich nie beklagt. Nicht, dass er je richtig *abscheulich* zu ihr gewesen wäre. Sie sagt, dass er immer nett zu ihr war, außer am Schluss, als er sich wie ein Scheusal benommen hat. Aber er ist furchtbar schwach und eitel. Er kann nicht Nein sagen, wenn sich Frauen ihm an den Hals werfen, und natürlich gab es einige davon, weil er erfolgreich und beliebt ist und außerdem gut aussieht. Aber er ist ein Egoist! Das auf jeden Fall. Und sie ist das Opfer.

Seine Mutter hat einen Keil zwischen die beiden getrieben und ihn gegen Betsy aufgewiegelt. Wir wussten ja schon immer, dass die alte Frau eine Plage ist. Ein Wunder, dass Betsy es so lange mit ihr ausgehalten hat.

Irgendjemand müsste ihm mal die Meinung geigen. Hat Johnnie denn keinen Einfluss auf ihn? Betsy geht es so schlecht, dass sie ihn wahrscheinlich zurücknehmen würde, wenn man ihn zur Vernunft bringen könnte. Kannst nicht Du oder Johnnie irgendwas tun? Ihr seid doch seine besten Freunde …

*Postkarte von Johnnie Graham an Alec*

Hart's Club, W.1.
24. Sept.

Kannst Du Donnerstag um eins mit mir zu Mittag essen?

*Postkarte von Alec an Johnnie Graham*

Hotel Trois Couronnes
Vaucluse, Provence

Tut mir leid. Bin hier bis Mitte Oktober.

*Johnnie Graham an Alec*

St. Leonard's Terrace
4. Okt.

... Was zum Teufel machst Du im Vaucluse? In so einer gottverlassenen Gegend! Und was ist mit »Byron«?

Die Frauen hier behaupten, dass Du Deine Frau verlassen hast. Wenn Du nicht bald zurückkommst, hast Du wirklich keinen Funken Ehrgefühl mehr.

Kann ich irgendwas tun? Wahrscheinlich sagst Du, dass es mich nichts angeht. Aber ich bin Dein ältester Freund und ich sehe nicht untätig zu, wie Du Dein Leben ruinierst. Natürlich weiß ich nicht, was eigentlich los ist, aber es heißt, dass Betsy am Boden zerstört ist. Nach allem, was man so hört, ist sie nicht abgeneigt, sich wieder zu versöhnen. Wenn Du willst, besuche ich sie und versuche herauszufinden, wie die Sache steht.

Du bist wirklich zu alt für so was. Du kannst keine Frau in Betsys Alter verlassen, nicht nach so vielen Jahren. Das ist nicht gerade ermutigend für uns, die wir die Zähne zusammenbeißen und bei der Stange bleiben. Du hast ihr immer zu viel Spielraum gelassen, deshalb bist Du selbst schuld, wenn sie jetzt auf den Putz haut. Komm um Gottes willen zurück und bring sie zur Räson. Ich wette, dass es genau das ist, was sie will.

Komm auf jeden Fall zurück, denn ich habe den nächsten Akt fertig ...

*Alec an Johnnie Graham*

Les Beaux
Provence
10. Okt.

... Ich bin auf Betsys ausdrücklichen Wunsch hier und glaube nicht, dass es ratsam wäre, wenn ich nach so kurzer Zeit schon wieder zurückkäme. Ich muss jetzt konsequent bleiben. Es tut mir leid, dass sie so unglücklich ist. Aber es ist zu spät. Ich bezweifle übrigens stark, dass sie ihre Meinung geändert hat. Als ich sie das letzte Mal sah, hatte sie ziemlich konkrete Pläne für ihre Zukunft.

Besuch sie, wenn Du willst. Ich habe keine Ahnung, was sie Dir erzählen wird, aber ganz gleich, was es ist, ich werde dem nicht widersprechen. Sie wird sich fair mir gegenüber verhalten. Das hat sie immer getan.

Es tut mir leid, dass Du um meinen guten Ruf besorgt bist. Ich hatte keine Ahnung, dass eine Scheidung heutzutage noch so ein Makel ist. Betsy hat mir immer versichert, dass das nicht der Fall ist, und viele unserer Freunde scheinen sie ohne größere Blessuren überlebt zu haben. Die Dinge werden ihren Lauf nehmen, und irgendwann kräht kein Hahn mehr danach ...

*Mrs Graham an Mrs Trotter*

St. Leonard's Terrace
14. Okt.

Wir haben gerade einen sehr seltsamen Brief von Alec erhalten. Offenbar ist er in der Provence. Bin in Eile, deshalb nur kurz: Er behauptet, dass Betsy ihn um die Scheidung gebeten und ihn fortgeschickt hat und dass das Ganze ihre Idee war! Kann da was dran sein? Johnnie meint schon. Er sagt, dass A. viel zu bequem ist, um seine Frau zu verlassen, es sei denn, man zwingt ihn dazu ...

*Mrs Trotter an Mrs Graham*

Cambridge
16. Okt.

... Also, so was! So eine Unverschämtheit! Betsy die Schuld zu geben! Zum Henker mit Alec!

Jetzt erzähl ich Dir mal was, obwohl ich Betsy versprochen habe, den Mund zu halten. Du musst es aber für Dich behalten. Unter den gegebenen Umständen finde ich, dass ihre Freunde sie verteidigen sollten. Natürlich kannst Du es Johnnie erzählen.

Alec ist mit einer anderen Frau durchgebrannt. Erinnerst Du Dich noch an dieses Mädchen, diese Joy, Mrs Hewitts Nichte oder so, die jeden Sommer mit ihnen in Wales war? Sie bezeichneten sie als Gouvernante, aber das war sie nicht, sie hat überhaupt nichts unterrichtet, ist nur Betsy zur Hand gegangen. Nun, das ist sie! Noch ziemlich jung. Nachdem sie weg waren, hat Betsy herausgefunden, dass er eine Affäre mit ihr hatte. Und dann haben sie sich auch noch so schamlos verhalten, dass sogar die Kinder davon wussten. Um es ganz offen zu sagen: Entweder hat er sie verführt oder sie ihn. Daran gibt es gar keinen Zweifel.

Wie kann er da sagen, dass Betsy ihn fortgeschickt hat? Wie kann er es wagen, so etwas zu behaupten? Glaubst Du das etwa?

Die ganze Sache hat Betsy fürchterlich mitgenommen. Sie fühlt sich irgendwie verantwortlich. Sie sagt, sie hätte das Mädchen gar nicht erst ins Haus holen dürfen, sie wusste ja, dass Alec nichts anbrennen lässt. Natürlich sagt sie selbst, dass es jetzt keine Rolle mehr spielt. Das Mädchen war offenbar eine kleine Schlampe und hat's drauf angelegt. Aber trotzdem!

Betsy sollte ihm auf keinen Fall verzeihen. Ich hatte eigentlich gehofft, dass sie sich trotz allem wieder zusammenraufen würden. Aber nicht nach dieser Sache. Kein anständiger Mensch sollte sich noch mit ihm abgeben. Er sollte geschnitten und fallen gelassen werden. Und ich hoffe, dass es so kommt. Das Ganze ist ein Skandal …

*Alec an Johnnie Graham*

Southwick Court, W.2.
25. Okt.

… Unter dieser Adresse erreichst Du mich die nächsten sechs Monate. Seit Montag bin ich wieder in England und habe eine möblierte Wohnung gemietet, mit verspiegelten Wänden und Stahlmöbeln. Ein bisschen gewöhnungsbedürftig. Aber immerhin habe ich ein Dach über dem Kopf und kann meine Sachen irgendwo unterbringen, bis ich weiß, wie's weitergeht. Ich habe Dir gerade per Sonderkurier Nachschub geschickt. Wann kann ich mal vorbeikommen, damit wir darüber sprechen können? …

*Johnnie Graham an Alec*

Hart's Club, W. I.

… Das Manuskript ist angekommen, danke Dir.

Ehrlich gesagt weiß ich nicht, wann Du vorbeikommen könntest, um darüber zu sprechen. Susie will Dich nicht im Haus haben, und ich kann ihr offen gesagt auch keinen Vorwurf machen, denn Frauen müssen schließlich zusammenhalten.

Ich denke, es wäre besser, wenn wir »Byron« vorerst zurückstellen. Mir ist nicht danach, Dich zu sehen. Es tut mir leid, aber ich finde, Du hast Dich wirklich wie ein Schuft benommen. Du bist mein Freund, und deshalb kann ich nicht einfach schulterzuckend darüber hinweggehen, wie ich's bei flüchtigen Bekannten tun würde. Natürlich kenne ich schlimmere Schufte und habe auch schon mit welchen zusammengearbeitet, aber das waren Leute, die mir ziemlich egal waren.

Ich will mich nicht zum Richter aufschwingen. Was Du tust, ist Deine Sache. Aber ich möchte Dich nicht sehen, solange ich nicht irgendwie damit klarkomme, dass Du ein hilfloses junges Mädchen verführt hast, praktisch eine Abhängige, und Deine Frau und Deine Kinder herzlos im Stich gelassen hast. Unsere gemeinsame Arbeit beruht auf Vertrauen, Verständnis und Empathie. Aber die bringe ich im Moment einfach nicht auf. Es tut mir wirklich leid. Bestimmt hast Du Dich nicht so sehr verändert, dass Du meine Haltung nicht verstehst …

*Mrs Canning an Alec*

Bedford Gardens, W.8.
27. Okt.

… Ich habe heute Morgen bei Dir angerufen, aber man hat mir gesagt, Du seist nicht da. Also muss ich Dir stattdessen schreiben. Hast Du Freitagabend Zeit, mein Lieber? Ich möchte eine kleine Dinnerparty geben, und es ist mir wichtig, dass Du kommst. Ich habe ein paar Freunde eingeladen, und nach dem Essen schauen noch ein paar Bekannte herein. Acht Uhr. Smoking.

Deine Freunde sind ganz erpicht darauf, Dich zu sehen. Es gilt, diesen unfreundlichen Gerüchten zu widersprechen, die, wie ich fürchte, die Hewitts über Dich in die Welt gesetzt haben. Es ist wichtig, dass einflussreiche und vernünftige Leute auf Deiner Seite stehen. Ich habe die Merricks eingeladen, die Dir wohlgesinnt sind und die es empört, was man sich über Dich erzählt. Sollte ich vielleicht auch die Grahams einladen, was meinst Du? Sag mir, wen Du sonst noch gern treffen würdest …

*Alec an Mrs Canning*

Southwick Court, W.2.

... Man hat mir erzählt, dass Du angerufen hast. »Man« ist Joy, aber ich nehme an, Du hast ihre Stimme nicht erkannt. Wir haben kein Dienstmädchen. Wenn jemand ans Telefon geht, dann entweder ich oder Joy.

Liebe Mutter, es ist sehr freundlich von Dir, dass Du eine Party für uns geben willst. Wir kommen sehr gern. Nein, frag die Grahams lieber nicht. Sie haben mich fallen gelassen, und »Byron« ist geplatzt. Johnnie hat kein Verständnis für mich. Er findet, dass ich unsere Freundschaft besudelt habe ...

*Mrs Canning an Alec*

Bedford Gardens, W.8.
29. Okt.

... Ich bin so froh, mein Liebling, dass Du am Freitag kommen kannst! Aber ich fürchte, die Einladung gilt nur für Dich. Es wäre nicht besonders klug, Miss Benson bei mir zu empfangen. Das verstehst Du doch, oder? Wir müssen uns bald einmal ausführlich unterhalten. Ich habe Dir eine Menge zu sagen, aber das geht nicht am Telefon. Wann kannst Du mich besuchen?

*Alec an Mrs Canning*

Southwick Court, W.2.
29. Okt.

... Es tut mir sehr leid um die Party, aber ich fürchte, dass ich nicht kommen kann, wenn Joy nicht auch eingeladen ist. Ich gehe nirgendwohin, wo sie nicht willkommen ist. Was unsere Unterhaltung angeht, glaub mir, Mutter, es hat keinen Zweck. Ich werde nicht wieder zu Betsy zurückkehren, und ich werde

Joy nicht verlassen. Worüber sollten wir uns also unterhalten? Du würdest Dich doch nur aufregen. Natürlich besuche ich Dich, aber nur unter der Bedingung, dass wir nicht über meine persönlichen Angelegenheiten reden. Ich fürchte nur, Du wirst Dich nicht zurückhalten können. Deshalb war ich seit meiner Rückkehr auch noch nicht in Bedford Gardens …

*Mrs Canning an Alec*

Bedford Gardens, W.8.
30. Okt.

… Dein Brief hat mich schrecklich verstört. Mein lieber Alec, ich bin Deine Mutter, und ich werde immer zu Dir halten. Aber ich finde Dein Benehmen nicht nur ungehörig, sondern auch ausgesprochen töricht. Warum bestehst Du darauf, mit ihr auf so ungenierte Weise zusammenzuleben? Du bringst Dich in eine äußerst prekäre Situation. Siehst Du denn nicht, dass Du damit Deinen Kritikern in die Hände spielst? Warum kannst Du nicht etwas diskreter sein? Niemand braucht zu wissen, dass sie in London ist.

Heutzutage sind die meisten Leute ziemlich aufgeschlossen, aber sie lieben Skandale noch genauso wie eh und je. Du kannst fast alles machen, was Du willst, sofern Du es auf die *richtige* Art und Weise machst. Es ist ein schrecklicher Fehler, so zu tun, als wäre es Dir egal, was man über Dich denkt. Niemand ist so beliebt oder berühmt, dass er es sich leisten kann, die Leute vor den Kopf zu stoßen. Wahrscheinlich hast Du Dich auch schon gefragt, zumindest ging es mir so, warum manche Menschen wegen kleinster Fehltritte von ihren Freunden fallen gelassen und gesellschaftlich geächtet werden, während andere weiterhin anerkannt sind. Auf den ersten Blick scheint das ein Widerspruch zu sein. Aber wenn Du genauer hinsiehst, wirst Du feststellen, dass es denjenigen, die fallen gelassen wurden, an *savoir vivre* mangelt. Sie haben das Ganze falsch angepackt, haben den Eindruck erweckt, dass es ihnen egal ist, was andere über sie denken. Ein fataler Irrtum, der die Menschen gegen Dich aufbringt.

Ich glaube nicht, dass irgendwer, außer aus dem Freundeskreis der Hewitts, ein Interesse daran hat, Dich zu verurteilen. Eine Scheidung ist heutzutage nichts Besonderes mehr. Aber die Leute genießen es, Macht zu haben, und momentan bist Du in der Defensive. Das spüren sie. Du solltest sie umschmeicheln und ihnen das Gefühl geben, dass Du es zu schätzen weißt, wenn sie sich für Dich einsetzen. Du kannst nicht erwarten, dass sie Dich unterstützen, wenn Du Ihnen die kalte Schulter zeigst. Das kränkt sie. Sie werden sagen: Warum müssen wir uns dieses Mädchen gefallen lassen? Aber wenn sie bereit wären, Deine Liaison anzuerkennen, wäre es etwas anderes. Habe ich mich verständlich ausgedrückt?

Lieber Alec, ich bin entsetzt darüber, was Du mir über die Grahams erzählt hast. Es wäre eine Katastrophe, wenn Du Dich mit Johnnie überwerfen würdest. Was soll denn dann aus Deiner Arbeit werden? Du hast ja gesagt, dass Du mit niemand anderem zusammenarbeiten könntest. Hast Du ihnen die Fakten geschildert? Kennen sie Deine Sicht der Dinge …?

*Alec an Mrs Canning*

Southwick Court, W.2.
31. Okt.

… Ich weiß nicht, welche Fakten Johnnie kennt. Ich habe ihm gesagt, er soll Betsy fragen, und ich bin sicher, dass sie nichts gesagt hat, was nicht der Wahrheit entspricht.

Dein Brief ist voller Lebensweisheit, und ich stimme Dir in allen Punkten zu. Ich werde ihn Kenneth zu lesen geben, wenn er einundzwanzig ist. Aber ich fürchte, ich kann Deinen Rat nicht befolgen und die arme Joy wie eine heimliche Mätresse vor der ganzen Welt verstecken. Sobald ich ein freier Mann bin, werde ich sie heiraten. Sie erwartet ein Kind, und ich werde alles, was in meiner Macht steht, tun, um sie zu unterstützen und zu beschützen. Meine Verpflichtungen ihr gegenüber sind wichtiger als alles andere.

In der Zwischenzeit erwarte ich von meinen Freunden, dass sie sie wie meine Frau behandeln. Ich habe keine Verwendung für Leute, die nicht mal das für mich tun können und mir nur niedere Absichten unterstellen. Vermutlich werde ich bald herausfinden, auf wen ich mich wirklich verlassen kann. Ich mache mich schon mal auf einige böse Überraschungen gefasst …

*Mrs Graham an Mrs Trotter*

St. Leonard's Terrace
3. Nov.

… Stell Dir vor, wir hatten gerade Besuch von der alten Mrs Canning! Sie wollte uns Alecs Sicht der Dinge schildern.

Natürlich mussten wir höflich bleiben. Schließlich war sie furchtbar nett zu uns, als wir geheiratet haben, und danach eigentlich auch immer. Und man kann ihr keinen Vorwurf machen, dass sie ihren Sohn in Schutz nimmt. Aber ein paar kleine Sticheleien konnte ich mir doch nicht verkneifen. Sie meinte, dass wir unsere Informationen wohl von den Hewitts hätten. Daraufhin erwiderte ich: O nein! Wir haben die Hewitts seit der Trennung nicht mehr getroffen, aber ich bin sicher, dass sie mehr Anstand haben und nicht überall herumerzählen, dass Betsy keine Schuld trifft. Sie denken bestimmt nicht, dass sie ihre Unterstützung nötig hat.

Aber jetzt, meine Liebe, hör Dir mal Alecs Version an. Er

behauptet, dass er die ganze Schuld auf sich nimmt, obwohl Betsy die eigentliche Schuldige ist. Wie ritterlich von ihm! Diese Joy hat angeblich überhaupt nichts mit der Scheidung zu tun. Sie kam eher zufällig ins Spiel. Er musste mit irgendjemandem durchbrennen, warum also nicht mit ihr? Wenngleich sie keine besonders gute Wahl war, wie Mrs C. einräumt. Und was glaubst Du wohl, warum? Weil Betsy jemand anderen heiraten will! Deshalb hat sie Alec so lange bearbeitet, bis er eingewilligt hat, sie freizugeben. Und wer, glaubst Du, ist der andere Mann? Dieser kleine Wicht! Mrs C. hat mir seinen Namen nicht genannt, aber ich habe eins und eins zusammengezählt, nachdem sie verraten hatte, dass es (*a*) jemand ist, der schon lange in Betsy verliebt ist, (*b*) sehr reich und adlig ist und (*c*) dessen Verwandte in der Nähe von Pandy Madoc wohnen. Wer sollte sonst infrage kommen?

Was hältst Du von alldem? Könnte da was Wahres dran sein? Und wenn nicht, sollte man Betsy nicht darüber informieren, was Alec und Co. über sie verbreiten?

Johnnie jedenfalls findet die Geschichte nicht besonders überzeugend. Aber selbst wenn sie stimmen sollte, meint er, wäre Alecs Verhalten nicht zu rechtfertigen. Er hätte Betsy verbieten müssen, einen anderen zu heiraten. Und er war ziemlich empört darüber, dass Mrs Canning behauptet, diese Joy hätte es drauf angelegt. Johnnie meint, das sei der Gipfel der Unverschämtheit. Ein Mann, der ein Mädchen verführt, das halb so alt ist wie er, und dann versucht, ihr die Schuld in die Schuhe zu schieben, sei für ihn das Allerletzte! Du weißt ja, dass Johnnie in Bezug auf Frauen etwas altmodisch ist.

Und weißt du was? Diese Joy bekommt ein Kind. Also glaubt Alec, dass er sie heiraten muss. Da erübrigt sich doch jeder Kommentar.

*Mrs Trotter an Mrs Graham*

Cambridge
4. Nov.

... Bitte entschuldige, dass ich Dir nur kurz schreibe. Ich spiele in einem Moralstück die Rolle der Barmherzigkeit, und wir proben praktisch Tag und Nacht.

Ich kann Dir gar nicht sagen, wie wütend mich Dein Brief gemacht hat. Ich bin sicher, dass an Alecs Geschichte absolut nichts dran ist. Wir wissen doch alle, dass sich Betsy immer über den kleinen Wicht lustig gemacht hat. Was den erwarteten Nachwuchs angeht, so werden sie ganz schön dumm dastehen, wenn das Kind vor Mai auf die Welt kommt. Und ja, ich finde, dass Betsy darüber informiert werden sollte. Sie ist wieder im Well Walk, oder? Ich denke, Du solltest ihr auf jeden Fall einen dezenten Hinweis geben. Wer weiß, wem Alec und Co. diese Geschichte noch erzählen ...

*Postkarte von Alec an Kenneth*

Southwick Court, W.2.
5. Nov.

Wann hast Du Ferien? Ich dachte, ich könnte Dich mal besuchen.

*Kenneth an Alec*

St. Clere's College
7. Nov.

Ich verbringe die Ferien mit meiner Mutter.

*Mrs Graham an Mrs Trotter*

St. Leonard's Terrace
14. Nov.

... Also, ich habe Betsy getroffen. Ich war gestern mit ihr zum Tee verabredet. Sie war ganz aufgelöst. Ich habe sie kaum wiedererkannt. Der kleine Wicht war im Sommer in Wales. Natürlich hat sie Alecs Version sofort geleugnet.

Ich habe ihr auch von dem Baby erzählt. Sie hat kein Wort dazu gesagt und sah aus, als würde sie jeden Moment in Tränen ausbrechen, die Arme! Dann hat sie eins und eins zusammengezählt; ich habe genau gesehen, was in ihr vorging ...

Was auch immer sie empfunden hat, als Du im September bei ihr warst, jetzt ist sie jedenfalls ziemlich verbittert. Die Geschichte von ihrer einvernehmlichen Trennung ist offenbar Schnee von gestern. Der kleine Wicht und das Baby, das so verdächtig früh kommt, haben alldem ein Ende gesetzt ...

*Mrs Pattison an Mrs Canning*

Tan y Vron
Llanfair
16. Nov.

... Ein Freund, der gerade hier war, hat mir erzählt, dass im Zusammenhang mit der Scheidung der Cannings auch der Name meines Bruders gefallen ist. Das hat mich doch sehr irritiert. Ich nehme an, dass Alecs Freunde diese Geschichte in die Welt gesetzt haben. Ich werde das Gefühl nicht los, dass Du vergessen hast, dass alles, was ich Dir letzten August erzählt habe, streng vertraulich war. Ich hätte es Dir nicht erzählen dürfen, aber Du schienst so verständnisvoll und beunruhigt, und ich war auch beunruhigt, weil ich, wie ich Dir sagte, eine solche Ehe für Max ganz und gar nicht gern gesehen hätte. Ich hoffe sehr, dass ich mich darauf verlassen kann, dass Du diese Gerüchte zerstreust. Es ist höchst ungerecht, dass Max in diese Sache hineingezogen wird, während er im Ausland ist und sich nicht wehren kann.

Alle sollten erfahren, dass diese Scheidungsgeschichte absolut nichts mit Max zu tun hat. Alec hat seine Frau wegen einer anderen verlassen, und deshalb will sich Betsy von ihm scheiden lassen …

*Mrs Canning an Mrs Pattison*

Bedford Gardens, W.8.
17. Nov.

… Ich glaube nicht, dass unser Gespräch etwas mit den Gerüchten zu tun hat. Du brauchst Dir keine Vorwürfe zu machen. Betsy hat Alec gegenüber aus eigenem Antrieb zugegeben, dass sie Deinen Bruder heiraten möchte, und ihn um die Scheidung gebeten. Er hat ihr den Beweis geliefert, den sie wollte, und das ist die Wahrheit …

*Joy an Kenneth*

Southwick Court, W.2.
16. Nov.

… Dein Vater ist so enttäuscht darüber, dass Du ihn nicht sehen willst, dass ich mich entschlossen habe, Dir zu schreiben. Zuerst wollte er mir nicht erzählen, was passiert ist, aber ich habe nicht lockergelassen.

Ich bin sicher, dass Du nicht weißt, wie es wirklich war. Du darfst Leuten nicht glauben, die Dich gegen ihn aufhetzen wollen. Ihn trifft keine Schuld, er hat sich sehr nobel und großzügig verhalten. Deine Mutter wollte ihn loswerden, damit sie jemand anders heiraten kann. Wenn das nicht der Fall gewesen wäre, hätte er sie nie verlassen, obwohl sie nicht versucht hat, ihn glücklich zu machen.

Ich gebe mir die größte Mühe, ihn aufzumuntern. Wir werden hoffentlich nächstes Jahr heiraten, und wir würden uns sehr freuen, wenn Du, Eliza und Daphne bei uns wohnen würdet, zumindest zeitweise; natürlich wollen wir Euch nicht Eurer Mutter wegnehmen. Ich werde alles tun, damit Ihr Euch bei uns wohlfühlt. Dein Vater und ich lieben uns sehr, und es ist niederträchtig zu behaupten, dass ich sein Leben ruiniert hätte. Deine Mutter wird mit ihrem neuen Ehemann glücklich sein. Warum missgönnt sie uns dann unser Glück?

Dein Vater weiß nicht, dass ich Dir schreibe, und er wäre wütend, wenn er es erfahren würde. Er würde sich nie verteidigen, gegenüber niemand. Aber ich kann nicht zulassen, dass man Dich gegen ihn aufhetzt …

*Mrs Graham an Mrs Trotter*

St. Leonard's Terrace
17. Nov.

… Ich habe mich ein bisschen über Johnnie geärgert. Er hatte plötzlich eine sentimentale Anwandlung, von wegen »der arme, alte Alec«, und machte ganz den Eindruck, als wolle er ihm verzeihen. Ich glaube, er sehnte sich danach, wieder an die Arbeit zu gehen, und konnte sich nicht vorstellen, dass es auch ohne Alec geht. Er meinte, wir könnten uns eigentlich kein Urteil erlauben, ohne die genauen Umstände zu kennen.

Aber jetzt hat die kleine Joy das Fass zum Überlaufen gebracht. Stell Dir vor, sie hat den Kindern geschrieben! Unglaublich, oder? Kenneth schickte ihren Brief kommentarlos an seine Mutter weiter. Sie versuchen, ihn gegen seine eigene Mutter aufzuwiegeln, dabei hat sie alles getan, um die Kinder rauszuhalten. Das hat Johnnie so erbost, dass er jetzt wieder kein gutes Haar an Alec lässt.

Betsy ist fuchsteufelswild. Sie sagt, dass sie bis zum letzten Atemzug kämpfen wird, um das alleinige Sorgerecht für die Kinder zu bekommen. Wenn er sich korrekt verhalten hätte, hätte er die Kinder gern ab und zu sehen können, aber wenn er sie gegen sie aufwiegelt, kenne sie kein Pardon. Außerdem ist diese Joy ja genau die Richtige, um Verantwortung für junge Mädchen zu übernehmen!

Betsy sagt, dass sie Joy in der Scheidungsklage nennen wird. Alec war so unverfroren, ihr eine Hotelrechnung zu schicken, auf der Joys Name aber nicht auftaucht. Ich nehme an, er hat jemand anderen darum gebeten. Aber Betsy wird sie sehr wohl ins Spiel bringen, weil sie will, dass das Gericht erkennt, wie unverantwortlich es wäre, ihm die Kinder zu überlassen …

*Betsy an Mrs Hewitt*

Well Walk, N. W.
1. Dez.

… Ich habe mich entschlossen, den Rest des Winters im Ausland zu verbringen. Ich ertrage London nicht mehr und will nur noch weg. Ich werde erst zurückkommen, wenn mein Fall verhandelt wird. Erst besuche ich Angela Trotter, und dann fahre ich weiter nach Paris, wo mir Pen Priday ihre Wohnung zur Verfügung gestellt hat. Angela kommt mit, um mir anfangs etwas Gesellschaft zu leisten. Sie ist die einzige treue Freundin, die ich noch habe. Ich habe nicht den Eindruck, dass Du und Vater wirklich Verständnis für mich habt, auch wenn ich weiß, dass Ihr Euch Sorgen um mich macht. Aber wenn es drauf ankommt, stärkt Ihr mir nicht den Rücken. Vater ist naturgemäß voreingenommen, nehme ich an, und übernimmt automatisch den männlichen Standpunkt. Eigentlich hatte ich geglaubt, dass es alle gutheißen würden, wenn ich um meine Kinder kämpfe.

Ich habe mir überlegt, dass Ken über die Ferien zu mir nach Paris kommen könnte. In der Wohnung ist genug Platz, und wir könnten gemeinsam etwas unternehmen. Er ist in einem Alter, in dem ihm das Spaß machen würde. Es wird ihm guttun, und mich würde es freuen; ich kenne hier einige interessante Leute, die hoffentlich Besseres zu tun haben, als sich in meine Angelegenheiten einzumischen.

Können Daphne und Eliza, die armen Süßen, zu Euch kommen? Es wäre ein bisschen trist für sie, ohne Ken und mich Weihnachten zu feiern, aber hier ist nicht genug Platz und außerdem bin ich wirklich zu erschöpft, um mich um drei Kinder zu kümmern. Und ich weiß ja, dass Ihr sie gern nehmt …

*Eliza an Kenneth*

Barton House School
Wendover
7. Dez.

… Warum hast Du mir kein einziges Mal geschrieben? Hast Du meine Briefe bekommen? Daph hast Du immerhin eine Postkarte geschickt. Bitte schreib mir!

Hast Du's schon gehört? Wir kommen in den Ferien zu Großmama, und Du fährst nach Paris. Wie schrecklich! Ich hab gedacht, wir wären alle zusammen zu Hause. An Weihnachten sind wir doch immer zusammen. Bring Mutter dazu, dass sie ihre Meinung ändert. Wir können an Weihnachten doch nicht getrennt sein, schließlich müssen wir das Haus schmücken und so.

Wie geht's Mark? Hat er den Grier-Preis bekommen, wie Du gemutmaßt hast? Wenn ja, gratuliere ihm bitte von mir.

Und sag ihm, dass wir in einem Konzert mit Elizabeth Lange waren, die Lieder von Brhams, Bhr, Barh, ach Mist, gesungen hat. War wirklich ganz wunderbar …

*Mrs Trotter an Mrs Graham*

Rue St. Evian
Paris
12. Dez.

… Ich habe Betsy etwas Gesellschaft geleistet und komme am Montag wieder nach Hause. Ich bin froh, dass ich mitgefahren bin, denn sie steht kurz vor dem Nervenzusammenbruch – der Armen wächst alles über den Kopf!

Eigentlich dachte ich, sie käme hier etwas zur Ruhe. Pustekuchen. Sogar hier wird sie von den Ereignissen eingeholt. Wir waren kaum angekommen, als Charles Merrick aufkreuzte. Offenbar ist er anlässlich irgendeiner Ingenieurskonferenz in Paris. Er hatte eine Nachricht von Alec dabei, der mit Betsy Kontakt aufnehmen wollte. Als er erfahren hat, dass sie in Paris ist, bat er Charles, sie zu besuchen und als eine Art Botschafter ein gutes Wort für ihn einzulegen. Charles fragte sie, ob sie nicht Joys Namen aus dem Spiel lassen könne, und appellierte eindringlich an sie, Alec die Kinder nicht wegzunehmen. So eine Dreistigkeit! Mit welchem Recht mischt er sich in Alecs und Betsys Angelegenheiten ein? Außenstehende geht das überhaupt nichts an.

Alec, sagt er, habe jetzt erst begriffen, dass sie Anspruch auf die Kinder erhebt, und finde es nicht fair, jedenfalls nicht zu diesen Bedingungen. Was für eine Unverfrorenheit! Außerdem will Alec wohl auch, dass die Sache mit dem Geld geregelt wird; wahrscheinlich denkt er, er könnte Betsy dazu bringen, auf ihren rechtmäßigen Anteil zu verzichten, damit er alles Joy geben kann.

Ich bin froh, dass Betsy so standhaft ist. Sie wird so viel Unterhalt wie möglich fordern und nicht zulassen, dass er die Kinder sieht, bevor sie erwachsen sind. Sie sagt, dass es ihr inzwischen egal ist, ob alle Welt erfährt, wie übel er ihr mitgespielt hat, deshalb kann ich Dir so einiges verraten, was ich vorher für mich behalten musste. Zum einen trinkt er. Einmal, als er betrunken war, hat er sie die Treppe hinuntergestoßen. Sie meint, sie könne niemandem erzählen, was für schreckliche Sachen er an ihrem letzten Abend zu ihr gesagt hat. Du erfährst den Rest, wenn wir uns treffen …

*Charles Merrick an Alec*

Hotel St. Cyr
Paris
12. Dez.

… Ich fürchte, es hat keinen Zweck. Ich war bei Betsy. Sie ist fest entschlossen, die Kinder zu behalten. Ich habe getan, was ich konnte, aber es hat nichts genutzt. Ich kann Dir gar nicht sagen, wie leid es mir tut. Ich kann mir jedoch vorstellen, dass sie darauf verzichtet, Joy in die Sache reinzuziehen, wenn Du auf die Kinder verzichtest.

Es ist unfassbar, wie verbittert sie ist. Das passt gar nicht zu ihr. Ich fürchte, das hat sie ihren Freundinnen zu verdanken. Sie sieht richtig krank aus, finde ich, und ist völlig mit den Nerven fertig. Man kann nur hoffen, dass sie sich allmählich wieder beruhigt und ihre Meinung ändert, bevor der Scheidungstermin feststeht, was vermutlich noch eine Weile dauern wird.

Es tut mir sehr leid, dass ich so wenig Erfolg hatte …

*Charles Merrick an seine Frau*

Hotel St. Cyr
Paris
13. Dez.

... Was *l'affaire* Canning angeht, so habe ich keine große Hoffnung.

Betsy ist eine Harpyie, eine Furie und ein Miststück! Mehr kann ich dazu nicht sagen. Ich habe sie besucht und versucht, mit ihr zu reden, und musste schwer an mich halten, um nicht aus der Haut zu fahren. An Boshaftigkeit ist sie kaum zu überbieten. Ich sagte ihr, dass ich sicher sei, dass Alec nichts mit den Briefen an ihre Kinder zu tun hat. Sie glaubte mir nicht. Sie wollte mir nicht glauben.

Jede Kleinigkeit kommt aufs Tapet, selbst Belanglosigkeiten, die längst vergeben und vergessen sein sollten. 1920 hat er ihr mal einen Schubs gegeben, sodass sie die Treppe hinunterfiel. Gütiger Himmel! Ein kleiner Schubs wird doch wohl in jeder Ehe noch erlaubt sein. Fast hätte ich ihr erzählt, dass ich Dich mal mit einer Wärmflasche bewusstlos geschlagen habe.

Zu ihrer Verteidigung könnte man höchstens sagen, dass ihr die ganze Sache den Verstand geraubt hat. Zumindest macht sie auf mich diesen Eindruck. Ich kann mir nicht helfen, aber ich habe das Gefühl, dass sie ihn immer noch liebt und dass sie deshalb fast rasend vor Zorn ist. Wie Coleridge schon sagte: »Und ist man zornig auf den, so man liebt, nährt dies bitteren Wahn, der im Hirne kreist.«

Ach, Meg, mein Liebling, lass uns nie streiten. Wenn ein Mann und seine Frau aufeinander losgehen, ist das die Hölle auf Erden. Es ist nicht natürlich. Es ist wie Wundbrand oder Krebs. Es zerfrisst den ganzen Organismus. Und dennoch habe ich auch Leute gekannt, die sich als gute Freunde getrennt haben, ganz ohne Groll oder Verbitterung. Das mag in Ordnung sein, wenn man einander nicht mehr liebt. Wenn aber noch Gefühle da sind – und in ihrem Fall glaube ich, dass es so ist –, dann ist eine Trennung äußerst kränkend und unschön.

Besuch doch bitte mal Alec und Joy. Ich weiß, sie langweilt Dich, aber die beiden sind so niedergeschlagen, dass Du damit eine gute Tat vollbringst. Ihre Freunde sollten ihnen jetzt beistehen.

Ich hoffe, dass ich am Weihnachtsabend zurück bin. Gib den Blagen einen Kuss von mir und lies nicht zu lange im Bett …

*Mrs Merrick an ihren Mann*

Victoria Road, S. W.
18. Dez.

… Ich habe Alec und Joy gestern Abend besucht und hoffe, mein Liebster, dass Du mir das hoch anrechnest, denn ich habe es nur Dir zuliebe getan. Wir saßen da, und die Unterhaltung schleppte sich nur so dahin. Joy hat Kaffee gekocht, aber erst nachdem er sie darum gebeten hatte. Es war übrigens der scheußlichste Kaffee, den ich je getrunken habe.

Es war ein jämmerlicher Anblick, wie die beiden in dieser fürchterlichen Wohnung hockten, umgeben von diesen ganzen »unnatürlichen« Stahlmöbeln. Wie konnte er nur so ein Loch mieten? Das ist doch morbid.

Sie sitzt da wie ein Schaf und starrt ihn mit tragischer Hingabe an. Es ist offensichtlich, dass ihm das schrecklich auf die Nerven geht. Sie ist ihm treu ergeben, darf ich wohl sagen, aber sie scheint sehr gut zu wissen, was für ein Fiasko das alles ist und dass er nur aus Barmherzigkeit bei ihr bleibt. Sie würde ihn niemals gehen lassen. Bis an ihr Lebensende wird sie sich wie eine Klette an ihn klammern. Irgendwann ist sie dann nur noch ein wehleidiger Fußabtreter, wenn Du verstehst, was ich meine.

Du sagst, dass Betsy verbittert ist. Das ist *er* auch, aber er ist nicht nur von ihr enttäuscht, sondern hadert mit seiner ganzen Umgebung. Es muss ein Schock für ihn gewesen sein, zu erfahren, dass er plötzlich nicht mehr der nette, freundliche, allseits beliebte Alec ist, sondern ein Schuft und Ehebrecher. Er war immer so umgänglich, und alle mochten ihn. Es muss ihn furchtbar kränken, dass sich jetzt alle das Maul über ihn zerreißen. Ich glaube allerdings auch, dass er überempfindlich ist. Er sieht Kränkungen, wo es gar keine gibt. Und er sagt unüberlegte, hässliche Dinge über andere. Er tut so, als ob sämtliche Ehen zum Scheitern verurteilt wären. Für ihn sind Leute, die anderer Meinung sind, entweder Narren oder Heuchler. Den Grahams gegenüber war er besonders gehässig. Er hat behauptet, dass Johnnie schon seit Jahren die Nase voll von Susan hätte, sich aber nicht traut, es ihr zu sagen, und dass er zu feige wäre, um sich von ihr zu trennen, und deshalb jedem grollt, der aus seiner Ehe ausgebrochen ist. Ich hatte fast das Gefühl, dass er plötzlich eine Abneigung gegen uns hat, weil wir so glücklich sind, und dass er nicht traurig darüber wäre, wenn unsere Ehe auch in die Brüche ginge.

Erst gegen Ende war er fast wieder der Alte. Er fuhr mit mir im Aufzug hinunter. Da es ein schöner Abend war, sagte ich, ich würde gern noch ein paar Schritte gehen und dann ein Taxi nehmen. Er war gleich bereit, mich ein Stück zu begleiten, hakte mich unter und sagte, dass es nett von mir gewesen sei, vorbeizukommen. Er erzählte mir, dass es Joy überhaupt nicht gut geht. Sie tut mir auch aufrichtig leid, das arme Ding. Es muss schrecklich sein, unter diesen Umständen ein Kind zu erwarten, ganz ohne die übliche Vorfreude, die Hoffnung und den Stolz und nur in Gesellschaft eines verbitterten, missmutigen Mannes.

Er redete ein bisschen von dem Baby, und ich hatte den Eindruck, dass er sich furchtbar schuldig fühlt und zutiefst beschämt ist. Er sagte mehrmals, dass alles seine Schuld sei. Ich denke, er hat einfach den Kopf verloren. Obwohl er sie nicht liebt, muss sie ihn so betört haben, dass er ihr nicht widerstehen konnte. Das hat nichts mit Zuneigung oder gar Liebe zu tun. Und natürlich war es vollkommen unvernünftig. Ich verstehe durchaus, warum er meint, bei ihr und dem Kind bleiben zu müssen. Aber es ist eher ein Kind des Hasses als der Liebe.

Woher kommt bloß dieser ganze Hass? Es ist, als wäre etwas Böses, Unheilvolles über alle drei hereingebrochen. Ich sehe nicht, wie einer von ihnen je wieder glücklich sein kann. Glaubst Du, es liegt daran, dass sie alle die Wahrheit leugnen? Man hört nicht plötzlich auf, jemanden zu lieben, auch wenn man todunglücklich ist. Es sind nicht die Verletzungen und Beleidigungen, die sie einander nicht verzeihen können. Alec und Betsy ertragen es einfach nicht, getrennt zu sein – trotz allem, was sie sich gegenseitig angetan haben. Und Joy weiß das auch.

TEIL DREI

# GETRENNT

# Auf dem River Cliff

Das St. Clere's College steht auf einer Felskuppe oberhalb eines Nebenflusses des Severn. Von dort blickt man über den Fluss hinweg auf die roten Backsteinbauten einer kleinen mittelalterlichen Stadt und eine Kirche, die zu den schönsten im ganzen Westen gehört. Dahinter erstrecken sich bewaldete Bergrücken und tiefe, fruchtbare Täler; die Berge zur Linken gehören zu Wales, die zur Rechten zu England.

Seit sechshundert Jahren bringt die Schule herausragende Wissenschaftler und Gelehrte hervor. Das ehemalige Kloster, das Anfang des 14. Jahrhunderts erbaut wurde, entwickelte sich zu einem Hort des Wissens und der Gelehrsamkeit. In dieser rauen Gegend, dem Schlachtfeld zweier Völker, war das Kloster der einzige Ort, an dem die Kultur des Friedens gepflegt wurde. Dorthin begaben sich alle jungen Geistlichen in den Welsh Marshes und jeder wissbegierige Junge, der sich mehr für Bücher als für eingeschlagene Köpfe interessierte. Und dort erfuhren sie alles, was jenseits der Grenzen ihrer kriegerischen Heimat geschah. Sie trafen sich mit Gelehrten aus anderen Ländern. Viele, die St. Clere's verließen, um in der Kirchenhierarchie aufzusteigen, wurden Bischöfe. Aber da sie weder Macht noch Ansehen, sondern Gelehrsamkeit anstrebten, wurde keiner von ihnen Erzbischof oder Kardinal. Auch brachte die Gemeinschaft keine nennenswerte Zahl an Heiligen oder Märtyrern hervor. Die wenigen, die auf dem Scheiterhaufen endeten oder exkommuniziert wurden, hatten sich irgendeiner obskuren Form der Ketzerei schuldig gemacht, die außer ihnen und ihren Richtern niemand verstand.

Unter Heinrich VIII. wurde das Kloster samt Kolleg aufgelöst und in ein weltliches Gymnasium umgewandelt, das sich zu einer bedeutenden englischen Lehranstalt entwickelte. Doch der Geist der Einrichtung blieb unverändert. St. Clere's brachte weiterhin eine beachtliche Zahl an Bischöfen, Dekanen, Professoren und Lehrern hervor, sogar einige namhafte Richter und Lordrichter, und als die Zulassungsprüfungen für den höheren Staatsdienst immer anspruchsvoller wurden, auch etliche Ministerialdirektoren. Dagegen blieb der Anteil an Soldaten, Ärzten, Dichtern, Politikern, Predigern und Kriminellen äußerst gering. Im Mittelalter waren Klöster kein Ort für kritische Geister, für die einsamen Rufer in der Wüste, vielmehr dienten sie der Vermittlung rationaler Ideen. Sechs von zehn Schülern wechselten nach dem Abschluss auf ein College in Oxford, das dem ehemaligen Kloster eng verbunden war, sodass sie nicht nur von den persönlichen Verbindungen, die sie in der Schule geknüpft hatten, sondern auch von den Wertmaßstäben und Denkweisen, die sie dort erworben hatten, während ihrer gesamten Universitätslaufbahn profitierten.

St. Clere's ist wegen seiner einzigartigen Lage immer noch die schönste Privatschule Englands. Ihr innerer und äußerer Charakter hat sich nur unwesentlich verändert. Alle sichtbaren Teile der Anlage stammen aus dem vierzehnten und fünfzehnten Jahrhundert. Das prächtige Ensemble aus Kapelle, Kreuzgang und den alten Klostergebäuden mit dem schönen Torhaus erstreckt sich entlang des River Cliff, während sich die modernen Erweiterungsbauten zwischen den Bäumen im Hintergrund verstecken, um den imposanten Anblick nicht zu verderben. Die kleine Stadt auf der anderen Seite des Flusses stammt aus späterer Zeit. Sie entstand erst, als das Leben friedlicher und die Straßen sicherer wurden. Glücklicherweise hörte sie unter Georg IV. auf zu wachsen, sodass es dort kein einziges hässliches Gebäude gibt. Stadt, Schule, Fluss und die umliegenden Hügel sind schön wie ein Traum. Und wie in einem Traum wirkt die Szenerie ein wenig weltvergessen, ein wenig unwirklich, als hätte sich der Ort bewusst der Hast und Geschäftigkeit der modernen Welt entzogen, ganz so, wie das alte Kloster früher vom turbulenten Leben im Grenzland unberührt blieb.

Genau diese idyllische Abgeschiedenheit, diese friedvolle Atmosphäre empfand Mark Hannay eines Tages als unerträglich. Er war fast ein Jahr lang Schulpräfekt gewesen und hatte dieses bedeutende Amt außerordentlich genossen. Doch dann machte er Veränderungen durch, die sein Weltbild tief erschütterten. Er hatte die Lebensläufe ehemaliger Schulpräfekten nachgeschlagen, um zu erfahren, wie viele von ihnen Premierminister geworden waren. Kein Einziger. Und das bestürzte ihn, denn er hatte fest vor, eines Tages die Geschicke der Nation zu lenken. Er war überzeugt davon, dass er über die erforderlichen Fähigkeiten verfügte. Doch nun begann er sich zu fragen, ob es überhaupt sinnvoll war, Schulpräfekt von St. Clere's zu sein. Und dann fragte er sich, ob es überhaupt sinnvoll war, eine Schule wie St. Clere's zu besuchen. Es lag in seiner Natur, althergebrachte Vorstellungen früher oder später furchtlos zu hinterfragen. Und genau dies geschah jetzt. Unumstößlich geglaubte Grundsätze gerieten ins Wanken, als er sie auf den Prüfstand stellte. Er begann, alles zu verachten, was er früher bewundert, und alles zu rühmen, was er früher verabscheut hatte. Zwar glaubte er immer noch, dass er fähig war, einmal Großes zu vollbringen, zweifelte jedoch daran, dass es je dazu käme.

Eine Zeit lang behielt er seine quälenden Selbstzweifel für sich. Doch als er schließlich zu wichtigen Erkenntnissen gelangt war, weihte er seinen Freund und Rivalen Adrian Parkin ein.

Es war an einem Sonntagnachmittag im Juni, als der Kuckuck in den Bäumen rief und der Weißdorn in voller Blüte stand. Überall auf den Feldern und Hügeln waren kleine schwarze Gestalten zu sehen, die gemächlich die Wege entlangspazierten, immer zu zweit, Schulter an Schulter. Die pausbäckigen Sextaner machten einen großen Bogen um den Pfad, der über das River Cliff führte, denn ein Jahrhunderte altes ungeschriebenes Gesetz untersagte es ihnen, ihn zu betreten. Eine nervöse Anspannung überschattete den Sonntagsspaziergang dieser Knirpse; es gab so vieles, was ihnen verboten war, und so viele wachsame Lehrergattinnen, die an ihnen vorbeischlenderten. Die kleinen Zylinder drehten sich flink hin und her.

Hannay und Parkin hatten keinen Grund, ängstlich oder nervös zu sein. In ihrem kleinen Reich herrschten sie wie Könige. Stolz und erhaben schritten sie über das heilige River Cliff, grüßten ihre weiblichen Bekanntschaften höflich, aber nicht ohne eine Spur von Herablassung.

»Mein Entschluss steht fest«, sagte Mark. »Ich geh nicht nach Oxford. Wozu soll das gut sein? Was nützt mir ein exzellenter Abschluss in klassischer Philologie oder Philosophie? Was hätte ich davon, Vorsitzender des Debattierclubs zu werden? Wie soll's denn danach weitergehen?«

Parkin antwortete nicht. Sein Blick wanderte über die Wildblumen am Wegrand. Ungefähr hier hatte er vor zwei Jahren eine efeublättrige Glockenblume entdeckt, sie aber zu seiner großen Enttäuschung nie wieder gesehen. Doch Mark erwartete auch gar keine Antwort von ihm. Seine Frage war rein rhetorisch gewesen.

»Eigentlich hab ich danach nur drei Möglichkeiten«, sagte er. »Entweder nutze ich meinen genialen Verstand und gehe in den Staatsdienst, oder ich lass es drauf ankommen und werde Barrister, oder ich schone mein Hirn und werde Professor. Was bleibt einem denn sonst übrig?«

Parkin sagte, er würde gern nach Mittelamerika reisen und nach Orchideen suchen. Mark wischte Parkins Bemerkung ungeduldig beiseite:

»O ja, bei dir ist die Sache klar. Du bist eben kein typischer St. Clere's-Mann. Du gehst sowieso nach Cambridge. Ich hab auch nicht von dir gesprochen, sondern von mir.«

»Weiß ich doch«, sagte Parkin grinsend.

»Was soll ich also tun? Wenn ich mich jetzt nicht entscheide, ist es zu spät. Ich muss wissen, wie's weitergeht.«

»Ich glaub, du wärst ein passabler Anwalt.«

»Passabel!«, schnaubte Mark. »Darauf kannst du wetten. Was für ein schöner, ehrenhafter Beruf! Und ziemlich aufregend, weil man ja nicht weiß, wie die Sache ausgeht. Ein richtiges Abenteuer. Entweder man ist brillant und arbeitet sich halb tot, oder man ist eine Niete und nagt am Hungertuch.«

»Also, *du* wirst garantiert nicht verhungern.«

Mark errötete. Die Tatsache, dass er so wohlhabend war, beschämte ihn. Er besaß fünfzigtausend Pfund und Parkin keinen Penny. Trotzdem war seine Berufswahl für ihn genauso wichtig wie Parkin. Es empörte ihn, dass sein Freund glaubte, es könne ihm egal sein, was er aus seinem Leben machte, weil er ja ohnehin bald über ein Vermögen verfügen würde. Erst in letzter Zeit hatte sich ihnen der Gedanke an Geld aufgedrängt. In St. Clere's spielte dieses Thema kaum eine Rolle.

Mark beschloss, Parkins Bemerkung zu ignorieren, und fuhr ungerührt fort:

»Du wirfst dich in eine Robe. Du setzt eine Perücke auf und trittst gegen einen anderen Mann mit Perücke und Robe an. Es ist ein Spiel, wie beim Schach ... Das könnte mir tatsächlich Spaß machen. Ich mag solche Herausforderungen. Falls ich doch nach Oxford gehe, studiere ich auf jeden Fall Jura.«

»Die Rechtsprechung ist kein Spiel«, hielt Parkin ihm entgegen. »Sie ist eine sehr wichtige, ernst zu nehmende Aufgabe.«

»Über die Rechtsprechung würde ich mir keine Gedanken machen, ich müsste ja nur Fälle gewinnen. Es würde bestimmt ewig dauern, bis ich Richter wäre. Außerdem möchte ich sowieso lieber Gesetze machen, als sie anzuwenden.«

»Dann geh doch in die Politik.«

»Genau darüber denke ich ja nach. Aber ich bin mir nicht sicher, ob ein Studium in Oxford dann das Richtige wäre. Wohl eher nicht.«

»Ich hätte gedacht, dass eine humanistische Bildung ...«

»Humanistische Bildung? Papperlapapp!«, ereiferte sich Mark. »Was für ein Blödsinn. Siehst du nicht, was bei uns los ist? Wozu ist diese ganze humanistische Bildung gut? Was hat sie denn uns, der oberen Mittelschicht, gebracht? Sie schnürt uns ein wie eine Zwangsjacke. Was haben wir denn Nützliches für unser Leben gelernt? Denken? Und wohin führt uns unser ganzes Denken? Zu der Erkenntnis, dass es völlig sinnlos ist, überhaupt etwas zu tun, weil jedes menschliche Handeln vollkommen irrational ist. Wir sind so viel mit Denken beschäftigt, dass wir eine Art geistige Verstopfung davon kriegen und für den Rest unseres Lebens in völlige Lethargie verfallen. Es muss andere Möglichkeiten geben, um den menschlichen Geist zu schulen. Was ist denn los?«

Parkin war stehen geblieben und hatte sich über ein paar Wildblumen gebeugt. Aber er hatte sich getäuscht.

»Nichts ...«, sagte er. »Ich dachte, das wäre ... egal, es ist eigentlich noch zu früh im Jahr. Red weiter.«

»Du hörst mir gar nicht zu.«

»Doch, ich bin ganz Ohr. Und was stimmt deiner Meinung nach mit der oberen Mittelschicht nicht?«

»Wir drücken uns vor der sozialen Verantwortung. Wir

haben keine Visionen. Das sollten wir aber. Wir haben die Fähigkeiten und den Verstand dazu, aber uns fehlt jeglicher Antrieb. Das haben wir unserer kostbaren humanistischen Bildung zu verdanken. Im Grunde wollen wir nur unsere Ruhe haben und ein möglichst angenehmes Leben führen. Wir halten uns brav an die Spielregeln. Das ist unsere Haltung.«

»Das sehe ich anders«, widersprach Parkin. »Ich hab nur einmal erlebt, dass in St. Clere's jemand gesagt hat, wir müssten uns an die Spielregeln halten, und das war der alte Knabe, der einmal in der Abendandacht von einem Militäreinsatz auf den Salomonen erzählt hat. Du reitest ein totes Pferd, mein Guter.«

»Überhaupt nicht. Wir wissen, dass die Welt in einem erbärmlichen Zustand ist. Wir wissen, dass wir auf den Abgrund zusteuern. Wir laufen sehenden Auges ins Verderben, aber machen wir irgendeinen Versuch, es zu verhindern? Nein. Wir haben zu viel Angst vor Veränderungen. Wir stecken in der Vergangenheit fest. Unsere Energie und unser Intellekt sind völlig erlahmt. Das haben die prächtig hingekriegt.«

»Wer sind *die*? Die Regierung oder was? Glaubst du wirklich, dass es irgendwo eine Gruppe von Verschwörern gibt, die sich zusammensetzen und überlegen: ›Wie können wir Hannay daran hindern, unser Land zu retten?‹ Also, ich muss mich wirklich über dich wundern.«

»Nein. Das passiert natürlich auf einer unbewussten Ebene. Aber du musst doch zugeben, dass man an einer Privatschule, egal welcher, dazu abgerichtet wird, das System so lange wie möglich am Leben zu erhalten. Man lernt nicht, wie man die Verhältnisse ändern kann.«

»Das will ich doch sehr hoffen! Man stelle sich mal vor, jedes Jahr würden ein paar Tausend deiner Weltverbesserer von den Universitäten abgehen! Mehrere Tausend, die Ärmel hochgekrempelt und wild entschlossen, das Unterste zuoberst zu kehren. Dann bliebe bald kein Stein mehr auf dem andern.«

»Aber wir glauben doch nicht an dieses System. Wir glauben doch nicht, dass die Welt vernünftig regiert wird. Wir haben bloß Angst, dass das System untergeht und wir und alles, wofür wir stehen, mit ihm. Also stützen wir es, nur um unsere Haut zu retten. Die Einzigen, die den Mut haben, etwas zu verändern, sind Leute, die einer humanistischen Erziehung entgangen sind.«

»Da ist was dran«, stimmte Parkin zu. »Aber ich glaube, das war schon immer so. Fanatische Wirrköpfe zaudern nicht und treiben Änderungen voran. Gute und schlechte. Der Intellektuelle, der Mann mit dem geschulten Verstand, bringt keinen schnellen Wandel zustande.«

»Tja, aber heute brauchen wir schnelle Veränderungen, oder wir gehen alle unter. Deshalb muss ich mich bald entscheiden. Ich geh nicht auf die Universität. Ich such mir Arbeit auf einem Frachtschiff. Als Heizer.«

»Ach ja? Und wie willst du das anstellen?«

Das wusste Mark selbst nicht genau. Auch war er sich nicht sicher, wie ihn die Arbeit als Heizer weiterbringen sollte.

»Nicht, dass du denkst, ich wollte jetzt Genosse Hannay werden oder so was. Ich will ich selbst bleiben, ein Intellektueller, aber ein engagierter Intellektueller. Ich will herausfinden, ob ich das, was ich in der Schule gelernt habe, in einem völlig anderen Leben überhaupt anwenden kann. Wenn ich nichts damit anfangen kann, ist es wertlos. Ich will den Schmelztiegel des Lebens kennenlernen, bevor es zu spät ist und ich mich endgültig festgelegt habe.«

»Dann dürfte ein Kesselraum genau der richtige Ort für dich sein. Und alles, was du brauchst, sind ein paar Muskeln.«

»Und einen Lappen zum Schweißabwischen.«

Parkin lachte so sehr, dass Mark ihn beleidigt anfunkelte.

»Du hältst das wohl alles für Quatsch.«

»Nein, gar nicht. Ich glaub, ich verstehe, was du meinst. Aber warum denn ausgerechnet Schiffsheizer? Das dürfte auf die Dauer ein bisschen öd werden. Du willst doch rumkommen und alle möglichen Leute kennenlernen. Ich an deiner Stelle würde eine Zeit lang zur Armee gehen.«

»Du meinst, ich soll mich verpflichten?«

»Klar. So würdest du viel mehr vom Leben mitkriegen.«

»Aber da müsste ich mich auf Jahre festlegen. Ich such doch bloß nach einer Alternative zu Oxford.«

»Na ja. Du könntest zum Beispiel zu den Kanonieren gehen. Da müsstest du nur drei Jahre dienen und wärst neun bei der Reserve. Ich weiß das, weil ein Junge aus unserem Dorf zur Armee gehen wollte und mich um Rat gefragt hat, und da habe ich mich schlaugemacht. Bei einem Linienregiment müsstest du dich nur für sieben Jahre verpflichten. Wenn ich du wäre, würde ich mich mal über die Royal Field Artillery informieren.«

»Ist das dein Ernst?«

»Allerdings. Ich glaube, das würde dir wirklich guttun.«

Mark war äußerst angetan von Parkins Vorschlag, aber der letzte Satz gefiel ihm gar nicht.

»Mir guttun?«, fragte er misstrauisch. »Wie meinst du das?«

»Na ja … du würdest auf alle möglichen Leute treffen und müsstest lernen, mit ihnen klarzukommen. Das wäre sehr nützlich, für später, wenn du losziehst, um das Unterste zuoberst zu kehren. Wenn du mit anderen gut zurechtkommst, hören sie dir eher zu.«

»Aber ich dachte eigentlich, dass ich sehr gut mit anderen klarkomme.«

»Hier schon. Und in Oxford wär's genauso. Eben nur mit

deinesgleichen. Mit allen anderen kannst du nicht viel anfangen. Deshalb glaub ich, dass dir drei Jahre bei der Armee wirklich guttun würden, selbst wenn du danach Barrister wirst. Du glaubst doch, dass dir diese Arbeit liegt, und bist dir nur nicht sicher, ob sie dir auch Spaß machen würde. Einer meiner Brüder ist Anwalt. Leider hat er kaum was zu tun. Wenn du nicht gut mit Menschen umgehen kannst, also mit Rechtsanwälten, Richtern und Klienten, kriegst du keine Fälle.«

»Was stimmt denn nicht mit mir? Warum denkst du …«

»Du lässt andere spüren, dass du ihnen überlegen bist, und das kränkt sie.«

»Aber ich …«, begann Mark.

Er brach ab, weil er nicht wusste, wie er diesen Vorwurf widerlegen sollte. Von niemandem sonst würde er sich eine so harsche Kritik gefallen lassen. Er war nie durch die harte Schule familiärer Demütigungen gegangen; man hatte ihn immer wie einen Erwachsenen behandelt, ihn nie belehrt oder zurechtgewiesen. Er hatte kein Zuhause. Sein Vormund, ein älterer Rechtsanwalt, wachte über seine fünfzigtausend Pfund, kontrollierte seine Schulzeugnisse und sorgte dafür, dass er viermal im Jahr zum Zahnarzt ging. Als er noch jünger gewesen war, hatte sich die Haushälterin seines Vormunds um seine Garderobe gekümmert. Das Haus seines Vormunds in Wimbledon stand ihm jederzeit offen. Doch meist verbrachte er die Ferien bei Freunden, wo er ein gern gesehener Gast war. Solange er liebenswürdig, umgänglich und höflich war, stieß sich niemand an seiner Überheblichkeit.

Er war wütend auf Parkin, aber er war auch beeindruckt von ihm. Ihre Freundschaft hatte schon manche Belastungsprobe bestanden, denn sie wetteiferten darum, wer der bessere Schüler war und wer das höhere Ansehen hatte. Viele Lehrer hätten lieber Parkin als Schulpräfekt gesehen, und

Mark, der das wusste, hatte mit heftigen Neidgefühlen zu kämpfen.

Als sie das Ende des Klippenpfads erreicht hatten, passierten sie ein kleines Tor, das zu den Sportplätzen führte. Zwei Schüler, die ebenfalls spazieren gingen, traten beiseite, um die hohen Herrschaften vorbeizulassen. Einer von ihnen war Beddoes, ein Aufsichtsschüler, mit dem sie nicht gerade auf freundschaftlichem Fuß standen. Er genoss einen so zweifelhaften Ruf, dass kein halbwegs vernünftiger Mensch verstand, warum man ihn nicht schon längst der Schule verwiesen hatte. Der andere Junge war Kenneth Canning.

Als die beiden außer Hörweite waren, knurrte Mark:

»Da hast du deine humanistische Bildung!«

Im letzten Schuljahr hatte er beschlossen, dem Burschen das Handwerk zu legen. Er wollte den heiklen Schritt wagen und zum Rektor gehen, um zu verlangen, dass Beddoes seines Amtes enthoben wurde. Aber Parkin hatte es ihm ausgeredet. Schließlich hätten sie keinerlei Beweise gegen ihn in der Hand.

»Wenn's Beddoes nicht wäre«, sagte Parkin. »Dann wär's eben ein anderer, der uns auf die Nerven geht. Das hat nichts mit der Schule zu tun. Hier gibt's dreihundert anständige Jungs und ein Dutzend schwarzer Schafe, wenn überhaupt. Und dann gibt's noch die armen Teufel, die sich ausgerechnet mit solchen Typen einlassen. Canning ist wirklich ...«

Er brach ab, weil ihm einfiel, dass Mark mal mit Kenneth befreundet gewesen war.

»Er ist ein solcher Esel«, sagte Mark grimmig. »Das war er nicht, solange ich ein Auge auf ihn hatte.«

»Na ja, du konntest ja nicht ewig das Kindermädchen spielen. Irgendwann muss er lernen, auf eigenen Beinen zu stehen. Aber er gehört nun mal leider zu der Sorte von Jungen, die sich immer wieder in Schwierigkeiten bringen. So wie manche Leute sich jeden Bazillus einfangen, der gerade grassiert. Unsere Schule ist schon in Ordnung. An ihr kann's nicht liegen. Er hat wohl irgendwelche Probleme ...«

»Ja, bei ihm zu Hause gab's einigen Ärger. Er hat eine schlimme Zeit hinter sich. Seine Eltern haben sich scheiden lassen.«

»Ja, ich hab davon gehört. Aber er ist nicht der Einzige, dem so was passiert.«

»Letzten Sommer, als ich bei ihm zu Besuch war, fing das ganze Drama an. Ihm ging's richtig mies. Er ... er wollte mit mir darüber reden, aber ich hab ihn einfach abgewürgt. Ich fürchte, ich hab seine Gefühle verletzt. Jedenfalls ist er seitdem sauer auf mich.«

»Ach. Warum hast du ihn denn abgewürgt?«

Es fiel Mark nicht leicht, es zu erklären.

»Na ja, was blieb mir denn anderes übrig? Ich war immerhin ihr Gast. Wie konnte ich da über irgendwelche Familienprobleme reden?«

»Verstehe. Blöde Situation.«

»Hättest du nicht auch versucht, dem Thema aus dem Weg zu gehen?«

»Kommt drauf an. Wenn ich das Gefühl gehabt hätte, es würde dem armen Kerl guttun, sich das Ganze von der Seele zu reden ... Was wollte er denn von dir? Einen Rat oder so was?«

»Nicht direkt. Er war nur furchtbar aufgewühlt.«

»Er wollte dir also nur davon erzählen?«

»Ja, aber wie hätte ich mir das denn anhören sollen? Was hättest du denn getan?«

»Ich weiß nicht«, sagte Parkin zögernd. »Wenn's mein Freund gewesen wäre ... na ja ... dann hätte ich ihm wohl zugehört ... und ihn ... na ja, du weißt schon, irgendwie getröstet und gesagt, wie leid's mir tut. Ich meine ... selbst wenn einem nichts wirklich Hilfreiches einfällt, hätte es ihm vielleicht geholfen.«

»Du meinst also, ich hätte …«

»Schwer zu sagen, was du hättest tun sollen. Ich war ja nicht dabei.«

Als sie am Hospital vorbeikamen, blieb Parkin stehen und sagte, dass er einen Freund besuchen wolle, der sich das Schlüsselbein gebrochen hatte.

Mark nahm die Abkürzung über den Sportplatz und ging zur Schule zurück. Inzwischen war er überzeugt davon, dass er Parkin hoffnungslos unterlegen war, so wie jedem anderen Menschen, der ein so großes Herz hatte wie sein Freund. Er verabscheute sich, und er verabscheute seine erbärmliche Eitelkeit. Denn ihm war sehr wohl klar, dass es vor allem seine Eitelkeit gewesen war, die ihn daran gehindert hatte, Kenneth zu helfen. Er hatte versagt, hatte sich feige aus der Affäre entzogen, als ein Mensch dringend seinen Beistand brauchte, und zwar nicht aus Hilflosigkeit, sondern aus purem Egoismus.

Und daran ist nicht die Schule schuld, dachte er. Was soll ich bloß gegen diesen elenden Egoismus tun? Wenn ich es nicht schaffe, ihn zu überwinden, werde ich niemals etwas wert sein.

Er zupfte seinen Talar zurecht und ging durch einen Torbogen in den Kreuzgang. Seine Schritte hallten von den ehrwürdigen Steinmauern wider – so wie die Schritte unzähliger anderer aufgewühlter junger Männer vor ihm. Sein Kummer war so alt wie diese steinernen Zeugen vergangener Jahrhunderte, doch das wusste er nicht. Ihm kam nicht der Gedanke, dass er nicht der Erste war, der, von Gewissensbissen geplagt, durch diesen Kreuzgang lief.

# Der Ritterschlag

Eliza hörte seine Schritte, noch bevor er aus dem Kreuzgang trat. Sie stand in dem viereckigen Innenhof, den sie nur mit den Tauben teilte, die gurrend über das Kopfsteinpflaster spazierten. Mrs Hewitt und der Rektor waren gerade in der Bibliothek verschwunden, um sich ein neues Porträt anzusehen. Sie hätte sie eigentlich begleiten sollen, wollte aber auf keinen Fall Kenneth verpassen, falls er zufällig hier vorbeikäme. Sie betrachtete den Turm der Kapelle, der in den blassen Sommerhimmel ragte, schaute sich dann suchend um und fragte sich, ob sie Kenneth wohl zu Gesicht bekäme. Kurz darauf hörte sie feste, schnelle Schritte im Kreuzgang und dachte, wie sehr dieses Geräusch doch zu diesem Ort passte. Und weil sie St. Clere's auch mit Mark verband, überraschte es sie nicht, als er unter dem großen Bogengewölbe auftauchte und ins Sonnenlicht trat. Mit gesenktem Kopf, die Stirn gerunzelt, schritt er in seinem schwarzen Talar nachdenklich dahin – genauso, wie sie ihn sich immer vorgestellt hatte. Sie wagte kaum, ihn anzusprechen, um seine erhabenen Grübeleien nicht zu stören.

Als er ihren schüchternen Gruß hörte, drehte er sich um, und sie erkannte bestürzt, dass er nicht die geringste Ahnung hatte, wer sie war. Aber er schüttelte ihr die Hand und erkundigte sich freundlich, wie es ihr ging.

»Sehr gut, danke. Ich … weißt du, wo Ken ist?«

Jetzt erinnerte er sich. Allerdings war sie so groß geworden und sah so anders aus, dass er sie zunächst nicht einordnen konnte. Sie war dünner. Und irgendwas, vielleicht ihre Kleidung, ließ sie erwachsener erscheinen. Er dachte: Schubert … Pandy Madoc … Kenneths Schwester … Eliza … In dieser Reihenfolge kehrte seine Erinnerung zurück.

»Weiß er denn nicht, dass du hier bist?«

»Nein. Er hat keine Ahnung. Wo kann ich ihn finden? Dr. Blakiston hat einem Jungen gesagt, dass er ihn suchen soll, aber das ist schon ewig her. Er schleppt uns durch die Gegend und zeigt uns alle möglichen Gemälde, Dr. Blakiston meine ich, und meine Großmutter und er scheinen ganz vergessen zu haben, dass wir eigentlich wegen Ken hier sind – nicht wegen irgendwelcher Bilder.«

Mark überlegte einen Moment. Dann rief er:

»Diener!«

Der Ruf hallte im Innenhof wider. Kurz darauf hörte man Getrampel auf Treppen und in Gängen, und ein halbes Dutzend kleiner Jungen kam keuchend angerannt. Ganz zum Schluss tauchte noch ein Nachzügler im Torhaus auf. Mark wartete, bis er das Grüppchen erreicht hatte, deutete auf ihn und sagte:

»Du!«

Die anderen stürmten davon.

»Such Canning«, trug Mark ihm auf, »und sag ihm, dass seine Schwester hier ist. Er ist irgendwo auf dem River Cliff. Wenn du dich beeilst, erwischst du ihn noch. Du hast meine Erlaubnis, falls jemand fragt.«

Als der Junge weg war, erkundigte sich Eliza:

»Nimmst du immer den Letzten?«

»Ja. So lernen sie, sich zu beeilen. Wie bist du eigentlich hergekommen? Hat dich jemand begleitet?«

»Ich hab Ferien«, erklärte sie. »Und ich bin mit meiner Großmutter in Malvern. Mrs Hewitt, meine ich. Sie macht da irgendeine Kur. Sie hat mich gefragt, was ich heute gern unternehmen würde, und ich hab gesagt, ich würde gern Ken besuchen, weil es mit dem Autobus ja nicht weit ist. Aber wir haben uns erst mittags dazu entschlossen, sodass ich Ken nicht mehr Bescheid sagen konnte.«

»Wo ist denn deine Großmutter?«

»In der Bibliothek, mit Dr. Blakiston. Sie sind alte Freunde. Er hat uns zum Tee eingeladen, aber ich wünschte, er hätte es nicht getan, weil ich doch mit Ken reden will.«

»Verstehe. Würdest du lieber mit uns zusammen Tee trinken?«

»Mit dir und Ken?«, rief Eliza und strahlte übers ganze Gesicht.

»Er hat allerdings kein eigenes Studierzimmer. Er ist ja noch nicht in der Oberprima. Aber wir können zu mir gehen. Was macht Daphne eigentlich? Ist sie auch hier?«

»Nein. Sie verbringt die Ferien bei einer Freundin. Ken kommt doch noch, oder?«

»Ganz bestimmt.«

In diesem Moment tauchten der Rektor und Mrs Hewitt aus der Bibliothek auf. Mark ging zu ihnen hinüber und erhielt die Erlaubnis, die Cannings in seinem Zimmer zu bewirten.

»In Ordnung«, sagte er, als er zu Eliza zurückkam. »Ihr dürft bei mir Tee trinken.«

Als er sie zum Torhaus führte, fiel ihm auf, dass sie ziemlich aufgeregt und nervös war. Sie hörte kaum zu, als er ihr stolz sein Studierzimmer zeigte, einen schönen getäfelten, kleinen Raum, der üblicherweise dem Schulpräfekten zustand.

»Sehr schön«, sagte sie. »Ich hab schon mal eins gesehen. Hör mal, wenn Ken nicht kommt, kannst du mir vielleicht sagen, wo ich ihn finde? Vielleicht geh ich lieber selbst …«

»Der Kleine findet ihn bestimmt. Auf dem River Cliff kann man niemand übersehen. Mach dir keine Gedanken.«

»Aber mal angenommen, er kommt nicht. Was ist, wenn der andere Junge, den Dr. Blakiston losgeschickt hat, Ken längst gefunden hat, und er mich einfach nicht sehen will?«

Mark sah sie überrascht an.

»Verstehst du«, fügte sie hinzu, »ich hab ihn seit letztem Sommer nicht mehr gesehen. Seit Pandy Madoc und dem Ende der Ferien. Vielleicht hast du das ja nicht gewusst.«

»Auch nicht an Weihnachten oder Ostern?«

»Nein. An Weihnachten war er mit Mutter in Paris. Und an Ostern hatte ich Mumps und musste in Quarantäne, also bin ich die ganzen Ferien in unserem Schulhospital geblieben. Und er hat mir auch nicht geschrieben. Er hat keinen meiner Briefe beantwortet. Deshalb musste ich einfach herkommen. Ach, Mark! Weißt du, was mit ihm los ist? Du bist sein bester Freund. Hat er irgendwas zu dir gesagt … warum er wütend auf mich ist?«

»Nein, kein Wort.«

Ihre Augen forschten ängstlich in seinem Gesicht.

»Geht's ihm gut?«

»Ich denk schon.«

»Ich hatte so ein Gefühl, dass es ihm nicht gut geht. Du … weißt doch, was passiert ist?«

»Mit deiner Familie? Die Scheidung? Ja, und es tut mir sehr leid. Es war sicher keine besonders angenehme Zeit für euch alle.«

»Es war furchtbar. Hat dir Ken davon erzählt? Für wen entscheidet er sich? Hat er dir das gesagt?«

»Für wen denn entscheiden?«

»Na ja, wir bleiben bei unserer Mutter, bis wir sechzehn sind, und dann können wir wählen. Natürlich ist Ken schon siebzehn und ich weiß, dass er bei ihr bleiben will. Aber, verstehst du, ich werde nächstes Jahr sechzehn. Und ich würde lieber … Ich weiß nicht … Ich will auf keinen Fall meinen

Vater verlieren. Aber ich will auch nicht auf Ken verzichten. Deshalb dachte ich, wenn Ken und ich vernünftig darüber reden, könnten wir uns irgendwas überlegen, damit wir nicht getrennt werden. Uns irgendwie abwechseln. Ken könnte Mutter bestimmt überreden. Aber ich weiß nicht, wie er darüber denkt und ob er immer noch bedingungslos zu ihr hält. Weißt du's vielleicht?«

»Nein, tut mir leid. Er hat mir nichts erzählt.«

»Ach! Ich dachte, er hätte sich dir vielleicht anvertraut. Du bist doch sein bester Freund.«

Mark sah sich gezwungen, ihr zu erklären, dass er und Kenneth keine engen Freunde mehr waren. Als sie das hörte, wurde sie ganz blass und starrte ihn bestürzt an.

»Das hab ich nicht gewusst«, sagte sie schließlich. »Tut mir leid. Entschuldige bitte, dass ich dich mit unseren Angelegenheiten belästigt habe. Ich dachte ...«

»Ich wünschte, ich könnte irgendwas tun«, sagte Mark.

Sie fischte ein Taschentuch aus ihrer Handtasche und schnäuzte sich.

»Kennst du das Lied *Dithyrambe*?«, fragte sie durchs Taschentuch.

»*Dithyrambe*«, wiederholte Mark. »Klar, das hab ich auf Schallplatte.«

Er fand die Platte in seinem Schrank, ging zum Grammofon und legte sie auf, während er über dieses und jenes Lied sprach, um Eliza Zeit zu geben, sich wieder zu fangen. Als er sie schließlich ansah, empfand er so großes Mitgefühl mit ihr, dass er ganz vergaß, was er sagen wollte.

»Setz dich doch«, bat er sie und zog einen wackligen Korbsessel heran. »Ich bestelle uns jetzt Tee. Wir warten nicht länger auf Kenneth. Er ist bestimmt da, wenn der Tee fertig ist. Und danach lass ich euch beide allein, damit ihr redet könnt. Ich sorge dafür, dass ihr nicht gestört werdet.«

Er ging zur Tür und rief wieder nach einem Diener. Der Nachzügler wurde losgeschickt, um Wasser aufzusetzen.

»Aber Ken geht's doch gut?«, fragte Eliza noch einmal, während Mark im Schrank nach Keksen kramte.

Wieder beruhigte er sie. Schweigend saßen sie da, er auf der Tischkante, sie im Korbsessel, und lauschten der Musik. Bevor die Platte zu Ende war, hörten sie draußen Schritte, und dann kam Kenneth mit einem anderen Jungen herein. Elizas euphorische Begrüßung wurde mit einem unverbindlichen Lächeln quittiert. Vielleicht lag es daran, dass sie nicht allein waren. Sie hätte nicht sagen können, ob er sich über ihren Besuch freute. So hatte sie sich ihr Wiedersehen jedenfalls nicht vorgestellt.

Er sagte hastig:

»Wir wollen in die Stadt. Tee trinken.«

Und Mark sagte genauso hastig:

»Ich hab gerade welchen bestellt. Willst du nicht bleiben?«

Kenneth zögerte. Trotz ihres eigenen Unbehagens spürte sie die Spannung zwischen Mark und Kenneth. Als kurz darauf zwei Diener den Tee brachten, setzte sich der andere Junge, Beddoes, lachend an den Tisch.

»Also schön«, sagte er zu Mark. »Wenn's dir lieber ist.«

Mark sah nicht sonderlich begeistert aus. Es war offensichtlich, dass die Einladung nur den Cannings galt. Aber er sagte nichts, sondern wandte sich an Eliza und bat sie, den Tee auszuschenken.

Sein Studierzimmer befand sind im Parterre. Wenige Minuten später kam eine Gruppe Touristen vorbei. Neugierig spähten sie durchs offene Fenster und erhaschten einen Blick auf vier junge Leute, die Berge von Kuchen verputzten. Als sie das Schulmädchen sahen, das feierlich den Tee einschenkte, lächelten sie, und einer von ihnen bemerkte:

»Habt ihr die kleine Schwester gesehen? Ist sie nicht ganz reizend?«

Eliza erinnerte sich später daran, und es tröstete sie, dass sie zumindest reizend ausgesehen hatte. Die restliche Teegesellschaft hatte sie nur noch verschwommen in Erinnerung. Sie wusste nicht mehr, wann sich ihre Verwirrung gelegt und sie die schrecklichen kleinen Veränderungen an Kenneth wahrgenommen und festgestellt hatte, dass er nicht mehr der Mensch war, um den ihre Gedanken gekreist waren, seit sie sich letzten Sommer in Pandy Madoc getrennt hatten.

Diese Veränderungen waren so geringfügig, dass jede einzelne nicht ins Gewicht fiel. Da war jetzt eine Kälte in seinen Augen, und er sprach langsamer, wohlüberlegter. Sein sprühender Eifer war verschwunden, ebenso wie seine wache Neugier und das fröhliche Lachen. Er wirkte seltsam träge. In seinem Blick und in seiner Stimme lagen eine Art spöttische Überheblichkeit, etwas Reserviertes und Unangenehmes.

Einmal sah sie Mark über den Tisch hinweg an, und ihre Blicke trafen sich. Erschrocken erkannte sie, dass er Bescheid wusste. Er wusste, dass etwas Schlimmes vorgefallen war, etwas, was ihre Vorahnung bestätigte. Warum hatte er behauptet, dass es Kenneth gut ging? Als er ihren fragenden Blick sah, lief er knallrot an.

Beddoes redete die meiste Zeit, doch sie hörte nicht zu. Er war nichts weiter als ein taktloser Junge, der sich selbst eingeladen hatte, und sie war zu aufgewühlt, um ihm Beachtung zu schenken. Er machte einen ungezwungenen, leutseligen Eindruck und trank eine Tasse Tee nach der anderen. Als sie das plötzliche Aufflackern in Kenneths Augen sah, fiel bei Eliza der Groschen.

»... Der Automobilklub organisiert das alles für dich«, sagte Beddoes gerade. »Man fährt direkt aufs Schiff.«

Was bedeutete Kens warnender Blick? Warum wollte er verhindern, dass Beddoes weiterredete?

»Aber findest du nicht, dass es ziemlich verwirrend ist, rechts zu fahren?«, fragte sie.

»Das macht mir nichts. Außerdem ist in Schweden sowieso Linksverkehr. Und die Straßen sind fantastisch. Man kann stundenlang hundert fahren. Canning glaubt das nicht, aber er kann sich ja bald selbst davon überzeugen.«

»Ich habe nie behauptet, dass es mit einem ordentlichen Auto nicht möglich wäre«, warf Kenneth ein. »Ich sage nur, dass du mit deiner Schrottkiste keine hundert fahren kannst. Schon bei siebzig würde deine Karre auseinanderfallen.«

»Wart's ab. Übrigens hab ich meinen Vater fast so weit, dass er uns erlaubt, den Bentley zu nehmen.«

Eliza ging ein Licht auf.

»Oh!«, rief sie aus. »Ken fährt mit dir? Nach Schweden?«

Das war offenbar der Fall. Noch dazu über die ganzen Sommerferien. Dieser Beddoes war keine Zufallsbekanntschaft, sondern Kenneths neuer Freund, der Marks Platz eingenommen hatte.

Sie sah ihn scharf an und begegnete einem Blick voll unverhohlener Verlogenheit. Beddoes war jedenfalls niemand, der schuldbewusst die Augen niederschlug. Nur wenige hätten an seiner Erscheinung etwas auszusetzen gehabt. Er wirkte frisch und gesund, hatte blaue Augen und blonde Haare. Den brutalen Zug um seinen Mund sah man nur, wenn er schwieg. Betsy wäre von ihm begeistert gewesen. Aber Eliza hatte ein feines Gespür und durchschaute ihn sofort, zweifelte nicht einen Moment daran, dass er boshaft und ein Lügner war und dass es allein seine Schuld war, dass sich Kenneth so verändert hatte. Im Gegensatz zu Mark begriff sie all das instinktiv, ohne ergründen zu müssen, wie sie zu ihrer Einschätzung gekommen war. Mark brauchte einen Beweis, bevor er seinem Gefühl traute. Für Eliza stand fest, dass dieser Beddoes ein

Heuchler war und dass Kenneth unter seiner Fuchtel stand. Das war ihr sonnenklar.

Als die anderen gegangen waren und sie allein mit Kenneth war, wusste sie nicht mehr, was sie ihm eigentlich sagen wollte. Sie hatte sich auf dieses Gespräch gut vorbereitet, doch jetzt, da sie den höhnischen Blicken eines Fremden ausgesetzt war, war ihr Kopf wie leergefegt. Und so sagte sie nur:

»Es tut mir leid, dass du dich mit Mark gestritten hast.«

»Hab ich nicht.«

»Ach, ich dachte ...«

»Hat er das gesagt?«

»Nein. Aber ich sehe ja, dass ihr keine Freunde mehr seid.«

»Er nimmt sich viel zu wichtig«, sagte Kenneth und fügte misstrauisch hinzu: »Was hat er über mich erzählt?«

»Nichts. Warum hast du mir nicht geschrieben? Warum hast du meine Briefe nicht beantwortet? Ich hab mir solche Sorgen gemacht.«

»Ich schreib nicht gern Briefe.«

»Früher hat's dir Spaß gemacht. Ich dachte, wir hätten uns wieder versöhnt.«

»Warum sollten wir uns versöhnen?«

»Na ja, weil wir uns gestritten haben ... letzten Sommer ...«

»Ach, tatsächlich? Ich erinnere mich gar nicht.«

»Aber Kenneth!«

Er lehnte sich auf seinem Stuhl zurück und musterte sie schweigend von oben bis unten.

»Dann seh ich dich also wieder nicht an Weihnachten?«

»Das bezweifle ich.«

»Ich werde im November sechzehn.«

»Was hat das denn damit zu tun?«

»Das weißt du ganz genau.«

Er gab sich keine Mühe, es zu leugnen. Feindselig sah er sie an.

»Du wirst dich für Vater entscheiden«, meinte er schließlich.

»Das weiß ich noch nicht. Deshalb wollte ich ja mit dir reden. Wenn das bedeutet, dass ich dich nie mehr wiedersehe, Ken …«

»Natürlich bedeutet es das. Du wirst dann ganz bei ihm wohnen müssen. Mutter will dich nicht und ich auch nicht.«

»Ach, Ken …«

»Aber vielleicht solltest du erst mal rausfinden, ob *er* dich überhaupt will. Er hat schließlich Joy. Vielleicht ist ihnen ihre Zweisamkeit ja lieber.«

»Ist … ist Joy … immer noch da?«

»Klar ist sie noch da. Sie ist seine Geliebte, du Dummian. Sie schläft mit ihm. Das wirst du nicht ignorieren können. Aber tu dir keinen Zwang an. Dann könnt ihr zusammen über Mutter herziehen. Wird bestimmt amüsant.«

»Das werden wir nicht. Ich jedenfalls nicht.«

»Die beiden sind Abschaum. Dann zieh doch in diese Lasterhöhle. Aber denk nur nicht, dass wir dich je wiedersehen wollen. Wir wollen keinen Abschaum im Well Walk.«

»Wie kannst du so was sagen? Wer so was sagt, ist selber Abschaum!«, schrie Eliza. »Du bist doch bloß ein fieser kleiner Junge. Und noch viel gemeiner als früher. Bestimmt steckt dieser Beddoes dahinter. Es ist alles seine Schuld.«

»Was soll das heißen? Halt die Klappe!«, brüllte Kenneth und sprang auf.

»Du tust so, als würde es dich anwidern, was andere Leute machen. Was ist denn eigentlich mit dir?«

Kenneth warf ihr ein Schimpfwort an den Kopf, das sie noch nie gehört hatte, und stürmte aus dem Zimmer.

Mark hatte in der Nähe gewartet, um zu verhindern, dass Eliza und Kenneth gestört wurden. Doch das Gespräch war viel früher zu Ende, als er gedacht hatte. Kenneth kam wutschnaubend heraus, ignorierte Marks Hallo und lief zielstrebig auf Beddoes Studierzimmer zu. Besorgt ging Mark zu Eliza. Ein Blick in ihr Gesicht sagte ihm alles.

»Arme Eliza«, murmelte er.

»Ach, Mark. Was soll ich bloß tun?«

»Habt ihr euch gestritten?«

»Er ist total wütend auf mich und findet, dass ich illoyal bin. Ich weiß nicht, was ich tun soll. Ich bin so durcheinander. Es ist nun mal so, dass ich meinen Vater lieber habe als meine Mutter. Ich kann doch nichts für meine Gefühle.«

»Was man fühlt«, sagte Mark mit Nachdruck, »ist oft klüger, als was man denkt.«

Erst kürzlich war er selbst zu dieser Erkenntnis gelangt. Eliza war beeindruckt.

»Ich geh jetzt wohl lieber und mach mich auf die Suche nach meiner Großmutter«, sagte sie kläglich.

Er reichte ihr ihre Handtasche und die Handschuhe. Als sie den Innenhof überquerten, sagte sie:

»Ich mag diesen Beddoes nicht.«

»Warum nicht?«

»Ich finde, er hat etwas Hinterhältiges an sich.«

»Etwas Hinterhältiges?«

»Magst du ihn?«

»Nicht besonders. Aber es ist mehr ein Gefühl.«

Im Kreuzgang meinte sie:

»Es war so schrecklich, den ganzen Winter niemanden zu haben, mit dem ich darüber reden konnte. Daphne kam natürlich nicht infrage. Aber ich dachte immer, dass es für Ken nicht so schwer wäre, weil er ja dich hat. Einem Freund kann man alles erzählen, was einem auf der Seele liegt. Du bemühst dich, ihm das Problem sachlich zu schildern, und dann siehst du selbst klarer. Vor allem, wenn es in der Familie Streit gibt und jeder nur emotional reagiert, braucht man einen

Freund, einen Außenstehenden. Ich dachte, Ken ging's gut. Aber das stimmt offenbar nicht.«

»Ja«, sagte Mark nachdenklich. »Du musst eine Menge durchgemacht haben.«

Sie hatten die Wohnung des Rektors erreicht. Erstaunt sah sie ihn an, traute ihren Ohren nicht.

»Ich finde, du bist ein ganz besonderer Mensch«, fügte er hinzu, bevor er klingelte. »Ich wünschte, ich wäre wie du.«

»Was?«

»Mach's gut.«

Er nickte und wandte sich ab, als das Dienstmädchen die Tür öffnete. Eliza war so verblüfft, dass sie beinah über die Fußmatte gestolpert wäre. Hatte Mark das tatsächlich gesagt, *Mark,* das edelste Geschöpf auf Erden, der Freund, den sie nie haben konnte, weil sie kein Junge war?

Ein ganz besonderer Mensch! Das hat jemand über mich gesagt? Das kann nicht sein. So viel Glück gibt es gar nicht ...

Sie folgte dem Dienstmädchen in einen Raum voller Menschen. Sie lächelten, als sie ihr strahlendes Gesicht sahen, schlossen daraus, dass sie einen sehr schönen Nachmittag verbracht hatte.

# Vater und Tochter

Endlich begann ihr lang ersehntes, besseres Leben. Von einem Glücksgefühl berauscht, fuhr Eliza nach Malvern zurück. Sie war in einer solchen Hochstimmung, dass sie sogar den Mut aufbrachte, den nächsten Schritt zu tun.

Am frühen Montagmorgen packte sie ihren Koffer und stahl sich aus dem Hotel. Ihrer Großmutter hinterließ sie die folgende Nachricht:

Liebe Großmama,
ich bin nach London gefahren, um Vater zu besuchen. Ich nehme heute Nachmittag den 17.40-Uhr-Zug von der Baker Street Station und fahre direkt zur Schule. Den nehmen alle Mädchen, die in London wohnen. Ganz lieben Dank für die schöne Zeit. Es war wirklich nett von Dir, dass ich die Ferien mit Dir verbringen durfte. Und bitte mach Dir keine Gedanken, weil ich allein in London bin. Ich habe genügend Geld und finde mich in der Stadt prima zurecht. Und keine Sorge, ich lass mich nicht von fremden Männern ansprechen! Mutter hat nie etwas dagegen, wenn ich mal allein unterwegs bin. Wirklich. Ich hätte es Dir ja früher gesagt, aber Mutter will nicht, dass wir Vater sehen, und dann hättest Du es mir bestimmt verboten. Aber ich *muss* ihn sehen!

Liebe Grüße
Deine Eliza.

Sie wusste nicht, wo ihr Vater jetzt wohnte, aber sie würde es schon herausfinden. Als sie in London ankam, rief sie von einer öffentlichen Telefonzelle ihre Großmutter Emily in Bedford Gardens an.

»Ich brauche Vaters Adresse«, sagte sie.

Mrs Canning am anderen Ende der Leitung fiel aus allen Wolken.

»Eliza! Wo bist du? Bist du nicht in der Schule?«

»Nein, ich hab noch Ferien. Großmama, bitte sag mir, wo er ist. Mutter will's mir nicht verraten.«

»Tatsächlich? Nun ja … er wohnt in Gladstone Gardens Nummer 97d, nicht weit von der Gloucester Road Station.«

»Danke, Großmama!«

»Wo bist du denn gerade?«

»In Nuneaton.«

»Wo?«

»Ich hoffe, dir geht's gut.«

»Eliza, wo bist du gleich noch mal?«

»In Torquay.«

»Was? Wo?«

Aber da hatte Eliza schon aufgelegt.

Mrs Canning bereute es sofort, dass sie die Adresse so einfach herausgegeben hatte. Sie hätte erst genauer nachfragen müssen. Doch die Versuchung, Betsy eins auszuwischen, war einfach zu groß gewesen. Dass Eliza das geahnt und sie einfach übertölpelt hatte, hielt sie für ausgeschlossen. Keines ihrer Enkelkinder wäre zu solch einem Täuschungsmanöver fähig. Aber je länger sie darüber nachdachte, desto unbehaglicher wurde ihr zumute.

Wie unglaublich gerissen von ihr, dachte sie. So kenne ich Eliza gar nicht. Nun ja … diesen Charakterzug scheint sie von Betsy zu haben …

Gladstone Gardens war ein schmuddeliger kleiner Platz, um den sich hohe, einstmals imposante Häuser gruppierten, die man kurz nach dem Krieg in Mietshäuser umgewandelt hatte, zu einer Zeit, als man für jede noch so schäbige Unterkunft eine horrende Miete verlangen konnte. Jetzt war es eine trostlose, heruntergekommene Gegend – ein Mittelklasse-Slum. Wer hier wohnte, befand sich auf dem absteigenden Ast. Die Hauseingänge waren ungepflegt, Fahrstühle gab es keine, und in den Treppenhäusern stank es.

Als Eliza die Nr. 97 gefunden hatte, musste sie unzählige Stufen hinaufsteigen, bis sie ganz oben beinah mit der Nase an eine Tür stieß. Es stand ein »D« darauf, also musste sie richtig sein. Sie war etwas irritiert, denn der Eingang, das Treppenhaus und die Wohnungstür wirkten ziemlich armselig – das passte gar nicht zu ihrem Vater. Sie verstand nicht, wie er an so einem Ort leben konnte.

Sie drückte auf die Klingel, die einen lauten, schrillen Ton von sich gab. Und während sie wartete, fragte sie sich, wie es wohl die Gäste ihres Vaters hier heraufschafften, wenn er eine Party gab: die ganzen steilen, schmalen Stufen und vor der Wohnungstür nicht mal ein Treppenabsatz. Denn sie konnte sich das Leben ihres Vaters nicht ohne Partys vorstellen.

Jetzt näherten sich schwerfällige Schritte. Ein mürrisch dreinblickendes Dienstmädchen beäugte sie misstrauisch durch den Türspalt, brummte, dass Mr Canning zu Hause sei, und ließ sie schließlich herein. Eliza schob sich an ihr vorbei in den schmalen Flur.

»Warten Sie hier«, sagte das Dienstmädchen und öffnete eine Tür.

Eliza betrat ein Zimmer, das mit orientalischen Trophäen vollgestopft war. Elefanten aus Elfenbein spazierten über den Kaminsims. Die steingrauen Wände waren mit Waffen, Tapisserien und Reispapier-Zeichnungen übersät. In einer Ecke saß ein Buddha, und auf dem Haargarnteppich lag ein Tigerfell. Feine englische Damen in festlichen Abendroben starrten ihr wehmütig aus angelaufenen Silberrahmen entgegen. Verwundert sah Eliza sich im Zimmer um, bis sie den kleinen Weidenkorb auf dem Diwan am Fenster entdeckte, in dem etwas so Unglaubliches lag, dass es ihr den Atem verschlug.

Mit großen Augen ging sie langsam auf den Korb zu, kniete sich hin, zog das Tuch ein wenig beiseite und spähte hinein.

Das Baby schlief. Es hatte so ein liebes kleines Gesicht, so ernst und entspannt zugleich, dass sie ganz ergriffen war. Die winzigen roten Händchen lagen dicht unter dem Kinn. Sie wusste, warum das so war, denn sie hatte im Biologie-Unterricht gelernt, dass ein Neugeborenes immer Arme und Beine angezogen hat, sich zu einem ordentlichen kleinen Päckchen zusammenfaltet. Genau so hatte es auch in seiner warmen weichen Höhle gelegen. Die Geburt, dieses einzigartige Ereignis, konnte also noch nicht lange zurückliegen. Das Leben erschien ihr wie ein Wunder.

Sie war so in den Anblick des Babys versunken, dass sie nicht bemerkte, wie ihr Vater hereinkam.

Er brachte keinen Ton heraus, weil er im ersten Moment glaubte, diese große junge Frau wäre Betsy. Es war, als hätte jemand die Zeit zurückgedreht. Sie kniete vor dem Diwan, hatte das Gesicht abgewandt, aber die sanfte Wölbung ihrer Wange, die Form ihres Kopfs, die dunklen Locken in ihrem Nacken – es war, als wäre die junge Betsy wiederauferstanden.

Aber dieses junge Mädchen gab es nicht mehr, wie ihm im nächsten Augenblick klar wurde. Keine Kapriole des Schicksals konnte sie zurückbringen. Und selbst wenn ... Doch wer war dieses fremde Wesen? Er stammelte etwas Unverständliches, und da drehte sie sich um.

»Eliza!«

Sie war so aufgeregt, dass sie ganz vergaß, ihn zu begrüßen.

»Oh, Vater! Ich … ich wusste gar nicht … Was für ein süßes kleines Baby!«

Er lächelte.

»Wusstest du denn nicht, dass du einen kleinen Bruder hast?«

»Einen Bruder?«

Bei diesem Wort durchfuhr sie ein Schreck. Wie konnte es außer Ken noch einen Bruder geben?

»Wann ist … Wie alt ist er?«

»Zwei Wochen.«

»Ist er … hier auf die Welt gekommen?«

»Nein. In einem Entbindungsheim. Wir haben ihn gestern nach Hause geholt.«

»Dann ist das … Joys Baby?«

»Ja.«

Wie schön für Joy! Unglaublich, dass ihr so etwas Wunderbares passierte. Wie es ihr wohl ging? Ob es sehr schlimm gewesen war?

»Er hat ziemlich dunkle Haut.«

»Ja, nicht wahr?«

»Seid ihr jetzt verheiratet?«

»Nein. Wir heiraten, sobald … Nach einer Scheidung darf man nicht gleich wieder heiraten, weißt du. Erst nach sechs Monaten.«

»Ach ja … die Gesetze …«, sagte Eliza vage.

Gesetze machten das Leben nur noch komplizierter.

Als sie bemerkten, dass sie sich noch gar keinen Begrüßungskuss gegeben, umarmten sie einander rasch und küssten sich. Dann sagte er:

»Es ist so schön, dich wiederzusehen, Eliza. Wie bist du … Wie kommt's, dass du hier bist?«

Sie wusste nicht, was sie sagen sollte. Wie sollte eine Fünfzehnjährige mit einem Fünfundvierzigjährigen reden? Keiner von beiden konnte sich dem anderen öffnen. Seit sie zusammen auf dem Hügel gesessen und den Llyn Alyn betrachtet hatten, war so vieles passiert, dass sie einander nichts mehr anvertrauen konnten. Sie konnten es nur erahnen.

Sie gab sich einen Ruck und erzählte ihm das Allerwichtigste, was sie erlebt hatte.

»Ich hab gestern Mark getroffen.«

»Welchen Mark?«

»Mark Hannay. Du weißt schon ... Kens Freund.«

Jetzt erinnerte sich Alec an den gut aussehenden Jungen, der sich gern reden hörte. Er verspürte nicht den geringsten Wunsch, etwas über diesen Mark Hannay zu erfahren.

»Er und Ken haben sich zerstritten«, sagte Eliza düster. »Ist das nicht schrecklich?«

»Wie geht's denn Ken?«

»Wir haben gestern zusammen Tee getrunken«, war alles, was sie herausbrachte.

»Ach, du warst also in St. Clere's?«

»Ja. Ich hab doch noch Ferien. Ken fährt diesen Sommer mit einem Freund nach Schweden. Beddoes heißt er. Ich finde das überhaupt nicht gut.«

»Ach ja? Aber wie hast du mich denn nun eigentlich gefunden?«

»Großmama hat mir die Adresse gegeben. Wer ist das denn da auf dem Foto?«

»Keine Ahnung.«

Eliza sah ihn entgeistert an.

»Die Sachen gehören nicht mir«, erklärte er ihr. »Ich hab die Wohnung möbliert gemietet.«

»Ach so!«, rief sie sichtlich erleichtert. »Dann wohnt ihr also nicht für immer hier?«

»Gott behüte, nein! Wir haben sie nur genommen, weil wir schnell etwas Neues brauchten. Wir mussten aus Southwick

Court ausziehen, weil die Besitzer wieder zurückkamen. Wenn sich Joy etwas erholt hat, suchen wir uns etwas Dauerhaftes.«

»Ach so.«

»Du hast doch nicht wirklich geglaubt, dass ich die ganzen Elefanten da gekauft habe?«

Das hatte sie tatsächlich. Sie hatte gedacht, dass diese ganzen komischen Sachen, dieser Buddha, die Waffen, diese Fotos von wildfremden Leuten, nun mal zum neuen Leben ihres Vaters gehörten. Ihr Vater hatte so viel Unerwartetes und Unerklärliches getan. Die Elefanten waren nicht überraschender als das Baby.

»Die Miete ist günstig«, sagte Alec. »Und wir können jederzeit ausziehen. Wir haben die Wohnung nur monatsweise gemietet.«

Jetzt dämmerte es Eliza.

»Dann seid ihr also arm?«, fragte sie.

»Ich bin im Moment ein bisschen klamm, ja. Ich habe seit fast einem Jahr nicht mehr gearbeitet, und zurzeit kommen nicht viel Aufträge herein.«

Diese Information musste sie erst mal verdauen. Sie wusste, dass manche Leute nach ihrer Scheidung plötzlich arm waren. Aber ihre Mutter schien immer noch ziemlich reich zu sein. Und ihr Haus im Well Walk hatten sie auch nicht räumen müssen.

Es klopfte ein paarmal heftig an die Wand.

»Das ist Joy«, sagte Alec. »Sie möchte, dass ich ihr das Baby bringe. Wir haben den Kleinen ins Wohnzimmer gelegt, weil es hier kühler ist.«

Er ging zum Korb und zog zögernd das Tuch zurück.

»Ich will ihn tragen. Bitte«, bettelte Eliza. »Ich weiß, wie man's macht. Ich hab's in der Kinderkrippe gelernt. Ich bin auch ganz vorsichtig.«

Nur zu gern erlaubte er es ihr, denn es war ihm nicht ganz geheuer, das Baby hochzunehmen. Staunend und voller Bewunderung beobachtete er, wie geschickt seine Tochter mit dem Säugling umging. Wie eine erwachsene Frau wusste sie, was zu tun war, und wie ein kleines Mädchen strahlte sie über beide Wangen. Es machte ihr eine solche Freude, das Baby im Arm zu halten. Verzückt betrachtete sie den Kleinen, als ob es nichts Schöneres auf der Welt gäbe.

»Wie heißt er denn?«, fragte sie plötzlich.

»Peter.«

»Ach.«

Sie fand, dass Peter ein schrecklicher Name war, und ihr Vater fand das auch. Sie konnte sich nicht vorstellen, dass er den Namen ausgesucht hatte. Das musste Joys Idee gewesen sein.

Wieder war sie verwirrt. Ihr Vater wirkte so gar nicht wie jemand, der sein Leben im Griff hatte. Sie hatte erwartet, dass er zupackend, stark und selbstsicher sein würde. Schließlich hatte er etwas Außergewöhnliches, Drastisches getan: Er hatte die natürliche Ordnung auf den Kopf gestellt, hatte gegen die gesellschaftlichen Regeln verstoßen. Das erforderte Entschlusskraft und einen rebellischen Geist. Es gelang ihr nicht sofort, ihr Idealbild mit der Realität in Einklang zu bringen und ihn als einen Mann zu sehen, der von einer Flutwelle mitgerissen worden und an einem Ort gestrandet war, den er sich nie freiwillig ausgesucht hätte.

Wieder klopfte es an die Wand. Behutsam trug sie Peter ins Schlafzimmer.

Joy saß aufrecht in einem zerwühlten Bett. Ihre strohblonden Haare standen ihr wirr vom Kopf ab, und sie trug eine schäbige grüne Strickjacke über dem Nachthemd. Sie sah müde und erschöpft aus. Als sie Eliza entdeckte, riss sie überrascht die Augen auf und errötete. Eliza ging zu ihr und legte ihr vorsichtig das Baby in die Arme.

»Du hast doch nichts dagegen, oder, Joy? Ich hab schon öfter kleine Babys gehalten. Ich weiß, wie's geht. Ich wollte ihn so gern mal tragen.«

»Was machst *du* denn hier?«, fragte Joy verwirrt.

»Sie wollte uns einfach mal besuchen«, sagte Alec. »Sie wusste nicht, dass sie einen kleinen Bruder hat. Sie ist ganz aus dem Häuschen.«

»Wer hat sie denn hergebracht?«

»Niemand. Ich bin allein hergekommen. Ich hab noch Ferien. Oh, guckt mal. Er ist aufgewacht!«

Das Baby fing an zu weinen, stieß zornige, dünne Laute aus. Hastig zog Joy ihr Nachthemd hoch und gab ihm die Brust. Aber weder sie noch das Baby waren geschickt genug, um diese simple Aufgabe zu meistern. Der Kopf des Kleinen rutschte immer wieder in Joys Armbeuge.

»Du brauchst viel mehr Kissen!«, rief Eliza. »Und eins muss unter deinen Arm.«

Sie schob ihr ein paar Kissen in den Rücken, bis Joy es bequem hatte, ganz so, wie sie es in der Kinderkrippe gelernt hatte. Dann begann das Baby, friedlich zu saugen.

Alec und Eliza setzten sich beide zu Joy aufs Bett und betrachteten den kleinen dunklen Kopf. Eliza war es peinlich, dass ihr Vater da war. Joy könnte das Ganze doch wirklich etwas diskreter handhaben. Dann fiel ihr ein, was Kenneth gestern gesagt hatte, und ihr schoss das Blut ins Gesicht. Es stimmte also, was er über ihren Vater und Joy erzählt hatte. Das war es also, das obszöne Liebeslager, das nicht die geringste Ähnlichkeit mit den Chaiselongues in den Pensionen am Meer hatte. Sie saß sogar darauf. Aber jetzt gab es ein Baby. Diese ganzen gemeinen, widerlichen Sachen, die Kenneth über Joy und ihren Vater gesagt hatte, stimmten einfach nicht. Sie hatten mit alldem hier nicht das Geringste zu tun. Schon gar nicht mit diesem süßen, unschuldigen Baby.

Alec nahm Joys Frühstückstablett und ging in die Küche. Kaum hatte er den Raum verlassen, platzte Joy heraus:

»Warum bist du nicht schon früher gekommen? Er hat dich so vermisst. Es war wirklich nicht nett von dir, dich überhaupt nicht blicken zu lassen.«

»Ich durfte nicht.«

»Deine Mutter hat's dir verboten?«

»Es ist wegen diesem Gesetz, weißt du. Wir dürfen erst mit sechzehn entscheiden, bei wem wir wohnen wollen.«

»Also, das ist doch gemein von ihr! Wie kann sie nur so grausam sein? Reicht es nicht, dass sie ihm sein ganzes Geld abgeknöpft hat?«

»Wirklich?«

»Aber sicher. Seine ganzen Ersparnisse. Jeden Penny, den er hat. Wusstest du das nicht?«

»Nein, ich hatte keine Ahnung.«

»Und wieso hat sie dir jetzt erlaubt, uns zu besuchen?«

»Hat sie gar nicht. Sie weiß nichts davon.«

»Hast du gut gemacht!«, sagte Joy zufrieden. Dann fügte sie eifrig hinzu:

»Ich bin so froh, dass du gekommen bist! Ich wollte mich nie zwischen ihn und seine Kinder drängen. Es hat mir fast das Herz gebrochen. Sie wird bestimmt sehr wütend auf dich sein, oder?«

»Hoffentlich nicht«, sagte Eliza. »Immerhin bin ich fast sechzehn und kann selbst entscheiden, wen ich besuche.«

»Stimmt. Dann bist du also auf seiner Seite?«

Offenbar kam niemand auf die Idee, dass sie sich auch auf niemandes Seite schlagen könnte. Sie machte ein verdrießliches Gesicht, trat gegen das Messinggestell des Betts und sagte, dass sie es nicht wisse.

»Wenn du sechzehn bist ... Für wen entscheidest du dich?«

»Ich weiß noch nicht.«

»Ich fände es so schön, wenn du zu uns ziehen würdest. Ich würde alles tun, damit … Wir sind doch immer gut miteinander ausgekommen, oder? Du bist nämlich sein Lieblingskind, weißt du. Er hat unter der Trennung von dir am meisten gelitten. Wenn du wüsstest, was er alles durchgemacht hat … Ich kann dir nicht mehr dazu sagen. Du bist noch zu jung, um es zu verstehen. Aber irgendwann wirst du's begreifen. Es gibt allerdings etwas, was du über deine Mutter wissen solltest. Sie …«

»Nein, hör auf«, fiel Eliza ihr ins Wort. »Sie ist meine Mutter. Ich will nicht, dass du schlecht über sie redest. Hier geht's nicht darum, wer im Recht ist. Das ist mir ganz egal. Ich will's gar nicht wissen. Wenn ich zu euch ziehe …«

»Dann ziehst du also zu uns?«

»Darüber muss ich erst nachdenken.«

Als Alec zurückkam, verkündete Joy triumphierend:

»Eliza zieht vielleicht zu uns, wenn sie sechzehn ist.«

»Ach, Eliza«, sagte Alec. »Wirklich? Ach, Eliza!«

Mehr brachte er nicht heraus, so gerührt war er. Er strahlte übers ganze Gesicht. Beide strahlten Eliza an, als hätte sie ihnen ein kostbares Geschenk gemacht.

Sie wird zu uns ziehen, dachte Joy. Und dann wissen alle, dass die Kinder auf seiner Seite sind. Sie werden einsehen, dass sie lieber bei uns wohnen möchten. Und ich habe sein Leben nicht zerstört.

Sie wird zu uns ziehen, dachte Alec. Und dann wird alles leichter. Sie und Joy werden Freundinnen und kümmern sich zusammen um das Baby. Das mit den Kissen war schon eine clevere Idee. Sie ist wirklich ein Goldstück. Mit ihr wird das Leben erträglicher.

Sie denken nur an sich, nicht an mich, dachte Eliza. Schon komisch. Ob's mir bei ihnen gefallen würde, scheint sie nicht zu interessieren. Aber es wird mir bestimmt gefallen. Ich werde mich um Peter kümmern. Denn dazu ist *sie* ja nicht in der Lage, dieser Trampel! Wie kann sie ihn nur in ein Häkeltuch einwickeln, mit diesen ganzen Löchern, in denen sich der Kleine verheddern kann? Hat sie denn von *nichts* eine Ahnung? Meine Kinder werden mal ordentliche Babydecken haben. Oh, wird das schön sein! Ich bin so glücklich! Ein *besonderer Mensch* … Ach, Mark! Lieber Mark! Du hast mich so glücklich gemacht …

Sie schlang die Arme um sich. Ihr schwindelte vor Glück. Und das hatte sie allein Mark zu verdanken. Erst jetzt wurde ihr bewusst, dass alles, was sie sich vom Leben erhoffte, irgendwie mit Mark zusammenhing.

Die Türklingel schrillte. Das Dienstmädchen stapfte den Flur entlang. Dann war eine energische Stimme zu hören. Eliza sprang vom Bett auf.

»Ach, du meine Güte! Das ist Großmutter! Sie ist mir nachgereist. Aus Malvern! Du meine Güte!«

»Mrs Hewitt?«, rief Alec.

Eliza öffnete die Zimmertür und steckte den Kopf hinaus.

»Ich bin hier«, sagte sie kleinlaut.

»Eliza!«, rief Mrs Hewitt. »Du ungezogenes Mädchen! Wie konntest du nur so etwas tun? Was soll bloß deine Mutter denken?«

Aufgebracht stürmte sie ins Schlafzimmer.

»Guck mal. Unser Baby«, sagte Eliza.

Henrietta Hewitts Wut war im Nu verraucht. Sie hatte sich in einen Hort des Lasters vorgewagt, und was sah sie da? Eine Frau mit einem Neugeborenen im Arm. Moralpredigten waren hier fehl am Platz. Jetzt waren Sanftmut und Einfühlsamkeit gefragt.

Es war am klügsten, schweigend den Rückzug anzutreten und Eliza später die Leviten zu lesen. Natürlich waren Alec und Joy schamlose Sünder, und deshalb sollte sie dieses Baby, die Frucht einer lasterhaften Verbindung, einfach ignorieren. Aber das brachte Henrietta nicht über sich. Ebenso gut könnte eine fromme Katholikin die heilige Kommunion empfangen, ohne niederzuknien. Es war nun einmal ein Baby. Natürlich ein kleiner Bastard, ein schreckliches Malheur, aber trotzdem ein unschuldiges neugeborenes Wesen – ein Geschenk Gottes.

Widerstrebend näherte sie sich dem Bett und betrachtete das Kind, während sie zu Joy sagte, dass sie hoffe, es sei nicht allzu schlimm gewesen. Denn was »es« betraf, verdiente jede Frau ihre Anteilnahme, ganz gleich, wie moralisch verkommen sie war.

»Ein süßer kleiner Kerl … ganz reizend …«

Henriettas Lob, das für Frauen ihrer Generation so typisch war, überraschte Eliza und Joy. Alec, der sich daran erinnerte, wie sehr Betsy dieses »reizend« genervt hatte, musste fast lachen.

Stumm vor Verlegenheit, Mitgefühl und Betroffenheit verließ Henrietta mit Eliza die Wohnung, während das schlechte Gewissen an ihr nagte. War sie Betsy gegenüber illoyal gewesen?

Als sie draußen auf der Straße standen, hielt sie ihrer Enkelin eine gehörige Standpauke. Doch Eliza ließ ihre Vorwürfe an sich abprallen, tänzelte aufgeregt um sie herum und erzählte voll kindlicher Begeisterung von ihrem neuen Bruder.

»Du scheinst nicht zu verstehen, worum es hier geht«, sagte Mrs Hewitt schließlich. »Das ist eine sehr traurige Angelegenheit. Wirklich tragisch. Er hätte nicht zur Welt kommen dürfen, das arme kleine Kerlchen. Verstehst du das denn nicht, Liebes?«

»Aber du hast doch selbst gesagt, er wäre ganz reizend.«

»Alle Babys sind … reizend, aber …«

»Na, dann ist ja alles gut!«
Mrs Hewitt gab es auf. Seufzend sagte sie:
»Komm, lass uns zum Lunch zu Gorringes gehen.«

# Allein

Jeder Mensch leidet unter einer verborgenen, irrationalen Angst, sei es vor Gewitter, Gespenstern, Krebs, Feuer oder davor, lebendig begraben zu werden. Aus Scham verschweigen wir sie, doch die Angst bleibt; unsere Vernunft kann sie beherrschen, aber nicht zum Verstummen bringen. Sie wurzelt tief in unserem Unterbewusstsein und wird aus geheimen, vergessenen Quellen gespeist.

Betsy hatte Angst vorm Zahnarzt, nicht wegen der Schmerzen, sondern weil sie als Kind einmal von jemandem gehört hatte, der heftig zusammengezuckt war, als der Bohrer einen Nerv traf. Der Bohrer rutschte ab und ritzte ihm die Kehle auf. Sie lebte in ständiger Furcht, dass ihr das Gleiche passieren könnte.

Weil sie sich schämte, hatte sie nie jemandem davon erzählt, außer Alec kurz nach ihrer Hochzeit. Er hatte sehr verständnisvoll reagiert und sofort begriffen, dass ein Zahnarztbesuch für sie ein einziger Albtraum war und dass es ihr nichts nützte zu wissen, dass sich auch andere dieser Tortur unterziehen mussten. Während ihrer ganzen gemeinsamen Jahre, auch als sie sich schon auseinandergelebt hatten, war er höchst fürsorglich gewesen. Er bestand darauf, dass sie rechtzeitig zum Zahnarzt ging, damit dieser gar nicht erst bohren musste. Wäre es nach ihr gegangen, wären ihr wahrscheinlich sämtliche Zähne ausgefallen, bevor sie sich dazu aufgerafft hätte. Alle drei Monate vereinbarte er einen Termin für sie und fuhr sie dann persönlich zu ihrem schrecklichen Rendezvous. Während sie Höllenqualen litt, saß er im Wartezimmer, freute sich mit ihr, wenn es vorüber war, und lud sie anschließend zur Belohnung zum Mittagessen ein.

Seit achtzehn Monaten war sie jetzt nicht mehr beim Zahnarzt gewesen, denn es gab niemanden mehr, der sie dazu zwang. Im Herbst, als die Scheidung rechtskräftig wurde, taten ihr bereits mehrere Zähne weh. Sie versuchte sich einzureden, es wäre eine Art Neuralgie, und kaute auf der anderen Seite. An Weihnachten hatte sie ständig Zahnschmerzen. Im Januar hielt sie es nicht mehr aus. Todesmutig rief sie beim Zahnarzt an und vereinbarte einen Termin für den nächsten Vormittag.

Morgens beim Frühstück waren die Kinder völlig gleichgültig. Sie wussten, was ihr bevorstand, obwohl sie natürlich keine Ahnung davon hatten, wie sehr sie litt. Sie schienen sich zu freuen, dass sie zum Zahnarzt musste, weil sie sie dann mit dem Auto bei der Eisbahn in der Edgware Road absetzen konnte. Sie wollten um halb elf da sein, und als sie erwiderte, dass ihr Termin aber erst um elf Uhr sei, waren sie so herzlos, ihr vorzuschlagen, inzwischen im Wartezimmer Zeitschriften zu lesen.

»Würdet *ihr* gern eine unnötige halbe Stunde in einem Wartezimmer verbringen?«, fragte sie.

»Ich schon«, meinte Kenneth »Ich blättere gern in Zeitschriften. Sonst hab ich ja keine Gelegenheit dazu. Mir macht's nichts aus, zum Zahnarzt zu gehen.«

»Er hat dir ja auch nie wehgetan.«

»Dir etwa?«

Ehrlicherweise musste sie das verneinen. Mr Abercrombie war aber auch sehr geschickt.

»Aber diesmal tut er mir bestimmt weh.«

»Dann bist du selbst schuld«, erwiderte Kenneth. »Du hättest ja früher hingehen können.«

Er war eingeschnappt, weil sie ihn nicht zur Eisbahn fahren wollte. Die ganzen Ferien über war er schon unerträglich, erwartete, dass der gesamte Haushalt nach seiner Pfeife tanzte. Den herrischen Ton, den er ihr gegenüber anschlug, hätte Alec niemals geduldet. Und all das nur, weil sie ihm nicht erlaubt hatte, mit seinem Freund Beddoes in die Schweiz zu fahren. Dabei war er den ganzen Sommer über in Schweden gewesen, und es war schließlich nur natürlich, dass sie an Weihnachten ihre Kinder um sich haben wollte. Sie blickte in sein unzufriedenes Gesicht und seufzte. Letztes Weihnachten in Paris war er so liebevoll zu ihr gewesen. Obwohl es eine qualvolle Zeit für sie war, würde sie nie vergessen, wie unglaublich einfühlsam und verständnisvoll er sich verhalten hatte. Ein erwachsener Mann hätte sich kaum rührender um sie kümmern können. Für einen sechzehnjährigen Jungen war das ganz erstaunlich.

Und jetzt zankte er sich wie ein Kleinkind mit Eliza, weil sie ihn damit aufgezogen hatte, dass er beim Impfen ohnmächtig geworden war.

»Du selbst bist auch nicht gerade mutig. Du brauchst gar nicht so damit anzugeben, dass du gern zum Zahnarzt gehst.«

»Großer Gott!«

»Kenneth«, sagte Betsy. »Ich möchte nicht, dass du so was sagst.«

»Aber das ist doch total borniert. Typisch englisch. Auf dem Kontinent …«

»Das interessiert mich nicht. Ich lass mir deine schlechten Manieren nicht bieten.«

»Herrgott!«

»Kenneth!«

»Du solltest nicht so streng mit ihm sein, Mutter«, mischte sich Eliza ein. »Wenn man zu streng mit Jugendlichen ist, werden sie nur noch schlimmer.«

Kenneth schien eine Unverschämtheit auf der Zunge zu liegen, doch in diesem Moment kam das Dienstmädchen herein, um Betsy mitzuteilen, dass Lord St. Mullins am Telefon sei und sie zu sprechen wünsche. Sofort trat bedeutungsvolles Schweigen ein. Eliza beschäftigte sich mit ihrem Schellfisch. Kenneth und Daphne starrten ihre Mutter an. Sobald sie das Zimmer verlassen hatte, rief Kenneth triumphierend:

»Hab ich's doch gesagt!«

»Kann jemand nicht einfach mal anrufen?«, fragte Eliza.

»Nicht zwanzigmal am Tag.«

Daphne hätte zu gern etwas gefragt, traute sich aber nicht. Es interessierte sie brennend, ob sie Lady Daphne wäre, wenn ihre Mutter Lady St. Mullins würde. Oder die Ehrenwerte Daphne? Wahrscheinlich nicht.

Als Betsy im Salon den Hörer abnahm, sagte eine ängstliche Stimme:

»Hallo! Hallo! Hallo! Hallo! …«

Das machte Max immer, wenn er am Telefon warten musste, weil er fürchtete, das Amt würde die Verbindung unterbrechen.

»Hallo, Max!«

»Hallo! Hallo! Hier ist Lord St. Mullins. Kann ich bitte mit Mrs Canning sprechen? Hallo! Hallo! Hallo! …«

»Max, ich bin's! Betsy.«

»Oh, hallo, Betsy! Bist du das?«

»Ja, ich bin's.«

Es trat eine lange Pause ein. Max hatte die Angewohnheit, plötzlich am Telefon zu verstummen. Wenn er die gewünschte Person endlich am Apparat hatte, war er so erschöpft, dass er zunächst keinen Ton herausbrachte.

»Ja?«, fragte Betsy.

»Oh, Betsy, was machen deine Zahnschmerzen? Sind sie schlimmer? Hallo, Betsy! Bist du noch da?«

»Ja, ich bin hier.«

»Wie geht's deinem armen Zahn?«

»Schlecht. Ich geh nachher zum Zahnarzt.«

»Ach, meine Liebe, wie schrecklich! Arme Betsy! Wie furchtbar für dich! Es tut mir so leid. Hast du große Angst?«

»Ja, hab ich. Dumm von mir, nicht wahr?«

»Nein. Das ist ganz und gar nicht dumm. Ich hab auch Angst vorm Zahnarzt. Wann ist dein Termin?«

»Um elf.«

»Bei Abercrombie?«

»Ja.«

»Soll ich mitkommen? Würde dir das helfen?«

»Nein, nein. Das ist völlig unnötig.«

»Jemand sollte dich begleiten. Du solltest nicht allein hingehen. Würdest du mich …«

»Nein, Max. Wir sollten nicht so viel Aufhebens darum machen. Er wird mir bestimmt nicht wehtun«, sagte Betsy, die sich schon etwas besser fühlte.

»Aber jemand sollte Aufhebens um dich machen. Was ist, wenn du ohnmächtig wirst oder so was. Ich bin um elf dort.«

»Nein – aber, Max, wirklich …«

Er hatte schon aufgelegt.

Sein Mitgefühl rührte sie und munterte sie etwas auf. Zumindest einem Menschen war sie nicht egal. Niemand sonst kümmerte es, was aus ihr wurde. Die Kinder dachten nur an sich. Und von ihren Freundinnen hatte sie auch kein Mitgefühl mehr zu erwarten. Niemand schien zu begreifen, wie einsam sie war.

Zum hundertsten Mal prüfte sie hoffnungsvoll ihre Gefühle für Max. Er war so gut und lieb, und außerdem liebte er sie. Wenn sie in sich nur die kleinste Regung entdecken könnte, eine spontane Empfindung, würde sie keinen Moment zögern. Ohne diese Regung konnte sie ihn allerdings auf keinen Fall heiraten.

Sie konnte ihm aber auch keinen Korb geben, weil sie immer

wieder kurz davor war, sich in ihn zu verlieben. Und jeder weitere Monat, den sie schwankte, machte das Ganze nur noch schlimmer, denn er konnte seine Gefühle für sie nicht für sich behalten, und schon bald würden die Leute behaupten, sie behandle ihn schlecht. Dabei war das so ungerecht, denn es war ja gerade ihr Bedürfnis, ihn gut zu behandeln, das sie zögern ließ. Sie würde ihn nicht heiraten, wenn sie ihn nicht liebte. Und es war seine Schuld, nicht ihre, dass inzwischen alle Welt von ihrer Beziehung wusste. Ständig rief er sie an und schickte ihr Blumen. Wo sie auch hinging, tauchte er ebenfalls auf; inzwischen wurden sie immer häufiger gemeinsam eingeladen, und alle hielten sie für ein Paar.

Nein, dachte sie, ich werde nicht zulassen, dass man denkt, ich würde ihn ausnutzen. Wenn Isobel Pattison das Theater mit dem Zahnarzt erfährt, ist das Wasser auf ihre Mühlen. Wie ungerecht die Welt doch ist.

Doch sie wusste nicht, wie sie ihn erreichen und davon abhalten könnte, sie bei Mr Abercrombie zu treffen. Sie rief in Hornwood an, seinem Haus in Sussex, aber da war er nicht. Sie rief in seinem Klub an, aber da war er auch nicht. Schließlich war sie gezwungen, Isobel Pattison am Thurloe Square anzurufen. Isobel hatte nicht die geringste Ahnung, wo ihr Bruder sein könnte, und war ihr gegenüber so unfreundlich, dass Betsy beinah gesagt hätte:

»Glaub ja nicht, ich würde deinem erbärmlichen kleinen Bruder hinterherlaufen. Im Gegenteil, ich versuche, ihn davon abzuhalten, mir hinterherzulaufen.«

Es blieb ihr nichts anderes übrig, als sich in ihr Schicksal zu fügen.

Als sie schließlich bei Mr Abercrombie eintraf und sah, dass Max' Wagen am Bordstein geparkt war, hatte sie längst resigniert. Ihre Angst war zu groß. Vor dieser Tür hatte sie früher alle drei Monate mit Alec gestanden, und während sie gewartet hatten, dass man ihnen öffnete, lag seine Hand auf ihrem Ellbogen. In höchstens fünf Minuten würde sie auf dem Folterstuhl sitzen und spüren, wie er nach hinten gekippt wurde. Anfangs käme der Bohrer noch nicht zum Einsatz. Zuerst würde Mr Abercrombie gründlich Zahn um Zahn untersuchen, bis ... Aha! Hier ist ein Loch! ... Bitte den Mund etwas weiter öffnen – Ich tue Ihnen nicht weh – Der Bohrer würde herumgeschwenkt werden ... mittlere Stärke bitte, Schwester ... Etwas, was aussah wie eine Grammofonnadel, wurde aus einer Schublade geholt ... aufmachen, bitte ... brrrrrrrr ... Wenn Sie was spüren, heben Sie einfach die Hand ... Wie kann ich die Hand heben, wenn ich mich an den Stuhl klammere! Ich muss mich dran klammern, damit ich nicht plötzlich aufspringe ... Mir bricht der Schweiß aus ... Ein bisschen weiter öffnen. Gleich werde ich ohnmächtig! Mir ist übel! Er nähert sich dem Nerv. Ich spüre es ganz genau. Gleich trifft er ihn, *den Nerv*, und ich zucke zurück, er rutscht ab – und bohrt ein Loch in meine Zunge ... brrrrrrrr ...

Die grauhaarige Angestellte öffnete die Tür. Keine Hand schob sie mit sanftem Druck in die Praxis. Sie musste sich allein in die Höhle des Löwen wagen. Aber Max erwartete sie in dem großen Raum mit den Zeitschriften und den Drucken von Hogarth. Er kam auf sie zu, drückte in einem Anflug von Mitleid ihre Hand und murmelte:

»Ach, Betsy, wenn ich dir das doch nur abnehmen könnte.«

Sein ernstes, zerknautschtes kleines Gesicht war ganz grün; ihr selbst hätte kaum elender zumute sein können.

»Möchtest du, dass ich mit reinkomme?«, fragte er.

»Auf gar keinen Fall«, sagte Betsy so entschieden, dass er nicht weiter insistierte.

Er war so aufgelöst, dass sie ihn beruhigen musste. Als die Angestellte zurückkam und Betsy hereinbat, stöhnte er laut auf.

# Mutter und Sohn

Daphne konnte sehr gut Schlittschuh laufen, und Kenneth wurde immer besser. Nur Eliza war ein hoffnungsloser Fall. Es fehlte ihr am richtigen Körpergefühl. Außerdem traute sie sich nicht in die Mitte der Eisbahn, sondern fuhr immer nur im Kreis, dicht an der Bande entlang, wie die traurige Prozession aller anderen Unbegabten. Sie schlingerte übers Eis, den Kopf vorgestreckt, halb taub vor Kälte, die ihr die Beine hochkroch – eine Kälte, die sich hier in dieser überdachten Halle so unnatürlich anfühlte, weil man sie mit Wind und Schnee und frischer Luft verband.

Die Musikkapelle spielte eine schwungvolle Melodie. In der Mitte der Eisfläche glitt Daphne dahin, drehte Pirouetten, sodass sich ihr Schottenrock blähte wie ein Segel im Wind. Die Ehrenwerte Daphne Canning – Lady Daphne Canning – eine der interessantesten Debütantinnen der nächsten Saison – beim Schlittschuhlaufen in St. Moritz. Die Eisbahn im Grosvenor House Hotel wäre ihr allerdings lieber gewesen. Hierher in die Edgware Road kamen leider nur ziemlich gewöhnliche Leute, praktisch jeder. Ihre Schulkameradinnen gingen natürlich alle im Grosvenor House eislaufen. Aber meine Mutter, Lady St. Mullins, gehört ja jetzt auch bald zur erlauchten Gesellschaft.

Kenneth hätte sich lieber nicht in die Mitte vorwagen sollen, wo nur die Könner fuhren. Er versuchte sich an einigen komplizierten Figuren und fiel so oft auf die Nase, dass sich die anderen Leute über ihn lustig machten. Gedemütigt und voller blauer Flecken, beschloss er schließlich, es gut sein zu lassen. Wenn er schon nicht mit Daphne mithalten konnte, so könnte er doch wenigstens Eliza unter seine Fittiche nehmen. Er entdeckte sie am Rand der Eisbahn, wo sie in Reichweite des Geländers herumrutschte. Selbstsicher schoss er auf sie zu.

»Nimm meine Hand«, sagte er. »Dann geht's schneller.«

Er lotste sie ein Stück von der Brüstung weg. Als sie merkte, dass sie bei dem schnelleren Tempo viel besser das Gleichgewicht halten konnte, fing es an, ihr richtig Spaß zu machen. Sie sagte zu Kenneth, dass er viel geschickter sei als der Lehrer im Eislaufkurs, was ihn sichtlich freute. Und so glitten sie Seite an Seite dahin.

»Weiß Daphne … was wir von der Sache halten?«, fragte er plötzlich.

»Das kann ihr ja kaum entgangen sein. Nachdem du so über ihn hergezogen hast.«

»Aber er ist doch wirklich ein lächerlicher Zwerg, oder?«

»Also ich finde ihn gar nicht so schlimm. Was stört dich denn so an der Sache?«

»Was mich daran stört? Immerhin hat sie in Paris gesagt, dass sie's nie tun würde. Ich hab sie nämlich gefragt. Ich musste es einfach wissen, nach den ganzen Lügen, die Joy verbreitet hatte. Sie hat geschworen, dass kein einziges Wort davon wahr wäre, dass sie ihn niemals heiraten würde. Und wenn sie es jetzt doch tut, dann hat sie mich angelogen.«

»Das glaub ich nicht«, sagte Eliza. »Könnte sie es sich nicht einfach anders überlegt haben? Vielleicht hat sie's in Paris ja noch so gesehen, und jetzt denkt sie anders darüber.«

»So was kann man sich doch nicht einfach mal anders überlegen.«

Eliza begriff, dass es sinnlos war, weiter mit ihm darüber zu diskutieren. Sie verstand nicht, warum es ihm so wichtig war, das Verhalten ihrer Mutter vor sich selbst zu rechtfertigen. Sie wusste nichts über seine Zeit in Paris, wusste nicht, wie sehr ihn die ganze Situation damals belastet hatte.

»Jedenfalls hättest du heute Morgen nicht so fies zu ihr sein sollen. Sie hatte so eine Angst.«

»Angst? Wovor denn?«

»Vor dem Zahnarzt.«

»Ach, so ein Quatsch! Der alte Abercrombie tut nie jemandem weh.«

»Ja, aber sie kann nun mal nichts dafür. Sie kriegt so eine Art Panik. So wie es manchen Leuten bei Katzen geht. Vater hat mir erzählt, dass er immer mit ihr zum Zahnarzt gegangen ist, weißt du.«

Kenneth war so überrascht, dass er über seine eigenen Füße stolperte und Eliza mit sich riss. Sie rappelten sich auf, taumelten zur Brüstung und hielten sich daran fest.

»Warum hast du mir das nicht früher erzählt? Dann hätte ich sie begleitet«, sagte er.

»Ich glaub, sie will nicht, dass es jemand weiß.«

»Wenn Vater früher immer mit ihr zum Zahnarzt gegangen ist, dann muss ich das jetzt übernehmen. Ich fahre sofort hin. Du und Daph, ihr kommt ja allein nach Hause.«

Er stakste hinter die Balustrade und zog seine Schlittschuhe aus.

Zufrieden schaute Eliza ihm zu. Sie hatte eine gute Tat vollbracht. Es erfüllte sie mit einem gewissen Stolz, dass zwei Familien auf ihren gesunden Menschenverstand und ihr ausgleichendes Wesen angewiesen waren. Weder ihr Vater noch ihre Mutter kamen ohne sie zurecht. Sie war eben ein besonderer Mensch. Und obwohl sie sich in bangen Momenten fragte, wer von beiden sie am meisten brauchte, hatten diese Grübeleien doch immer etwas Selbstgefälliges an sich. Sie trauerte kaum noch der Vergangenheit nach. Sie sehnte sich nicht mehr nach den Zeiten zurück, als ihre Familie noch intakt war, sie aber eine unwichtige Rolle spielte.

»Wenn du dich beeilst, erwischt du sie noch, bevor sie fertig ist«, sagte sie zu Kenneth.

Als er aufblickte und ihre selbstzufriedene Miene sah, erwiderte er schnippisch:

»Mach nicht so ein gönnerhaftes Gesicht.«

Woraufhin sie weniger gönnerhaft schaute und sich zur Eisbahn umdrehte.

Es gab keinerlei Gemeinsamkeiten mehr zwischen ihnen. In dem einen Jahr, in dem sie sich nicht gesehen hatten, waren sie einander fremd geworden. Eliza hatte sich mit den neuen Gegebenheiten arrangiert. Sie hatte sich ins Unvermeidliche gefügt und beschlossen, das Beste daraus zu machen. Sie war härter, herrischer und sehr von sich überzeugt.

Kenneth hingegen befand sich immer noch in einer Phase trotziger Auflehnung. Er weigerte sich, die neuen Verhältnisse zu akzeptieren, und badete geradezu in Selbstmitleid. Er empfand einen bitteren Groll gegen die Welt, weil sie sich als weniger freundlich erwies, als er erwartet hatte. Er war zutiefst ernüchtert und demoralisiert.

Auf den ersten Schock – die Konfrontation mit den erotischen Eskapaden seines Vaters – folgten weitere seelische Erschütterungen, während der Konflikt zwischen seinen Eltern immer weiter eskalierte. Er wusste viel mehr darüber als Eliza. Während der vier Wochen in Paris hatte seine Mutter, die selbst völlig neben sich stand, ihm alles erzählt. Er erfuhr von Chris Adams und von den gemeinen Lügen, die Alec und Joy verbreiteten. Er sah in seiner Mutter ein hilfloses Opfer, dessen Leben ein bösartiger Mann zerstört hatte – ein reines, unschuldiges Wesen in einer schmutzigen, verdorbenen Welt. An dieser Vorstellung hielt er verbissen fest. Er wäre lieber gestorben, als seine Mutter mit irgendwelchen Geständnissen über seine eigenen wollüstigen Gedanken zu verstören. Sie durfte niemals erfahren, dass auch er so eine widerliche Seite an sich hatte – schon gar nicht, dass ihn der Gedanke an die Lasterhaftigkeit seines Vaters auf so beschämende Weise erregen konnte. Er hörte ihr zu, beruhigte und tröstete sie mit einem Zartgefühl, das für einen Jungen seines Alters erstaunlich war. Er gab sich große Mühe, geduldig und einfühlsam zu sein. Aber die Begierden, die in ihm tobten, suchten ein Ventil und hätten ihn fast um den Verstand gebracht, hätte ihn nicht das Dienstmädchen in der Pariser Wohnung, ein gutmütiges, leichtlebiges Ding, auf mütterliche Art verführt und getröstet.

Doch so fürsorglich Yvonne auch war, sie konnte seine lüsternen Fantasien nicht befriedigen. Und er war zu jung, um ihre Liebesdienste zu würdigen. Er suchte die Anregung und Stimulation eines Menschen, der ihm ebenbürtig war. Als er ins Internat zurückkehrte, war er leichte Beute für Beddoes oder jeden anderen, der ein wenig älter und erfahrener war als er. Doch trotz seiner inneren Zerrissenheit wollte er seiner Mutter weiterhin ein guter Sohn sein. Er glaubte immer noch, sie beschützen zu müssen. Deshalb durfte sie niemals etwas von seinem anderen Leben erfahren. Das würde sie nicht verkraften. Lieber würde er jeden Kontakt zu Beddoes abbrechen.

Er machte sich große Vorwürfe wegen seiner Ruppigkeit heute Morgen. Voller guter Vorsätze lief er hinaus in den frostigen, sonnigen Tag. Seine Mutter hatte sich so gefürchtet, und niemand hatte ihr beigestanden. Und dann hatte er sich auch noch zu gemeinen Unterstellungen hinreißen lassen. Zehn Minuten später stand er vor Mr Abercrombies Praxis. Er bat die Angestellte, seiner Mutter auszurichten, dass er da sei. Dann ging er ins überfüllte Wartezimmer, das sich mehrere Ärzte teilten.

Als er eintrat, konnte er die Anspannung im Raum förmlich spüren. Lord St. Mullins, der offenbar nicht stillsitzen konnte, zerrte an den Nerven seiner Schicksalsgenossen, indem er nervös auf und ab ging und herzzerreißend stöhnte. Als Kenneth ihn begrüßte und ihm erklärte, weshalb er gekommen war, verzog er das Gesicht zu einem breiten Lächeln.

»Du sorgst dich um deine Mutter. Sehr schön, mein Junge! Ich auch.«

»Ach, warum denn?«, fragte Kenneth angriffslustig.

Inzwischen hatten die unfreiwilligen Zuhörer ihre Zeitschriften sinken lassen und lauschten den beiden mit unverhohlenem Vergnügen.

»Ich dachte, sie braucht ein bisschen Beistand«, erklärte Max.

»Jetzt bin ich ja da. Ich kann sie nach Hause bringen.«

»Mein lieber Ken, es freut mich, dass du dich so um deine Mutter kümmerst. Ich schlage vor, dass wir sie gemeinsam nach Hause bringen. Einverstanden?«

Kenneth enthielt sich einer Antwort. Er setzte sich, nahm eine Zeitschrift und vertiefte sich darin.

Das Publikum behielt die Tür im Auge, in der Hoffnung, einen Blick auf Betsy zu erhaschen, ehe sie zu ihren eigenen Terminen aufgerufen wurden. Alle bedauerten Kenneth, denn sie hielten Max, der sie mit seinem Gestöhne ganz verrückt gemacht hatte, für keinen sonderlich attraktiven Stiefvater. Jetzt lief er schon wieder auf und ab, zog zischelnd die Luft durch die Zähne, was er immer tat, wenn er mit einem unerwarteten Problem konfrontiert war. Und Betsys Kinder waren zweifellos ein Problem. Er musste irgendwie ihre Sympathie gewinnen.

»Wie geht's denn Beccles?«, erkundigte er sich leutselig.

Kenneth hob den Kopf und sah ihn verständnislos an.

»Beccles … dein Freund … Warst du nicht mit ihm in Schweden?«

»Meinen Sie Beddoes?«

»Beddoes! Ach ja, natürlich, Beddoes. Deine Mutter hat mir von ihm erzählt. Scheint ein famoser Bursche zu sein.«

»Wie kommen Sie denn darauf?«, fragte Kenneth.

»Nun ja, nach allem, was deine Mutter gesagt hat … Sie scheint viel von ihm zu halten.«

»Kein Wunder, sie geht eben nach dem Aussehen«, sagte Kenneth. »Das ist ihr sehr wichtig. Er ist nämlich groß. Nicht sehr groß, aber genau richtig.« Er deutete auf eine Stelle irgendwo über Max' Kopf. »Außerdem hat er blonde, lockige Haare, blaue Augen und so weiter.«

Max zuckte unwillkürlich zusammen. Aber er ließ sich nicht aus dem Konzept bringen, denn er hatte mit solcherlei Kränkungen umzugehen gelernt.

»Und dein anderer Freund, Hannay, wie geht's dem denn so?«

»Ich hab nicht die leiseste Ahnung. Er hat letzten Sommer die Schule abgeschlossen.«

»Ah! Dann studiert er jetzt also?«

»Nein.«

»Nein? Was macht er denn dann?«

»Hat sich zur Artillerie gemeldet.«

»Was? Als einfacher Soldat? Das ist ja bemerkenswert!«

»Ich dachte, Sie wären Sozialist.«

»Ja, schon. Aber …«

In diesem Moment kam Betsy ins Wartezimmer, und Max stürzte mit einem mitfühlenden Seufzer auf sie zu.

»Oh, meine Liebe, hat er dir wehgetan? War es schlimm?«

»Nein, nein!« Sie strahlte. »Nur zwei kleine Füllungen. Ich hab kaum etwas gespürt. Ken, was …?«

Erschrocken blickte sie von einem zum anderen. Doch da

nahm Kenneth schon ihren Arm, sagte, dass er sie nach Hause bringen werde, und führte sie entschlossen hinaus. Max trottete hinterher. Draußen vor der Tür sagte er so freundlich wie möglich:

»Entschuldige, mein Bester. Aber ich würde deine Mutter gern zum Lunch einladen. Ich brauche ihren Rat wegen einiger Vorhänge, die ich kaufen möchte. Betsy, hast du noch etwas Zeit für mich?«

»Du kommst doch mit nach Hause?« Kenneth sah seine Mutter herausfordernd an.

Langsam ärgerte sie sich über ihn.

»Deine Fürsorglichkeit überrascht mich doch sehr«, sagte sie. »Heute Morgen habe ich nicht viel davon gemerkt. Es tut mir leid, dass du deinen Nachmittag auf der Eisbahn geopfert hast, aber ich komme leider nicht mit nach Hause. Aber wenn du dich nützlich machen willst, kannst du das Auto für mich in den Well Walk zurückfahren.«

Max hatte bereits die Tür seines Wagens geöffnet. Sie stieg ein, ohne Kenneth noch einmal anzusehen. Aber als sie davonfuhren und Max noch damit beschäftigt war, eine Pelzdecke über ihre Knie zu breiten, warf sie einen Blick aus dem Fenster und sah ihren Sohn am Straßenrand stehen. Sein blasses, unglückliches Gesicht bekümmerte sie.

»Oje«, sagte sie. »Jetzt hab ich ihn verletzt. Er ist so empfindsam.«

»Kannst du nicht auch mal an dich selbst denken? Du machst dich zur Sklavin deiner Kinder.«

»Aber es war doch wirklich lieb von ihm, extra vorbeizukommen.«

»Aber von mir war's doch auch lieb«, sagte Max überraschend impulsiv. »Und ich war schließlich zuerst da. Ich möchte wirklich, dass du mir bei ein paar Einkäufen hilfst.«

Betsy, die für ihr Leben gern Geld ausgab, lächelte und sah

ihn erwartungsvoll an. Er sagte, dass er vorhabe, Hornwood, um das sich seit fünfzig Jahren niemand mehr gekümmert hatte, gründlich zu renovieren. Als sie erfuhr, wie viele Tausend Pfund er ausgeben wollte, überlief sie ein leichter Schauer. Die hohe Summe überraschte sie, denn Max pflegte trotz seines Reichtums keinen verschwenderischen Lebensstil. Er wäre auch mit ein paar Pfund die Woche ausgekommen, wenn die Menschen, die ihm wichtig waren, ihn dann noch genauso geschätzt hätten. Geld bedeutete ihm kaum etwas, und er glaubte, dass es Betsy genauso wenig bedeutete.

# Hornwood

In der Abenddämmerung standen Betsy und Max schmutzig, aber freudig erregt auf dem Speicher von Hornwood. Betsy hatte erklärt, dass sie ihn bei der Wahl der Vorhänge nicht beraten könne, bevor sie nicht noch einmal die Zimmer gesehen habe, und so fuhren sie kurz entschlossen nach Sussex und trafen dort rechtzeitig zu einem späten Lunch ein. Seitdem waren sie auf Erkundungstour. Zum ersten Mal hatte sie Gelegenheit, das ganze Haus in Augenschein zu nehmen. Es war größer, als sie gedacht hatte. Es würde Monate dauern, es wohnlich einzurichten.

Äußerlich war das Haus perfekt, wohlproportioniert, solide gebaut und von eleganter Schönheit. Der Mittelteil mit seinen hohen, über zwei Stockwerke reichenden Säulen, die in grazile Kapitelle mündeten, wurde von weiträumigen Seitenflügeln flankiert. Dahinter erhob sich ein steiler bewaldeter Hang; davor erstreckte sich ein Park mit einem großen See. Am Horizont sah man die Hügel der South Downs. Leider hatte das Anwesen viel von seiner ehemaligen Pracht und seinem Charakter eingebüßt. An allen möglichen und unmöglichen Stellen hatte man Chilenische Schmucktannen gepflanzt, und ein Dschungel aus todgeweihtem Bambus verunstaltete das Ufer des Sees. Mit orangefarbenem Kies bestreute Wege wanden sich durch unzählige Quadratmeter an Rhododendren.

»Da hilft nur ausreißen und neu pflanzen«, verkündete Betsy, die auf der Vordertreppe stand. »Das Ganze braucht ein bisschen mehr Stil, mehr Harmonie.«

Dann ging sie ins Haus, lief von Zimmer zu Zimmer und rief:

»Das muss alles raus.«

Der Salon war ein Albtraum aus Blattgold und Parischem Marmor. Das Mahagoni im Esszimmer stammte aus der falschen Epoche. In der Bibliothek roch es nach Hausschwamm. Im Vorzimmer gab es tatsächlich eine gemütliche Ecke mit maurischem Schnitzwerk. Der einzige Raum im Parterre, den man notfalls so lassen konnte, war das Billardzimmer. Aber das zählte für Betsy sowieso nicht, weil sie kein Billard spielte.

Im ersten Stock gab es lediglich zwei Badezimmer, riesige, zugige Räume, die nicht mal über Kupferrohre verfügten, um die Handtücher zu wärmen. Die Bettgestelle waren überwiegend aus Messing, die Krüge und Schüsseln auf den Waschtischen entweder für Riesen oder Zwerge gedacht, und die Beleuchtung der Frisierkommoden ließ zu wünschen übrig. Es gab Kleiderschränke so groß wie Cottages, ausgestattet mit riesigen Haken statt mit Stangen für Kleiderbügel. In jedem Zimmer schien das gleiche Bild zu hängen: ein braunes, verschwommenes Gemälde mit einem Berg, einem See, etwas Nebel und drei Kühen im Vordergrund.

Angesichts all der Hässlichkeit und Unbequemlichkeit verließ Betsy der Mut. Anfangs war sie voller Tatendrang gewesen, hatte enthusiastisch jedes Zimmer in Angriff genommen, doch irgendwann kapitulierte sie. Die ganze grässliche Einrichtung verstellte ihr den Blick.

»Gibt es denn gar nichts Schönes hier?«, fragte sie entnervt.

»In den Mansarden könnten noch ein paar hübsche alte Stücke sein«, meinte Max. »Als Onkel Jims Vater das Haus in den Vierzigern renovierte, hat er da oben einiges eingelagert. In den Achtzigern oder Neunzigern hat Onkel Jim dann die gesamte Einrichtung seines Vaters entsorgt. Aber ich glaube nicht, dass er überhaupt wusste, dass es so was wie Bodenkammern hier gibt. Jedenfalls war er wohl nie da oben.«

Während er sie eine knarrende Holztreppe hinaufführte, meinte er ängstlich, dass er ja keinen Geschmack habe und dass sie die Möbel auf dem Dachboden bestimmt für Gerümpel halten würde. Die Treppe mündete in einen langen, düsteren Korridor, von dem mehrere Türen abgingen. Er öffnete die nächst gelegene, und sie betraten einen geräumigen, ziemlich dunklen Raum, in dem es aussah wie in einer Auktionshalle.

»Es gibt wohl acht solcher Kammern«, sagte er. »Aber wir sehen uns nur ein oder zwei an. Du darfst dich nicht überanstrengen. Du hast schon viel zu viel für mich getan …«

»Ach, Max … hör auf! Das ist … wirklich unglaublich!«

Ihre Augen, die sich langsam an das schummrige Licht gewöhnten, wanderten von einem Schatz zum anderen. Leider konnte sie nicht mal die Hälfte richtig erkennen. Atemlos eilte sie von einem Raum zum nächsten. Sie entdeckte Sheraton-Armstühle und Esszimmerstühle von Hepplewhite, filigrane Chinoiserien, lackierte Schränkchen, elegante Himmelbetten mit verblichenen, aber erlesenen Baldachinen, zierliche Sofas mit Bezügen aus verschlissener gestreifter Seide, Récamieren, Zeichnungen von Ingres, Aquarelle von Cozens und ein oder zwei Kaminsimse von Adams, die man wohl entfernt hatte, um die wuchtigen aus Marmor anzubringen, die sie unten gesehen hatte.

»Das sind ja alles Museumsstücke. Irgendjemand in deiner Familie muss wirklich Geschmack gehabt haben, Max. Sieh dir mal den Geschirrschrank an – Eierschalenporzellan, eine Seladonschale … und diese wunderschöne apricotfarbene Glasur … Das bringen wir alles runter. Das andere Zeug werfen wir raus und verbrennen es. Und dann möblieren wir das Haus mit diesen Kostbarkeiten.«

»Sind es denn genug?«, fragte Max. »Hier oben sieht es nach viel aus, aber würden sie unten nicht etwas verloren wirken?«

»Für den Anfang reichen sie völlig. Als eine Art Blickfang. Wir richten das Haus wieder so ein, wie es früher mal ausgesehen haben muss, als dein Onkel Jim es übernommen hat. Wenn wir uns an diesen Sachen orientieren, können wir nichts falsch machen. Wir kaufen auf jeden Fall nichts weniger Hochwertiges. Und natürlich müssen wir noch eine ganze Menge kaufen.«

Vor ihrem geistigen Auge erstrahlte Hornwood bereits in seiner ganzen zukünftigen Pracht. Am liebsten hätte sie sofort losgelegt. So eine Aufgabe würde sie jahrelang glücklich machen.

»Sieh dir doch mal dieses Glas an«, sagte sie und beugte sich über einen Tisch. »Das ist Waterford-Kristall …«

Max kam zu ihr herüber. In der Stille hörte sie hinter sich ein seltsames klopfendes Geräusch und begriff, dass es sein armes Herz war, das viel zu laut schlug, wenn er ergriffen war. Wie qualvoll musste es für ihn sein, dass sie Pläne schmiedete und immer von »wir« sprach, obwohl ihre gemeinsame Zukunft noch gar nicht sicher war.

Er wird mich bestimmt gleich fragen, ob ich seine Frau werden will, dachte sie voller Panik und verließ eilig die Kammer.

Max folgte ihr nicht sofort. Er versuchte sich zu beruhigen, schämte sich wegen seines laut klopfenden Herzens. Bestimmt hatte Betsy es gehört! Sein Körper verriet ihn immer wieder. Er scheiterte an Hindernissen, die seine Seele mühelos überwand. Schließlich riss er sich zusammen und machte sich auf die Suche nach ihr.

Er fand sie in der letzten Kammer auf der gegenüberliegenden Seite des Flurs. Sie war voller Bücher; manche waren in

Kisten verpackt, andere stapelten sich auf dem staubigen Fußboden. Betsy stand am Fenster und blickte über die Baumwipfel auf den milchigen Wintersonnenuntergang. In der Hand hielt sie ein Buch. Sie klopfte den Staub ab und versuchte, im Schein der letzten Sonnenstrahlen den Titel zu entziffern.

»Crébillon«, flüsterte sie ehrfürchtig. »Die Stiche sind meisterhaft. Das muss viel wert sein.«

Er spähte ihr über die Schulter, während sie die Seiten umblätterte.

»Meine Güte. Wie viele Unterröcke man damals getragen hat«, sagte sie nach einer Weile.

Auf den Bildern waren üppige kleine Damen abgebildet, ihre Münder zu einem spitzen, vermutlich nicht allzu lauten Schrei gerundet, die in den Armen farbloser kleiner Liebhaber, nicht größer als Max, dahinschmolzen. Nichts als ein paar bauschige Lagen Stoff trennten diese glücklichen Männer von ihrer seligen Erfüllung. Wie einfach die Dinge doch für manche Menschen sind, dachte Max. Er sog scharf die Luft ein und sagte:

»Ziemlich pornografisch.«

Er hatte genug gesehen und starrte aus dem staubigen Fenster auf einen langen Bergrücken und die Silhouetten kahler Bäume vor dem safrangelb gestreiften Himmel. Sein Herz rutschte immer tiefer in eine Schlucht, die noch nie ein Sonnenstrahl erreicht hatte. Es war hoffnungslos.

Sie wird nie von ihm loskommen, dachte er.

Es war, als wäre Alecs Schatten plötzlich zwischen sie gefallen – der Mann, der sie so mühelos in ihrer Jugend erobert hatte. Max war davon überzeugt, dass die Flamme seiner Leidenschaft viel heller loderte; seine Liebe war reif und edel. Aber es war ihm verwehrt, in anderen ein Feuer zu entfachen. Seine begierige Seele würde nie seinem Körper entfliehen können, der weder Stärke noch Würde ausstrahlte.

Betsy blätterte weiter in dem Buch. Max hatte recht mit seiner Bemerkung über die Stiche; so fantasievoll sie auch waren, sie hatten gleichzeitig etwas Aufwühlendes an sich. Und auch sie dachte an Alec und ihre Jugend und an all die Dinge, die endgültig vorbei waren. Sie würde nie einem anderen Mann das geben können, was sie Alec gegeben hatte. Sie würde nie wieder jemanden auf diese unbefangene, romantische Weise lieben. Wie hatte sie nur glauben können, dass ihr Herz wieder jung wäre, sobald sie frei wäre? Sie war schließlich schon neununddreißig!

»Gehen wir«, sagte sie. »Es ist zu dunkel, um noch irgendwas zu sehen, und außerdem ist es ziemlich kalt hier oben.«

Der Korridor war so finster, dass sie sich langsam vortasten mussten. An der Treppe bot er ihr seinen Arm an. Während sie mit der anderen Hand nach dem Geländer griff, sagte sie:

»Ich heirate dich, lieber Max, wenn du es wirklich willst. Ich liebe dich nicht so, wie ich Alec geliebt habe. Ich werde nie wieder jemanden so lieben. Aber ich mag dich wirklich sehr, und ich glaube, dass wir zusammen glücklich sein werden. Oje, pass auf!«

Denn in seiner Verzückung hätte er beinah das Gleichgewicht verloren, und sie wären gemeinsam die steile Treppe hinuntergestürzt.

»Dich umsorgen zu dürfen … mich um dich kümmern zu können! Dafür zu sorgen, dass dich nie wieder jemand verletzt! Er hat dich nie so sehr geliebt wie ich. Und du liebst mich auch, sonst würdest du mich nicht heiraten. Ich sterbe vor Glück!«

Er umarmte sie linkisch, drückte sie mit seinen staubigen, rußgeschwärzten Händen an sich, sodass sich der Schmutz von Hunderten von Jahren auf Betsys Hals und Gesicht verteilte. Als sie ins Licht der unteren Galerie traten, schrie Max bestürzt auf. Betsy lachte nur, aber er tupfte untröstlich mit seinem großen Taschentuch ihr Gesicht ab und jammerte, dass so etwas auch nur ihm passieren könne.

»Das mag vielleicht nicht der feierlichste Moment in *deinem* Leben sein, Betsy, aber meiner ist es ganz bestimmt.«

Er führte sie zu einem der beiden Badezimmer und blieb davor stehen, erkundigte sich besorgt, ob sie auch alles habe, was sie brauche. Waren genügend Handtücher und Seife da? War das Wasser heiß genug?

»Kochend!«, log Betsy. »Warum wäschst du dich nicht auch? Ich will dich erst wieder sehen, wenn du sauber bist.«

Sie hörte seine zögerlichen Schritte auf dem Gang. Im Nu war er wieder zurück, trat ungeduldig von einem Bein aufs andere und fragte mehrmals, was sie denn so lange mache.

Betsy puderte sich die Nase, so gut es bei dem spärlichen Licht eben ging. Dann kämmte sie die Locken hinter ihre hübschen Ohren und zog ihre Lippen nach.

Auf geht's, dachte sie und entriegelte die Badezimmertür.

# Glück

Nach dem Abendessen fuhren sie nach London zurück. Er schwebte im siebten Himmel. Wie wunderbar es war, dass sie einem anderen Menschen so viel bedeutete, dachte Betsy. Eine Woge der Zärtlichkeit durchströmte sie. Spontan zog sie ihn an sich und flüsterte ihm liebevolle Worte zu. Stumm vor Glück bettete er den Kopf an ihre Brust, während sie aus dem Fenster sah und beobachtete, wie die Scheinwerfer ihres Wagens die Dunkelheit durchschnitten. Geisterhafte Bäume und Hecken blitzten im grellen Licht auf und verschwanden wieder in der Finsternis.

Es war nicht unmöglich, ihn zu lieben. Die warmen Gefühle, die sie für ihn hegte, würden genügen, um ihn glücklich zu machen. Und wenn er glücklich war, würde ihre Ehe gelingen. Sie würde ihn für alles entschädigen, was er bisher entbehrt hatte. Sie würde ihn bei seiner wohltätigen Arbeit unterstützen und dafür sorgen, dass er sein exzentrisches, unbeherrschtes Wesen, das ihm immer im Weg gestanden hatte, in den Griff bekam. Sie würde ihm helfen, seinen überschäumenden Idealismus in vernünftige Bahnen zu lenken. Sie würde ihn Gleichmut und Gelassenheit lehren – unverzichtbare Eigenschaften auf dem politischen Parkett.

Aus ihm könnte womöglich ein erfolgreicher Bildungsminister werden, dachte sie.

Und dann würden sie Hornwood zu einem wunderbaren Zuhause für die Kinder machen. Kenneth könnte seine Freunde einladen. Er, Daphne und Eliza würden in großzügigen Verhältnissen aufwachsen und in weitaus vornehmeren Kreisen verkehren, als es im Well Walk möglich war.

Denn wenn sie aus Hornwood erst einmal einen repräsentativen Wohnsitz gemacht hätte, würde sie dort viele Gesellschaften geben. Ihre sozialen Ambitionen waren keineswegs gewöhnlicher oder eitler Natur, sondern entsprangen dem romantischen Wunsch nach einem gehobenen Lebensstil. Und jetzt bot sich ihr endlich die Chance, ihren Traum zu verwirklichen. Sie sehnte sich nach Vornehmheit, Leichtigkeit und Eleganz. Sie würde sich nie mehr mit Mittelmaß begnügen, nie mehr mit zweitklassigen Menschen abgeben müssen. Sie wollte von allem nur das Beste und war sicher, dass sie es auch bekäme, wenn sie nur die Gelegenheit dazu hätte. Ihr Leben lang hatte sie darunter gelitten, ihren erlesenen Geschmack und ihre vielfältigen Talente nicht nutzen zu können. In den unkultivierten Kreisen, in denen Alec verkehrte, war das unmöglich gewesen. Er hatte sich immer mit Mittelmaß zufriedengegeben; der freundliche, großherzige Alec war in der Auswahl seiner Freunde nie sehr wählerisch gewesen. Selbst jetzt noch schauderte ihr bei dem Gedanken an die lauten, ausufernden Partys, wo Derbheit über Raffinement triumphierte und keiner dem anderen zuhörte. Als Alecs Frau hatte sie nur dafür zu sorgen, dass es genug zu essen und zu trinken gab; sie wurde nicht einmal allen Gästen vorgestellt. Als Max' Frau dagegen, als Herrin von Hornwood, könnte sie endlich zeigen, was in ihr steckte.

Wenn ich nur nicht zu alt bin, dachte sie. Ich habe so viel Zeit damit vergeudet, für irgendwelche Ignoranten Teepartys zu geben. Zum Glück ist genügend Geld da. Was uns jetzt noch fehlt, ist der Zugang zu den richtigen Kreisen. Max ist kein Mann von Welt und wird es auch nie sein, der Arme. Aber wenn er es wäre, hätte er mich bestimmt nicht geheiratet. Ich bin keine standesgemäße Partie. Eine geschiedene

Frau aus bürgerlichen Verhältnissen. Nicht mehr jung, nicht auffallend hübsch. Ich habe nichts zu bieten, was die Leute dazu bringen könnte, mich als eine der Ihren zu akzeptieren. Immerhin bin ich eine kluge Frau. Geld ist schon mal ein guter Anfang – da kann man sagen, was man will. Wenn man genug davon hat, und wir werden reichlich davon haben, und clever genug ist, stehen einem alle Türen offen. Aber natürlich wäre es hilfreich, wenn Max Minister werden würde. Wie kann ich ihn dazu bringen, in die Politik zu gehen?

Als Max, der immer noch in ihren Armen lag, plötzlich ganz gesprächig wurde, hörte sie nur mit halbem Ohr zu, malte sich ihre wunderbare Zukunft in den schillerndsten Farben aus.

»Ich kann's immer noch nicht glauben«, sagte er seufzend. »Ich weiß, dass die Leute sich gern über mich lustig machen, und als ich jünger war, hat mir das furchtbar zugesetzt. Aber irgendwann habe ich mir gesagt, dass davon die Welt nicht untergeht. Dass es mir egal sein sollte. Und es hat mich nicht davon abgehalten, Freundschaften zu schließen. Es hat mich auch nicht davon abgehalten, meine Pläne zu verwirklichen. Ich habe mich einfach nicht demoralisieren lassen. Aber was ich nicht ertragen konnte, war der Gedanke, dass du mich vielleicht wegen dieses ganzen Geredes nicht wolltest. Vielleicht hättest du mich ja geheiratet, wenn ich mich nicht ständig zum Gespött gemacht hätte, dachte ich. Weißt du, mein Schatz, du solltest dir gut überlegen, ob du damit leben kannst. Dass ich eine lächerliche Figur abgebe, meine ich. Ich kann's nun mal nicht ändern. Zum Teil liegt es natürlich daran, dass ich ziemlich klein bin. Und ich weiß auch, dass ich mich nicht immer im Griff habe. Ich rege mich schnell auf, und dann klingt meine Stimme ganz schrill. Letzte Woche, als ich bei einem Kongress über Abrüstung gesprochen habe, ist mir ein peinlicher Versprecher unterlaufen. Ich habe statt

›Waffenarsenal‹ ›Affenarsenal‹ gesagt. Obwohl ich mich so blamiert habe, wurde unsere Resolution trotzdem angenommen. Aber so bin ich nun mal. Ich fürchte, du wirst eines Tages auf einer Zuschauertribüne sitzen und mich solchen Unfug sagen hören.«

»Wenn wir erst mal verheiratet sind, wird dir das nicht mehr passieren«, beruhigte Betsy ihn. »Das sind nur die Nerven. Aber das wird besser, glaub mir.«

»Wahrscheinlich hast du recht. Ich vermute, es hat auch damit zu tun, dass du damals Alec und nicht mich geheiratet hast. Das hat wohl mein Selbstvertrauen ziemlich erschüttert. Ich war überzeugt davon, dass du dich vielleicht für mich entschieden hättest, wenn ich so groß und … na ja, so attraktiv wie er wäre.«

Sie dachte an sein Schloss in Irland, das während der Unruhen in Brand gesteckt worden war. Vielleicht könnten sie es eines Tages wiederaufbauen und als standesgemäße Residenz nutzen, um neue gesellschaftliche Verbindungen zu knüpfen. In Hornwood könnte sie eine Vorauswahl treffen. Sie würde übers Wochenende eine Menge Leute einladen, ihnen genau auf den Zahn fühlen und die Spreu vom Weizen trennen. Die Crème de la Crème würde dann für vierzehn Tage oder auch länger nach Mullingar eingeladen werden. Zwei Häuser waren für ihre Pläne unerlässlich – eins in der Nähe von London und eines weiter weg. Ob sie auch ein Stadthaus brauchen würde, konnte sie noch nicht sagen. Eine kleine Wohnung wäre natürlich praktisch. Aber solange sie in der höheren Gesellschaft noch nicht Fuß gefasst hatte, würde sie in London keine Gäste empfangen.

»Sicher werden mich die Leute in Zukunft viel ernster nehmen«, sagte Max hoffnungsvoll.

»Das tun sie doch bereits, Liebling. Du hast doch selbst gerade gesagt, dass du schon eine Menge erreicht hast.«

»Stimmt. Und zwar einfach, indem ich den Leuten so lange auf die Nerven gehe, bis sie klein beigeben. Ich habe dir nie erzählt, wie ich das mit den Sanitäranlagen in Little Craneswick geschafft habe, oder? Ich bin hingefahren und habe mit dem Grundbesitzer gesprochen … Wusstest du, dass es in dem ganzen Dorf gerade mal drei Wasserklosetts gibt, von denen zwei defekt sind?«

»Nein!« rief Betsy. »Das ist ja ein Skandal!«

»Allerdings. Ich hab's mit eigenen Augen gesehen. Ach, Liebling, wie wunderbar, dir das alles erzählen zu können! Ich kann kaum fassen, dass ich jetzt jemanden habe, mit dem ich immer reden kann. Wo war ich stehen geblieben? Ach ja! Ich habe also mit dem Besitzer gesprochen, ein sehr anständiger Bursche übrigens. Und ich … Sind wir schon an der Putney Bridge? Hör mal, wollen wir nicht kurz am Thurloe Square vorbeischauen und es Isobel erzählen?«

»Nein«, sagte Betsy bestimmt.

»Warum denn nicht? Sie würde sich so freuen.«

»Wir entscheiden morgen, wie und wann wir es bekannt geben.«

»Betsy! Du wirst es dir doch nicht noch anders überlegen?«

»Natürlich nicht. Aber ich bin mir noch nicht sicher, wen ich informieren möchte. Isobel natürlich … die Verwandtschaft … und die engsten Freunde, aber sonst …«

»Heißt das, du willst es nicht in die Zeitung setzen?«

Max war enttäuscht. Am liebsten hätte er die freudige Nachricht der ganzen Welt verkündet. Er wusste nicht das Geringste über die Rolle, die er bei der Scheidung der Cannings gespielt hatte, und die Gerüchte, die über ihn und Betsy kursierten. Er hatte das ganze Jahr im Ausland verbracht und nichts von den jüngsten Skandalen erfahren.

»Die Leute werden gekränkt sein, wenn wir heiraten, ohne

sie vorher informiert zu haben«, protestierte er. »Sie wären sicher alle entzückt.«

Betsy konnte sich niemanden vorstellen, der über ihre Heirat entzückt wäre. Seine Freunde würden denken, dass sie ihn um den kleinen Finger gewickelt hatte. Und ihre Freunde würden ihr wahrscheinlich Hinterlist und eiskalte Berechnung unterstellen oder schlimmer noch, dass sie von Anfang an geplant hatte, ihn zu heiraten. Ihre einstigen Verbündeten würden sich alle von ihr abwenden.

Aber sie brauchte sie ohnehin nicht mehr. Sie würde Max heiraten und keinen von ihnen je wiedersehen. Denn sie hatte fest vor, sich von allen zurückzuziehen, mit denen sie in ihrem früheren Leben Umgang gehabt hatte. Susie Graham und Angela Trotter hatten ihr in ihrer schlimmsten Zeit beigestanden; ihre energische Unterstützung hatte ihr Mut gemacht, und dafür war sie ihnen dankbar, doch im Grunde gab es so gut wie keine Gemeinsamkeiten zwischen ihnen. Sie würde sie jedenfalls nicht nach Hornwood einladen. Und was Max' Freunde betraf, so war es ihr herzlich egal, wie sie hinter ihrem Rücken über sie redeten. Auch sie würden entsorgt werden, genauso wie die vergoldeten Stühle und das maurische Schnitzwerk. Max hatte sich mit zu vielen verschrobenen Langweilern und verlotterten Weltverbesserern abgegeben. Sie würde andere, passendere Freunde für ihn finden.

Als sie die Fitzjohn's Avenue hinauffuhren, schob sie ihn behutsam von sich weg. Sie hatte schon eine steife Schulter, und ihr Hut saß ganz schief.

»Hoffentlich sind die Kinder schon im Bett«, sagte sie, während sie sich die Haare richtete. »Ich bin bestimmt ein schrecklicher Anblick.«

Als sie in der Vorhalle ihres Hauses im Well Walk standen, fragte sie ihn besorgt, ob sie denn schlimm aussehe.

»Du ... du ... warst noch ... nie schöner«, stammelte Max.

Sie sah wirklich sehr gut aus. Der traurige, müde Ausdruck, der ihr Gesicht überschattet hatte, war verflogen. Denn nun sah sie einer verheißungsvollen Zukunft entgegen. Jetzt konnte sie nach vorn blicken und Pläne schmieden. Sie war jung, heiter und gelassen. Max ging auf sie zu und umarmte sie so unbeholfen, dass sie sich ein wenig vorbeugen musste.

Er darf mich niemals im Stehen küssen, dachte sie. Ich muss ihm das unbedingt abgewöhnen. Wir sehen bestimmt total lächerlich aus.

Kenneth, der in der Tür zum Salon stand, fand den Anblick nicht nur lächerlich, sondern geradezu grotesk. Er hatte den Verdacht, dass sie sich absichtlich so ungeniert küssten, um ihm eins auszuwischen, weil er beim Zahnarzt so wütend auf sie gewesen war. Als Betsy ihn entdeckte, stieß sie einen spitzen Schrei aus, der sich albern und gekünstelt anhörte.

»Kenneth! Wieso bist du nicht im Bett?

»Ich hab auf dich gewartet.«

»Dann erfährst du's als Erster!«, rief Max. »Komm, wir gehen in den Salon. Wir möchten dir etwas sagen.«

»Nicht nötig.«

Doch Max schob sie beide energisch in den Salon. Er war entschlossen, die Gelegenheit beim Schopf zu packen und an Kenneths Vernunft zu appellieren.

»Mein lieber Junge«, sagte er. »Du kannst mich noch so böse anfunkeln. Ich verstehe deine Gefühle durchaus. Ich bin vielleicht nicht der Stiefvater, den du dir gewünscht hättest, aber ich bitte dich, nicht nur an dich zu denken. Versuch doch mal, die Sache von der Warte deiner Mutter aus zu betrachten. Du liebst sie doch sehr, nicht wahr? Und möchtest, dass sie glücklich ist. Wenn ich sie glücklich machen kann, solltest du dann nicht deine eigenen Wünsche zurückstellen? Denk einmal daran, wie oft sie deinetwegen ihre Bedürfnisse zurückgestellt hat.«

Kenneth, der mit eisiger Miene zugehört hatte, sagte geziert:

»Na, dann ist ja alles bestens. Herzlichen Glückwunsch.«

»Braver Junge«, sagte Max strahlend.

»Es ging alles so schnell«, schaltete sich Betsy ein. »Wir haben es gerade erst entschieden. Wenn mir jemand heute beim Frühstück gesagt hätte, dass ich nachmittags verlobt sein würde, hätte ich ihn für verrückt erklärt.«

»Aber besonders überrascht dürfte wohl niemand sein«, erwiderte Kenneth trocken.

Sie errötete und warf Max einen hastigen Blick zu. Doch Kenneths sarkastische Bemerkung schien ihn nicht im Geringsten zu treffen.

»Das glaube ich schon«, sagte er ruhig. »Schließlich bin ich ja selbst überrascht. Natürlich wird der eine oder andere geahnt haben, was ich für deine Mutter empfinde. Ich konnte es ja kaum verbergen. Aber dass ich ihr etwas bedeute, das hat mich wirklich überrascht.«

Seine Stimme zitterte ein wenig. Selbst Kenneth musste erkennen, wie ernst es Max war. Er war so aufrichtig, so gutmütig – und so glücklich. Betsy wurde plötzlich bewusst, dass er ihr wirklich etwas bedeutete. Sie wäre bereit, alles zu opfern – diese Ehe, ihre Zukunft, selbst ihren Ruf –, um zu verhindern, dass irgendjemand seine Gefühle verletzte. Mit einem flehenden Blick beschwor sie ihren Sohn, ihn zu verschonen.

»Jeder …«, begann Kenneth und brach dann ab.

Er nickte seiner Mutter zu – ein beschwichtigendes, herablassendes Nicken. Sie brauchte sich keine Sorgen zu machen, dass er die Illusionen dieses Trottels zerstörte. Wenn sie ihm die liebende Ehefrau vorspielen wollte, dann war das ihre Sache. Sollte sie das mit ihrem Gewissen ausmachen.

Betsy bat Max, doch jetzt nach Hause zu fahren. Und da ja nun alles zum Besten stand, wandte er sich beruhigt zum

Gehen. Sich kurz und knapp zu verabschieden, war allerdings nicht seine Sache. Er drehte sich noch einmal zu ihr um. Sie müsse wirklich furchtbar müde sein, sagte er. Sie solle rasch zu Bett gehen, er werde sie gleich morgen früh anrufen, aber nicht zu früh, weil sie ja ausschlafen müsse. Nein … vielleicht solle lieber sie ihn anrufen, sobald sie wach sei, er werde im Klub sein und dort warten, bis sie sich melde. Schließlich blieb ihr nichts anderes übrig, als ihn energisch in die Vorhalle zu lotsen und mit sanfter Gewalt zur Tür hinauszuschieben.

Ihr anfängliches Hochgefühl war verflogen. Mit düsterer Miene ging sie in den Salon zurück, um Kenneth wegen seines feindseligen Verhaltens zur Rede zu stellen.

»Feindselig? Wieso denn feindselig?«

»Warum gönnst du mir nicht mein Glück? Ich hab so viel durchgemacht. Ich war so einsam.«

»Liebe Mutter, ich missgönne dir gar nichts. Ich hab euch doch gratuliert, oder? Was willst du denn noch?«

»Ich weiß ja, dass du ihn nicht besonders magst, aber …«

»Ich hab nichts gegen ihn. Früher mal, ja, aber jetzt nicht mehr. Er tut mir aufrichtig leid. Er ist so offenherzig.«

»Kenneth!«

»Aber erzähl mir nicht, dass du ihn nicht schon die ganze Zeit heiraten wolltest«, sagte er, während er aus dem Zimmer ging. »Denn das glaub ich dir nicht.«

# Der Wendepunkt

Die Merricks besaßen ein Landhaus in Wiltshire. Als in ihrem Ort die ehemalige Mühle zum Verkauf stand, drängten sie Alec, sie sich doch wenigstens mal anzusehen. Denn ihrer Meinung nach wurde es höchste Zeit, dass er sich irgendwo niederließ, der Zukunft ins Auge sah und sich ein neues Leben aufbaute. Ein Umzug aufs Land, in eine neue Umgebung, könnte genau der Anstoß sein, damit er seine Antriebslosigkeit überwand.

Er hatte Joy gleich, nachdem die Scheidung rechtskräftig geworden war, geheiratet, doch das schien keinen Einfluss auf ihre provisorische Lebensweise zu haben. Sie waren weiterhin heimatlos, hausten in billigen möblierten Wohnungen und lebten in den Tag hinein – wie Reisende im Wartesaal eines Bahnhofs, die sich irgendwie die Zeit vertreiben. Sie luden niemanden ein und gingen auch selbst kaum aus.

Es war erstaunlich, dass der einst so populäre und gesellige Alec inzwischen völlig zurückgezogen lebte. Dass sich einige seiner engsten Freunde von ihm abgewandt hatten, hatte ihn schwer enttäuscht und verbittert. Er verdarb den Leuten die Laune, und das war unverzeihlich. Kaum jemanden interessierte seine Scheidung, aber es sprach sich herum, dass er ein launischer Langweiler geworden war, dass er einen Groll auf Gott und die Welt hegte und dass seine neue Frau unmöglich war. Ihn einzuladen mochte eine gute Tat sein, aber es machte keinen Spaß, und gute Taten werden gern aufgeschoben. Der Bruch mit Johnnie Graham schadete ihm sehr. Es war allgemein bekannt, dass Johnnie es ablehnte, mit ihm gesellschaftlich zu verkehren, und so wurde er nicht auf Partys eingeladen, auf denen Johnnie auftauchen könnte. Er bildete sich ein, dass man ihn absichtlich mied. Dem war aber nicht so. Nur wenige seiner Freunde hatten sich tatsächlich von ihm abgewandt. Die meisten hatten vor, ihn und Joy irgendwann später einzuladen, im Frühjahr oder im Sommer, wenn sie mehr Zeit und Energie hätten.

Außerdem hatte er kaum Geld. Seit fünfzehn Monaten arbeitete er nun schon nicht mehr und lebte von seinem Anteil am Verkauf der Filmrechte an einem ihrer gemeinsamen Projekte. Wenn der aufgebraucht war, wäre er so gut wie mittellos, denn der größte Teil seiner Ersparnisse war an Betsy gegangen. Er hatte nicht die geringste Ahnung, wie er seinen Lebensunterhalt verdienen sollte. Er konnte Texte für Johnnies Musik schreiben, aber das war auch schon alles.

Die netten, besorgten Merricks gaben ihr Bestes, um ihn aus seiner Lethargie aufzurütteln. Doch gegenüber seiner Zukunftsangst waren sie machtlos. Es schien, als diene ihm die Unbeständigkeit als Schutzschild gegen das Unvermeidliche. Er zog sein Nomadendasein vor und Joy leider auch, weil sie Angst hatte, ihn ganz zu verlieren, wenn sie je aus ihrem Wartesaal herauskämen. Sie war schrecklich eifersüchtig auf jeden, der sich zwischen sie stellen könnte. Sie betete ihn mit einer fanatischen Inbrunst an, die keinerlei Raum für andere Menschen oder Interessen ließ. Sie wollte gar nicht, dass er mit der Welt im Reinen war. Mit stummer Beharrlichkeit widersetzte sie sich der kleinsten Veränderung und boykottierte damit die Bemühungen seiner Freunde. Wenn Eliza nicht plötzlich in ihrem Leben aufgetaucht wäre, wären sie vielleicht für immer in ihrer melancholischen Isolation verharrt.

Elizas Brief traf eines Abends mit der letzten Post ein. Alec öffnete ihn nicht sofort, weil er gerade ein Kreuzworträtsel löste, eine Beschäftigung, die ihn mehr und mehr in Anspruch nahm.

»Was denkst du, was hier gemeint ist?«, fragte er Joy. »Einzige Oper eines berühmten Komponisten. Sieben Buchstaben, beginnt mit F.«

Joy, die sich freute, dass er sie ansprach, durchforstete ihr Gehirn. Aber da war nur gähnende Leere. Erwartungsvoll sah sie ihn an. Er versuchte, ihr auf die Sprünge zu helfen: »Der erste Teil des Begriffs bedeutet so viel wie ›lustig‹ oder ›vergnügt‹. Na, fällt der Groschen?« Doch Joy war ein hoffnungsloser Fall. »Fidelio«, sagte er schließlich und schrieb es hin.

Sie murmelte etwas, was zustimmend klang. Resigniert sah er sie an. Sie hatte nicht die geringste Ahnung, worum es überhaupt ging. Er machte den Mund auf, um es ihr zu erklären, aber dann war es ihm doch zu mühsam, und so klappte er ihn wieder zu.

Die Uhr schlug zehn. Zeit für das Fläschchen. Sie unterbrach ihre Abendbeschäftigung, die darin bestand, auf der anderen Seite des Gasofens zu sitzen und ihm dabei zuzusehen, wie er Kreuzworträtsel löste. Ihre Strickarbeit, die nur äußerst schleppend voranging, weil sie ihn keine Sekunde aus den Augen ließ, verschwand in einem gelben Beutel.

»Gehst du ins Bett?«, fragte er hoffnungsvoll.

»Nein, ich geb dem Kleinen nur sein Fläschchen. Dann komm ich wieder.«

Wenn sie als Erste ins Bett ging, saß er oft die halbe Nacht da und las. Wenn sie sich jedoch wieder zu ihm setzte, war er bald so genervt von ihrer Anhimmelei, dass er es vorzog, ebenfalls ins Bett zu gehen.

Nebenan im Schlafzimmer zündete sie das Gasfeuer an und wärmte das Fläschchen. Der Kleine wimmerte schläfrig, aber verstummte, als sie ihm den Sauger in den Mund schob. Mit dem Kind auf dem Schoß saß sie am Feuer und wartete stumpfsinnig darauf, dass er genug hatte und wieder einschlief. Wenn sie etwas weniger apathisch gewesen wäre, hätte es sie bestimmt gewundert, dass sie ihn so wenig liebte, denn er war schließlich Alecs Kind, die Frucht seiner Leidenschaft. Aber er gehörte zu einer Gegenwart, die sie nicht interessierte. Als sie mit Alec in der Provence gewesen war, gab es ihn noch nicht. Er erinnerte sie kein bisschen an diese allzu kurzen Wochen, als sie alles hatte, was sie sich je gewünscht hatte. Jedes Wort, das sie gewechselt hatten, jede Liebkosung war unauslöschlich in ihrem Gedächtnis gespeichert. Immer wieder ging sie in schwermütiger Träumerei die gemeinsame Zeit durch. Damals hatte er sie begehrt. Eine kurze Zeit lang waren sie von einer Flut heftiger Empfindungen mitgerissen worden, ohne zu wissen, wie ihnen geschah. Sie hatten sich ihrer Leidenschaft hingegeben und gierig nach allem gegriffen, was sie einander geben konnten. Und dann waren die Wogen für ihn wieder verebbt. In weniger als zwei Monaten war alles vorbei, und er hatte genug von ihr.

Er war zwar weiterhin nett und freundlich zu ihr und scherzte sogar ab und zu, aber sie wollte keine Freundlichkeit, schon gar keine Scherze. Sie wollte den Mann zurückhaben, der er damals in der Provence gewesen war: impulsiv, stürmisch und verrückt nach ihr. Doch ihre Versuche, diese erloschene Flamme wieder zu entfachen, schienen ihn nur noch weiter von ihr zu entfernen.

Sie hörte, wie er im Nebenzimmer auf und ab lief. Offenbar hatte er sein Kreuzworträtsel gelöst. Es drängte sie, zu ihm zu gehen und ihm dabei zusehen, und sie gab dem Baby einen kleinen Schubs, damit es sich beeilte.

Kurz darauf kam Alec ins Schlafzimmer. Etwas Unerwartetes war geschehen. Er wirkte freudig erregt und hellwach.

»Stell dir vor … Eliza hat geschrieben … Betsy heiratet Max jetzt doch.«

»Aber das war doch klar«, sagte Joy.

»Ja, wahrscheinlich.«

Dennoch war er sich nicht sicher gewesen. Es gab Zeiten, da hatte er sich gefragt, ob er Betsy nicht doch Unrecht getan hatte, ob es stimmte, dass er sich ihr gegenüber so schändlich verhalten hatte, wie sie behauptete. Es war eine Erleichterung zu wissen, dass er mit seinen Vermutungen recht gehabt hatte. Und dennoch wäre es ihm lieber gewesen, wenn er der alleinige Schuldige gewesen wäre. Dann wäre die ganze Situation nicht so verfahren.

»Eliza schreibt, dass sie jederzeit zu uns kommen kann. Sie ist sich sicher, dass sie bei uns leben will, und hat keine Bedenken mehr, bei ihrer Mutter auszuziehen.«

»Aha ...«, sagte Joy.

»Wie wär's dann mit dem Haus bei Devizes? Das sollten wir kaufen, wenn Eliza zu uns kommt. Soll ich Charles gleich schreiben? Dann könnte der Brief noch mit der Abendpost rausgehen. Ich glaube, es ist noch zu haben.«

Joy starrte ihn an, während ihr langsamer Verstand die Neuigkeiten verarbeitete. Schließlich sagte sie:

»Das sind unnötige Ausgaben. Wir haben nicht viel Geld. Das sagst du ja selbst. Warum müssen wir Eliza auch noch durchfüttern? Schließlich hat Betsy dein ganzes Geld bekommen, um für die Kinder zu sorgen.«

»Ach, das kriegen wir schon hin. Ich muss mich einfach mal zusammenreißen und mir Arbeit suchen.«

»Ich versteh nicht, warum wir Eliza aufnehmen müssen.«

»Müssen wir ja nicht. Aber wir wollen es doch, oder?«

»Nein«, sagte Joy.

Es war das erste Mal, dass sie es so explizit ausdrückte, aber eigentlich hatte er immer gewusst, dass sie Eliza nicht hierhaben wollte. Nur wegen Elizas Unentschlossenheit hatte er das Thema nicht angesprochen. Seine Züge verhärteten sich.

»Tja, sie kommt zu uns. Mehr gibt es dazu nicht zu sagen.«

»Sie ist dir wichtiger als ich«, stellte Joy geknickt fest.

»Wahrscheinlich.«

Wenn sie schon dabei waren, konnten sie die Angelegenheit ein für alle Mal klären, beschloss er.

»Ich kann nicht dasselbe für dich empfinden wie du für mich«, sagte er. »Es tut mir sehr leid, aber ich kann es einfach nicht. Ich habe dir nie etwas vorgemacht. Wenn wir zusammenbleiben wollen, sollten wir uns das eingestehen.«

»Am liebsten wär ich tot«, murmelte sie. »Wenn Eliza bei uns einzieht, bring ich mich um.«

»Meinetwegen. Du bist so was von egoistisch ...«

»Ich und egoistisch? Ich denk doch nur an ... an niemand sonst. Ich bete den Boden an, auf dem du stehst.«

»Um Gottes willen, bete irgendwas anderes an! Denk an was anderes. Lass mich in Frieden ... Es tut mir leid ... Es ist gemein, so was zu sagen ... aber ich halte es einfach nicht mehr aus ...«

»An was soll ich denn denken?«

»Irgendwas ... ganz egal! Du liest nie. Ich seh dich nie mit einem Buch. Du hast keine Freundinnen, keine Interessen. Das Baby langweilt dich. Du hast nur eins im Kopf und das ...«

»Ich bring mich um«, wiederholte sie. »Ich tu's für dich. Ich bring mich und den Kleinen um. Dann sind wir dir nicht länger im Weg.«

»Prima Idee. Dann könnte ich mir auch gleich die Kugel geben. Warum musst du alles schwarzmalen? Warum gibst du dir überhaupt keine Mühe? Du rührst keinen Finger. Wir haben einen Riesenfehler begangen. Das Ganze ist ein einziger Schlamassel, aber wir könnten etwas draus machen. Wir müssten es nur mal versuchen. Wir könnten eine Art Kompromiss schließen ... lernen, miteinander auszukommen ...

Wir müssten uns nur ernsthaft bemühen. Aber das willst du ja gar nicht. Ich habe getan, was ich konnte. Ich habe dich geheiratet. Aber du versuchst nicht mal, dich anzupassen … Ich halt's einfach nicht mehr aus. Mir reicht's!«

Er stürmte aus dem Zimmer, und wenige Sekunden später hörte sie, wie die Wohnungstür zugeschlagen wurde. Es war schon ein-, zweimal vorgekommen, dass er die halbe Nacht unterwegs war, statt bei ihr zu bleiben.

Sie saß mit dem Baby auf dem Schoß am Feuer. Sich umbringen zu wollen, war keine leere Drohung gewesen. Sie würde es sofort tun. Das Dienstmädchen war nur tagsüber da; sie war also jetzt ganz allein in der Wohnung. Sie würde in die Küche gehen und den Kopf in den Backofen stecken. Das Kind würde sie mitnehmen. Und wenn Alec nach Hause käme, wären sie beide tot.

Hätte das Kind weitergeschlafen, hätte sie an ihrem Plan festgehalten. Doch als sie aufstand, um in die Küche zu gehen, wachte es auf und sah sie an. Plötzlich lächelte es, ein freundliches, zahnloses Lächeln, und gähnte zufrieden.

Sie setzte sich aufs Bett und drückte den Kleinen an sich. Zwar liebte sie ihn nicht, aber umbringen konnte sie ihn auch nicht. Sie wusste nicht, was sie tun sollte. Ohne dass es ihr bewusst war, fing sie an zu beten.

»Hilf mir!«, flehte sie. »Hilf mir, lieber Gott! Bitte hilf mir!«

Wie ein Segelschiff, das in eine Flaute gerät und beim ersten leichten Windhauch zu vibrieren beginnt, so übernahm plötzlich eine fremde Macht die Kontrolle über sie. Unmerklich änderte sie ihren Kurs, drehte in eine neue Richtung. Sie ließ sich treiben. Der Wind trug sie weiter, und nach einer Weile wandte sie das Gesicht vom Tod ab. Sie legte das Kind in die Wiege und setzte sich wieder auf den Stuhl am Feuer.

Der ganze morgige Tag lag vor ihr und dann ein weiterer

Tag und danach ihr restliches Leben. Sie musste irgendetwas tun, um sich zu retten. Erschöpft lehnte sie sich zurück und wünschte, jemand würde ihr eine schöne Tasse Tee bringen. Aber es gab niemanden, und sie war zu müde, um aufzustehen, zu müde, um ins Bett zu gehen.

Morgen sage ich ihm, dass Eliza zu uns kommen kann. Wenn sie hier wäre, würde sie mir Tee bringen. Und ich werde mich bemühen, seine Erwartungen zu erfüllen; ich werde meinen guten Willen zeigen. *Du liest nie. Ich seh dich nie mit einem Buch*. Das stimmt. Morgen lese ich ein Buch.

Vor noch nicht allzu langer Zeit war sie eine begeisterte Leserin gewesen. Sie war stolz auf ihr Wissen gewesen und hatte sogar einmal bei einer Veranstaltung einer örtlichen literarischen Gesellschaft einen Vortrag gehalten. Das erschien ihr jetzt alles weit weg. Sie versuchte sich daran zu erinnern, was sie vor drei Jahren gedacht und gefühlt hatte, bevor sie in diese Abhängigkeit geriet und ihr Leben stagnierte. Damals war sie noch ein blutjunges Ding gewesen, aber eigentlich war sie immer noch jung. Sie hatte nichts dazugelernt; sie war jetzt nicht reifer als damals. Seitdem hatten sie Schuldgefühle gequält, die ihre Entwicklung hemmten. Sie hatte ihre Selbstachtung verloren und damit auch jeden Antrieb, wertvolle Erfahrungen zu sammeln. Bis vor einer halben Stunde schien es, als habe sie seit ihrem neunzehnten Lebensjahr, als sie regelmäßig die Bücherei in ihrem Heimatort aufsuchte, nichts wirklich Bedeutendes erlebt. Sie erinnerte sich noch ganz deutlich an den modrigen Geruch, der den Büchern anhaftete, die sie auslieh. Der Wind pfiff durch die undichten Fenster, und im Lesesaal blätterten schäbig gekleidete, deprimierte Männer in Zeitungen. Sie war auf der Suche nach ihrem verlorenen Ich, dem lebhaften, heiteren Mädchen mit Shaws Theaterstücken unterm Arm. Denn die hatte sie damals gerade gelesen. George Bernhard Shaw beschäftigte sie in jener

Zeit Tag und Nacht. Sie hatte sogar einen Aufsatz über ihn geschrieben.

Jetzt fiel ihr ein, dass sie einen Band mit seinen Stücken im Wohnzimmerregal gesehen hatte. Das ideale Buch für ihren Neuanfang! Sie holte es und nahm es mit ins Bett. Sie begann zu lesen, zwang ihre Augen, ein Wort nach dem anderen aufzunehmen, zwang ihr Gehirn, den Sinn der Wörter zu erfassen. Sie hatte den Band auf einer x-beliebigen Seite aufgeschlagen, mitten in einem Stück, das sie noch nicht kannte und das sie frivol gefunden hätte, wenn nicht George Bernard Shaw es geschrieben hätte. Die Schrift war klein und schwer zu entziffern. Ihre Augen taten ihr weh. Sie sehnte sich immer noch nach einer schönen Tasse Tee. Aber sie blieb ihren neuen Vorsätzen treu. Bald darauf schlief sie ein.

Sie wachte auch nicht auf, als Alec kurz nach drei hereinkam. Leise ging er zum Bett und entdeckte erstaunt das Buch, das ihr aus der Hand gefallen war. Er hätte nie gedacht, dass *Man kann nie wissen* ihr irgendwas sagen würde. Aber er wagte nicht zu hoffen, dass ihr beider Schicksal vielleicht eine neue Wendung nehmen würde. Von alldem, was noch vor ihm lag, wusste er nicht mehr als der Säugling, der in seiner Wiege am Fenster schlief. Er zog sich aus, löschte das Licht und legte sich neben sie. Zwischen dem heutigen und dem morgigen Tag, die beide gleichermaßen trostlos waren, lag ein Ort des Vergessens. Bald hatte er ihn gefunden. Alle drei schliefen friedlich.

# Die Wahrheit

»Mein armer Schatz!«, sagte Max immer wieder. »Mein armer, armer Schatz!«

Der Kellner, der ihm eine riesige *Carte du Jour* gereicht hatte, zog sich taktvoll zurück, was Betsys noch mehr deprimierte. Denn sie hatte wirklich Hunger. Sie wünschte, sie hätte abgewartet, bis Max das Essen bestellt hatte, ehe sie ihm ihr Herz ausschüttete.

»Wie kann ich dich trösten?«

»Mit Austern«, antwortete sie und rang sich ein Lächeln ab.

»Austern? Wirklich?«

Er warf dem Kellner einen Blick zu, worauf dieser sofort an ihren Tisch eilte.

»Wie viele möchtest du denn, Liebling? Ein Dutzend? Großartig! Du bist der tapferste Mensch, den ich kenne, so wie du mit der Sache umgehst. Wie du ... Einen Moment, Herr Ober! Was hättest du denn gern als Hauptgang, Liebling? Etwas vom Grill? Ein Steak vielleicht?«

Eine ordentliche Mahlzeit würde ihr bestimmt guttun. Heute würde er sie richtig verwöhnen. Als sie sich für ein Kaviar-Omelett entschied, war er enttäuscht.

»Bist du sicher, dass du nicht mehr willst? Ganz sicher? Na schön, fürs Erste wird's reichen. Gut, Herr Ober! Ein Dutzend Austern und danach ein Kaviar-Omelett. Und rasch bitte. So, mein Liebling. Kann ich irgendetwas für dich tun? Möchtest du, dass ich Eliza schreibe? Danke, das war alles, Herr Ober! Und bitte beeilen Sie sich.«

»Aber du hast doch noch gar nichts für dich bestellt, Max!«

»Ach, stimmt.«

»Du magst ja keine Austern. Dann bestell dir doch etwas Räucherlachs.«

»Nein, ich nehme nur ein Hauptgericht. Nichts Aufwendiges. Ist mir egal …«

»*Sole à la maison* kann ich sehr empfehlen«, murmelte der Kellner. »Mit Trauben … und ein wenig Estragon …«

»Ja, das nehm ich. Hör mal, mein Liebling. Ich könnte mit Eliza sprechen, sobald ich aus Deutschland zurück bin. Ich könnte sie im Internat besuchen. Das wäre vielleicht besser, als ihr zu schreiben.«

»Nein, Max. Ich will nicht, dass sie in irgendeiner Weise beeinflusst wird. Ich werde nicht versuchen, sie umzustimmen. Es ist ihr gutes Recht, selbst darüber zu entscheiden, sobald sie sechzehn ist. Und sie scheint es sich gründlich überlegt zu haben.«

»Aber auf diese Art und Weise! Abzuwarten, bis sie wieder in der Schule ist, und es dir dann schriftlich mitzuteilen!«

»Ich vermute, dass sie uns beiden eine hässliche Szene ersparen wollte. Wenn ihr Vater ihr mehr bedeutet als ich, dann ist es nur richtig, dass sie zu ihm zieht.«

»Aber wie kann sie nur?«

Genau das fragte sich Betsy auch, und einen Moment lang fühlte sie sich durch Max' Worte getröstet.

»Ich kann einfach nicht glauben, dass sie dich nicht liebt. Alle lieben dich. Du warst ihnen eine so gute Mutter, ein wahrer Engel. Ah, schön! Hier sind deine Austern. Wunderbar. Ich mag mir gar nicht vorstellen, was du gerade durchmachst. Aber glaub mir, ich weiß, wie du dich fühlst.«

Tust du nicht, dachte Betsy, während sie ihre Austern mit rotem Pfeffer bestreute. Leider hast du nicht die leiseste Ahnung, wie ich mich fühle.

Sie sehnte sich nach seiner Anteilnahme, aber da er sie aus den falschen Gründen bedauerte, fühlte sie sich kein bisschen getröstet. Denn Mitgefühl ist wie eine Heilsalbe: Sie muss auf die richtige Stelle aufgetragen werden, damit sie wirkt. Das hatte sie schon als kleines Mädchen lernen müssen. Als sie einmal mit ihrer Mutter Verwandte besuchte, setzte sie sich aus Versehen auf eine Wespe. Der Stich tat so weh, dass sie in Tränen ausbrach, aber die Sache war ihr so peinlich, dass sie behauptete, sie hätte Zahnschmerzen. Die Anteilnahme, die man ihr entgegengebrachte, linderten die Schmerzen auf ihrem Po kein bisschen. Und ein anderes Mal, als sie bei einem Schreibwettbewerb keinen Preis bekommen hatte, hatte sie ihre Tränen damit begründet, dass ihr Großvater gestorben sei, und war genauso enttäuscht worden. Dass sie im Mittelpunkt der Aufmerksamkeit stand und von allen bemitleidet wurde, tröstete sie nur einen Moment lang, denn im Hintergrund lauerte bereits ein bedrückendes Gefühl der Leere.

Ihre Unterhaltung mit Max glich einem Drahtseilakt. Alles, was sie sagte, war wahr und doch wieder nicht wahr. Wie eine ungeschickte Seiltänzerin geriet sie bei jedem Schritt gefährlich ins Wanken.

Schließlich nahm sie ihren ganzen Mut zusammen und sagte: »Also, ehrlich gesagt bin ich nie besonders gut mit Eliza zurechtgekommen.«

Und das ist leider wahr. Es macht mir nicht viel aus, dass sie weggeht. Aber es kränkt mich, dass sie Alec mir vorzieht und dass es alle erfahren. Warum erzähle ich Max nicht, dass es meine eigene Schuld ist, dass wir uns nie verstanden haben? Ich habe sie nicht genug geliebt. Jedenfalls nicht so wie Ken … ach, Ken! Warum brichst du mir das Herz? Aber daran darf ich jetzt nicht denken. Darüber kann ich mit niemandem reden. *Nicht einmal mit Alec …*

»Max! Nimm doch nicht so viel Salz!«

»Ich mag Salz.«

»Aber es gehört sich nicht, sich in einem exzellenten Restaurant wie diesem so viel Salz aufs Essen zu streuen. Schlimmer kann man den Küchenchef nicht beleidigen. Es ist genau richtig gesalzen. Hättest du eine feinere Zunge, wüsstest du das.«

»Es tut mir leid, dass ich gutes Essen nicht zu schätzen weiß. Du findest das sicher furchtbar, stimmt's, Liebling?«

»Allerdings. Wozu …«

Wozu hat man so viel Geld, wenn man die Dinge nicht zu schätzen weiß, die man sich dafür kaufen kann? Man könnte ihm Hundefutter vorsetzen, und er würde es nicht mal merken. Wahrscheinlich ist es nobel, auf solche Dinge keinen Wert zu legen. Diese ganzen barmherzigen Samariter sind doch richtige Banausen. Er wäre genauso zufrieden, wenn er von Almosen leben müsste.

»Wozu was …?«, fragte Max.

»Wozu kommen wir überhaupt hierher, wenn du dir nichts aus gutem Essen machst?«

»Aber *du* machst dir doch etwas daraus. Das reicht doch.«

»Wahrscheinlich verachtest du mich, weil ich feine Küche schätze.«

»Verachten?« Max schaute sie erstaunt an. »Warum sollte ich? Weil du mehr von diesen Dingen verstehst als ich? Was für ein Unsinn! Übrigens, es ist doch ein großer Trost, dass du Daphne noch hast. Sie wird uns bestimmt nicht verlassen.«

»O nein. Bestimmt nicht.«

»Ich glaube, sie hat mich akzeptiert. Und sie scheint sich wirklich darauf zu freuen, mit uns nach Hornwood zu ziehen. Sie hat mich gefragt, ob man dort reiten kann. Wir könnten ihr doch ein Pony kaufen, meinst du nicht?«

»Du solltest sie lieber nicht so verwöhnen, Max. Sie ist ein egoistisches kleines Ding, das nie genug kriegen kann.«

Und noch dazu ein Snob! Sie hat mich tatsächlich gefragt, ob sie nach der Hochzeit Lady Daphne heißen würde. Ich weiß nicht, woher sie das hat. Von ihren Schulfreundinnen wahrscheinlich. Diese Art von Snobismus gab es bei uns zu Hause jedenfalls nicht. Also gut. Ich werde es ihm sagen. Ich werde ihm die Wahrheit sagen und mich nicht dafür schämen.

»... und ein schrecklicher kleiner Snob! Du wirst lachen, Max, aber sie ist ganz entzückt, dass sie einen Earl als Stiefvater bekommt.«

»Ach, das ist ganz normal in ihrem Alter«, meinte Max leichthin. »Alle Kinder sind Snobs. Warum machst du so ein besorgtes Gesicht, mein Schatz? Dich bedrückt doch etwas. Du willst es mir nur nicht sagen. Ich spüre es.«

»Ach ... meine Sorgen sind so lächerlich, so armselig. Ich bin wirklich ein schlechter Mensch, Max. Ich bin kleinlich und egoistisch.«

»Das sind wir doch alle. Hier kommt dein Omelett. Ist ja nicht besonders groß.«

»Es ist genau richtig. Und jetzt wirst du gleich erfahren, was für ein schäbiger Mensch ich bin. Ich werde dir sagen, was mich wirklich beschäftigt.«

»Na komm, sag's mir! Ich will alles mit dir teilen. Geteiltes Leid ist halbes Leid. Wahrscheinlich hat es gar nichts mit Eliza zu tun, oder?«

»Nein«, sagte Betsy, überrascht von seinem untrüglichen Instinkt.

»Es hat mit Alec zu tun, stimmt's?«

»Max! Woher weißt du das?«

Er sah sie traurig an.

»Ich weiß es einfach. Das ist alles. Sag mir, was dich bedrückt.«

»Na ja ... ich hab gestern Abend Susie Graham getroffen, und sie hat mir erzählt, dass Alec und Johnnie sich ... sich wieder versöhnt hätten. Sie sind einander zufällig über den Weg gelaufen, und Johnnie war wohl sehr entgegenkommend … und jetzt arbeiten sie wieder zusammen.«

»Prima! Das sind doch gute Nachrichten, findest du nicht?«

»Ja, schon. Ich freue mich ja auch für ihn. Ich wollte nie, dass ihre Freundschaft in die Brüche geht.«

Nein, das stimmt nicht. Wie durchtrieben Susie doch ist. Natürlich habe ich gemerkt, was hinter ihren überschwänglichen Glückwünschen steckte. Und sie hat so überrascht getan! Johnnie hat sich gegen mich gestellt. Das war es, was sie mir eigentlich sagen wollte. Er hat mich nie gemocht. Und jetzt, da ich Max heirate, haben sich alle auf Alecs Seite geschlagen. Sie glauben, ich hätte … sogar Kenneth … Er ist wieder im Internat … ist ohne ein Wort abgereist … aber daran darf ich jetzt nicht denken.

»Aber es ist doch lieb von dir, dass du dich für ihn freust, Betsy. Ich kann daran nichts Kleinliches oder Egoistisches finden.«

»Na ja, einerseits freue ich mich. Aber andererseits bin ich auch etwas gekränkt. Dass ihm seine Freunde so schnell verzeihen, das hat mich doch ein bisschen verletzt, auch wenn das vielleicht kleinlich von mir ist.«

»Nun ja, das kann ich gut verstehen. Ich finde es schon ein wenig befremdlich, dass Graham Alec gegenüber so unkritisch ist.«

»Na ja, siehst du … er *war* ja sauer auf Alec, weil er glaubte, er hätte mein Leben zerstört. Aber seit er weiß, dass ich dich heirate, mein Leben also nicht zerstört ist, ist er nicht mehr sauer auf ihn. Das ist nur verständlich.«

»Wie großherzig von dir, es so zu sehen.«

Betsy holte tief Luft, entschlossen, sein Urteil zu korrigieren.

»Leider nicht. Denn es hat mich geärgert und verletzt … mehr als Elizas Brief heute Morgen.«

Er dachte eine Weile nach und bot ihr eine andere Erklärung an.

»Liegt es nicht daran, dass du Eliza liebst? Deshalb ist es dir leichtgefallen, für ihre Entscheidung Verständnis aufzubringen. Bei Graham fällt dir das natürlich schwerer.«

Ach, zum Teufel mit dir, Max! Du bist ein hoffnungsloser Fall. Du hilfst mir überhaupt nicht weiter. Wieso kannst du mich nicht so sehen, wie ich wirklich bin – kleinlich und egoistisch –, und mich trotzdem lieben? Dann könnte ich vielleicht ein besserer Mensch werden. Was nützt mir deine hingebungsvolle Liebe zu einer Frau, die nur in deiner Fantasie existiert?

»Reden wir nicht mehr über mich, Schatz. Reden wir lieber über dich. Wie lange bleibst du in Deutschland?«

»Das ist ja das Schlimme. Ich weiß es noch nicht. Natürlich hätte ich mich nie bereit erklärt, hinzufahren, wenn sich jemand anderes gefunden hätte, der auch nur annähernd der Aufgabe gewachsen wäre. Aber es scheint niemanden zu geben. Es ist zum Auswachsen, dass ich ausgerechnet jetzt fortmuss.«

Max würde am Nachmittag aufbrechen. Er wollte sich für einen alten, sehr angesehenen jüdischen Verleger einsetzen, der in einem Lager interniert und in einem äußerst labilen gesundheitlichen Zustand war. Max und seine Freunde hatten sich seit Monaten um seine Freilassung bemüht, und nun bestand die Chance, ihn freizubekommen, wenn eine beherzte Person vor Ort den erforderlichen Druck ausübte. Max betrachtete es als seine moralische Pflicht, sich der Sache anzunehmen. Es gab für ihn keine Alternative, auch wenn es bedeutete, dass er die Hochzeit aufschieben musste.

Er war ein viel besserer Mensch als Alec, wie sie sich immer wieder sagte: mutiger und tatkräftiger, jederzeit bereit, auf Komfort und Sicherheit zu verzichten. Anders als die meisten

Philanthropen verachtete er seine Mitmenschen nur, wenn sie Teil einer gesichtslosen, anonymen Masse waren. Für den Einzelnen dagegen hatte er ein großes Herz. Die Gewalt und Unterdrückung, die er anprangerte, waren allesamt das Werk von Menschen, die er nicht persönlich kannte. Alle, mit denen er in direktem Kontakt stand, mit denen er diskutierte und debattierte, mochten manchmal im Unrecht sein, aber niederträchtig waren sie in seinen Augen nie. Er ging davon aus, dass sie nur die besten Absichten hatten und stets darum bemüht waren, das Richtige zu tun.

Und vielleicht war es gerade diese Großherzigkeit, der er seine Erfolge verdankte und die es anderen so schwer machte, sich gegen ihn zu behaupten. Die beste Waffe gegen Unehrlichkeit und Eigennutz ist, die anderen durch die eigene Großmut zu beschämen. Betsy fragte sich manchmal, ob er bei allen Menschen so ein diffuses Schuldbewusstsein hervorrufen konnte – dieses Gefühl, moralisch versagt zu haben, und das Bedürfnis, ehrlich zu sein. Sie bezweifelte, dass sich die Leute, bei denen er sich für seinen jüdischen Freund einsetzen wollte, besonders wohl in ihrer Haut fühlen würden. Er würde sie dazu bringen, von sich aus vertrauliche Informationen preiszugeben und Zugeständnisse, wenn nicht gar verbindliche Zusagen zu machen. Und genau das war Max' Stärke. Wenn man ihm einmal Versprechungen gemacht hatte, ließ er nicht mehr locker, denn er zweifelte nicht im Geringsten an den guten Absichten seines Gegenübers. Statt sich abwimmeln zu lassen, wie sein Opfer hoffte, verfolgte er es wie eine lästige Fliege, bis es sein Versprechen eingelöst hatte.

»Ist dir schon mal jemand begegnet, der dir so unsympathisch war, dass du ihn respektlos behandelt hast?«, fragte sie plötzlich.

Max machte ein zerknirschtes Gesicht.

»Ja«, sagte er. »Einmal. Ich habe im Klub einem Mann die

kalte Schulter gezeigt, weil ich dachte, er wäre ein *agent provocateur*, der für den Verkauf von Waffen nach Südamerika Stimmung machen wollte. Der arme Kerl war ziemlich getroffen. Und dazu hatte er auch allen Grund, denn er war nicht der, für den ich ihn gehalten habe. Er war ein völlig harmloser Buchhalter. Seitdem habe ich nie wieder jemanden geschnitten. Das war mir eine Lehre.«

Betsy lachte.

Es war schon merkwürdig, dass er Eigenschaften an ihr bewunderte, die sie gar nicht besaß, während sie Eigenschaften an ihm schätzte, die ihm gar nicht bewusst waren. Ihr gemeinsames Leben würde ziemlich anstrengend werden, weitaus schwieriger, als sie erwartet hatte. Nicht sie, sondern er würde den Ton angeben. Er war nicht annähernd so formbar, wie sie gedacht hatte. Langsam wurde ihr klar, dass sie ihn nicht so einfach würde umkrempeln können, jedenfalls nicht so einfach wie Hornwood. Oder hoffen, dass ein Kabinettsposten seine moralischen Ambitionen würde befriedigen können. Sie konnte ihn vielleicht davon abhalten, irgendwelche Torheiten zu begehen, aber sie würde ihn niemals davon abbringen können, das zu tun, was er für richtig hielt. Es würde sie nicht wundern, wenn sein Gewissen und nicht ihr gesunder Menschenverstand ihr gemeinsames Leben bestimmen würde.

Weil er so unkompliziert und offenherzig war, hatte sie geglaubt, in ihm wie in einem Buch lesen zu können. Und das konnte sie auch, aber das Buch hatte ein paar überraschende Kapitel. Mit wachsendem Unbehagen blätterte sie Seite um Seite um und fragte sich bang, was wohl als Nächstes käme.

Was als Nächstes kam, sollte sie nicht nur überraschen, es sollte sie schockieren. Sie hatten eine Weile geschwiegen, ihren Kaffee getrunken, beide ganz in ihre Gedanken vertieft, als er aus heiterem Himmel sagte:

»Deine Freunde, die Blochs, stecken offenbar in Schwierigkeiten.«

»Die Blochs? Hast du sie denn getroffen?«

»Nein, aber er hat mir einen Brief geschrieben. Sie sind in Paris, aber anscheinend müssen sie innerhalb von vierzehn Tagen Frankreich verlassen. Ihre Aufenthaltsgenehmigung läuft aus, und sie können sie nicht verlängern lassen. Sie wissen nicht, wohin. Das Leben dieser heimatlosen Menschen muss ein Alptraum sein.«

»Was wollte er denn?«, fragte Betsy alarmiert.

»Nun ja, er schrieb, dass er nach England zurückkehren könnte, aber nur auf persönliche Einladung. Ich kann den Standpunkt unserer Regierung schon verstehen. Wir können ja nicht unbegrenzt Flüchtlinge bei uns aufnehmen, die völlig mittellos sind. Das wäre unseren eigenen Leuten gegenüber nicht fair. Wenn er aber bei Freunden unterkommen könnte, wäre das etwas anderes. Und wenn er erst mal hier wäre, könnte er Arbeit finden, meint er.«

»Er will, dass du ihn einlädst?«

»Ja. Ich habe ihm geschrieben, dass es in Hornwood genügend Platz für sie alle gibt. Und ich habe ihm eine offizielle Einladung geschickt, die er den Behörden vorlegen kann.«

»Oh, Max!«

»Was? Findest du die Idee nicht gut? Einen Mann wie ihn sollte man unbedingt unterstützen. Er ist ein hervorragender Künstler und ein vorbildlicher Europäer. Wir könnten doch in Hornwood irgendeine Aufgabe für ihn finden, meinst du nicht?«

»Ich mag ihn aber nicht. Ich mag sie alle nicht. Sie sind nicht meine Freunde. Es war Alec, der sie in Pandy Madoc einquartiert hat.«

»Wir werden sie kaum zu Gesicht bekommen, wenn wir gleich nach der Hochzeit nach Irland fahren. Und wenn wir danach in Hornwood sind, haben sie sich längst eingelebt.«

»O nein! Wenn sie erst mal da sind, werden wir sie nie mehr los. Ich hab dir doch gesagt, dass ich sie nicht leiden kann, Max.«

»Ja, ich weiß. Aber ich konnte es dem armen Kerl einfach nicht abschlagen. Für ihn geht es um Leben und Tod, und für uns ist es nur eine kleine Unannehmlichkeit.«

»Ich will die Blochs nicht in Hornwood haben.«

»Sie werden in einem anderen Flügel wohnen. Du wirst ihnen nie begegnen.«

»Ich ziehe nicht nach Hornwood, wenn sie dort sind.«

Max, den es sichtlich verstörte, dass ihr der Plan so missfiel, entschuldigte sich wortreich bei ihr, schien seinen Entschluss aber nicht rückgängig machen zu wollen.

»Nein, das ist zu viel«, stieß sie hervor. »Wenn du mich so lieben würdest, wie du behauptest, würdest du das nicht von mir verlangen. Es ist ja nicht nur, dass ich die Blochs nicht mag. Ich will ihnen nicht begegnen, weil sie mich an eine schlimme Zeit in meinem Leben erinnern, an viele Dinge, die ich vergessen möchte. Ich kann sie unmöglich wiedersehen.«

»Solltest du nicht vielleicht deine persönlichen Gefühle …«

»Wir mussten wegen deiner Verpflichtungen die Hochzeit verschieben. Und du kannst nicht behaupten, dass ich kein Verständnis dafür gezeigt hätte. Ich hab nicht versucht, dich von deiner Reise nach Deutschland abzubringen, auch wenn die meisten Frauen der Meinung wären, dass *sie* an erster Stelle stehen sollten. Aber wenn wir nicht mal unser eigenes Haus für uns haben, dann kann ich das nicht akzeptieren. Wenn du mir solche Dinge zumutest, dann werde ich dich nicht heiraten. Das ist mein Ernst, Max.«

Sie war so wütend, dass sie alles auf eine Karte setzte. Wenn sie ihn jetzt nicht kontrollieren konnte, dann nie. Niemals würde sie ein Leben akzeptieren, in dem sie nicht die Zügel in der Hand hielt.

»Betsy! Das *kann* nicht dein Ernst sein!«

»Oh, doch! Wenn du mir die Blochs aufzwingst, dann missachtest du meine Gefühle. Dann bedeute ich dir nicht genug.«

»Oh, Betsy! Mein Liebling! Wie kannst du nur so etwas sagen?«

Sein bestürztes Gesicht besänftigte sie.

»Ich behaupte ja nicht, dass es falsch war, sie einzuladen«, sagte sie versöhnlich. »Ich verstehe, warum du es getan hast. Aber ich könnte es einfach nicht ertragen. Es tut mir leid. Ich wünschte, es wäre anders. Ich bin nicht so großmütig und selbstlos wie du, lieber Max, und werde es nie sein. Ich werde immer mein Bestes tun, um dich zu unterstützen, aber es gibt gewisse Dinge, die überfordern mich einfach. Die darfst du mir nicht aufzwingen. Wenn ich immer wieder meine Bedürfnisse deinen ehrenhaften Absichten opfern muss, dann ertrage ich das nicht. Dann sollten wir lieber nicht heiraten.«

»Oh, Betsy! Das kann doch nicht sein!«

Aber sie blieb unerbittlich. Und noch ehe sie aufbrachen, hatte er ihr versprochen, die Blochs zu opfern. Allein die Vorstellung, Betsy zu verlieren, war ihm unerträglich.

Sie begleitete ihn zum Bahnhof und verabschiedete sich liebevoll von ihm. Nachdem sie ihren Willen durchgesetzt hatte, war sie heiter und gelöst, doch ihre zärtlichen Worte entlockten ihm nicht das kleinste Lächeln. Er sah zerknautschter und geschrumpfter aus denn je und war für seine Verhältnisse erstaunlich wortkarg. Er verachtete sich, weil er ihr nachgegeben hatte. Und tief in ihrem Innern verachtete sie ihn ebenfalls.

# Die Rolltreppe

Nachdem er abgereist war, fühlte sie sich so einsam, und seine täglichen kleinen Aufmerksamkeiten fehlten ihr so sehr, dass sich ihre Vorbehalte verflüchtigten. Sie sehnte seine Rückkehr herbei, konnte es kaum erwarten, ihn zu heiraten und ein neues Leben zu beginnen. Noch nie hatte sie sich so allein gefühlt. Ohne die Kinder war es im Well Walk leer und still. Sie vermisste die Verabredungen mit ihren Freundinnen, die Gespräche, die Geselligkeit. Sie hatte nichts zu tun und musste sich um nichts kümmern. Alle ihre früheren Beziehungen waren eingeschlafen. Ihre Londoner Freunde reagierten sehr unterschiedlich auf ihre Verlobung. Ihre Glückwünsche waren entweder zu überschwänglich oder zu frostig, sodass sie davor zurückschreckte, sich mit ihnen zu treffen. Sie lebte in einer Art Vakuum, redete von morgens bis abends mit kaum einer Menschenseele.

Sie ging sehr sparsam mit ihrem Geld um, auch wenn sie nicht genau wusste, warum. Vielleicht war es eine Art Aberglaube, die Angst, das Schicksal herauszufordern. Sie war noch nie besonders verschwenderisch gewesen, doch jetzt drehte sie jeden Penny um. In wenigen Wochen würde sie eine reiche Frau sein, aber bis dahin wollte sie auf Annehmlichkeiten verzichten. Die würde sie sich aufsparen und erst in ihrem neuen Leben genießen, um sich für mögliche Unannehmlichkeiten zu entschädigen. Deshalb entschied sie sich auch gegen eine aufwendige Aussteuer. Max würde es sowieso nicht merken, wenn sie sich keine neue Garderobe gekauft hatte. Außerdem besaß sie genug, um über den Winter zu kommen, und im Frühling würde sie sich in Paris neu einkleiden.

Von denselben Überlegungen geleitet, nahm sie jetzt auch die U-Bahn, etwas, was sie bisher tunlichst vermieden hatte. Aber sie hatte ihren Wagen für einen guten Preis verkauft. Und es wurmte sie, so viel Geld für ein Taxi nach Hampstead auszugeben. Natürlich entbehrte es nicht einer gewissen Ironie, dass ihr hohe Taxigebühren schon bald weniger ausmachen würden als jetzt die Kosten für die U-Bahn.

Solche Gedanken gingen ihr durch den Kopf, als sie nach einem ausgedehnten Friseurbesuch nachmittags die U-Bahn-Station Oxford Circus betrat. Es war noch keine Stoßzeit und die Rolltreppe fast leer. Zufrieden lächelnd, ein paar Päckchen in der Hand, fuhr sie in die Tiefe.

Plötzlich sah sie weit unten auf der entgegenkommenden Rolltreppe Alec. Sie traute ihren Augen nicht.

Doch als er näher kam, gab es keinen Zweifel mehr. Er war es, ein bisschen dicker, als sie ihn in Erinnerung hatte, älter, schäbiger gekleidet, weniger gut aussehend. Er näherte sich schnell. Vor lauter Aufregung kribbelte ihr ganzer Körper.

Er betrachtete die Werbeplakate an der Wand und hatte sie noch nicht entdeckt. Wahrscheinlich würde er sie gar nicht bemerken. Auch er trug ein Päckchen, das eine ganz seltsame Form hatte, ein bisschen aussah wie ein Torpedo. Sie fragte sich, was wohl darin war.

Als hätte ihn jemand gerufen, drehte er abrupt den Kopf. Und sah sie. Verblüfft starrte er sie an. Jetzt waren sie auf gleicher Höhe. Nicht mal ein halber Meter trennte sie. Sie hätten nur die Hand ausstrecken müssen. Doch schon war der Moment vorüber. Der Abstand zwischen ihnen wurde größer und größer.

Dann drehten sich beide im selben Moment um, sie sah hinauf, er hinunter. Der Bann war gebrochen. Ihre Gesichter erwachten wieder aus ihrer Starre. Alec lächelte breit, es war kein höfliches, unverbindliches Lächeln, sondern ein spontanes, herzliches, als könne er nicht anders. Sie wechselten einen vertrauten, wissenden Blick, tauschten ein Lächeln aus, wie sie es auch während ihrer Ehe getan hatten, wenn sie etwas amüsiert hatte.

»Typisch wir, begegnen uns auf einer Rolltreppe!«, besagte der Ausdruck in seinen Augen. Und: »Was machst du denn hier, mein Mädchen?«

Und ihre Augen antworteten:

»Lach nicht, Alec! Das ist absolut nicht komisch.«

Sie fuhr hinunter. Er fuhr hinauf. Bald läge die ganze Länge der Rolltreppe zwischen ihnen. Schon war die Entfernung zu groß, um das Gesicht des anderen zu erkennen. Als er oben angekommen war, schien es ihr, als verharrte er einen Moment, wie um ihre Trennung hinauszuzögern. Aber dabei blieb es, und sie verloren sich aus den Augen.

Benommen ging sie nach Hause. Sie hatte sich schon so oft ausgemalt, wie ihr erstes Wiedersehen ablaufen würde, ob es im Theater, in einem Restaurant, vielleicht sogar auf einer Party stattfinden würde. Sie wusste, dass sie sich irgendwann begegnen würden, und hatte geglaubt, dass sie darauf vorbereitet wäre. Irgendwie hatte sie sich vorgestellt, dass es ihm peinlicher wäre als ihr, und sie hatte genau geplant, wie sie ihn ansehen und was sie sagen würde, damit er verstand, dass sie ihm verziehen hatte. Aber mit einer zufälligen Begegnung auf einer Rolltreppe hatte sie natürlich nicht gerechnet. Sie war völlig durcheinander.

Sie fragte sich, was in dem Päckchen gewesen war. Und wohin war er wohl unterwegs gewesen? Wo war er jetzt gerade? War er auch zu Hause und dachte an sie?

Seit fast achtzehn Monaten lebten sie beide nun schon in London, nur wenige Meilen voneinander entfernt, und das jede Minute, jede Stunde, jeden Tag. Aber so hatte sie es nie vorher gesehen. Oder sich gefragt, was Alec wohl gerade tat, was er dachte. Lange Zeit hatte sie ihn nur verteufelt. Er war für sie der Inbegriff des Bösen gewesen. Und ihre Wut und die Empörung ihrer Freundinnen hatten ihre Fantasie noch befeuert. Doch dann hatte sie ihm großmütig verziehen. Aber er war trotzdem weniger real gewesen als nach ihrer überraschenden Begegnung auf der Rolltreppe.

Jetzt war sie ganz begierig darauf, alles über ihn und sein Leben zu erfahren. Das erstaunte sie. Ihr Wiedersehen hatte sie völlig überrumpelt. Ihre Augen hatten so viel ausgedrückt, während ihre Zungen geschwiegen hatten. Nachdem sie einen so intensiven Blick ausgetauscht hatten, konnten sie nie mehr so tun, als wären sie einander gleichgültig. Sie waren Freunde. Ja, sie waren immer noch Freunde, keine Marionetten, die höflich Konversation betrieben. Sie hatten sich noch etwas zu sagen und waren bereit, einander zuzuhören. Zu gern hätte sie gewusst, was in dem Päckchen war, es hatte so eine seltsame Form gehabt. Früher hatte er sich geweigert, irgendwelche Päckchen zu tragen. Sie würde auch gern wissen, ob er tatsächlich noch mal kurz gezögert hatte, ob er ebenfalls fand, dass ihre Begegnung viele Fragen aufgeworfen hatte. Vielleicht hatte er ihr etwas Wichtiges sagen wollen?

Den ganzen Abend und nächsten Morgen wartete sie darauf, dass er sich meldete. Eigentlich wollte sie ihre Mutter in Oxford besuchen, doch sie rief sie kurz entschlossen an und sagte ihr ab. Es wäre zu schade, wenn Alec sich melden würde und sie wäre nicht zu Hause. Denn sie war sich sicher, dass er die gleiche Unruhe und Neugier empfand wie sie. Er konnte doch nicht auf diese Weise unvermutet auf sie stoßen, sie anlächeln und dann einfach verschwinden, als wäre nichts geschehen. Er hatte bestimmt auch kein Auge zugetan. Er würde doch nicht einfach so zum Alltag übergehen.

Als der Tag verging, ohne dass sie etwas von ihm hörte, sank ihre Laune auf den Nullpunkt. Gebannt lauschte sie auf den Postboten, und jedes Mal, wenn das Telefon klingelte, war sie davon überzeugt, dass es Alec war. Sein Schweigen war ihr unerklärlich. Aber auch die beiden folgenden Tage gingen vorüber, ohne dass er sich meldete. Sie zermarterte sich das Hirn. Vielleicht war ihr erwiderndes Lächeln nicht freundlich genug gewesen. Männer konnten so dumm sein, so schwer von Begriff. Vielleicht sehnte sich der Narr die ganze Zeit danach, ihre Stimme zu hören, wagte es aber nicht anzurufen, weil er nicht wusste, wie sie reagieren würde. Aber er musste auf sie zukommen, genauso wie er als Erster gelächelt hatte. Das konnte und wollte sie ihm nicht abnehmen.

Nach einer Woche war sie der Verzweiflung nahe. Dennoch konnte sie sich nicht dazu entschließen, nach Oxford zu fahren. Sie verschob ihren Besuch von einem Tag auf den anderen. Tatsächlich war es nicht sehr klug, das Haus zu verlassen, falls er sich plötzlich ein Herz fassen und sie anrufen würde. Also blieb sie zu Hause und wanderte ruhelos von einem Zimmer ins andere. Das schlechte Wetter genügte ihr als Entschuldigung, um nicht nach draußen gehen zu müssen. Es regnete, und ein heftiger Wind wehte. Sie verbrachte viel Zeit in seinem ehemaligen Arbeitszimmer, stand am Fenster und betrachtete den sturmgepeitschten Himmel. Jetzt war es ein Gästezimmer. Sie hatte sämtliche Möbel ausgetauscht und ihm seine Papiere und Bücher nachgeschickt. Inzwischen tat es ihr leid, sie wünschte, sie hätte die Vergangenheit in Ehren gehalten und das eine oder andere aufbewahrt. Sein Schreibtisch könnte ruhig noch hier stehen. Im ganzen Haus gab es nichts mehr von ihm, außer einem alten Pullover, den sie nach längerem Suchen ganz hinten in einem Schrank entdeckt hatte.

Sie nahm ihn mit nach oben in ihr Schlafzimmer und ließ

ihn sanft aufs Bett fallen. Einen Moment lang nahm er die Konturen von Alecs Körper an. Beinah zärtlich strich sie darüber, zupfte ihn zurecht. Sie wiederholte dieses Spielchen ein paarmal und stellte sich dann wieder ans Fenster, um hinauszuschauen. Bei schönem Wetter hatte man einen herrlichen Blick auf London, doch jetzt war die Stadt unter Wolken und Nebelschleiern verborgen. Irgendwo da unten war Alec, zwischen den dunstverhangenen Kuppeln, Türmen und Schornsteinen, und durchlebte wie sie Stunde um Stunde dieser endlosen Woche. Ihr blieb nichts anderes übrig, als zu warten.

Und dann irgendwann, als sie gerade durch die Eingangshalle ging, hörte sie das Telefon klingeln. Bei den Malen zuvor hatte ihr Herz wie wild geklopft, und sie hatte vor banger Hoffnung gezittert. Jetzt schlug es ganz ruhig, weil sie sich sicher war: Diesmal war es Alec. Ganz bestimmt. Ihre innere Unruhe und Anspannung legten sich. Sie ging in den Salon und nahm den Hörer ab.

»Könnte ich bitte mit Mrs Canning sprechen?«, sagte er.

»Ich bin's, Alec. Betsy.«

»Betsy? Hier ist Alec.«

»Ich weiß.«

»Betsy … ich muss dich um einen großen Gefallen bitten.«

»Ja, Alec?«

»Es würde mir sehr viel bedeuten. Ich weiß, dass ich kein Recht habe, dich darum zu bitten. Aber ich habe das Gefühl, dass du dazu bereit wärst, wenn ich es dir erkläre.«

»Worum geht's denn?«

»Meine Mutter ist sehr krank. Ich fürchte, sie … ich fürchte, es gibt keine Hoffnung mehr.«

»Deine Mutter? Oh … das tut mir aber leid.«

»Ich bin hier bei ihr in Bedford Gardens. Ihr Geist ist nicht … Sie ist ziemlich verwirrt. Und sie fragt ständig nach dir. Sie scheint sich Sorgen um dich zu machen. Weißt du …

sie hat vergessen ... was passiert ist. Sie erinnert sich nicht mehr an die Scheidung und versteht nicht, dass du sie nicht besuchst ...«

»Und du willst, dass ich komme?«

»Das wäre großartig, Betsy! Sie glauben ... die Schwester und der Arzt glauben, dass es sie beruhigen würde, dich zu sehen. Du weißt ja, wie es ist, wenn jemand ... sehr krank ist. Wenn du kommen könntest ... nur ein paar Minuten ... Kommst du, meine Liebe? Ich wäre dir so dankbar. Das wäre furchtbar nett von dir. Es ist schrecklich, hilflos mitansehen zu müssen, wie sie sich quält. Das Einzige, was wir wohl noch für sie tun können, ist, ihr zu helfen, ihren Frieden zu finden.«

»Ich komme«, sagte Betsy. »Bin schon unterwegs.«

# Abschied

Alec stand am Fenster des Salons in Bedford Gardens und hielt nach Betsy Ausschau. Allerdings war er in Gedanken ganz woanders. Seine Mutter lag im Sterben, und er konnte an nichts anderes denken.

Die Unberechenbarkeit des Todes verstörte ihn, wie sie jeden verstörte; selten neigte sich ein Leben allmählich und vorhersehbar seinem Ende zu. Noch vor zehn Tagen war sie ihren üblichen Beschäftigungen nachgegangen, hatte mit der alten Maggie herumgezankt, mit ihren Freundinnen getratscht, mit einer neuen Stickarbeit begonnen und sich wie eine Frau verhalten, die noch viele Jahre leben würde. Selbst in der vergangenen Woche hatte es nicht das geringste Anzeichen für ihr baldiges Ende gegeben. Das Alter, das uns auf das große Finale vorbereiten sollte, hat nichts von einem dramatischen Schlussakt; nichts stimmt die Seele auf die ewige Stille ein. Alt und Jung gehen ohne Abschied, lassen Unvollendetes zurück, einen abgebrochenen Satz, eine unbeantwortete Frage.

Und jetzt quälte ihn sein Gewissen. Er hatte das Gefühl, jämmerlich versagt, kostbare Zeit verschwendet zu haben. Es war nicht nur das Bedauern über ihre jüngsten Unstimmigkeiten, das an ihm nagte, oder die Erkenntnis, dass sie sehr einsam gewesen sein musste und er sich so wenig um sie gekümmert hatte oder dass er sein liebloses Verhalten nie mehr wiedergutmachen konnte. Es waren auch nicht die wehmütigen Erinnerungen an früher, an seine Kindheit, auch wenn sie ihn in letzter Zeit nicht mehr losließen. Was ihm wirklich zu schaffen machte, war die Tatsache, dass er so wenig über ihr

Leben wusste, dass er über so vieles nur spekulieren konnte. Ihr Leben war wie ein Buch, in das er nur einen flüchtigen Blick geworfen hatte; ein fremdes Land, das er von einem Berggipfel betrachtet, aber nie besucht hatte. Jetzt war die Chance vertan.

Es gab so vieles, von dem er nichts wusste – Dinge, die vor langer Zeit geschehen waren, bevor sein eigenes Leben begonnen hatte; die Ängste, Hoffnungen und Freuden eines jungen Mädchens, eines Kindes. Es gab eine ganze Welt, die nur in ihrer Erinnerung existierte und die mit ihr für immer untergehen würde. Dass er sich so wenig für sie interessiert, so wenig ihrem Gedächtnis entlockt hatte, das war die eigentliche Tragik. Nur wenn er alles über sie gewusst hätte – alles, was sie gefühlt, gehört und gesehen hatte –, sodass ihre Erinnerungen in ihm fortlebten, hätte er sie vor dem Vergessen bewahren können. Das erkannte er jetzt.

Er sah den langen Weg vor sich, den sie zurückgelegt hatte: Hie und da blitzten ein paar Bilder auf, ein paar Sätze, das wenige, was ihm von den zahlreichen Dingen, die sie erzählt hatte, noch im Gedächtnis geblieben war. Er stellte sich vor, wie sie sich zögernd dem Ziel ihrer letzten Reise näherte. Er sah die grünen Hügel Cumberlands vor sich und den Feldweg, der zu ihrer Schule in Drummond Water führte. Er war einmal mit ihr dort gewesen und hatte nur mit halbem Ohr zugehört, als sie von den vergangenen Zeiten erzählt hatte.

»... eigentlich keine richtige Schule, aber ich hab's mir so vorgestellt. Ein paar Kinder und ich sind zu einer alten Lehrerin gegangen ... Ich hatte immer mein Pausenbrot dabei, in einem kleinen Korb ...«

Ihn interessierte nicht das kleine Mädchen, das vor langer Zeit über Wagenspuren und Pfützen gesprungen war. Ihn interessierte vielmehr, wie aus der neunjährigen Emily Lewthwaite, die jeden Morgen fröhlich zur Schule marschiert war, die

Frau hatte werden können, die sechzig Jahre später an einem stürmischen Nachmittag ihrem Tod entgegendämmerte.

Als er das Klacken eines Taxameters hörte, blickte er auf die Straße hinunter. Betsy stieg gerade aus einem Taxi und eilte mit eingezogenem Kopf aufs Haus zu. Sie trug denselben Mantel und denselben Hut wie an dem Nachmittag, als er sie so überraschend auf der Rolltreppe in der U-Bahn-Station gesehen hatte. Er lief die Treppe hinunter und öffnete ihr die Tür, bevor sich die alte Maggie aus dem Souterrain hochgeschleppt hatte.

»Wie schön, dass du kommst«, begrüßte er Betsy.

Ehe er die Tür schließen konnte, wehte der Wind in die Vorhalle und fegte einen Stapel Briefe von der Kommode. Sofort bückten sich beide, um sie aufzuheben: ein Tulpenkatalog aus Holland, ein paar Werbesendungen und mehrere Rechnungen, die Mrs Canning – wie Betsy wusste – tagelang nicht anrührte, weil sie sie nur äußerst ungern bezahlte. Schon seltsam, dachte Betsy, dass das Leben in Bedford Gardens einfach so weitergegangen ist. Als Maggie mit verweintem Gesicht die Küchentreppe heraufkam, begrüßte sie die alte Frau herzlich und fragte, wie es ihr gehe.

»Danke, geht so, Ma'am«, erwiderte Maggie und zögerte einen Moment, weil sie nicht wusste, ob es unter den gegebenen Umständen angemessen war, Betsy ihrerseits zu fragen, wie es ihr ging.

»Das ist sicher schlimm für dich«, sagte Betsy.

Maggies Mundwinkel begannen zu zucken. Sie wandte sich ab und floh die Treppe hinunter.

Betsy drehte sich zu Alec um. »Geht es wirklich zu Ende?«

Er nickte bedrückt und führte sie in den ersten Stock hinauf. Wie oft war sie diese Stufen hochgegangen, fest entschlossen, sich von ihrer Schwiegermutter nicht einschüchtern zu lassen.

Sie sah die chinesischen Kunstdrucke an der Wand, die nicht so wertvoll waren, wie Mrs Canning glaubte, und das Telefon auf dem Tischchen in der zugigen Nische. Doch schon jetzt verblasste die Präsenz der alten Dame. Die Möbel, die Bilder … waren nur noch seelenlose Gegenstände und nicht länger Ausdruck ihrer Persönlichkeit. Das Haus war nur noch eine leere Hülle, die sie nicht mehr mit Leben füllen konnte. Alles, was sie einmal gewesen war, alles, was Betsy in ihr gesehen hatte, war zu einem kleinen grauen Gesicht auf einem Kissen in einem stickigen, stillen Zimmer geschrumpft: ein winziges Gesicht, wie das eines Kindes.

Die Krankenschwester, die am Bett saß und strickte, warf ihnen einen warnenden Blick zu.

»Das ist meine … das ist Mrs Canning«, flüsterte Alec. »Ist sie wach?«

Ein neugieriger Ausdruck blitzte im Gesicht der Frau auf. Dann setzte sie wieder ihre professionelle Miene auf.

»Ich glaube schon«, sagte sie und erhob sich. »Aber sie erkennt Sie vielleicht nicht. Sie ist schon die ganze Zeit sehr unruhig.«

Sie überließ Betsy ihren Stuhl neben dem Bett und setzte sich mit ihrem Strickzeug ans Fenster. Das Gesicht auf dem Kissen blieb starr und reglos. Plötzlich sagte die Kranke, ohne die Augen zu öffnen:

»Betsy, bist du das?«

»Ja! Ich wollte … wie geht's dir?«

»Gar nicht gut. Diese Kopfschmerzen! Aber zu Hause in Drummond Dale wird's bestimmt besser. Bin noch zu schwach für die Reise. Aber morgen fahr ich heim.«

»So geht's schon die ganze Zeit«, wisperte die Schwester. »Ich sag ihr immer wieder, dass sie doch längst zu Hause ist.«

Mrs Canning öffnete die Augen und warf einen hasserfüllten Blick in Richtung Fenster. Dann wandte sie sich Betsy zu und musterte ihr Gesicht. Ihre Energie war verpufft.

»Wie geht's dir?«, keuchte sie. »Kann nicht reden. Zu müde. Sprich du.«

»Ich …«, sagte Betsy. »Ich …«

»Hast du die Stühle gekauft?«

Betsy drehte sich zu Alec um und sah ihn fragend an.

»Launceston Place«, murmelte er.

Dort war ihr erstes Haus gewesen. Plötzlich erinnerte sie sich wieder an die Esszimmergarnitur, die sie nicht hatte kaufen wollen, weil Mrs Canning sie so dazu gedrängt hatte.

»Jaja«, sagte sie hastig. »Ich hab sie dann doch gekauft.«

Ein schwaches Lächeln huschte über das bleiche Gesicht.

»Aber du … darfst dich nicht … überanstrengen. Ist nicht gut für dich. Treppen rauf und runter. Wenn's mir besser geht, helf ich dir …«

Als sie das Haus am Launceston Place bezogen hatten, war sie mit Kenneth schwanger gewesen. Sie vermied es, Alec anzusehen.

»Ich geb schon auf mich acht«, versprach sie.

»Gut … Hab mir schon Sorgen gemacht. Ich bin so froh … denk so oft an dich … Was ist mit den Tapeten?«

Betsy versuchte sich an ihr erstes Haus zu erinnern. Es war schon so lange her. Sie waren frisch verheiratet und wohnten noch nicht lange am Launceston Place, als der Krieg ausbrach. Alec wurde einberufen, und sie zog zu ihren Eltern nach Oxford. Sie hatte vier kostbare Jahre ihrer Jugend verloren, Jahre des Schreckens und des Chaos, die ihr damals endlos erschienen waren. Aber rückblickend kamen sie ihr vor allem dröge und belanglos vor. Sie hatte während dieser Zeit nicht wirklich gelebt, sondern nur herumgesessen und darauf gewartet, dass endlich der Krieg aufhörte. Launceston Place, der Ort, an dem ihr neues Leben begonnen hatte, gehörte zu einer längst vergangenen Welt. Sie erinnerte sich nicht mehr an die Tapeten, nur noch an das aufregende Gefühl, ein eigenes Haus zu haben, an die Kämpfe mit Mrs Canning und dass ihr manchmal übel war. Und an Alec, der abends nach Hause kam und sie erst mal trösten musste, weil sie entnervt und erschöpft war, an ihre junge Liebe, ihre Leidenschaft und an die Gewissheit, dass sie alle Zeit der Welt hätten und dass es das Schicksal gut mit ihnen meinte.

»Die in meinem Schlafzimmer sind grün-weiß gestreift«, sagte sie.

Plötzlich hatte sie wieder das Zimmer vor Augen, in dem sie Ken zur Welt gebracht hatte. Anfangs war sie manchmal nachts vom Weinen eines Babys geweckt worden und hatte sich verwirrt gefragt, woher denn dieses Wimmern kam.

Mrs Canning hatte die Augen wieder geschlossen. Sie schien in ihre eigene Welt eingetaucht zu sein. Die Schwester strickte emsig, die Nadeln klapperten leise. Betsy straffte sich und sah Alec fragend an. Ob sie jetzt wohl gehen konnte?

Da schreckte sie eine scharfe Stimme auf.

»Ja. Ich wollte dich sehen. Wo ist Alec?«

»Hier, Mutter! Ich bin hier.«

Er stellte sich neben Betsy. Seine Mutter starrte mit angstvoll aufgerissenen Augen ins Leere.

»Ist Betsy da? Ach ja! Henrietta Hewitt war heute Morgen hier. Sie hat gesagt, dass ihr euch gestritten habt. Ich kann mich jetzt nicht drum kümmern. Du darfst mich nicht aufregen, wenn ich krank bin. Das geht nicht.«

Mit gehetztem Blick versuchte sie sich aufzurichten. Die Schwester trat an ihr Bett.

»Na, na, Mrs Canning, meine Liebe …«

»O nein, schick diese Frau weg! Sie quält mich. Das darf sie nicht. Du bist schuld, Alec. Du musst dich um Betsy kümmern und nachsichtig mit ihr sein. Ein Ehemann sollte …

seine Frau lieben und ehren. Sie ist töricht … sehr töricht … aber sie hängt an dir.«

»Ja, Mutter. Schon gut. Wirklich …«

»Ich hab mich so gesorgt. Das hat mich ganz krank gemacht. Ich dachte, es wäre meine Schuld … weil ich etwas gesagt hab. Da war doch was … Aber es stimmt nicht, oder? Dass sie weg ist?«

»Nein, nein, liebe Mutter! Schau doch! Sie ist hier … um dich zu besuchen.«

»Sie hätte früher kommen sollen. Sie sollte wissen, was sich gehört …« Dann beruhigte sie sich etwas. »Ich kann mich jetzt nicht drum kümmern. Bin zu müde.«

Sie schloss wieder die Augen und murmelte:

»Gib ihr etwas Tee … Tee, Lieber. Sie muss doch müde sein, die Arme. Ich werde sie nicht mehr sehen … bevor ich nach Drummond Dale fahre.«

Betsy beugte sich vor, küsste sie und hauchte ein Lebewohl, aber sie schien es nicht zu hören.

Draußen vor der Tür konnte sie nicht länger die Tränen zurückhalten. Alec legte den Arm um ihre Schultern und führte sie hinunter in den Salon, versuchte sie zu trösten, sagte ihr, wie lieb es von ihr gewesen sei, noch einmal vorbeizukommen.

Nach den Jahren der Leere und der Zerrissenheit fand sie sich endlich in seinen Armen wieder. Er setzte sich mit ihr aufs Sofa und zog sie an sich. Langsam kam sie zur Ruhe. Lange Zeit saßen sie nebeneinander im schwachen Schein des Kaminfeuers. Keiner von beiden wagte es, sich zu rühren oder etwas zu sagen. Sie hatten einander gefunden, sie waren vereint. Und solange dieser Moment andauerte, würden sie es auch bleiben.

Das laute Ticken der Standuhr auf der Treppe klang wie eine Drohung.

Betsy seufzte und sagte traurig:

»Es tut mir leid … dass ich manchmal so lieblos zu ihr war.«

»Ich weiß, Betsy.«

»Ach, Alec. Unsere Streitigkeiten kommen mir jetzt so unwichtig vor.«

»Stimmt.«

»Wie konnte das alles nur passieren? Wie konnten wir das zulassen? Wir müssen verrückt gewesen sein.«

»Ja.«

»Es war ein schrecklicher Fehler. Und es war allein meine Schuld.«

»Nein, meine.«

Der magische Moment war vorüber, aber sie wartete immer noch darauf, dass er mehr dazu sagte. Aber er sagte nichts. Und schon schienen sie sich ein wenig voneinander zu entfernen. Voller Panik flüsterte sie:

»Ist es denn unmöglich …?«

Einen Augenblick lang war es still, nur die Uhr tickte unerbittlich weiter. Dann erwiderte er:

»Völlig unmöglich.«

Er schob sie sanft von sich weg und stand auf.

»Völlig unmöglich«, wiederholte er. »Wir haben jetzt … andere Verpflichtungen.«

»Meinst du … Joy? Würde es ihr denn sehr viel ausmachen?«

»Sie ist jetzt meine Frau. Und sie gibt sich wirklich Mühe. Sie ist ein guter Mensch. Sie gibt ihr Bestes. Als Eliza bei uns einziehen wollte, war sie anfangs dagegen, aber dann ist sie über ihren Schatten gesprungen. Hat sich einen Ruck gegeben … und an sich gearbeitet. Da kann ich sie unmöglich verlassen. Ich muss auch mein Bestes geben.«

»Aber ich will nicht allein sein, Alec! Ich kann's einfach nicht. Ich bin so einsam.«

»Du könntest Max heiraten.«

»Ich wäre nie glücklich mit ihm. Ich würde mich immer noch als deine Frau fühlen und nicht als seine.«

»Na ja, meine Liebe, das kannst nur du selbst entscheiden.«

»Du redest, als ob … dich das gar nichts angeht.«

»Tut's auch nicht«, sagte er mit einem tiefen Seufzer. »Darf es auch gar nicht.«

Jetzt waren sie meilenweit voneinander entfernt. Sie sprang auf, stellte sich vor ihn und sah ihn flehend an.

»Alec! Oh, Alec!«

»Bitte geh jetzt, Betsy. Ich muss nach meiner Mutter sehen.«

»Dann ist das also … wirklich … das Ende?«

»Ich denke schon.«

»Dann leb wohl.«

»Leb wohl, Betsy. Ich wünsch dir alles Gute. Versuch …«

Eigentlich wollte er sagen, sie solle versuchen, glücklich zu sein, aber stattdessen sagte er, sie solle tapfer sein.

»Und … heirate Max … Er wird immer für dich da sein. Du hast recht. Du solltest nicht allein sein. Erzähl ihm alles. Er wird dich verstehen. Und … und versuch, ihm eine gute Ehefrau zu sein.«

»Ja«, sagte sie matt. »Ja.«

Nachdem sie gegangen war, stellte er sich wieder ans Fenster und beobachtete, wie Wolkenfetzen über den dunklen Himmel jagten. Vom rauen Norden her fegte der Wind übers Land, brauste durch die Wälder, preschte durch Städte und Dörfer, wirbelte den Rauch von Schornsteinen auf. Niemand würde heute seinen Frieden finden. Selbst der Laternenanzünder, der sich die Straße hinaufkämpfte, konnte sich nur mühsam auf den Beinen halten. Alec wünschte, er hätte sie nicht in dieses stürmische Wetter hinausschicken müssen.

Aber sie ist nicht einsamer als jeder von uns, dachte er. Wir können einer anderen Seele nie wirklich nahekommen. Wir sind allein …

Plötzlich verwandelte sich die windgepeitschte Straße in eine grüne Wiese mit einem blühenden Apfelbaum, auf der ein paar Mädchen im Sonnenschein herumsprangen. Es war, als holte ihn eine ferne Erinnerung ein, nur war es nicht seine. Ein fremder Geist schien sie heraufbeschworen zu haben, ein Geist, der von allen irdischen Fesseln befreit durch Raum und Zeit wanderte. Doch diese friedvolle Stimmung, diese Euphorie, die diese unwirkliche Szenerie in ihm auslöste … Das konnte nur das Jenseits sein.

Dort, dachte er, werden wir glücklich sein. Dort waren wir einmal glücklich … Und dorthin kehren wir zurück …

Dann war es vorbei, und er stand allein im dämmrigen Salon. In diesem Moment lugte Maggie durch den Türspalt und schaltete das Licht ein. Plötzlich verfinsterte sich die Welt vor dem Fenster, und die Nacht kroch herein.

»Oh, Sir«, sagte sie. »Ich dachte, Sie wären oben.«

»Ich wollte gerade zu ihr, Maggie.«

Er ging hinauf in das Zimmer, in dem eine tiefe Ruhe eingekehrt war. Die Schwester flüsterte:

»Es geht zu Ende, Mr Canning. Vielleicht sollten wir den Arzt rufen. Ich glaub nicht, dass sie noch einmal aufwacht.«

»Hat sie noch etwas gesagt … nachdem wir weg waren? Hat sie nach mir gefragt?«

»Nein. Sie war nicht mehr bei sich. Sie hat nur gelächelt und leise vor sich hin gemurmelt. Irgendwas von einem Apfelbaum.«

TEIL VIER

# ZEIT UND WANDEL

# Kenneth

In einer flachen Talsenke zwischen zwei Bergrücken liegt der verschlafene Ort Abbot's Markham. Biegt man von der großen Straße, die auf dem Kamm entlang in Richtung Westen führt, in ein kurvenreiches Sträßchen ein und folgt ihm bergab zu einer kleinen Brücke, gelangt man bald darauf zwischen niedrigen Mauern aus honigfarbenem Cotswold-Stein hindurch ins Dorf. Auf einer Wiese neben dem Fluss liegen die verstreuten Trümmer einer ehemaligen Klosterkirche. Doch nicht wegen dieser Ruine fahren so viele Autos von der Hauptstraße ab, den steilen Weg hinunter und über die Brücke. Ihr Ziel ist das vierhundert Jahre alte Raven Inn, das von dem berühmten Bruce Blackett geführt wird, dessen Flugkünste von Harbin bis Kapstadt für Schlagzeilen sorgten, bis ihn ein verhängnisvoller Absturz zwang, sich ein anderes Betätigungsfeld zu suchen. Reisende legen hier auf dem Weg in den Westen eine kurze Rast ein und nehmen im Raven eine Mahlzeit zu sich, in der Hoffnung, ihn zu sehen, was ihnen aber selten gelingt, weil er die meiste Zeit in der Küche verbringt, um den örtlichen Bauernmädchen beizubringen, wie man eine Suppe klärt oder einen Fisch filetiert. Er ist ein genialer Koch und führt nur deshalb ein Gasthaus, damit er seinem Lieblingshobby nachgehen kann.

Als Beddoes eines Abends im August die Brücke überquerte, waren sämtliche Parkplätze vor dem Wirtshaus bereits belegt. Er hätte den Hügel hoch zu dem kleinen Platz an der Kirche fahren können, aber das war ihm zu aufwendig. Er parkte einfach mitten auf der Straße, direkt vor den Motorhauben der anderen Wagen. Von seinen drei Begleitern war Kenneth der Einzige, der protestierte.

»Du kannst hier nicht parken. Die anderen kommen doch nicht mehr raus. Und außerdem kommt niemand mehr vorbei.«

Beddoes beachtete ihn nicht weiter. Hastings und McCrae, die hinten saßen, grinsten sich an. Der junge Canning suchte schon auf dem ganzen Weg von London Streit, und wenn er sich nicht in Acht nahm, würde er noch sein blaues Wunder erleben. Er war der Jüngste von ihnen, aber er schien zu glauben, dass ihm seine Freundschaft mit Beddoes das Recht gab, eine dicke Lippe zu riskieren. Während der Fahrt hatten sie sich damit amüsiert, ihn auf die Schippe zu nehmen. Als Beddoes sie gefragt hatte, ob sie Lust hätten, mit ihm nach Cornwall zu kommen, hatte er angedeutet, dass sein kleiner Freund sicherlich nicht begeistert wäre, denn die Tour war ursprünglich als *tête-à-tête* geplant gewesen. Kenneths langes Gesicht, als er sie im Auto entdeckte, war saukomisch gewesen. Es hatte ihnen Spaß gemacht, sich alle möglichen absurden Gründe auszudenken, warum er nicht ans Steuer durfte.

Sie waren keine St. Clere's-Männer. Sie hatten Beddoes in St. Moritz kennengelernt und die Bekanntschaft während der Osterferien in London wieder aufgefrischt. Sie waren ein oder zwei Jahre älter als er, hatten aber im Gegensatz zu ihm kein Geld und waren bereit, nach seiner Pfeife zu tanzen, solange sie ihren Spaß hatten. Und ihm gefiel es, Anhänger um sich zu scharen. Sie verstanden einander prächtig.

»Die werden uns mitten beim Essen rausrufen, um ihn wegzufahren«, wandte Kenneth ein.

»Das ist deine Chance«, sagte McCrae. »Du hast ja schon den ganzen Tag gejammert, dass du endlich mal fahren willst.«

»Einen Teufel werd ich tun.«

»Halt die Klappe und komm mit«, sagte Beddoes.

Sie stiegen aus, knallten alle vier Türen zu, zerstörten die schläfrige Stille der Straße. Beddoes steuerte zielstrebig auf das Gasthaus zu, gefolgt von seinen beiden Bewunderern und Kenneth, der schmollend hinterhertrottete. Sie marschierten in den Gastraum, sahen sich mit einem abschätzigen Blick um, schikanierten den Kellner und ließen sich schließlich gnädig zu einem Tisch führen. Als sie endlich saßen, hatten sie bereits sämtliche Gäste gegen sich aufgebracht.

Noch bevor sie ihre Mahlzeit beendet hatten, trat genau das ein, was Kenneth prophezeit hatte. Ein Kellner kam an ihren Tisch und wandte sich an Beddoes, der das Essen bestellt hatte und der Anführer der Gruppe zu sein schien. Wäre er bitte so nett und würde seinen Wagen wegfahren, weil ein anderer Gentleman gern ausparken würde? Beddoes schenkte ihm nicht die geringste Beachtung. Ungerührt, als wäre der Mann überhaupt nicht vorhanden, nahm er sich ein Stück Käse. Hastings und McCrae folgten seinem Beispiel. Aber Kenneth konnte es sich nicht verkneifen zu bemerken:

»Was hab ich dir gesagt!«

Daraufhin wandte sich der Kellner an ihn.

»Der Gentleman würde gern wegfahren, Sir. Er wartet.«

»Das Auto gehört mir nicht«, sagte Kenneth und lief rot an.

Beddoes schien erst jetzt den Kellner zu bemerken und forderte ihn auf, etwas Brunnenkresse zu bringen, falls sie so etwas hätten. Der Mann zögerte kurz und ging dann los, um seinen Chef zu holen.

»Du wirst ihn wegfahren müssen«, sagte Kenneth.

Hastings und McCrae schlossen Wetten darüber ab, ob Kenneth den Wagen wegfahren würde oder nicht.

»Ich hab ihn nicht da hingestellt. Das war Beddoes. Die Suppe kann er selbst auslöffeln.«

»Der Kleine macht immer, was man ihm sagt.«

»Nein, glaub ich nicht. Das gibt bestimmt ’nen Zwergenaufstand.«

Zu alldem sagte Beddoes keinen Ton. In aller Seelenruhe aß er seinen Käse, doch in seinem Blick lag ein gefährliches Funkeln. Bald darauf erschien Bruce Blackett, und ein Raunen ging durch den Raum. Sämtliche Gäste wandten den Kopf und beobachteten, wie der drahtige, einarmige Mann auf die vier zuging. Unverschämte junge Männer waren für Blackett nichts Neues; damit konnte er umgehen. Mit einem Blick erfasste er die Situation. Er sah den grausamen Zug um Beddoes Mund, McCraes Pickel und die Schatten unter Kenneths Augen.

»Ich fürchte, dass Sie Ihren Wagen wegfahren müssen«, sagte er freundlich.

Eine Pause trat ein. Es war mucksmäuschenstill, und alles lauschte gespannt. Ein paar Sekunden lang versuchte Beddoes, Blackett ebenso zu ignorieren wie zuvor den Kellner. Aber er besaß nicht die Willensstärke, um einer überlegenen Persönlichkeit zu trotzen. Sein Hochmut begann zu bröckeln. Er war gezwungen, Blackett anzusehen.

»Was?«, fragte er.

»Sie haben gehört, was ich gesagt habe, junger Mann«, erwiderte Blackett.

Mit einem Schulterzucken wandte sich Beddoes an Hastings.

»Was hat er gesagt?«

»Wir … wir sollen den Wagen wegfahren«, murmelte Hastings.

»Ach?« Beddoes starrte Blackett an. »Wieso?«

»Weil er im Weg steht.«

»Ach, wirklich? Sie führen ein Lokal und erlauben Ihren Gästen nicht, davor zu parken?«

»Nicht, wenn andere Gäste behindert werden.«

»Wir fahren ihn nach dem Essen weg.«

»Nein, jetzt sofort. Wenn nicht, ruf ich die Polizei, weil Sie die Straße blockieren.«

Beddoes warf Kenneth einen Blick zu.

»Mach dich auf die Socken, Kleiner.«

Alle Augen waren auf Kenneth gerichtet. Mit hochrotem Kopf, zutiefst gedemütigt, stand er auf und ging nach draußen. Er hörte noch, wie McCrae kicherte.

Auf der Straße hatte sich ein wütendes Grüppchen um Beddoes Wagen geschart. Als Kenneth auftauchte, fragten sie ihn erbost, was er sich dabei gedacht hätte, hier zu parken. Feindseligkeit schlug ihm entgegen; er musste als Sündenbock für Beddoes herhalten. Wortlos stieg er in den Wagen und versuchte ihn aus der Lücke zu manövrieren. Aber selbst für einen guten Fahrer wäre es ein schwieriges Unterfangen gewesen, weil ein Lastwagen den Hügel heruntergekommen war und jetzt darauf wartete, an dem Hindernis vorbeifahren zu können, sodass es kaum möglich war, auf der Straße zu wenden. Und Kenneth war alles andere als ein guter Fahrer. Er würgte die Gänge rein, ließ den Motor aufheulen, legte den Rückwärtsgang ein, der Wagen machte einen Satz nach hinten, dann nach vorn, kollidierte mit dem Bordstein und rammte die anderen Autos. Er bot ein unwürdiges Schauspiel. Bruce Blackett, ein Mann, für den er seit Jahren schwärmte, auf den er unbedingt einen guten Eindruck machen wollte, stand wortlos daneben und wurde Zeuge seiner Schmach.

Nach fünf Minuten, die ihm wie fünfzig vorkamen, konnte er weder vor noch zurück. Blackett war gezwungen, einzugreifen. Er winkte die Schaulustigen beiseite, die Kenneth widersprüchliche Anweisungen zuriefen, und setzte sich hinters Steuer. Innerhalb kürzester Zeit hatte er einarmig das Problem gelöst. Der Lastwagen kroch vorbei, und auch die entrüsteten Gäste konnten sich endlich auf den Weg machen. Ohne ein Wort zu sagen oder Kenneth auch nur eines Blickes zu würdigen, stieg er aus und ging aufs Haus zu. Als ihm der Junge etwas nachrief, hielt er inne.

»Es tut mir leid, dass wir Ihnen so viel Ärger gemacht haben, Sir. Es war wirklich schwachsinnig, das Auto da stehen zu lassen.«

Ein Zeichen von Reue. Blackett nickte. In der Art, wie er »Sir« gesagt hatte, schwangen Scham und Demut mit.

»Warst du das?«, fragte er.

»Nein.«

Damit war alles gesagt. Blackett zögerte einen Moment, aber im Grunde ging es ihn nichts an. Er nickte wieder und betrat das Gasthaus. Bevor er in die Küche zurückkehrte, notierte er sich in seinem Büro Beddoes Autokennzeichen. Das hatte er sich zur Gewohnheit gemacht, wenn es mit motorisierten Gästen Ärger gab.

Kenneth folgte ihm nicht. Es wäre unerträglich, zurückzugehen und sich den Pöbeleien der anderen auszusetzen. Stattdessen ging er ein Stück die Dorfstraße hinauf. Inzwischen hatte sich das Licht verändert. Die Sonne war untergegangen, aber die Steinmauern und Gärten leuchteten noch im letzten Abendlicht.

Ein Feldweg führte zwischen duftigem Wiesenkerbel hindurch hinunter zum Fluss. Es war so still, dass er das Murmeln des Wassers, das hundert Meter entfernt über ein Kiesbett floss, hörte. Unter den Ulmen verstreut lagen die Trümmer der Klosterkirche. Obwohl der Himmel noch immer hell war, konnte man die Dunkelheit bereits erahnen. Während die Minuten verstrichen, senkte sich die Dämmerung übers Land, sammelte sich unter den Bäumen und kroch wie Nebel den goldenen Bergrücken auf der anderen Seite des Tals hinauf.

Kenneth setzte sich auf einen Stein am Wasser und vergrub

das Gesicht in den Händen. Seine Wangen glühten nicht mehr, aber er war unendlich traurig. Die Anspannung des Tages lastete schwer auf ihm, die Hänseleien auf der Fahrt, der Verdruss und die Enttäuschung.

Er hatte eigentlich nicht die geringste Lust gehabt, mit nach Cornwall zu fahren. Er wusste, was ihn erwartete, sie würden ihn die ganze Zeit wie einen Hund behandeln. Aber er wusste nicht, wo er sonst hinsollte. Seine Mutter war jetzt mit Max St. Mullins verheiratet, und sie waren zusammen zu irgendeiner Konferenz nach Genf geflogen. Sie hatten angeboten, ihn und Daphne mitzunehmen, doch er hatte abgelehnt. Allerdings wollte er auch nicht den ganzen Sommer in Hornwood verbringen, weil er Hornwood nicht als sein Zuhause betrachtete. Also gab es keine Alternative zu Cornwall und Beddoes, den er hasste und der ihn wie ein Stück Dreck behandelte.

Es war schwer zu glauben, dass er so sehr an einen Menschen gebunden war, den er hasste. Er hatte Beddoes eigentlich noch nie gemocht; doch anfangs hatte dieser eine eigenartige Faszination auf ihn ausgeübt. Außerdem hatte er sich damals so sehr selbst bemitleidet, dass ihm die Vorstellung gefiel, sich einem schlechten Menschen anzuschließen – als hätte eine Welt, die ihn mies behandelt hatte, nichts Besseres verdient. Es war mehr als eine Pose gewesen. Er hatte geglaubt, dass er sich jederzeit von dieser morbiden Anziehung befreien könnte. Die Überzeugung, dass es noch nicht zu spät war, dass er sich aus freien Stücken lösen könnte, hatte den eigentlichen Reiz des Ganzen ausgemacht. Es war ein Spiel mit dem Feuer.

Die Unterwerfung einer schwachen Natur unter eine stärkere geschieht meist unbewusst. Langsam und unmerklich war sein Wille gebrochen worden. Inzwischen wusste er, dass es ihm unmöglich war, von dieser Abhängigkeit loszukommen. Dennoch hoffte er, wie ein Drogensüchtiger, dass es das

Schicksal gut mit ihm meinen und es ihm auf wundersame Weise gelingen würde. Er träumte davon, dass er eines Morgens aufwachte und frei wäre.

Er hatte etwas Geld in der Tasche und hätte ohne Weiteres sofort nach London zurückkehren können. Keine drei Meilen entfernt gab es einen Bahnhof. Er spielte kurz mit dem Gedanken, aber nicht, weil er fliehen wollte, sondern aus Trotz, um seinen Peiniger zu beeindrucken. Er würde ihm schon zeigen, dass er sich nicht so behandeln ließ – wie Dreck, wie einen Hund. Beddoes würde ihm nachfahren und sich bei ihm entschuldigen müssen. Es würde eine Szene geben, aber es käme nicht zum Bruch. Er würde einen Streit vom Zaun brechen und auf seiner Unabhängigkeit bestehen. Aber sie würden beide wissen, dass er sich jederzeit zurückpfeifen ließ. Er würde seine Ketten mit sich herumtragen, wohin er auch ging.

Den Kopf in die Hände gestützt saß er da, während die Dunkelheit hereinbrach. Plötzlich zerriss ein Ruf die Stille. Es war Beddoes, der nach ihm suchte. Kenneth gab keine Antwort und rührte sich nicht.

Kurz darauf tauchte Beddoes auf und fragte wütend, was zum Teufel er da mache.

»Du hättest es verdient, dass wir ohne dich fahren. Es ist schon nach neun.«

»Kein Problem«, sagte Kenneth und hoffte, dass seine Stimme gleichgültig und gelassen klang. »Fahrt nur. Ist mir egal. Ich nehm den Zug zurück nach London.«

»Ach, halt die Klappe und komm mit!«

»Nein. Mir reicht's. Warum musste ich dein blödes Auto wegfahren?«

»Ich habe dich nicht dazu gezwungen. Du hättest es nicht machen müssen.«

»Ich hab die Nase voll von dir. Ich will dich nie wiedersehen. Ich komm nicht mit.«

»Ach, tatsächlich?«

Bevor Beddoes die Beherrschung verlor, wurde er ganz ruhig, fast heiter, als wäre eine Last von seinem Gemüt abgefallen.

»Was hast du denn vor?«, fragte er munter.

»Ich bleib hier.«

»Klar doch. Und zwar die ganze Nacht, bis man dich morgen früh findet.«

Er zerrte Kenneth auf den Boden, drückte ihn mit dem Knie nach unten und riss ihm die Arme auf den Rücken.

»Soll ich dich fesseln? Der Schal passt prima um deine Arme, und dein Schlips reicht für die Knöchel. Keine Sorge, du bleibst hier.«

Kenneth wand sich, keuchte und würgte. Er war zu verängstigt, um sich zu wehren oder darüber nachzudenken, dass ein Schal und ein Schlips wohl kaum geeignete Fesseln waren. Beddoes hatte ihn auch früher schon gefesselt, und er war jedes Mal in Panik geraten. Mit dem Mund voller Erde flehte er Beddoes an.

»Nein, nicht! Beddoes, tu das nicht. Ich hab's nicht so gemeint. Es war ein Scherz … Ich hab nur Spaß gemacht … Hör auf! Lass mich los! Ich komm mit. Es tut mir leid. Es war ein Scherz …«

»Das hier ist auch ein Scherz«, brummte Beddoes.

Dann hielt er plötzlich inne und lauschte, während er sein Opfer immer noch auf den Boden presste. Jemand kam den Uferweg entlang.

»Beddoes …«

»Pst! Steh auf!«

Mit einem Ruck wurde er hochgerissen, am Arm gepackt und dann, zwischen Büscheln von Wiesenkerbel hindurch, den Hügel hinaufgezerrt.

Die Straße lag verlassen da, aber in manchen Häusern

brannte noch Licht. Sie sahen freundlich und einladend aus. Kenneth wünschte, er wäre irgendein Junge, der in einem dieser Cottages wohnte, sicher und geborgen in einem anderen Leben.

McCrae und Hastings lümmelten neben dem Auto, das jetzt als Einziges noch vor dem Raven stand. Sie sagten keinen Ton, warfen Beddoes und Kenneth, die eilig auf sie zukamen, nur einen fragenden Blick zu. Bruce Blackett beobachtete sie vom Eingang des Gasthauses aus, abseits der hellen Lichtkegel der Scheinwerfer.

»Steig ein«, sagte Beddoes barsch. »Ihr anderen hinten. Canning kann fahren.«

Wieder hallte die ruhige Straße vom Zuschlagen der Türen und dem Aufheulen des Motors wider.

Blackett sah ihnen nach, wie sie in die Nacht hineinfuhren. Als sie die schmale Brücke überquerten, schwenkten die Scheinwerfer abrupt herum. Kenneth hatte die Kurve viel zu schnell genommen. Der Junge ist ein blutiger Anfänger, dachte er. Es würde mich nicht wundern, wenn er jemanden über den Haufen fährt.

# Mark

Noch in derselben Nacht wurde ein junges Dienstmädchen, das mit dem Fahrrad vom Kino in Salisbury nach Hause fuhr, von einem Auto erfasst und getötet. Ihre Schwester, die ein paar Meter vor ihr fuhr, hörte einen Schrei und sah dann das Auto an sich vorbeirasen, aber es war zu schnell, um die Nummer zu erkennen. Sie sagte später aus, es sei ein großer offener Wagen gewesen, in dem mehrere Männer gesessen hätten. Die Polizei stellte Nachforschungen an und fand heraus, dass ein solches Auto kurz hinter Salisbury an einer Tankstelle angehalten hatte. Der Tankwart glaubte, die vier Insassen identifizieren zu können. Der Fahrer war ihm besonders aufgefallen, da er fast noch ein Schuljunge und ganz offensichtlich der Jüngste der Gruppe war.

Am nächsten Morgen wurde in den Zeitungen über den Unfall berichtet. Als Bruce Blackett die Meldung las, überlegte er einen Moment und warf dann einen Blick in das Notizbuch, in dem er sich das Kennzeichen notiert hatte. Ein paar Stunden später rief er die Polizei an.

Auch Mark Hannay, der mittlerweile Oberkanonier auf dem Stützpunkt von Salisbury Plain war, las den Bericht. Er musste sofort an Kenneth und Beddoes denken. Warum, wusste er selbst nicht; vielleicht, weil er ihnen so etwas durchaus zutraute. Die beiden gingen ihm nicht mehr aus dem Kopf, was ihn zunehmend beunruhigte. Er wünschte, er wüsste, wo Kenneth zurzeit war, nur um sicherzugehen, dass er mit dieser Sache nichts zu tun hatte. Es war absurd, so ein diffuses Gefühl überhaupt ernst zu nehmen, aber der Gedanke ließ ihn nicht mehr los; er verfolgte ihn den ganzen aufreibenden Vormittag lang, lauerte ständig in seinem Hinterkopf.

Er stand mit drei neuen Rekruten auf einem Hügel, etwa fünf Meilen vom Stützpunkt entfernt. Sie hatten die Anweisung, eine Artilleriestellung zu bestimmen und eine Lageskizze des umliegenden Geländes anzufertigen. Letzteres musste natürlich Mark übernehmen, denn keiner der drei Neulinge hatte so etwas schon einmal gemacht. Man hatte ihnen zwar erklärt, wie man ein Gelände kartiert, aber offensichtlich war davon nicht das Geringste hängen geblieben. Außerdem waren sie so unterschiedlich begabt, dass Mark jedem von ihnen seine volle Aufmerksamkeit widmen musste.

Für Harris, der aus einem Londoner Armenviertel stammte, war das Gelände zu ihren Füßen so fremd und rätselhaft wie eine Mondlandschaft. Es sagte ihm rein gar nichts. Er konnte gut zeichnen und hatte die ordentlichste Handschrift von ihnen allen, aber er konnte eine Pappel nicht von einer Eiche oder einen Heuhaufen von einer Korngarbe unterscheiden. Auch war er unfähig, mit einem Kompass umzugehen, obwohl man es ihm genau erklärt hatte. Er habe gelernt, sagte er, dass »Norden« auf einer Karte immer oben sei, und das bedeute, dass er sich in jede beliebige Himmelsrichtung drehen könne, und die Kompassnadel drehe sich einfach mit.

Smith wiederum, ein verwegen aussehender junger Wilderer aus dem Moorland im Osten, hatte Augen wie ein Luchs. Er erkannte, ob auf einem fünf Meilen entfernten Feld Hafer oder Gerste stand; er brauchte keinen Kompass, um zu wissen, wo Norden war, und keine Uhr, um die Tageszeit zu bestimmen. Er war ein heller Bursche. Aber er versagte völlig, sobald er das, was er vor Augen hatte, auf ein Blatt Papier übertragen sollte. Und sein Gefühl für Entfernungen war untrennbar mit seinem Gefühl für Zeit verbunden. Ein Ort war weit entfernt, wenn es lange dauerte, um ihn zu erreichen, und nah, wenn er schnell zu erreichen war. Eine Meile auf einer guten Straße war für ihn viel kürzer als eine Meile über gepflügte Felder oder eingezäunte Weiden, und deshalb sollte man sie auf der Karte kürzer darstellen. Sein räumliches Vorstellungsvermögen war daher höchst abenteuerlich.

Und Lambourne, der Dritte im Bunde, war nicht dazu zu bewegen, sich für Karten und Kartografie auch nur annähernd zu interessieren. Er war der Trottel der Einheit; mehr wusste Mark nicht über ihn. Heute musste er zudem leider feststellen, dass sich Lambourne für einen Archäologen hielt und ihre Mission als willkommene Gelegenheit betrachtete, kleine Feuersteine zu sammeln, die er zu Pfeilspitzen erklärte.

Während Mark sich mit ihnen herumärgerte, dachte er immer wieder an Kenneth und versuchte sich einzureden, dass er zu dieser Jahreszeit bestimmt nicht in England war. Wahrscheinlich trieb er sich mit Beddoes gerade in Spanien oder Ungarn herum, wo sie irgendwelche Leute über den Haufen fuhren.

»Frag mal jemand, der Ahnung hat«, beharrte Lambourne. »Der wird dir dasselbe sagen wie ich. Du wärst überrascht, was einem Steine alles erzählen können. Das ist lebendige Geschichte. Dieses kleine Stück Feuerstein ist für dich vielleicht nur ein stinknormaler …«

»Na gut«, erwiderte Mark. »Smithers ist gleich da. Zeig ihm die Dinger und warten wir ab, was er sagt.«

Smithers, der Offizier, der die Gruppe begleitete, befand sich noch unten im Tal. Aber er würde bald mit seinem Motorrad den Hügel heraufknattern, um zu sehen, wie sie vorankamen.

Wer weiß, dachte Mark, vielleicht ist er ja gar nicht mehr mit Beddoes befreundet. Es ist ein Jahr her, seit ich das letzte

Mal von den beiden gehört habe. Vielleicht hat Beddoes ihn längst abserviert.

»Smithers hat doch keine Ahnung«, sagte Lambourne verächtlich. »Ich hab jemanden gemeint, der so was studiert hat. Ich hab mal für so 'nen alten Herrn gearbeitet, Mr Pusey, der war ein echtes Genie, so viel, wie der wusste. Er hat mich immer nach Wantage mitgenommen, wo er in den Hügelgräbern rumgebuddelt hat …«

Als Smith sagte, dass jemand, der in Gräbern rumbuddelte, doch ziemlich plemplem sein müsse, empörte Lambourne sich: »Wie kannst du so was sagen? Er war vielleicht alt, aber doof war er nicht. Und außerdem …«

»Jetzt haltet mal die Klappe«, ging Mark dazwischen. »Wir sollten schon längst drüben beim Clandon Spinney sein.«

»Allerdings«, stimmte Harris zu, der sich langsam mit seinem Kompass gedreht hatte und ihn nun so ausrichtete, dass der Buchstabe N auf die obere Seite seiner Karte zeigte. »Der muss doch wirklich bekloppt gewesen sein. Wühlt wie ein Maulwurf in der Erde rum und sucht nach Pfeilen!«

»Ihr habt doch keine Ahnung, ihr Blödmänner!«, rief Lambourne.

»Da ist doch nicht Norden!«, schnauzte Mark jetzt Harris an. »Guck doch mal, wo die Nadel hinzeigt!«

»Ach so«, sagte Harris ungerührt. »Klemmt anscheinend. Das Ding spielt verrückt. Zeigt dauernd nach Westen.«

Mark platzte der Kragen, worauf Harris, der ein begnadeter Stimmenimitator war, sich in weinerlichem Ton beschwerte:

»Wie kannst du so was sagen?«

Er ahmte Lambourne so perfekt nach, dass Mark und Smith losprusteten.

»Aber wie kommen wir jetzt zum Clandon Spinney?«, fragte Mark den Wilderer. »Erst den Hügel entlang und dann runter? Da unten gibt's aber keinen Weg, und mit den Motorrädern kommen wir auf den gepflügten Äckern schlecht voran.«

Smith war unschlagbar, wenn es darum ging, sich im freien Gelände zu orientieren. Er wusste immer, wo sich ein Gatter befand und wo genau ein Weg verlief. Er ließ den Blick über die Felder schweifen und sagte dann mit seiner eigentümlich sanften Stimme:

»Also, am besten da lang. Siehst du den Bauernhof gleich da unten? Und, guck mal, ungefähr eine halbe Stunde nordwestlich davon ist noch einer. Da gibt's einen Weg, auf dem man mit den Motorrädern fahren kann.«

»Ich sehe keinen Weg.«

»Da hinten. Man kann ihn nicht sehn. Guck mal da, wo die beiden Heckenreihen sind.«

Während Mark auf die Felder, Wälder und Bauernhöfe blickte, überkam ihn ein Gefühl tiefer Zufriedenheit. Er erfreute sich an dem warmen, sonnigen Tag. Ihm gefiel sein Leben in der Armee; allerdings hatte es einige Zeit gebraucht, bis er sich daran gewöhnt hatte. In den ersten Monaten war er ständig auf der Hut gewesen – ängstlich, vorsichtig, angespannt. Er hatte sich wie ein kleiner Junge gefühlt, der Radfahren oder Schlittschuhlaufen lernt, Fähigkeiten, die Körperbeherrschung und Reaktionsvermögen erforderten. Alles war so neu, und es galt, so vielen Fallstricken zu entgehen, dass er sich nicht erlauben konnte, auch nur einen Moment in seiner Wachsamkeit nachzulassen. Stets war ihm bewusst, dass er nicht mehr Schulpräfekt in St. Clere's, sondern einfacher Soldat war. Und obwohl ihm keine größeren Fehler unterliefen und er sich anscheinend sehr schnell zurechtfand, stand er unter einer so großen nervlichen Anspannung, dass er nichts wirklich genießen konnte. Aber dann hatte er, wie beim Eislaufen, plötzlich den Dreh heraus. Balance und Wendigkeit stellten sich ganz von allein ein, und mit der Unsicherheit und den Selbstzweifeln war es endgültig vorbei.

Jetzt erlebte er immer häufiger Phasen, in denen er entspannt und ausgeglichen war, was er gar nicht von sich kannte. Es war, als hätte er früher in zwei getrennten Sphären gelebt, einer des Denkens und einer des Fühlens, sodass sämtliche Erfahrungen, die er machte, ein zweifaches Echo in ihm auslösten. Nichts, was ihm widerfuhr, konnte er mit seinem ganzen Wesen erfassen. Er hatte oft genug Schönes erlebt, aber es hatte ihm immer an der nötigen Gelassenheit gefehlt, um etwas wirklich zu genießen, so wie es jene konnten, die sich nicht allzu viele Gedanken machten.

Er schaute in die Richtung, in die Smith zeigte, und jetzt erkannte er, dass dort tatsächlich ein Weg verlief, zwischen einer Gruppe von Gebäuden hindurch. Dann sah er noch viel mehr: die Schafe auf den grasbewachsenen Kreidehängen, zwei Männer mit einem Karren auf einem Rübenacker, eine lange Reihe von Weiden auf einer Wiese, die auf einen Bach schließen ließ, und dann ein plötzliches Aufblitzen von Sonnenlicht auf einer Autoscheibe, ohne dass man den Wagen sah. In etwa einer Meile Entfernung überquerte eine kleine Gestalt eine Viehweide, folgte einem schmalen Pfad, der an einem Zauntritt endete. Er konnte nicht erkennen, ob es sich um einen Mann oder eine Frau handelte, aber ein paar Sekunden lang war er sicher, dass es Kenneth war. Warum ging ihm Kenneth den ganzen Vormittag nicht aus dem Kopf? Er beschloss, so schnell wie möglich Genaueres über Kenneth in Erfahrung zu bringen. Vielleicht war es eine fixe Idee, doch er würde keine Ruhe haben, bis er sich Klarheit verschafft hatte.

Es war tatsächlich Kenneth, der auf dem Weg zum Stützpunkt war, in der Hoffnung, Mark dort zu treffen. Am späten Nachmittag traf er dort ein. Als er sich nach dem Oberkanonier Hannay erkundigte, verwies ihn der Wachposten am Tor an den Unteroffizier vom Dienst, der ihn zu den Mannschaftsquartieren von Hannays Einheit führte.

Er sprach mit ein paar jungen Männern, die einander genauso ähnelten wie die Knöpfe auf ihren Uniformen – zumindest kam es ihm in seinem erschöpften, leicht benommenen Zustand so vor. Alle schienen gleich alt und gleich groß zu sein, alle waren rotwangig, kräftig gebaut, grobschlächtig und selbstbewusst.

Dann sah er einen Soldaten, der aus einer Baracke trat, sich seine Uniformjacke zuknöpfte und auf ihn zukam.

»Hallo«, sagte der Soldat.

Es war Mark.

Er hatte sich dermaßen verändert, dass Kenneth ihn nur sprachlos anstarren konnte.

»Wie geht's?«, fragte Mark.

Ein Blick in Kenneths Gesicht sagte ihm, dass mit seinem ehemaligen Freund etwas ganz und gar nicht stimmte.

»Kann ich irgendwo mit dir allein reden?«, brachte Kenneth schließlich heraus, obwohl der Mann, der vor ihm stand, nicht die geringste Ähnlichkeit mit Mark hatte.

Mark blickte sich um. Sie waren so gut wie allein hier draußen. Niemand konnte hören, was sie sagten. Aber ein paar Männer, die in den Eingängen zu ihren Baracken herumstanden, konnten sie sehen. Und Kenneth gab schon ein seltsames Bild ab.

»Wir könnten zum Sportplatz gehen«, schlug er vor. »Heute ist da niemand. Wir wären ganz allein.«

»Nein«, sagte Kenneth. »Lieber irgendwo drinnen.«

»Na gut, dann komm erst mal mit in meine Baracke. Alle sind unterwegs. Ich muss noch schnell was erledigen. Wenn ich fertig bin, können wir gern woanders hingehen.«

Kenneth folgte ihm in seine Unterkunft, in der niemand war, bis auf Lambourne, der seine Sammlung aus Feuersteinen auf einer Kiste am Fußende seines Feldbetts ausgebreitet hatte. Mark setzte sich an einen Tisch und räumte ein paar Papiere beiseite.

»Ich muss mir nur ein paar Notizen machen«, sagte er. »Dauert nicht lang, dann können wir gehen.«

Er beugte sich stirnrunzelnd über eine Karte.

Kenneth setzte sich auf eine Kiste und beäugte ihn neugierig, versuchte dahinterzukommen, warum er so anders aussah. Es konnte nicht nur an der Uniform liegen. Der ganze Mann hatte sich verändert. Er wirkte viel stämmiger. Seine Stimme klang spröder, und seine Bewegungen waren kantiger. Seine Gesichtszüge waren weniger markant und sein Blick wachsamer. Irgendwie wirkte er kleiner und gedrungener. Tatsächlich sah er ziemlich gewöhnlich aus.

Lambourne, der seine neusten Funde in seiner Kiste verstaut hatte, ging leise vor sich hin pfeifend hinaus. Sobald sie allein waren, platzte Kenneth heraus:

»Ich steck in furchtbaren Schwierigkeiten! Die Polizei ist hinter mir her. Man darf mich hier nicht sehen. Wir müssen genau überlegen, wo wir hingehen.«

»Ah ja«, sagte Mark, der gerade etwas auf seiner Karte eintrug.

»Ich muss so schnell wie möglich das Land verlassen.«

»Klar. Bin gleich fertig. Wir können mit dem Motorrad irgendwohin fahren.«

»Was? Du hast ein Motorrad?«

»Klar.«

»Darfst du denn so einfach weg? Hast du Ausgang?«

»Ich hab den restlichen Tag frei. Aber jetzt sei mal kurz still. Ich muss mich konzentrieren.«

Kenneth fühlte sich sofort besser, trotz der stechenden Kopfschmerzen, die jeder äußere Reiz, jedes Geräusch, jeder grelle Lichtschein, noch verstärkte. Wenn Mark ein Motorrad hatte, könnten sie vielleicht runter an die Küste fahren. Er musste irgendwie nach Southampton kommen, wollte aber nicht den Zug nehmen, weil er fürchtete, dass ihn die Polizei aufgreifen könnte. Wenn er erst mal in Southampton wäre, würde er sicher ein Schiff finden …

»Du siehst ja ganz schön mitgenommen aus«, sagte Mark und faltete die Karte zusammen. »Komm mit in die Kantine und trink erst mal einen Kaffee oder so was, bevor wir aufbrechen.«

Aber Kenneth schüttelte so heftig den Kopf, dass ihm fast schwindelig wurde vor Schmerz.

»Du hast mir nicht zugehört. Die Polizei sucht nach mir. Ich muss irgendwie das Land verlassen. Ich möchte, dass du mich zur Küste fährst, so weit wie möglich Richtung Southampton … Sie überwachen bestimmt die Bahnhöfe … Ich muss unbedingt abhauen, weil mir die Polizei kein Wort glauben würde. Es gibt drei Zeugen …«

»Erzähl's mir später. Es kann jeden Moment jemand reinkommen. Los, gehen wir.«

Auf dem Weg zum Motorradschuppen erkundigte sich Mark nach Eliza.

»Der geht's gut, glaub ich. Ich hab sie seit Weihnachten nicht mehr gesehen. Sie wohnt jetzt bei meinem Vater, irgendwo in der Nähe von Devizes.«

»Devizes?«

»Ja. Sie haben Pandy Madoc verkauft. Er hat jetzt ein Haus in Wilthire.«

»Aber Devizes … das ist ja keine dreißig Meilen von hier!«

»Ja, und?«

»Aber …«, begann Mark, überlegte es sich anders und fragte stattdessen, wie es Kenneths Mutter gehe.

»Sie hat wieder geheiratet.«

»Ich hab's gehört. Wie geht's ihr denn?«

»Bestens.«

»Und wo ist sie jetzt?«

»In Genf. Mit ... ihrem Mann.«

»Verstehe.«

Mark fuhr drei, vier Meilen die Landstraße entlang, hielt dann an einem schattigen Buchenhain und stellte den Motor ab. Jetzt könnten sie reden, sagte er. Aber Kenneth, der so schnell wie möglich Southampton erreichen wollte, hielt gar nichts von der Idee. Statt sich zu Mark unter die Bäume ins Gras zu setzen, blieb er am Straßenrand stehen und hielt ängstlich nach möglichen Verfolgern Ausschau.

»Mehr gibt's dazu nicht zu sagen«, erklärte er. »Nur, dass ich so schnell wie möglich verschwinden muss.«

»Wenn du mir nicht alles erzählst, fahr ich dich nirgendwohin«, sagte Mark. »Also, was hast du gemacht?«

»Ich hab gar nichts gemacht.«

»Warum ist dann die Polizei ...«

»Die würden mir kein Wort glauben. Die glauben, ich hätte was Schlimmes getan, aber ich war's nicht.«

»Was glauben die denn, was du Schlimmes getan hast?«

Kenneth, der im grellen Sonnenlicht stand, schüttelte hartnäckig den Kopf.

Mark wagte einen Vorstoß: »Hat es etwas mit dem überfahrenen Mädchen zu tun?«

Offenbar hatte er ins Schwarze getroffen, denn Kenneth fuhr entsetzt herum.

»O Gott! Woher weißt du das?«

»Stand heute Morgen in der Zeitung.«

»Was? O Gott! Dann wissen sie von uns! Stand da auch, dass ich es war?«

»Nein, nein. Sie haben ja noch nicht mal den Wagen identifiziert. Bist du gefahren?«

»Nein. Ich schwör's dir. Ich bin nur bis zur Tankstelle gefahren. Und dann musste ich mich übergeben, und Beddoes hat sich ans Steuer gesetzt. Aber niemand wird mir glauben, dass ich's nicht war. Denn als wir in Abbott's Markham Probleme beim Ausparken hatten, saß ich auf dem Fahrersitz. Jeder hat mich gesehen. Es ist hoffnungslos.«

»Also hat Beddoes am Steuer gesessen?«

»Sag ich doch. Er hat das Mädchen überfahren. Ich schwör's. Er wollte nicht anhalten. Ich hab ihn angefleht, dass er stehen bleiben soll. Aber er hat sich geweigert. Und die anderen ...«

»Wer waren die?«

»Hastings und McCrae. Du kennst sie nicht. Niemand aus St. Clere's. Freunde von ihm. Ich soll endlich die Klappe halten, haben die gesagt. Und da hab ich gesagt, dass wir ja irgendwann anhalten müssten, und dann würde ich aussteigen und zur Polizei gehen. Ich hätte ja keine Schuld. Und dann hat Beddoes gemeint ... Du glaubst mir doch, dass er gefahren ist, oder?«

»Natürlich. Hat er von dir verlangt, alles auf deine Kappe zu nehmen?«

»Genau! Und die andern haben ihn auch noch unterstützt. Wenn ich sie bei der Polizei verraten würde, haben sie gesagt, würden sie schwören, dass ich es war ... Wenn drei Zeugen gegen mich aussagen, glaubt mir kein Mensch. Und dann noch die ganzen Leute, die mich am Steuer gesehen haben. Ich hab nicht die geringste Chance, stimmt's?«

»Keine Ahnung. Da kenn ich mich nicht aus. Und was ist dann passiert?«

»Können die mir einen Mord anhängen? Das machen die doch manchmal, oder? Vor allem, weil der Wagen nicht angehalten hat.«

»Ich glaub nicht. Jetzt erzähl mir lieber, was dann passiert ist.«

»Wir haben stundenlang rumgestritten. Ich hab gesagt, dass sie uns erwischen würden, weil bestimmt jemand in Abbott's Markham unsere Autonummer aufgeschrieben hat. Und da ist Beddoes richtig sauer geworden. Er hat angehalten, mich rausgeschubst und ist weitergefahren.«

Plötzlich schienen ihn die Schrecken jener Nacht wieder einzuholen. Er ließ sich kraftlos neben Mark ins Gras fallen und sagte müde:

»Ich wusste nicht, was ich tun sollte. Also bin ich auf der Landstraße zurückgegangen. Ich bin fast die ganze Nacht gelaufen, hab mich ab und zu ausgeruht. Je länger ich über das Ganze nachgedacht habe, desto verzweifelter wurde ich. Ich hab mich nicht getraut, zur Polizei zu gehen. Ich wusste einfach nicht, was ich machen sollte. Beddoes war … total wütend. Er hat mir Angst gemacht.«

»Wie bist du hierhergekommen?«

»Ich hab mir gedacht, dass es vielleicht am besten wäre, wenn ich das Land verlassen würde, bevor sie das Auto finden. Dann wurde es langsam hell, und ich bin immer weitergegangen. Die ganze Zeit hab ich überlegt, was ich tun soll. Ich wusste nicht, wen ich um Hilfe bitten sollte. Und als ich schon fast auf der Salisbury Plain war, fiel mir ein, dass du hier irgendwo stationiert bist. Also hab ich beschlossen, dich zu suchen. Ich dachte, du könntest mir helfen, mich irgendwo zu verstecken. Das ist alles.«

Mark kaute auf einem Grashalm herum und sah auf seine Uhr.

»Das ist alles«, sagte Kenneth noch einmal. »Wollen wir nicht langsam mal los?«

»Ich bin mir noch nicht sicher, wie wir am besten vorgehen sollen«, sagte Mark nachdenklich.

»Du bringst mich doch zur Küste, oder? Mark! Lass mich nicht hängen! Du hast versprochen …«

»Das ist doch Quatsch. Die würden dich garantiert erwischen, und dann steckst du wirklich in der Klemme. Nein! Wir haben genau zwei Möglichkeiten. Entweder wir fahren zur Polizei in Salisbury …«

»Mark! Du wirst doch nicht … Ich werd auf keinen Fall …«

»Oder ich bring dich zu deinem Vater, falls er wirklich in der Nähe von Devizes wohnt. Das wäre mir sogar lieber. Du musst schnellstens irgendwo unterkommen, wo man dir helfen kann. Ich glaub nicht, dass Beddoes und Co. bei ihrer Geschichte bleiben, wenn's hart auf hart kommt. Die haben doch nur geblufft. Die wollten dich bloß einschüchtern, damit du den Mund hältst. Du musst so schnell wie möglich mit deinem Vater reden.«

»Mein Vater kann mich mal.«

»Aber wer soll dir denn sonst helfen? Du hast doch gesagt, dass deine Mutter im Ausland ist. Und die kannst du so schnell nicht erreichen.«

»Ich hab meinen Vater seit zwei Jahren nicht mehr gesehen. Ich will nichts mehr mit ihm zu tun haben.«

»Das ist doch Blödsinn. Wie gesagt, ich bin dafür, dass wir direkt zu ihm fahren. Allerdings … wenn ich's mir recht überlege, könnte das auch ein Fehler sein. Denn je länger du wartest, bis du zur Polizei gehst, desto schlimmer sieht's für dich aus. Damit wird ihre Geschichte immer glaubwürdiger. Wenn du so clever gewesen wärst, gleich heute Morgen zur Polizei zu gehen … hast du aber nicht … leider. Es ist wirklich wichtig, dass du eine Aussage machst, dass du ihnen deine Version erzählst, bevor sie die anderen finden und vernehmen. Vielleicht ist es also doch keine so gute Idee, nach Devizes zu fahren und wertvolle Zeit zu verlieren.«

»Ich geh nicht zur Polizei, und ich geh auch nicht zu meinem Vater. Auf keinen Fall. Ich bin nicht hergekommen, um mir deine Ratschläge anzuhören, sondern damit du mir hilfst.

Aber wenn du nicht willst, dann komm ich auch allein zurecht.«

Mark schwieg. Er wog ihre Möglichkeiten ab. Wenn sie nach Salisbury fuhren, konnte Kenneth im Gefängnis landen. Der Arme war so in Panik, dass er sich wohlmöglich um Kopf und Kragen redete.

»Wenn sie mich hängen, bist du schuld!«, rief Kenneth aufgebracht.

»Herrje«, sagte Mark und stand auf. »Komm, wir fahren zu deinem Vater.«

»Vergiss es!«

»Entweder das oder die Polizei.«

»Nein!«

»Dann fahr ich eben allein hin.«

»Was? Du ...!«

Mit einem wütenden Schrei stürzte sich Kenneth auf ihn. Aber er war so benommen und erschöpft, dass es nur zu ein paar halbherzigen Boxhieben reichte. Als Mark ihn wegstieß, fiel er fluchend ins Gras.

»Na gut«, keuchte er. »Dann geh doch zur Polizei! Mach nur! Aber wenn du zurückkommst, bin ich weg. Dann siehst du mich nie wieder.«

»Ich werd dich keine Sekunde aus den Augen lassen, mein Lieber«, sagte Mark ruhig. »Da hinten kommt ein Auto. Ich werd dem Fahrer eine Nachricht für die Polizei mitgeben. Das heißt, falls du nicht doch lieber zu deinem Vater willst.«

»Das kannst du vergessen.«

»Wie du willst.«

Als Kenneth sah, dass Mark sich auf die Straße stellte, um den Wagen anzuhalten, rief er schnell:

»Also gut! Meinetwegen. Dann fahren wir eben nach Devizes.«

»Wie du willst«, sagte Mark wieder und trat von der Straße zurück.

Als das Auto vorbeigefahren war, sagte er:

»Dann los jetzt. Und keine Mätzchen während der Fahrt. Wenn du versuchst, vom Motorrad abzuspringen oder so was, liefere ich dich direkt bei der Polizei ab.«

»Das wirst du noch bereuen.«

Es gefiel Mark überhaupt nicht, dass er mit diesem Verrückten auf dem Rücksitz durch die Gegend fahren musste; es würde ihn nicht wundern, wenn er gleich nach dem Start von hinten eins über den Schädel bekäme. Er würde ordentlich Gas geben müssen, damit Kenneth sich vor lauter Angst nicht rühren konnte. Als er auf seine Maschine stieg, drehte er sich noch einmal um und sagte:

»Schade um St. Clere's, was?«

»Wieso?«, sagte eine zitternde Stimme hinter ihm.

»Ach, das hast du ja gar nicht mitgekriegt. Stand heute Morgen in der Zeitung«, erklärte Mark und ließ den Motor an.

»Wieso? Was ist denn passiert?«

»Abgebrannt.«

»St. Clere's ist abgebrannt?«

Grinsend speiste Mark ihn mit ein paar mageren Details ab und brauste los. Während der ganzen Fahrt bestürmte Kenneth ihn mit Fragen, die Mark aber nur beantwortete, wenn er mal vom Gas gehen musste.

# Alec

Bei der Scheidung war vereinbart worden, dass das Haus im Well Walk und das gesamte Inventar an Betsy gehen sollten, während Pandy Madoc in Alecs Besitz verblieb. Er hatte das Anwesen Anfang des Jahres verkauft und das Mobiliar einlagern lassen. Alec und Joy gingen also davon aus, dass sie ausreichend Möbel für ihr neues Haus bei Devizes hätten. Das war allerdings, bevor die praktisch veranlagte Eliza zu ihnen zog. Sie hätte darauf bestanden, vorher eine Liste des Inventars aufzustellen, damit sie genau wussten, was sie zu erwarten hatten. Doch Alec war zu bequem und Joy zu kopflos, um an so etwas zu denken.

Als die Möbel schließlich im Mill House eintrafen, erwartete sie eine böse Überraschung. Sie reichten kaum aus, um damit eine Arbeiterhütte einzurichten. Denn Betsy hatte in jenem Herbst, als sie außer sich vor Wut war, jeden Gegenstand für sich reklamiert, auf den sie auch nur entfernt Anspruch erheben konnte; und Mrs Trotter, die ihr half, hatte auf alles, was sie Alec missgönnte, Etiketten mit Betsys Namen geklebt. Offenbar handelte es sich bei den meisten Dingen um Hochzeitsgeschenke an sie oder Haushaltsgegenstände, die sie angeblich von ihrem eigenen Geld bezahlt hatte. Alec konnte sich nicht mehr daran erinnern, ob das stimmte oder nicht, hätte aber deswegen keinen Streit vom Zaun gebrochen. Unangenehm überrascht musste er feststellen, dass sein Anteil hauptsächlich aus Tassen ohne Unterteller, Waschkrügen ohne Schüsseln, Betten ohne Matratzen, Küchenstühlen und Schränkchen bestand.

Dieses Nachspiel ihres Streits, der eigentlich längst beigelegt war, deprimierte ihn. Es wurde zwar nicht offen ausgesprochen, aber alle hatten nur noch Verachtung für Betsy übrig. Joy, Eliza und die Merricks waren schockiert über den neuerlichen Beweis ihrer Boshaftigkeit, und ihm fehlte die Kraft, sie zu verteidigen. Außerdem hatten sie ja nicht ganz unrecht. Aber Betsy hatte sich geändert, und es schmerzte ihn, dass Menschen, die sie weder liebten noch verstanden, sie verurteilten.

Der Umzug ins Mill House erfolgte deshalb unter denkbar ungünstigen Bedingungen. Statt zum Beginn eines neuen Lebens wurde er zum letzten Kapitel des alten. Eilig mussten neue Möbel besorgt werden, und da es zwischen den dreien weder eine Absprache noch gemeinsame Vorstellungen gab, verfolgte jeder sein eigenes Ziel. Während der ersten Wochen lautete die Devise: höfliche Rücksichtnahme auf die Wünsche der anderen, damit es zu keinerlei Diskussionen kam.

Alec beschloss, alles Nötige bei Maples zu bestellen und es später zu bezahlen, wenn er wieder flüssig wäre. Eliza neigte zu äußerster Sparsamkeit. Die Renovierung des Mill House hatte viel Geld gekostet, und deshalb schlug sie vor, sie sollten sich zunächst provisorisch einrichten und sich mit einem Minimum an Stühlen, Tischen und Betten begnügen, bis sie sich was Ordentliches leisten könnten. Joy, ganz die sparsame Hausfrau, plädierte für Gebrauchtmöbel vom Trödelmarkt. Bald war das Haus vollgestopft mit edlen Sitzgarnituren, die Alec bestellt hatte, wurmstichigen Hockern und wackligen Truhen, die Joy ausgesucht hatte, Liegestühlen, Feldbetten und Korbsesseln, die auf Elizas Konto gingen.

Als dann noch urplötzlich drei Möbelwagen mit der Ausbeute von Pandy Madoc und Sachen aus dem Well Walk eintrafen, war es des Guten zu viel. Betsy, die gerade erst von der

Bredouille erfahren hatte, war so entsetzt gewesen, dass sie beschloss, ihnen unter die Arme greifen. Sie konnte gar nicht glauben, dass sie so niederträchtig gewesen war, sich Alecs Anteil unter den Nagel zu reißen. Außerdem hatte sie gar keine Verwendung mehr für die Möbel. Sie passten überhaupt nicht nach Hornwood.

Es wurde alles auf dem Rasen abgeladen, weil es im Haus keinen Platz dafür gab. Alec warf einen Blick darauf, stöhnte und verkündete, dass er für ein paar Tage zu Johnnie Graham ziehen würde. Es war ihm egal, was mit den Sachen geschah, sollten die Frauen damit veranstalten, was sie wollten.

Er verdrückte sich. Und kehrte in eine Diktatur zurück. Das Haus sah wirklich sehr einladend aus; die Möbel aus Pandy Madoc und dem Well Walk waren geschmackvoll und wohlüberlegt arrangiert worden. Seine und Elizas Erwerbungen standen jetzt verwaist auf dem großen Speicher der alten Mühle. Joys wurmstichige »Schätze« waren verschwunden, hatten offenbar keinerlei Gnade gefunden.

All das war Elizas Werk, und von da an hatte sie das Sagen. Das war unvermeidlich, da sie von den dreien die größte Willensstärke besaß. Sie hatte darauf bestanden, ihnen während der Osterferien beim Umzug zu helfen. Inzwischen war keine Rede mehr davon, dass sie jemals wieder an die Schule zurückkehren würde. Alec, der nur in Ruhe arbeiten wollte, ließ sie schalten und walten, wie es ihr beliebte. Und Joys halbherzige Versuche, sich durchzusetzen, waren von vornherein zum Scheitern verurteilt. Im Verlauf des Frühlings und des Sommers riss Eliza immer mehr Aufgaben an sich, bis sie zur unangefochtenen Alleinherrscherin aufgestiegen war. Sie führte den Haushalt, bezahlte die Rechnungen, stellte die Mahlzeiten zusammen und schien sich auch für das Baby verantwortlich zu fühlen. Sie war pragmatisch und tüchtig und duldete keinen Widerspruch. Joy, die alles tat, um Alec zufriedenzustellen, und sowieso nicht wusste, was sie wirklich wollte, gab schon bald den ungleichen Kampf auf.

Eliza sorgte dafür, dass sich ihre Stiefmutter so wenig wie möglich im Haus aufhielt, wo man sie nur als bedauernswerten Eindringling empfand. Ihre Methoden waren rigoros, aber wirkungsvoll, und es war ganz erstaunlich, welche Kreativität sie an den Tag legte, um ihr Ziel zu erreichen. Wenn Einkäufe in Devizes zu erledigen waren, wurde Joy damit beauftragt. Der Wagen brachte sie hin, und es ging viel Zeit ins Land, bis er sie wieder abholte. Sie wurde angewiesen, sämtliche Besuche von Nachbarn innerhalb eines Radius von zwanzig Meilen zu erwidern, und später nahm sie an Tennisturnieren bei besagten Nachbarn teil. Das örtliche Kulturinstitut war ein weiterer geeigneter Ort des Exils. Joy stellte überrascht fest, dass sie zu den aktivsten Mitgliedern gehörte, und Eliza drängte sie ständig, noch mehr Kurse zu belegen. Joys Proteste fielen eher kläglich aus.

Während sich Mark und Kenneth am Straßenrand unter den Buchen stritten und Beddoes, der in der Nähe von Helston aufgegriffen worden war, auf dem Polizeirevier seine Aussage machte, erklärte Joy, dass sie keine Lust hätte, Hüte zu basteln.

»Aber ich habe Mrs Stevens schon zugesagt«, erwiderte Eliza, während sie ihrem Vater eine Tasse Tee reichte. »Ich sagte ihr, dass du ganz bestimmt kommst. Wir verschieben das Abendessen also lieber auf halb neun.«

»Ich kann heute Abend nicht weg. Helga hat ihren freien Abend. Ich muss Peter ins Bett bringen.«

»Lass mich das machen. Mrs Stevens meinte, sie zählt auf dich.«

»Ich wünschte, du hättest ihr nicht zugesagt.«

»Na ja, ich dachte natürlich, dass du hingehen würdest.«

Aus Gewohnheit warf Joy Alec einen Hilfe suchenden Blick

zu. Aber er schien nicht zuzuhören. Sie wusste nicht, was sie sagen sollte. Wenn Eliza Peter ins Bett brachte, hatte sie keinen Grund, nicht zum Institut zu gehen. Eigentlich ging sie ganz gern hin und war stolz, wenn man sie mit Mrs Canning ansprach, sodass ihr ihre Ehe inzwischen genauso real und beständig vorkam wie die anderer Leute. Doch es gefiel ihr nicht, dass Eliza ihr Vorschriften machte.

»Ich glaub nicht, dass ich hingehe«, sagte sie nervös.

»Dann musst du Mrs Stevens Bescheid geben«, erwiderte Eliza. »Weil sie dir jede Menge Plakate mitbringen will und sich sonst umsonst abmüht.«

Mrs Stevens hatte kein Telefon. Dafür war Eliza schon öfter dankbar gewesen. Um ihr eine Nachricht zu übermitteln, würde Joy sie besuchen müssen, und wahrscheinlich brauchte sie eine Stunde, um sich zu entscheiden. Aber dann wäre es zu spät.

»Meinst du, ich sollte hingehen?«, wandte sich Joy schließlich direkt an Alec.

Er sah sich gezwungen, aus seiner Gedankenwelt aufzutauchen, in der er sich so behaglich eingerichtet hatte, und zu fragen, was sie meinte.

»Lass es, wenn du keine Lust hast«, riet er ihr.

»Warum willst du denn nicht hingehen?«, fragte Eliza.

Joy, die sich nicht sicher war, wandte ein, dass sie nicht wolle, dass etwas über ihren Kopf hinweg entschieden wurde.

»Na schön«, sagte Eliza verärgert. »Mach, was du willst!«

Das war eine unsinnige Aufforderung. Wie sie alle wussten, hatte die arme Joy keine Ahnung, was sie wollte. Sie seufzte, und als Peter in seinem Laufstall anfing zu weinen, ging sie in den Garten, um nach ihm zu sehen. Eliza klingelte dem Dienstmädchen, damit sie das Teegeschirr abräumte, und murmelte:

»Dabei hab ich's doch nur gut gemeint.«

Alec sah sich verwirrt um.

Das kam ihm nur allzu bekannt vor, sogar der Tonfall. Seine Mutter hatte das immer gesagt, wenn ihre vermeintlich wohlwollenden Absichten durchkreuzt worden waren. Offenbar hatte Eliza ihre herrschsüchtige Art von beiden Seiten der Familie geerbt.

»Im Grunde geht dich das überhaupt nichts an«, sagte er trocken. »Ich hoffe, dass Joy das tut, was *ihr* wichtig ist.«

Eliza nickte unbeeindruckt und begann, die Tassen aufs Tablett zu stellen. Seine Rüge ließ sie kalt. Manchmal sagte er solche Sachen, und sie nahm es hin, um den Anstand zu wahren. Sie wusste, dass er sich nicht uneingeschränkt für seine Frau einsetzen würde. Er würde sie, Eliza, jedenfalls nicht zwingen, selbst ins Dorf zu gehen, um sich bei Mrs Stevens zu entschuldigen. Das würde er nicht wagen, denn sie würde ihm Paroli bieten.

Um sie in ihre Schranken zu verweisen, hätte ihr Gegenüber ebenso jung, forsch und rücksichtslos sein müssen wie sie. Außerdem wäre dazu ein beträchtliches Maß an Leidenschaft erforderlich gewesen. Sie würde keinen Deut nachgeben, bevor sie nicht zur völligen Kapitulation gezwungen wäre. Und wahrscheinlich müsste man sie erst besiegen, bevor sie sich bändigen ließ.

»Servier bitte das Abendessen um halb neun«, sagte sie zu dem Dienstmädchen, das das Tablett abholte. »Mrs Canning geht vorher noch ins Institut.«

Sie hob ein paar Rosenblätter auf, die auf den Boden gefallen waren, und warf sie in den Papierkorb. Dann forderte sie ihren Vater mit einem mahnenden Blick auf, wieder an die Arbeit zu gehen. Sie verscheuchte die Katze vom Sessel und schüttelte die Kissen auf. Kurz darauf warf sie Alec einen weiteren Blick zu. Sie ordnete die Zeitung und faltete sie sorgfältig zusammen. Ihr dritter Blick rüttelte ihn schließlich auf. Sie hatte ja recht. Er sollte sich an seinen Schreibtisch setzen und die zwei Stunden bis zum Abendessen nutzen, um noch etwas zu Papier zu bringen. Die Zeit lief ihm davon, denn er hatte Johnnie versprochen, vor Ende August das gesamte Libretto fertig zu haben. Es war nur seine angeborene Abneigung gegen jegliche Anstrengung, die ihn auf seinem Stuhl festhielt.

Dem Blick einer dominanten Frau gehorchend, erhob er sich und ging in sein Arbeitszimmer. Sein ganzes Leben war es schon so: Erst hatte seine Mutter das Kommando übernommen, dann Betsy und jetzt Eliza. Ohne sie hätte er nie etwas zustande gebracht. In der Zeit, als er mit Joy allein war, hatte er nur dagesessen und Kreuzworträtsel gelöst. Und über zehn Kilo zugenommen. Eliza war seine Rettung.

Sofort vertiefte er sich in die Notizen auf seinem Schreibtisch. Noch bevor die Uhr sechs schlug, war er ein gutes Stück weitergekommen.

Während seiner üblichen Pausen nahm er die Unannehmlichkeiten der neuen Umgebung am meisten wahr. Er vermisste die Terrasse von Pandy Madoc, wo er immer seine Pfeife geraucht hatte. In Hampstead konnte er von seinem Fenster aus ganz London überblicken. Er hatte gern dort gestanden und hinausgesehen. Es gefiel ihm, bei der Arbeit den Blick ab und zu in die Ferne schweifen zu lassen, aber das war hier leider nicht möglich. Er hatte zwar noch seinen alten Schreibtisch, seinen Stuhl, seine Bücher, aber das Fenster ging auf eine Rasenfläche und ein paar Bäume hinaus. Zweifellos würde er sich daran gewöhnen. Es störte ihn schon weniger als am Anfang. Aber wenn er bei der Arbeit eine kurze Pause einlegte, verstimmte es ihn noch immer, dass er keine Aussicht mehr hatte, und so gewöhnte er sich an, zum Fluss hinunterzugehen und zuzusehen, wie sich das Wasser kräuselte. Das war ein guter Ersatz für Horizonte.

Er zündete sich eine Pfeife an und schlenderte über den Rasen. Der Laufstall des Kleinen stand immer noch da, außerdem ein paar Stühle. Irgendjemand müsste sie zusammenklappen und ins Gartenhaus stellen. Irgendeine umtriebige Frau würde sich bestimmt vor Einbruch der Dunkelheit darum kümmern. Er jedenfalls nicht. Unbeschwert setzte er seinen Weg zu den Bäumen am Flussufer fort.

Joy kam aus dem Haus, mit einer großen Baumwolltasche voller Bastelmaterial in der Hand. Lustlos trottete sie auf das Tor zu.

Man konnte sie kaum noch als hübsch bezeichnen. Ihre Jugend und Schönheit waren erloschen. Ihr blondes Haar war strähnig, sie sah blass und verhärmt aus und hatte ihre Lebendigkeit eingebüßt. Inzwischen hatte er sich so an ihren Anblick gewöhnt, dass er sich kaum noch an das Mädchen mit dem goldblonden Haar erinnerte, das am Llyn Alyn über die Heide gehüpft war, ihm seine Badeschuhe gebracht und ihn herausfordernd angesehen hatte.

Instinktiv, um eine Begegnung zu vermeiden, zog er sich zwischen die Bäume zurück. Doch sie hatte ihn schon entdeckt. Sie blieb kurz stehen, trottete aber dann weiter. Am Tor hielt sie wieder inne. Vielleicht wollte sie sich einen Moment lang ausruhen, bevor sie den steilen Weg zum Dorf in Angriff nahm. Ob ihr bewusst war, wie wenig sie im Mill House erwünscht war?

Arme Joy!, dachte er. Wie schlecht wir sie behandeln.

Denn er wusste ganz genau, dass sie gar nicht so dumm war. Er kam zwischen den Bäumen hervor und tat so, als hätte er sie erst jetzt bemerkt.

»Hallo!«, rief er.

Vom Tor erklang ein mattes Hallo. Er überquerte den Rasen und gesellte sich zu ihr.

»Dann gehst du also doch ins Institut?«

»Ja«, sagte sie. »Es war zu spät, um abzusagen.«

»Komm, hak dich unter. Ich begleite dich.«

Er bereute sein Angebot, sobald er es ausgesprochen hatte. Er müsste dringend arbeiten. Der Weg ins Dorf und zurück würde ihn fast eine Stunde kosten. Und es beschämte ihn, dass sie ihn so freudig und demütig ansah. Sie bat ihn um so wenig, und wenn er ihr Aufmerksamkeit schenkte, reagierte sie mit einer solch unterwürfigen Dankbarkeit, dass er stets ein schlechtes Gewissen bekam. Er konnte jetzt keinen Rückzieher mehr machen. Er öffnete das Tor, nahm ihr die Tasche ab und reichte ihr seinen Arm. Es war heiß, und es ging kein Lüftchen. Schweigend gingen sie den steilen Weg hinauf.

Er wusste, dass ihre Erschöpfung und Lustlosigkeit von ihren unablässigen Bemühungen herrührten, es ihm recht zu machen. Jeden Tag zwang sie sich aufs Neue, ihn in Ruhe zu lassen, keine Forderungen zu stellen, ihr eigenes Leben zu leben. Ihm zuliebe ertrug sie Eliza. Ihm zuliebe las sie Bücher, spielte Tennis und lernte, wie man Basthüte herstellte. Das wusste er alles, aber er wusste nicht, was er dagegen tun konnte. Beide hatten ihr Päckchen zu tragen, und keiner konnte es dem anderen abnehmen. Einmal hatte er sie gefragt, ob sie noch ein Kind wolle. Aber sie hatte Nein gesagt, und wahrscheinlich war es auch besser so, denn sie war nicht mal in der Lage, sich richtig um den kleinen Peter zu kümmern.

Als sie auf der Anhöhe angekommen waren, beendete er das Schweigen und fragte sie, was für Plakate Mrs Stevens ihr denn mitbringen wolle.

»Aufrufe zum Frieden«, sagte Joy. »Für das Treffen nächste Woche. Ich hab angeboten, sie auf den Bauernhöfen zu verteilen und die Leute dazu zu bringen, sie aufzuhängen.«

»Ach, für den Völkerbund?«

»Nein«, sagte sie verächtlich. »Für den Völkerbund würde ich keinen Finger rühren. Ich bin gegen diesen Verein.«

»Aber wieso, Joy? Warum bist du dagegen?«

Er bewirke nichts, meinte sie. Bei ihrem Treffen gehe es darum, sich für vollständige und einseitige Abrüstung einzusetzen. Er diskutierte mit ihr ein paar Minuten lang, aber ab einem bestimmten Punkt hat man gegen Idealisten keine Chance.

»Wenn uns ein anderes Land angreift, sollten wir uns nicht wehren«, erklärte sie. »Menschen, die für das sterben, woran sie glauben, können nicht wirklich besiegt werden. Jeder, der sich opfert, stärkt unsere moralischen Werte. Ein Märtyrer kann Tausende, ja Millionen von Menschen bezwingen. Denk nur an Jesus! Oder an Jeanne d'Arc!«

»Sie war zweifellos eine bemerkenswerte Kämpferin, aber bestimmt keine Abrüstungsbefürworterin.«

»Sie hat als Märtyrerin mehr erreicht als in ihren Schlachten. Es gibt das Gute und das Böse in der Welt, die sich gegenseitig bekämpfen. Wenn du nur an dich denkst, bist du für das Böse. Wenn du dich und dein Leben opferst, bist du für das Gute. Das haben unzählige Menschen getan. Warum nicht auch ein ganzes Volk?«

»Das würde nie funktionieren«, war alles, was Alec dazu sagte.

»Das haben die Leute wahrscheinlich auch zu den Christen früher gesagt, und die haben die Welt erobert.«

»Nicht die Welt, nur das Römische Reich, das mit Waffengewalt geschaffen wurde, was für dich ja das Böse ist. Sie hätten nie außerhalb von Kleinasien Gehör gefunden, wenn Paulus kein römischer Bürger gewesen wäre. Sie haben beispielsweise nie den Osten erobert.«

»Na ja, der Buddhismus ist sowieso viel spiritueller«, erklärte Joy.

»Als was?«

»Als das Christentum. Egal. Wenn das Einzige, was man

für das Gute tun kann, Sterben ist, dann sollten wir es tun. Was soll daran so furchtbar wichtig sein, am Leben zu bleiben?«

Er meinte sich zu erinnern, diese Diskussion schon einmal geführt und an diesem Punkt aufgegeben zu haben, weil es ihm zu anstrengend war, sich eine Erwiderung zu überlegen. Mit wem hatte er wohl darüber diskutiert? Dann erinnerte er sich und lachte.

»Du hast Max nie kennengelernt, oder?«, fragte er.

»Lord St. Mullins?« Sie sah ihn überrascht an. »Nein, warum?«

»Weil ihr beide wunderbar zusammenpasst. Ihr würdet euch blendend verstehen.«

Sie bogen in die Dorfstraße ein, wo Frauen zu zweit und zu dritt, beladen mit Taschen voller Bastelmaterial, auf das Institut zusteuerten. Am Tor trennte er sich von ihr und machte sich auf den Rückweg, freute sich auf die Ruhe und Behaglichkeit des Mill House, das er allmählich als sein Zuhause betrachtete.

Er war wie ein Genesener, der nach einer langen und schweren Krankheit vergessen hatte, wie es sich anfühlte, wieder ganz gesund zu sein. Sein Leben war jetzt viel angenehmer, sodass er sich sogar mit dessen Unzulänglichkeiten abfand. Er hatte seine Arbeit zurück, alte Bekanntschaften aufgefrischt und dank Eliza einen ordentlichen Haushalt. Niemand erwartete noch etwas Schwieriges oder Anstrengendes von ihm, und er konnte weiterhin den Weg des geringsten Widerstands gehen. Eine gewaltige moralische Entscheidung lag hinter ihm. Er hatte Betsys Angebot, zu ihm zurückzukommen, schweren Herzens abgelehnt, weil er glaubte, dass Joy berechtigtere Ansprüche hatte. Eliza würde dafür sorgen, dass er arbeitete und nicht zu viel trank.

Johnnie und Susan wollten Ende des Monats zu Besuch

kommen. Er freute sich auf die gemeinsame Zeit mit ihnen, die Geselligkeit. Es war viel Porzellan zerschlagen worden, aber auch wenn es nicht wie früher wäre, hätten sie gewiss ihren Spaß. Er musste nur das Sprungbrett am Fluss reparieren, denn mit so was waren Frauen überfordert.

Ein Motorrad lehnte am Zaun neben dem Tor, und auf dem Rasen stand ein Soldat, der sich mit Eliza unterhielt. Das überraschte ihn, aber er sorgte sich nicht, dass sein Seelenfrieden gestört werden könnte. Was immer der Soldat wollte, Eliza könnte damit umgehen. Sie würde ihm jeglichen Ärger vom Leib halten.

Zuversichtlich überquerte er den Rasen, fragte sich, warum ihm der junge Mann so bekannt vorkam, und stellte sich darauf ein, mit den beiden über irgendein Missverständnis zu schmunzeln. Aber als er näher kam, befiel ihn eine leise Vorahnung. Eliza wirkte ganz aufgelöst. Sie sah nicht aus, als hätte sie gerade etwas geregelt. Sobald sie ihn entdeckt hatte, winkte sie und rannte auf ihn zu. Ihre Worte verhießen nichts Gutes.

»Vater! Du musst etwas unternehmen! Sofort!«

Im Chaos der folgenden Minuten, während er sich eine unglaubliche Geschichte anhörte, versuchte, sich einen Reim darauf zu machen, und seinen Besucher einordnete, empfand er vor allem Selbstmitleid.

Lieber Gott, dachte er. Wieso kann man mich denn nicht einmal in Frieden lassen!

Wenn er Eliza hätte bitten können, sich der Sache anzunehmen, hätte er es getan. Aber das ging leider nicht. Er würde selbst ins kalte Wasser springen müssen, Entscheidungen treffen, Verantwortung übernehmen, Entschlossenheit zeigen, und zwar sofort. Sie betonten ständig, dass sie keine Zeit verlieren durften, und sie hatten natürlich recht. Sowohl Eliza als auch Mark sahen ihn besorgt, etwas zweifelnd an. Das ärgerte ihn. Diese Grünschnäbel trauten ihm wohl nicht zu, dass er mit der Situation fertigwurde. Bei Eliza war das verzeihlich; aber bei dem jungen Hannay gefiel es ihm gar nicht.

»Wo ist Kenneth?«, fragte er barsch.

»Hat sich hingelegt«, sagte Eliza. »Im Salon. Er hatte fürchterliche Kopfschmerzen. Er wollte nicht herkommen. Mark musste ihn fast dazu zwingen. Er musste sogar behaupten, dass St. Clere's abgebrannt wäre, damit er unterwegs Ruhe gab.«

Alec ging ins Haus. Doch er steuerte nicht sofort den Salon an. Als Erstes mixte er sich im Esszimmer einen doppelten Whisky mit Soda. Danach fühlte er sich gestärkt, aber nicht so sehr, wie er gehofft hatte. Er hatte das Gefühl, dass ihm alles über den Kopf wuchs. Schließlich machte er sich auf die Suche nach Kenneth.

Kenneth lag mit geschlossenen Augen auf dem Sofa. Schockiert sah Alec, welche Spuren die letzten beiden Jahre im Gesicht seines Sohnes hinterlassen hatten. Am liebsten hätte er sich diesen Beddoes sofort vorgeknöpft. Leise fluchte er vor sich hin. Kenneth öffnete die Augen, und als er seinen Vater entdeckte, verdüsterte sich sein Blick.

»Ich hab gehört, was passiert ist«, sagte Alec. »Ich bin froh, dass du hergekommen bist. Das ist eine ganz üble Sache.«

»Mark hat drauf bestanden«, sagte Kenneth. »Er hat mich praktisch gezwungen. Ich wär bestimmt nicht freiwillig gekommen.«

»Das glaub ich gern. Wo ist Beddoes jetzt?«

»Ich sag überhaupt nichts mehr, weder dir noch der Polizei oder Mark. Er hat mich verraten. Ich hätte es ihm nie erzählt, wenn ich gewusst hätte, dass er so hinterhältig ist.«

»Aber du musst mit mir reden, Kenneth. Ich kann dir nicht helfen, wenn …«

»Ich brauch deine Hilfe nicht.«

»Darum geht es nicht. Was glaubst du, wer für deinen Unterhalt aufkommt? Und wer dein Schulgeld bezahlt?«

»Das macht Mutter.«

»Von dem Geld, das ich ihr gegeben habe. Ich bin schließlich dein Vater, und solange du minderjährig bist, bin ich für dich verantwortlich, ob es dir nun passt oder nicht. Das hast du nicht zu entscheiden.«

»Du aber auch nicht.«

»Meinst du nicht, dass deine Mutter unter diesen Umständen wollte, dass du mir gehorchst?«

Das konnte Kenneth nicht abstreiten. Schmollend fragte er:

»Was soll ich also tun?«

»Sag mir, wo ich Beddoes finde. Wir müssen uns sofort an die Polizei wenden, und du musst deine Aussage machen. Da du nicht fit genug bist, werde ich dort anrufen und sie bitten herzukommen. Du musst ihnen erzählen, wie sich alles zugetragen hat, und dich verpflichten, hierzubleiben, falls sie noch etwas von dir wollen. Dann nehme ich mir diesen Beddoes vor.«

»Das bringt nichts. Er wird sagen ...«

»Wird er nicht. Dafür sorg ich schon.«

Alecs Entschlossenheit beruhigte Kenneth. Das Auftreten seines Vaters war so überzeugend, dass Beddoes keine Chance gegen ihn hätte. Bruce Blackett hatte ihn schließlich auch innerhalb von dreißig Sekunden vorgeführt.

»Vielleicht hat er ja schon seine Version erzählt. Sie haben doch bestimmt seinen Wagen ausfindig gemacht.«

»Dann zieht er seine Aussage eben zurück, oder einer der anderen macht es. Ich rede mit allen dreien und werde dir außerdem einen guten Anwalt besorgen.«

Alec zögerte und fragte dann:

»Du warst letztes Jahr mit ihm in Schweden, oder?«

»Ja.«

»Es wäre besser, wenn du mir die ganze Geschichte erzählst.« Nach Marks Andeutungen konnte sich Alec zwar einiges zusammenreimen, aber er hätte gern gehört, was sein Sohn dazu zu sagen hatte.

»Aber die kennst du doch.«

»Nein, nur zum Teil.« Alec setzte sich ans Fußende des Sofas. »Warum hast du dich überhaupt mit ihm eingelassen?«

»Keine Ahnung. Darf ich etwa keine Freunde haben?«

»Du kennst ihn jetzt doch schon eine Weile. Du musst doch gewusst haben, wie er ist. Oder nicht?«

»Doch.«

Es war nicht schwer, die ganze Geschichte aus ihm rauszukriegen, denn Kenneths Widerstand bröckelte. Er antwortete mürrisch und einsilbig, aber Alec war froh, dass er endlich die Wahrheit erfuhr.

»Du wolltest Schluss machen und hast dann festgestellt, dass du es nicht kannst?«

»Ja.«

»Verstehe. Gut. Ich kümmere mich drum.«

»Wahrscheinlich hältst du mich jetzt für einen Versager.«

»Na ja, ganz so krass würde ich es nicht ausdrücken.«

»Dann komm ich wohl nach dir.«

»Vermutlich«, sagte Alec ernst. »Wir haben beide einen schwachen Charakter und lassen uns leicht beeinflussen. Das ist fatal. Aber man kann an sich arbeiten.«

»Schwach!«, rief Kenneth erstaunt aus. »Du?«

Er schnappte nach Luft. Niemals hätte er seinen Vater für schwach gehalten. In seiner Vorstellung war er eher das Gegenteil. Er hatte ihn immer für einen dreisten Egoisten gehalten, der machte, was ihm passte, und sich nicht darum scherte, was er anderen damit antat. Die Erklärung seines Vaters verblüffte ihn.

»Meine Schwäche ist mir zum Verhängnis geworden«, fuhr

Alec fort. »Ich habe es immer gut gemeint und meistens auch ganz klar erkannt, was ich tun sollte, aber mir fehlte die nötige Willensstärke, vor allem, wenn ich mich gegenüber jemandem hätte behaupten müssen. Du bist jung und kannst dich noch ändern. Du musst es nur wollen.«

Er erhob sich, um die Polizei anzurufen.

»Ich finde, wir sind uns kein bisschen ähnlich«, erklärte Kenneth. »Ich habe dich noch nie für schwach gehalten.«

»Da irrst du dich, mein Sohn«, sagte Alec grimmig und ging aus dem Zimmer.

# Eliza

Mark half Eliza, die Stühle und den Laufstall wegzuräumen. Nachdem Eliza ihn mit Fragen bestürmt und er ihr alles erzählt hatte, was er über Kenneths missliche Lage wusste, schwiegen sie eine Weile.

Mark machte sich wegen Kenneth Gedanken, fragte sich, wie das Gespräch zwischen ihm und seinem Vater wohl gerade verlief und ob er noch irgendetwas für ihn tun könnte.

Eliza wiederum machte sich wegen Mark Gedanken. Die unerwartete Veränderung ihres Freundes verstörte sie zutiefst. Alles, was sie an ihm bewundert hatte, war verschwunden: seine Weltgewandtheit, seine Souveränität, selbst sein gutes Aussehen. Alles an ihm wirkte derber, schlichter. Dass er sie oft anlächelte, war das Verstörendste an ihm. Früher hatte er sich nur selten dazu herabgelassen, einen anzulächeln. Diese liebenswürdige, bescheidene Art kannte sie gar nicht an ihm.

Sie hatte gewusst, dass er in der Armee war. Kenneth hatte es ihr an Weihnachten erzählt und gesagt, dass ihm wohl irgendwelche sozialistischen Ideen das Hirn vernebelt hätten. Die Neuigkeit hatte sie verblüfft, aber auch beeindruckt. Was für eine selbstlose, heroische Entscheidung! In ihren Augen war er ein Heiliger, ein Held, der bestimmt jedem, dem er begegnete, ungemein imponierte. Sein neues Leben war sicher nicht einfach, aber es würde ihn niemals verändern oder seiner einzigartigen Persönlichkeit irgendwie schaden. Vielleicht schikanierten ihn seine Kameraden, vielleicht bewunderten sie ihn aber auch. Sie malte sich aus, wie der junge Rekrut mit der geheimnisvollen Ausstrahlung die Aufmerksamkeit der Offiziere erregte, wie man über eine Beförderung nachdachte.

Und jetzt wurde ihr romantisches Bild von diesem gewöhnlichen, aufgeweckten jungen Mann mit dem freundlichen Lächeln und dem roten, breiten Gesicht zunichtegemacht. Sie hätte ihm gern so viele Fragen gestellt, aber sie wusste nicht, wie sie mit diesem Fremden reden sollte. Und außerdem war er, zumindest in ihren Augen, ziemlich erwachsen – ein Mann und kein Junge mehr.

»Kann Ken erst mal bei euch bleiben?«, fragte er, als sie die Stühle ins Gartenhaus stellten. »Ich meine, habt ihr noch ein Bett für ihn?«

»Na klar, wir haben haufenweise Betten! Wir haben drei Gästezimmer.«

»Gut, dann mach ich mich mal wieder auf den Weg. Mehr kann ich ja nicht für ihn tun.«

»Ach«, sagte Eliza betrübt.

Sie fand weder den Mut noch die passenden Worte, um ihn zum Bleiben zu bewegen. Sie bückte sich, um ihre Badesachen aufzuheben, die sie im Gartenhaus hatte liegen lassen. Aber er kam ihr zuvor.

»Oh, kann man hier baden? Wo denn?«, fragte er.

»Im Fluss. Am Ende des Gartens. Ich wollte gerade schwimmen gehen, als ihr beiden kamt.«

Ein Hoffnungsfunke blitzte in ihr auf, und sie schlug ihm vor, er könne ja mitkommen, wenn er Lust habe. Sehr gern, sagte er. Ihm war heiß, und er war ganz verschwitzt von der Fahrt; ein erfrischendes Bad im Fluss wäre jetzt genau das Richtige. Sie holte ihm ein Handtuch und eine von Alecs Badehosen und ging dann mit ihm zu der modrigen kleinen Badehütte unter den Buchen. Sie roch nach Schimmel, Schweiß und Schlick und war durch eine Trennwand in zwei Kabinen unterteilt.

Sobald sie in ihren Kabinen standen, war Elizas Scheu verflogen. Jetzt, wo sie Mark nicht mehr sah, konnte sie ganz unbefangen mit ihm sprechen. Sie bombardierte ihn regelrecht mit Fragen.

»Wie gefällt's dir in der Armee?«

»Sehr gut. Es macht mir wirklich Spaß.«

»Das hätte ich eigentlich nicht gedacht.«

»Ich auch nicht, jedenfalls anfangs nicht.«

»Und was gefällt dir dort?«

»Ich mag die Arbeit. Und ein paar Kameraden in meiner Truppe. Und mir gefällt diese Art von Leben … die …«

Sie konnte ihn nicht mehr verstehen, weil er sich gerade sein Hemd über den Kopf zog.

»Die was?«

»Die Freiheit.«

*»Freiheit?«*

»Ich weiß, das hört sich komisch an. Es ist schwer zu erklären.«

»Ich hätte gedacht, dass es nicht gerade angenehm ist, mit lauter anderen Männern in einer Baracke zusammengepfercht zu sein.«

»Es ist gar nicht so anders als in St. Clere's. Wir waren eigentlich eine ganz gute Gemeinschaft.«

»Aber denken die … finden die nicht … dass du irgendwie … anders bist?«

»Keine Ahnung. Vielleicht. Falls ja, stört's mich nicht.«

»Das heißt, sie piesacken dich nicht?«

»Jetzt nicht mehr.«

»Aber am Anfang schon?«

»Ein bisschen. Manche mochten meine Art zu reden nicht, weil sie dachten, dass ich mich wichtig machen will. In jeder Gemeinschaft gibt's nun mal Leute, die jeden ablehnen, der anders ist als sie. Sie machen dir das Leben zur Hölle, wenn du dich nicht wehrst. Das ist überall dasselbe. Du musst dafür sorgen, dass man dich so akzeptiert, wie du bist. Wenn man sich von der Masse abhebt, hat man's nicht immer leicht.«

»Aber die meisten haben dich akzeptiert?«

»Ja. Die meisten Leute sind ziemlich tolerant, solange du ihnen nicht auf die Füße trittst. Sie verteidigen dich nicht, wenn du schikaniert wirst, aber sie lassen dich in Ruhe, solange du sie in Ruhe lässt.«

Mark öffnete seine Kabinentür und ging hinaus. Kurz darauf hörte sie ein Platschen.

Als sie aus der Badehütte trat, schwamm Mark gerade mit kräftigen Zügen durchs sonnenflirrende Wasser. Seine schwarzen Haare klebten ihm am Kopf, und plötzlich sah er wieder genauso aus wie früher, als sie im Llyn Alyn geschwommen waren. Dann sprang auch sie hinein und ließ sich von der Strömung davontragen. Rasch trieben sie an ihrem Garten vorbei.

»Die Strömung ist stärker, als man denkt«, sagte er und griff nach einem Ast.

»Stimmt. Ich schwimme gern bis zur Flussbiegung. Weiter nicht, weil da alles voller Algen ist. Und dann lass ich mich zurücktreiben.«

Und genau das taten sie und genossen es in vollen Zügen. Es war sehr anstrengend, bis zur Flussbiegung zu schwimmen, wo eine mächtige Buche ihre Zweige übers Wasser senkte. Sobald sie dort angekommen waren, drehten sie sich auf den Rücken und glitten gemächlich unter dem grünen Blätterdach hervor ins Sonnenlicht, an grasbewachsenen Ufern und Erlen vorbei, bis sie wieder den Garten erreichten. Mark war immer als Erster an der Buche, wo er sich an einem Ast festhielt und auf Eliza wartete, während sich winzige Wellen in seinem Nacken kräuselten. Dann ließen sie sich gemeinsam zurücktreiben.

»Du hast vorhin von Freiheit gesprochen«, sagte sie, während sie nebeneinander durchs Wasser glitten. »Das versteh ich nicht. Meinst du damit, dass du keine Verantwortung tragen musst?«

»Ja, zum Teil. Aber es ist eher eine Art innere Freiheit, die man erlangt, wenn man einer strengen Disziplin unterworfen ist. Wenn du über nichts oder zumindest sehr wenig in deinem Leben selbst entscheiden musst – also, was du tust, was du isst, mit wem du deine Zeit verbringst und so weiter –, dann befreit das deinen Geist. Was du bist, fühlst oder denkst, spielt keine Rolle. Es hat keinerlei Bedeutung mehr. Und so kannst du sein, fühlen und denken, was du willst. Ganz ungeniert.«

»Das versteh ich nicht ganz. Dann wär ja ein Diener oder Sklave freier als sein Herr.«

»Das stimmt ja oft auch. Er braucht sich selbst nicht so wichtig zu nehmen. Wenn du dein eigener Herr bist, dann spielen deine Wünsche und Vorlieben eine große Rolle, weil du dein Leben nach ihnen ausrichtest. Und du verbringst deine ganze Zeit damit, herauszukriegen, was du eigentlich willst. Du schlägst dich mit so vielen Wahlmöglichkeiten herum. Und wenn du mal Zahnschmerzen hast, geht gleich die Welt unter. Du haderst mit deinem Schicksal. Aber wenn ein Sklave Zahnschmerzen hat, dann tut's eben weh, und damit hat's sich.«

Als sie am Garten ankamen, drehten sie um und schwammen wieder den Fluss hinauf. Es war zu anstrengend, um sich weiter zu unterhalten. Aber Eliza gingen Marks Worte nicht aus dem Kopf, und als sie sich zurücktreiben ließen, nahm sie den Faden wieder auf:

»Aber dann wär es doch besser, wenn wir alle Sklaven wären.«

»Nicht unbedingt. Ein Sklave lebt ja nicht in einer streng

geregelten Ordnung, sondern ist der Willkür seines Herrn ausgeliefert, was zwangsläufig seine Selbstachtung untergräbt. Außerdem habe ich nur gesagt, dass man ein gewisses Maß an Freiheit durchaus genießen kann. Ob sie immer erstrebenswert ist, weiß ich nicht. Ich glaube allerdings schon, dass sie einen geistig beweglicher macht, aber das muss nicht unbedingt von Vorteil sein.«

Nach einer Weile legten sie sich ins hohe Gras am Ufer. Mark holte seine Zigaretten aus der Badehütte und steckte sich eine an. Es wurmte Eliza, dass er ihr keine anbot. Offenbar war sie in seinen Augen immer noch ein kleines Mädchen.

»Kann ich auch eine haben?«, fragte sie lächelnd.

Er sah sie überrascht an, reichte ihr aber eine Zigarette und gab ihr wortlos Feuer. Sie hatte den Verdacht, dass er genau wusste, dass sie noch nie geraucht hatte.

»Aber sag mal«, fuhr sie fort. »Spielt es denn überhaupt keine Rolle, dass du in St. Clere's warst? Deine ganze Schulbildung, meine ich?«

»Doch, schon«, sagte Mark grinsend. »Ich hab gleich Ärger mit meinem Ausbildungsoffizier gekriegt, weil ich eine so miserable Handschrift habe. Sie soll völlig unleserlich sein, schlimmer als die von Smith, der kaum seinen eigenen Namen schreiben kann.«

»Ich meine ... vermisst du nicht irgendwie ... den geistigen Austausch? Gibt's denn jemanden, mit dem du reden kannst?«

»Viele der Kameraden sind nicht auf den Kopf gefallen und machen sich durchaus ihre Gedanken. Natürlich würde keiner von ihnen je ein Stipendium fürs Balliol College kriegen. Aber ob jemand studiert hat oder nicht, sagt ja noch lange nichts über seine Intelligenz aus. Das ist eine ziemlich engstirnige Sichtweise. Der Grund ... nein, der Hauptgrund, weshalb ich nicht auf die Universität gegangen bin ...«

»Ja?«, fragte Eliza eifrig.

Er hielt inne, wunderte sich darüber, dass er so freimütig mit ihr redete. Seit seinem Gespräch mit Parkin auf dem River Cliff hatte er mit niemandem über diese Dinge gesprochen. Aber er wollte, dass sie ihn verstand. Außerdem war er ein freier Mann, der tun und lassen konnte, was er wollte. Völlig ungeniert.

»Ich meine … im Internat hat man vor allem unseren Geist geschult. Wir haben gelernt, auf eine klare, strukturierte Art zu denken, Argumente zu hinterfragen und einen wohldurchdachten Standpunkt zu vertreten. Man hat uns dazu erzogen, jeden, der keine höhere Schule besucht hat, für einfältig und minderbemittelt zu halten. Ich behaupte ja nicht, dass eine höhere Bildung nicht auch ihr Gutes hat. Aber … Sag mal, schmecken dir die Tabakkrümel eigentlich?«

Eliza wurde knallrot und entsorgte ihren Zigarettenstummel im Gras.

»Aber …«, fuhr er fort. »Wenn du wirklich wissen willst, wie andere Leute denken und wie sie zu ihren Schlussfolgerungen gelangen, taugt diese Art von Bildung gar nichts. Man kann sich stundenlang die Köpfe heißreden, ohne den anderen auch nur einen Deut besser zu verstehen. Wenn du jemanden von deiner Auffassung überzeugen willst, musst du rausfinden, wie er zu seiner Meinung gekommen ist. Du wirst niemanden dazu bringen, seinen Standpunkt zu ändern, solange du ihm das Gefühl gibst, ein Dummkopf zu sein. Damit erreichst du nur das Gegenteil.«

»Aber es ist dir schon wichtig, andere von deiner Meinung zu überzeugen?«

Jetzt wurde ihm ihre Fragerei zu viel. Er sagte, er wisse es selbst nicht genau, und erkundigte sich beiläufig nach der Uhrzeit.

»Ich bin froh, dass du von der ganzen Diskutiererei nichts hältst«, sagte sie. »In St. Clere's übertreiben sie's wirklich, finde ich. Weißt du noch, dass du mal behauptet hast, der Bach bei Pandy Madoc würde bergauf fließen?«

»Wann soll ich das gesagt haben?«

»Erinnerst du dich nicht mehr? Du und Ken, ihr hattet euch verlaufen und seid den Bach entlanggegangen, immer stromaufwärts, weil du gedacht hast, ihr würdet dann irgendwann aufs Meer stoßen. Und als ich dir später gesagt hab, dass Wasser nicht bergauf fließen kann, fingst du an, mit mir herumzudiskutieren. Du hast mich wie eine Idiotin dastehen lassen, hast behauptet, dass ich einem *non sequitur*, einem logischen Fehlschluss, unterliegen würde. Du hast mich tatsächlich dazu gebracht, zuzugeben, dass Wasser bergauf fließen kann. Aber ich *wusste*, dass das nicht stimmt. Und da hab ich kapiert, dass diese ganze Diskutiererei totaler Blödsinn ist. Man wird davon nicht klüger, sondern höchstens dümmer.«

Er lachte und stand auf, um in die Badehütte zu gehen. Enttäuscht, dass er offenbar aufbrechen wollte, fragte sie schnell:

»Dann bist du also froh, dass du zur Armee gegangen bist? Ist es so, wie du's dir vorgestellt hast?«

Er überlegte, streckte sich.

»Es gefällt mir viel besser, als ich dachte. Allerdings habe ich irgendwie erwartet, dass es eine tiefgreifende Erfahrung sein würde. Dass es mich verändert. Hat es aber nicht.«

»Also, ich finde schon.«

»Wirklich? Wie denn?«

»Na ja ... du bist ... abgeklärter.«

»Abgeklärt? Was für ein komisches Wort!«

»Na ja, das trifft's vielleicht nicht ganz. Ich finde jedenfalls, dass man nie wissen kann, ob man gerade eine tiefgreifende Erfahrung macht. Man weiß doch erst hinterher, ob sie einen verändert hat.«

Er lachte wieder und verschwand in der Hütte.

Sie blieb im Gras liegen und kaute nachdenklich auf einem Halm herum. Sie fragte sich, was sie eigentlich mit *abgeklärt* gemeint hatte.

Sosehr sie die anregende Unterhaltung mit Mark genossen hatte, so war sie auch irgendwie enttäuscht. Nachdem er ihr in St. Clere's gesagt hatte, sie sei ein ganz besonderer Mensch, hatte sie eigentlich mehr erwartet. Es schien, als hätte er dieses unglaubliche Kompliment gar nicht ernst gemeint. Und doch hatte es ihr ganzes Leben verändert. Das Gefühl, etwas Besonderes zu sein, hatte ihr die Kraft gegeben, schmerzhafte Entscheidungen zu treffen und im Haus ihres Vaters Verantwortung zu übernehmen. Sie war sicher, dass Mark beeindruckt von ihr wäre, wenn er davon wüsste. Sie sehnte sich so sehr nach seiner Anerkennung. Wie gern würde sie die beglückenden Worte, die er vor der Tür des Rektors gesagt hatte, noch einmal hören.

Aber er hatte sich verändert. Vielleicht würde er sie jetzt mit anderen Augen sehen. Sie konnte überhaupt nicht einschätzen, was in seinem Kopf vor sich ging. Es wäre schrecklich, wenn er sie nicht mehr bewunderte. Sie wünschte, sie hätte nicht versucht, ihm mit der albernen Raucherei zu imponieren. Vielleicht hatte er jetzt ein ganz falsches Bild von ihr. Hätte sie nur Gelegenheit gehabt, ihm von ihren vielen guten Taten zu erzählen. Bevor er wegfuhr, musste er unbedingt erfahren, was sie alles durchgemacht, was sie geleistet hatte. Sie musste sich vergewissern, dass er sie noch genauso schätzte wie damals – auch wenn er nicht mehr derselbe war.

Sie ging in die Badehütte.

»Übrigens, ich wohne jetzt hier«, rief sie ihm über die Trennwand zu, während sie ihren Badeanzug auszog.

»Was? Immer? Bist du nicht auch mal bei deiner Mutter?«

Seine Frage klang ehrlich interessiert. Das beruhigte sie.

»Nein. Sie kommt auch ohne mich zurecht, aber mein Vater und seine Familie nicht.«

Mark erwiderte nichts.

Er saß auf der Bank in seiner Kabine und mühte sich mit seinen Wickelgamaschen ab. Eliza stand splitternackt in ihrer Kabine und starrte betrübt auf die schimmligen Holzbretter, die sie trennten. Plötzlich hörte sie ein gedämpftes:

»Warum?«

»Na ja, ich muss mich hier um alles kümmern. Joy ist total unfähig. Wenn ich nicht hier wäre, würde Vater keine einzige vernünftige Mahlzeit kriegen.«

»Bevor du da warst, hat er also keine gekriegt?«

»Bestimmt nicht. Bei ihr ist Hopfen und Malz verloren.«

»Und was ist mit der Schule?«

»Ich geh nicht mehr hin. Sie kommen ja ohne mich nicht klar.«

»Na, das kann dir ja nur recht sein, wo du die Schule sowieso nie gemocht hast.«

Sie zupfte an ihrem Strumpfhalter herum. Irgendetwas lief hier schief. Ihre besonderen Fähigkeiten schienen ihn nicht sonderlich zu beeindrucken. Doch so schnell gab sie nicht auf. Während sie ihm ausführlich von ihrem strapaziösen, nervenaufreibenden Alltag berichtete, hörte sie plötzlich, wie er seine Kabinentür öffnete. Er wollte einfach gehen! Empört rief sie:

»Du Egoist! Du hast die ganze Zeit nur über dich geredet, und wenn ich was von mir erzähle, haust du einfach ab.«

»Na ja, du hast mich ja auch pausenlos gelöchert. Du hättest mir doch vorhin schon von dir erzählen können. Ich muss aus dieser miefigen Hütte raus. Jetzt komm schon nach draußen. Ich bin auch ganz Ohr.«

Rasch zog sie sich an und ging hinaus. Am Flussufer erwartete sie ein netter junger Mann in Khaki-Uniform.

»Also?«, fragte er freundlich.

Sie tat so, als wüsste sie nicht, was er meinte.

»Also was?«

»Wie ist's dir so ergangen?«

»Ich glaub nicht, dass dich das sonderlich interessiert.«

Einen Moment lang sagte er nichts. Tatsächlich interessierte ihn alles an Eliza, auch wenn er kaum an sie gedacht hatte. Irgendwo tief in seinem Herzen keimte ein starkes Gefühl für sie. Er spürte es vage, wollte ihm aber nicht nachgehen. Ob sie einander wirklich etwas bedeuteten, würde die Zukunft erweisen. Er durfte nichts überstürzen, womöglich würde er etwas Bedeutsames, Kostbares zerstören.

Er ignorierte ihren schnippischen Ton und sagte sanft:

»Tut es aber. Also, erzähl mir alles, was passiert ist, seit wir uns vor der Tür des Rektors getrennt haben.«

Eliza sah ihn entgeistert an. Sie konnte es nicht fassen. Dann erinnerte er sich ja doch noch an das, was er zu ihr gesagt hatte! Sie brachte kein Wort heraus. Schweigend gingen sie zum Haus zurück, den Blick fest auf den Boden geheftet.

Er war nicht weniger aufgewühlt als sie. Ihre leuchtenden Augen hatten ihn völlig aus dem Konzept gebracht. Offenbar spürte auch sie, dass da etwas zwischen ihnen war. Das ging ihm alles zu schnell. Solange er sich über seine Gefühle nicht im Klaren war, durfte sich Eliza keine Hoffnungen machen. Sie war zu jung. Sie waren beide zu jung.

Während sie wortlos weitergingen, stießen sie auf Joy, die mit ihrer Tasche voller Bastelmaterial und einer dicken Rolle Plakate unter dem Arm aufs Haus zutrottete. Eliza war zu verstört, um ihr Mark vorzustellen, also stellte er sich selbst vor und erklärte, dass sie sich aus Pandy Madoc kennen würden.

»Oh!«, war alles, was Joy dazu einfiel.

»Ken ist hier«, platzte Eliza heraus.

»Ken? Warum … wie ist er denn hergekommen?«

»Mark hat ihn gefahren.«

Als Joy sich zum Haus umwandte, sagte Eliza:

»Geh nicht in den Salon. Ken und Vater sind dort und wollen nicht gestört werden.«

»Ist … ist irgendwas passiert?«

»Allerdings«, antwortete Eliza. »Jede Menge. Ken wohnt jetzt erst mal bei uns. Vielleicht könntest du den Mädchen sagen, dass sie ein Bett für ihn herrichten sollen, am besten im kleinen Zimmer gleich neben deinem.«

Mark hörte mit unbewegter Miene zu. Es ist, als wären wir alle wieder in Pandy Madoc, dachte er. Joy nimmt demütig Anweisungen entgegen, aber diesmal nicht von Betsy, sondern von Eliza, die ihrer Mutter von Minute zu Minute ähnlicher wird – ihre Stimme, ihr ganzes Gehabe.

»Und gib Bescheid, dass wir nachher zwei Personen mehr sind. Du bleibst doch zum Abendessen, Mark?«

»Ich sollte mich wohl lieber auf den Weg machen.«

»Aber wir essen doch bald! Bleib doch noch ein bisschen, ja?«

Mark warf Joy einen fragenden Blick zu. Doch sie sagte nichts, sah ihn nur ratlos an. Dann tappte sie aufs Haus zu.

»Ich glaube, ich sollte lieber nicht bleiben«, murmelte er, als sie außer Hörweite war. »Mrs Canning scheint von der Idee nicht sehr angetan zu sein.«

»Joy? Ach, Joy! Es würde ihr nicht im Traum einfallen, dich einzuladen.«

»Dann sollte ich erst recht nicht bleiben.«

»Aber *ich* hab dich doch eingeladen.«

»Ich weiß, aber *sie* hat's nicht getan, und es ist schließlich ihr Haus.«

»Sie würde dich nie fragen, ob du zum Essen bleibst. Sie ist eine solche Transuse. Ich hol sie zurück und sag ihr, dass sie dich einladen soll.«

»Nein, Eliza! Nein!«

Als sie Joy hinterherlaufen wollte, griff er nach ihrem Handgelenk und hielt sie zurück.

»Du hast mich nicht verstanden, Mark. Ich bin diejenige, die den Haushalt schmeißt.

»Na, da hat sie ja Glück!« Er ließ ihr Handgelenk los.

»Sie hat bestimmt nichts dagegen, dass du noch hierbleibst. Sie ist einfach zu träge und unfähig, um sich auf neue Situationen einzustellen.«

»Na, dann soll sie sich lieber mal auf Kenneth einstellen … und mit dir muss sie sich ja auch noch rumschlagen … Außerdem muss ich sowieso los.«

Er lächelte nicht mehr, wirkte kühl und distanziert. Sein Blick war abweisend – als ob er sie zutiefst verachtete.

»Grüß sie von mir«, fügte er hinzu. »Und danke fürs Schwimmen. Hat Spaß gemacht.«

Er wandte sich ab und ging zum Tor hinaus. Einen Augenblick später war das Geräusch eines anspringenden Motorrads zu hören. Das Knattern wurde lauter, steigerte sich zu einem Dröhnen, das durchs Tal hallte, bis es in der Ferne verklang.

Eliza stand immer noch da, wo er sich von ihr verabschiedet hatte. Ihre Welt stürzte wie ein Kartenhaus zusammen. Jetzt sah sie sich mit seinen Augen. Ihr wurde bewusst, wie herrisch und herablassend sie Joy behandelt hatte. Alles, was sie geleistet hatte, schien plötzlich nichts mehr wert zu sein. Mark verabscheute sie. Und deshalb verabscheute sie sich ebenfalls.

# Joy

Als Joy das Haus betrat, wimmelte es dort von Polizei, die offenbar eingetroffen war, während Mark und Eliza schwimmen waren. Kenneth hatte 39 Grad Fieber und wurde sofort ins Bett gesteckt. Ein Arzt wurde gerufen, der einen seelischen Schock und einen leichten Sonnenstich diagnostizierte. Alec brach mitten in der Nacht nach Cornwall auf, und am nächsten Morgen riefen Zeitungsreporter an oder kamen einfach vorbei. Joy beantwortete ihre Fragen, aber da keiner ihr gesagt hatte, was eigentlich passiert war, konnte sie ihnen nichts Konkretes erzählen. Die Tatsache, dass Kenneth der Sohn einer Gräfin war, schien sie besonders zu interessieren. Sie erfuhren, dass sie sich im Ausland befand und Kenneth sich selbst überlassen hatte und dass er seinen Vater zwei Jahre lang nicht gesehen hatte. Sie bedankten sich überschwänglich für ihre Auskünfte. Und im Gehen bemerkte einer von ihnen, dass es wirklich eine sehr anrührende Geschichte sei …

Bedauerlicherweise hatte Eliza gerade jetzt beschlossen, das Zepter niederzulegen. Sie zog sich in ihr Zimmer zurück und blieb den ganzen Tag unsichtbar. Joy, die ganz auf sich gestellt war, merkte gar nicht, dass sie zu viel ausgeplaudert hatte.

Am späten Abend, als alle schon im Bett waren, kehrte Alec zurück. Joy hatte auf ihn gewartet und ging zum Treppenabsatz.

»Wie geht's Ken?«, fragte er, sobald er sie sah.

»Besser. Dr. Grainger meinte vorhin, dass es ihm schon viel besser geht.«

»Gut. Es ist alles in Ordnung. Bestimmt bist du jetzt erleichtert.«

Sie war erleichtert, auch wenn sie nicht wusste, worüber.

»Ich hol mir nur noch was zu trinken und komm dann gleich hoch«, sagte er und ging ins Esszimmer. »Es war ein furchtbarer Tag. Geh ruhig wieder ins Bett, Liebes, ich komm gleich und erzähl dir alles.«

Eine Tür quietschte, und Eliza, blass und mit verquollenen Augen, lugte durch den Türspalt.

»Es ist alles in Ordnung«, beruhigte Joy sie.

»Was heißt das? Hat er irgendwas erreicht?«

»Er hat nur gesagt, dass alles in Ordnung ist.«

»Hat er sie dazu gebracht, die Wahrheit zu sagen?«

»Ja, wahrscheinlich.« Joy war jetzt völlig verwirrt, fragte sich, wer *sie* wohl waren.

Eliza seufzte und verschwand wieder in ihrem Zimmer. Joy warf einen Blick ins Gästezimmer und stellte fest, dass Kenneth wach war. Sie wiederholte ihr Sprüchlein.

»Das glaub ich nicht«, brummte Kenneth. »Das muss er ja sagen.«

Als sie Alec auf der Treppe hörte, rief Joy ihn leise. Er kam herein, wirkte müde und bedrückt.

»Du brauchst dir keine Sorgen zu machen«, sagte er ohne große Begeisterung. »Sie haben alle zugegeben, dass Beddoes gefahren ist.«

»Hast du sie unter Druck gesetzt?«, fragte Kenneth.

»Das war nicht nötig. Als ich ankam, war alles schon geklärt. Sie haben Beddoes und Hastings gestern Nachmittag in der Nähe von Helston geschnappt. Beide haben geschworen, dass du gefahren bist und dass sie deinetwegen den Mund gehalten haben …«

»Das haben sie gesagt?« Kenneth versuchte sich aufzurichten.

»Beruhig dich, es ist alles in Ordnung. McCrae hatte wohl gestern Morgen Streit mit den beiden und hat sich von ihnen getrennt. Am späten Abend ist er in Exeter zur Polizei gegangen und hat eine Aussage gemacht, die deine Darstellung bestätigt. Die Polizei hat die beiden heute Morgen noch mal befragt. Erst wollten sie bluffen, aber schließlich gaben sie zu, dass McCraes Geschichte stimmt. Man wird dir vorwerfen, dass du den Unfall nicht sofort gemeldet hast, aber das wird wohl keine großen Konsequenzen haben, denn schließlich warst du der Jüngste der Gruppe.«

»Dann … hab ich's also hinter mir?«

»Ich fürchte, du wirst bei der Anhörung aussagen müssen, aber das ist keine große Sache. Der Termin steht allerdings noch nicht fest.«

»Werd ich … Beddoes … dort treffen?«, fragte Kenneth und schauderte.

»Wahrscheinlich. Aber mach dir keinen Sorgen, ich bin ja auch da.«

Alecs Ton war alles andere als tröstlich.

»Du klingst nicht so, als wäre alles in Ordnung.«

»Ich hatte einen anstrengenden Tag.«

Kenneth sah ihn mit fiebrigen Augen flehentlich an, sodass er gezwungen war, etwas fröhlicher hinzuzufügen:

»Du bist aus dem Schneider, Ken. In ein paar Tagen hast du alles vergessen.«

Als Alec allein mit Joy in ihrem Zimmer war, machte er seinem Unmut Luft.

»Das Ganze stinkt zum Himmel. Die drei geben ziemlich jämmerliche Figuren ab. McCrae kommt noch am besten dabei weg. Aber es erschüttert mich, dass sich Ken mit solchen Leuten abgibt. Das wirft ein schlechtes Licht auf uns alle. Wenn wir uns mehr um ihn gekümmert hätten, wäre das nicht passiert.«

»Es ist nicht deine Schuld«, sagte Joy.

»Da bin ich mir nicht so sicher. Mir graut's vor der Anhörung ... dem ganzen Rummel.«

»Das arme Mädchen! In der Zeitung stand heute, dass es ihr Geburtstag war.«

Alec stöhnte auf.

»Ich weiß! Ich weiß! Es ist wirklich eine furchtbare Geschichte. Auf dem Rückweg habe ich in Salisbury haltgemacht, um mit dem Inspektor zu sprechen, und da bin ich zufällig der Mutter des Mädchens begegnet, die auch auf dem Revier war. Ich hab mich wie ein mieses Schwein gefühlt. Da ist ein Kind getötet worden. Wenn ich mir vorstelle, was ihre armen Eltern durchmachen ... Und wir haben nichts anderes im Sinn, als die Schuld anderen in die Schuhe zu schieben und uns der Verantwortung zu entziehen. Diese vier fahren einfach weiter und lassen das Mädchen auf der Straße liegen. Sie machen sich nicht die geringsten Gedanken. Sie interessiert nur, wie sie ihre eigene Haut retten können.«

»Ich hätte nie gedacht, dass Mark Hannay so was machen würde«, sagte Joy.

»Mark Hannay? Aber der war doch gar nicht dabei.«

»Wirklich nicht? Ich hab gedacht, er wär dabei gewesen. Warum war er dann hier?«

»Er hat Kenneth hergebracht. Er ... ach, übrigens ... was war denn gestern Abend los? Ich habe ihn gar nicht mehr gesehen, konnte mich nicht mal mehr bei ihm bedanken.«

»Ich weiß nicht. Ich glaub, er ist kurz vorm Abendessen weg.«

»Wir müssen ihn unbedingt mal einladen. Weiß der Himmel, was passiert wäre, wenn er nicht gewesen wäre. Weißt du, er hat darauf bestanden, dass sich Kenneth an mich wendet.«

Joy wusste es nicht. Ungläubig stellte er fest, dass sie nur wusste, was sie in der Zeitung gelesen hatte. Daraufhin erzählte er ihr die ganze Geschichte. Sein Zimmer grenzte an ihres, und er ließ die Tür offen stehen, während er sich auszog. Gewöhnlich schlief er hier, aber da die Geschichte noch längst nicht zu Ende war, kroch er zu Joy ins Bett, löschte das Licht und erzählte im Dunkeln weiter.

»Es geht mir auch nicht so sehr darum, was wir jetzt tun«, sagte er. »Ich denke, wir können ihn weitgehend aus der Sache raushalten, und er muss die anderen auch nicht wiedersehen. Aber ich mache mir Sorgen um seine Zukunft. Er ist in einer schlechten Verfassung, sowohl körperlich als auch seelisch. Er ist völlig mit den Nerven fertig ...«

Kenneth, der sich im Zimmer nebenan im Bett herumwälzte, hörte, wie das Gemurmel mal leiser, mal lauter wurde. Er lauschte verbittert. Und dachte daran, dass seine Mutter und Max wahrscheinlich ebenfalls irgendwo im Bett lagen und sich unterhielten, völlig mit sich selbst beschäftigt. Bei dieser Vorstellung fühlte er sich erst recht einsam und verlassen.

Wie können sie nur, dachte er. Ich versteh sie nicht, keinen von ihnen.

Schließlich verstummten ihre Stimmen, und es wurde ganz still.

Die Beziehung zwischen seinem Vater und Joy hatte nichts Aufregendes oder Geheimnisvolles mehr. Sie waren ein stinknormales verheiratetes Paar, lebten weder in wilder Ehe, noch feierten sie irgendwelche Orgien. Seine Fantasie war mit ihm durchgegangen. Genauso wie er sich eingebildet hatte, dass seine Mutter ihm immer die Wahrheit gesagt hatte. Sie waren ihm alle ein Rätsel, und er würde wohl nie erfahren, was sie dachten, fühlten oder warum sie so oder anders handelten. Er wusste nur, dass er sich elend fühlte. Die Nacht würde sich endlos hinziehen, und morgen früh würde es ihm auch nicht besser gehen, weil ihm immer noch die Anhörung bevorstand.

Eine Stunde später klopfte er an die Wand. Joy hörte ihn und schlüpfte vorsichtig aus dem Bett, um Alec nicht zu wecken.

»Hier spukt's«, beschwerte er sich. »Ich hab ein Gespenst gesehen.«

»Ach, Unsinn!«

»Irgendwas ist aus der Wand rausgekommen, es sah aus wie eine riesige weiße Zigarre, war bestimmt zwei Meter groß. Es ist immer noch da, versteckt sich nur irgendwo.«

»Du hast schlecht geträumt. Hier, trink einen Schluck Wasser.«

Sie schüttelte seine Kissen auf und reichte ihm ein Glas. Er hielt ihre Hand fest und flehte sie an, ihn nicht mit diesem Ding allein zu lassen, bis sie versprach, noch ein bisschen bei ihm zu bleiben. Sie stellte einen Stuhl an sein Bett und wickelte sich in eine Daunendecke ein.

Während er döste, murmelte er vor sich hin. Jedes Mal, wenn sie aufstehen wollte, umklammerte er ihre Hand. Und so saß sie stundenlang da und lauschte dem leisen Flüstern des Flüsschens.

Im Morgengrauen erwachte er und sah sie aufmerksam an. Ihr nachdenklicher Gesichtsausdruck überraschte ihn.

»Warum machst du so ein bedrücktes Gesicht?«, fragte er.

Sie schreckte aus ihrer Versunkenheit auf.

»Geht's dir besser?«

»Ja, viel besser. Du siehst bedrückt aus. Woran denkst du?«

Sie errötete leicht.

»Ich bin nicht bedrückt«, sagte sie. »Ich hab nur über was nachgedacht. Ich muss einen Vortrag halten und hab mir überlegt, was ich sagen könnte.«

»Einen Vortrag? Wo?«

»Im Institut. Ich soll im Literaturkreis über die Tendenzen des modernen Dramas sprechen.«

»Ach, wirklich?« Kenneth grinste süffisant. »Und was wirst du sagen?«

»Na ja, dass er der erste Dramatiker war, der wirklich eine Botschaft hatte. Davor waren Dramen nur zur Unterhaltung da.«

»Und wer ist *er*?«

»George Bernard Shaw.«

»Ja, natürlich. Über was für Dramatiker redest du sonst noch?«

»Natürlich erwähn ich Ibsen, weil er Shaw beeinflusst hat.«

»Die beiden würde ich nicht unbedingt als modern bezeichnen.«

»Ibsen vielleicht nicht. Aber Shaw lebt ja noch.«

»Dann glaubst du, dass Menschen modern sind, solange sie leben?«

»Natürlich.«

»Über wen redest du noch?«

»Ich glaub nicht, dass dafür die Zeit reicht.«

Kenneth hätte zu gern ihre Diskussion fortgesetzt, Joy über die eigentliche Bedeutung des Begriffs Modernismus aufgeklärt und ihre Überzeugungen erschüttert. Doch sein Kopf tat zu weh.

Er beschloss, sich Joys Vortrag auf keinen Fall entgehen zu lassen. Er rief sich ihr Gespräch in Erinnerung, um es Wort für Wort Eliza wiedergeben zu können, die sich bestimmt ebenfalls köstlich amüsieren würde.

Doch er sollte sich täuschen. Eliza fand seine Sticheleien überhaupt nicht komisch. Sie meinte, sie sollten sich nicht über Joy lustig machen. Sie sei immer so nett zu ihnen, dabei sei es für sie bestimmt kein Spaß, das Haus voller Stiefkinder zu haben, die einen Sonnenstich bekamen und sich über sie mokierten. Aber sie sagte es ohne rechte Überzeugung. Sie hatte ihre ganze Selbstachtung verloren, und so klangen ihre Vorwürfe eher wie zaghafte Ermahnungen. Kenneth ließ nicht locker.

»Du kannst mir das Ohr abschwatzen, und trotzdem wird's nicht wahrer«, erklärte sie.

»Das ist mir vollkommen schnurz.«

Ihr seltsamer Gemütszustand wäre eher aufgefallen, wenn der Rest des Haushalts nicht so sehr mit anderen Dingen beschäftigt gewesen wäre. Joy hatte den Reportern viel zu viel erzählt, was am nächsten Morgen, als die Zeitungen erschienen, deutlich wurde. Dummerweise herrschte in dieser Woche gerade Nachrichtenflaute, sodass die Presse die Geschichte natürlich genüsslich ausschlachtete. Schlagzeilen verkündeten, dass der Sohn einer Gräfin und eines angesehenen Autors in den mysteriösen Autounfall bei Salisbury verwickelt gewesen war. Die Scheidung wurde wieder aufs Tapet gebracht und erfuhr viel mehr Aufmerksamkeit als damals. Es gab Andeutungen über eine dramatische Aussöhnung, die im Mill House stattgefunden hätte, wohin ein verängstigter Junge geflüchtet war, um seinen Vater, den er zwei Jahre nicht gesehen hatte, um Hilfe zu bitten. Millionen Haushalte ergötzten sich daran, während die Cannings fürchteten, nie mehr ohne Magengrummeln eine Zeitung aufschlagen zu können.

Alec sorgte sich mehr, als er zugab, und hatte sogar einen Anwalt organisiert, der Kenneth notfalls vertreten könnte. Er kannte sich mit Untersuchungsrichtern aus. Außerdem wusste er, wie viel Gewicht die öffentliche Meinung hatte. Je mehr er über Beddoes erfuhr, desto mehr fürchtete er, er könne Kenneths Namen in den Schmutz ziehen. Es war durchaus möglich, dass ihnen allen ein hübscher Skandal bevorstand, der seinem Sohn irreparablen Schaden zufügen würde.

Aber darüber redete er nicht. Es ging ihm vor allem darum,

Gelassenheit auszustrahlen und Kenneth die Angst zu nehmen. Deshalb schenkte er seiner Tochter wenig Beachtung und war überrascht, als Joy sagte:

»Wenn ich nur wüsste, warum Eliza so merkwürdig ist. Irgendwie ist sie gar nicht mehr sie selbst.«

»Ist das denn verwunderlich, bei dem, was hier gerade los ist?«

»Nein, aber das Moorhuhn war wirklich ungenießbar.«

»Das Moorhuhn, das uns Johnnie geschickt hat? War das denn Elizas Schuld?«

»Na ja, nicht direkt. Gladys hat gefragt, wann sie es zubereiten soll, und Eliza hat gesagt, sie soll mich fragen, und ich wusste es nicht, und dann haben wir das Huhn einfach vergessen. Eliza überlässt alles mir. Sie hat mich sogar gefragt, ob sie Peter ein sauberes Kittelchen anziehen soll.«

»Sei doch froh. Sie nimmt sich sowieso viel zu wichtig.«

»Ja, aber sie ist unglücklich.«

Joy war nicht nachtragend. Sie hatte unter Eliza viel gelitten, und das nahm sie ihr auch übel, aber sie wollte nicht, dass das Mädchen unglücklich war. Wenn Eliza plötzlich zu allen so viel netter war, freute sie das zwar, aber es war auch befremdlich. Menschen wurden nicht über Nacht netter. Oft steckte eine bittere Erfahrung dahinter. Es war mühsam und kostete viel Kraft, sich zu verändern. Trotzdem war es besser, sich auf schmerzenden Füßen einen Berg hinaufzuquälen, als ein Leben lang im Morast aus Apathie und Selbstmitleid festzustecken. Davon war sie überzeugt, und so tat sie etwas höchst Ungewöhnliches: Sie bot ihm ihren Rat an, wie eine gute Ehefrau.

»Du darfst dich nicht nur mit Kenneth beschäftigen«, sagte sie.

»Zufällig nimmt er aber im Moment meine ganze Zeit in Anspruch.«

»Ich weiß. Aber wenn das vorbei ist ... Ich meine ... wir wollten doch, dass sie zu uns kommt ... sie ist schließlich auch unser Kind. Wenn ... falls Ken jetzt auch bei uns wohnt, wird es nicht leicht für sie sein, die zweite Geige zu spielen, vor allem, weil du dich vorher vollkommen auf sie verlassen hast.«

»Das wird ihr nur guttun. Weißt du, Joy, wenn du einverstanden bist, fahr ich mit Ken weg, sobald *Byron* fertig ist. Er braucht dringend Tapetenwechsel. Ich bin nicht sicher, ob es eine gute Idee ist, wenn er gleich wieder auf die Schule zurückgeht. Er muss mal rauskommen. Bobby Malcolm hat mich schon mehrmals auf seine Farm in Mexiko eingeladen. Was hältst du davon?«

»Das ist eine großartige Idee. Aber könntest du nicht beide mitnehmen?«

»Eliza auch? Großer Gott, nein!«

»Dann musst du ihr was anderes bieten. Sie ist zu jung, um hier zu versauern. Vielleicht würde sie ja gern ins Ausland gehen und irgendwas mit Musik machen.«

»Aber dann wärst du hier ja monatelang allein.«

»Das macht mir nichts. Ich hab viel am Institut zu tun. Und wenn du nichts dagegen hättest ...«, sie zögerte, »würde ich gern meine Mutter einladen.«

Das überraschte ihn. Sie redete nie über ihre Mutter, sie redete eigentlich überhaupt nicht über ihre Vergangenheit. Für ihn war sie immer ein Wesen ohne Geschichte gewesen; er hatte keine Vorstellung von ihrem Elternhaus oder ihrer Kindheit, wusste nichts von den Erinnerungen und Ereignissen, die ihre Persönlichkeit geprägt hatten. Allerdings gab es diese Persönlichkeit schon die ganze Zeit, und jetzt schimmerte sie endlich durch, zunächst noch etwas zaghaft, wie die Sonne, die sich langsam durch Nebelschwaden kämpft.

»Aber natürlich«, sagte er. »Frag sie ruhig.«

Er war so sehr mit seinen eigenen Problemen beschäftigt, dass er kaum mitbekam, was um ihn herum passierte. Später dachte er, dass er und Joy vor der üblen Geschichte mit Ken eigentlich keine besonders gute Beziehung gehabt hatten. Aber diese Sache hatte sie irgendwie zusammengeschweißt.

# Max und Betsy

Am Tag der Anhörung brachen Alec und Kenneth früh nach Salisbury auf. Es war ein drückend heißer Tag. Nachdem sie fort waren, senkte sich eine unnatürliche Stille über das Haus. Eliza und Joy saßen im Salon und warteten unruhig auf Nachrichten. Niemand aus dem Dorf schaute vorbei. Die Dienstmädchen saßen schweigend in der Küche und harrten der Dinge.

Nach dem Mittagessen ging Eliza in ihr Zimmer, weil sie es nicht mehr ertragen konnte, dass Joy ständig aufsprang und im Zimmer auf und ab lief, stöhnte und jammerte und sie fragte, was wohl jetzt gerade im Gericht passierte. Sie legte sich aufs Bett und döste ein wenig, bis sie von einem Klopfen an der Tür geweckt wurde.

»Was ist los?«, rief sie und fuhr hoch, als Joy hereinkam. »Gibt's was Neues?«

»Nein, nein. Noch nicht. Aber es ist was Schreckliches passiert. Lord St. Mullins ist unten.«

»Max? Aber ich dachte, der wäre in Genf.«

»Jetzt ist er hier. Was sollen wir bloß machen? Ich hatte mich auch hingelegt. Und dann ist Clara hochgekommen und hat gesagt, dass er mich sprechen will.«

»Er muss es aus der Zeitung erfahren haben und will bestimmt wissen, was genau passiert ist.«

»Jemand muss zu ihm runtergehen. Bitte geh du, Eliza.«

Eliza kämmte sich hastig die Haare. Sie war so schläfrig und benommen, dass sie die Situation gar nicht richtig erfasste. Aus reiner Gewohnheit machte sie sich bereit, hinunterzugehen und als offizielle Vertreterin ihres Vaters die Sache in die Hand zu nehmen. Doch einen Moment später überlegte sie es sich anders. Ihr fiel wieder ein, wie unglücklich sie war und dass sie sich eigentlich nicht mehr einmischen wollte. Entschlossen sagte sie zu Joy:

»Nein. Ich glaube nicht, dass es eine gute Idee wäre, wenn ich mit ihm spreche. Er hat nach *dir* gefragt.«

»Clara hat gesagt, dass er erst nach Alec gefragt hat. Und als er gehört hat, dass er nicht da ist, wollte er mit mir sprechen.«

»Dann solltest du das auch machen. Wahrscheinlich ist er hier, um Kenneth mitzunehmen.«

»Oh, Eliza, ich kann nicht! Geh du, ich bitte dich.«

»Aber ich kann doch nicht mit ihm über Ken reden, als wäre ich seine Mutter oder so was.«

»Ich hab solche Angst.«

»Wovor denn? Du bist doch die Hausherrin. Vater wird furchtbar wütend sein, wenn du nicht mit Max sprichst.«

»Aber was soll ich denn sagen? Sie können Ken nicht einfach mitnehmen. Sie haben sich kein bisschen um ihn gekümmert … und Alec hat so viele Pläne mit ihm …«

»Sag ihm einfach alles, was er wissen will. Er ist wirklich nett. Sehr freundlich und unkompliziert. Und sag ihm, dass er warten muss, bis Vater zurück ist. Biete ihm eine Tasse Tee an und so weiter …«

»Aber du musst mitkommen. Bitte!«

»Na gut, ich geh mit dir in den Salon und stelle euch vor. Aber dann verziehe ich mich, damit ihr über Ken reden könnt. Ich wäre dann wirklich fehl am Platz. Und pudere dir die Nase, bevor du runtergehst. Das gibt dir mehr Selbstvertrauen.«

Das Puder, das Eliza nun aus der Schublade holte, war der sichtbare Beweis dafür, dass es ihr an kompetentem mütterlichem Rat fehlte. Es war viel zu hell für ihren dunklen Teint. Großzügig bestäubte sie das Gesicht ihrer Stiefmutter und dann ihr eigenes. Dann gingen sie nervös in den Salon hinunter. Sie sahen aus, als hätten sie die Köpfe in ein Mehlfass gesteckt. Selbst Max, der kaum auf Äußerlichkeiten achtete, fand ihre Erscheinung reichlich seltsam.

Nachdem Eliza ihn begrüßt hatte, sagte sie: »Du kennst doch sicher Joy, oder?«

Und dann holte sie tief Luft und stellte Max und Joy einander vor.

»Lord Canning ... Mrs St. Mullins ...«

Es war ein schrecklicher Fauxpas. Aber keinem von beiden schien ihr Versprecher aufzufallen. Sie hatten zu sehr mit ihrer eigenen Befangenheit zu kämpfen.

Max schüttelte Joy die Hand, ernst und würdevoll, als wolle er ihr seinen tiefen Respekt bezeugen und ihr zu verstehen geben, dass er über ihren zweifelhaften Ruf großzügig hinwegsah. Bis zu diesem Moment war sie für ihn ein Flittchen gewesen, das eine ganze Familie zerstört hatte. Doch als er ihr jetzt gegenüberstand, sah er nur ein naives junges Ding vor sich, das alles ihrer Liebe geopfert hatte. Seine Großmut hatte die Oberhand gewonnen, und er war bereit, nur das Beste von ihr zu denken.

Sie entsprach ganz und gar nicht dem, was er erwartet hatte. Betsy hatte so oft von ihrer Schönheit gesprochen, sich Alecs törichten Fehltritt mit ihrer Attraktivität erklärt, dass er sich eine viel reizvollere Frau vorgestellt hatte. Er war so konsterniert und sie so verschüchtert, dass kein rechtes Gespräch in Gang kommen wollte. Er entschuldigte sich mehrmals für seine Anwesenheit. Sie entschuldigte sich mehrmals für Alecs Abwesenheit. Und so schleppte sich die Konversation dahin. Wäre Eliza wegen ihres Patzers nicht so verstört gewesen, hätte sie sich über die beiden sicher köstlich amüsiert.

Fünf Minuten später war immerhin eine Frage geklärt: Sie hatten aus Genf ein Telegramm geschickt, das aber nie im Mill House angekommen war.

»Wie bedauerlich! Wie außerordentlich bedauerlich!«, rief Max immer wieder. »Dann haben Sie also gar nicht mit unserem Besuch gerechnet? Als wir aus den englischen Zeitungen von der Sache erfuhren, war uns natürlich klar, dass wir sofort kommen müssten. Wir dachten, dass Sie das sicher von uns erwarten. Und wir haben gleich telegrafiert ... wirklich sehr bedauerlich! So etwas ist mir noch nicht untergekommen.«

»Aber selbst wenn wir das Telegramm bekommen hätten, wäre Alec jetzt trotzdem in Salisbury«, sagte Joy. »Er musste ja hin, wissen Sie. Heute ist die Anhörung. Möchten Sie vielleicht auch hinfahren? Oder möchten Sie lieber auf ihn warten? Es tut mir wirklich leid. Wirklich sehr leid ...«

»Wir wären schon viel früher gekommen, wenn die Wetterbedingungen nicht so schlecht gewesen wären. Wir sind nämlich geflogen. Aber selbstverständlich haben wir Ihnen vorher telegrafiert, damit ...«

Eliza hatte sich mittlerweile wieder so weit gefangen, dass sie dem Gespräch folgen konnte. Und jetzt begriff sie, dass Max offenbar nicht allein gekommen war.

»Ist Mutter denn auch hier?«, rief sie.

»Ja, sie ... sie ist in England ... ja ...«, stammelte Max. »Sie ist mit mir zurückgeflogen.«

Er machte ein schuldbewusstes Gesicht, denn Betsy war in Wirklichkeit nur eine halbe Meile entfernt und besichtigte gerade die Grabsteine auf dem örtlichen Friedhof. Sie hatte erklärt, dass sie auf keinen Fall mitkommen werde, es sei denn, ihre Anwesenheit sei zwingend erforderlich; dann solle er ihr den Wagen schicken. Niemand dürfe erfahren, dass sie hier sei. Und nun hatte er sich in seiner Verwirrung verplappert.

»Wo ist sie?«, fragte Eliza, der seine zerknirschte Miene nicht entgangen war. »In Hornwood?«

»Nein.«

Um Elizas Fragen zu entgehen, wandte er sich hastig an Joy und kam endlich auf den Grund seines Besuchs zu sprechen.

»Was ist denn nun eigentlich mit Kenneth passiert?«

Eliza stahl sich aus dem Zimmer, ohne Joys flehenden Blick zu beachten.

Vor der Haustür stand ein großer Wagen, mit dem Max vom Flugplatz gekommen war. Eliza ging hinaus und spähte durchs Seitenfenster. Auf der Rückbank lag ein Tweedmantel, der nur ihrer Mutter gehören konnte.

»Ist Lady St. Mullins oben im Dorf?«, fragte sie den Fahrer.

»Ja, Miss. Auf dem Kirchhof.«

»Könnten Sie mich vielleicht hinfahren? Ich habe eine Nachricht für sie.«

Sie sprang in den Wagen und grinste in sich hinein. Wie clever sie doch war! Aber als sie vor dem Friedhofstor anhielten, hatte sie ihr ganzer Mut verlassen. Sie fragte sich, warum sie eigentlich hergekommen war. Ihre Mutter wollte sie ja anscheinend nicht sehen. Und plötzlich war sie sich nicht mehr sicher, ob sie ihrerseits überhaupt ihre Mutter sehen wollte. Sie würden einander bestimmt nichts zu sagen haben.

Langsam ging sie den gepflasterten Weg entlang, bis sie vor der Kirchentür stand und überlegte, ob sie sich nicht lieber verdrücken sollte. Doch irgendwie kam ihr das falsch vor – kindisch, nachtragend und feige.

Ich geh nur schnell rein und geb ihr einen Kuss, dachte sie. Dann verzieh ich mich wieder. Mehr will ich gar nicht. Ihr nur einen Kuss geben.

Kaum hatte sie die Kirche betreten, hörte sie, wie sich hastige Schritte näherten. Es war Betsy.

»Eliza!«

»Mutter!«

Und jetzt küssen wir uns. Du bist meine Mutter. Ich bin deine Tochter. Was bedeutet das? Bedeutet es überhaupt etwas? Du hast mich zur Welt gebracht, hast mich mal in dir getragen. Hast du das vergessen?

»Schatz, woher wusstest du, dass ich hier bin?«, fragte Betsy alarmiert.

»Ich hab eins und eins zusammengezählt. Max hat nichts verraten. Ich hab deinen Mantel im Wagen gesehen und hab den Fahrer gefragt, wo du bist. Und da dachte ich mir, ich komme einfach her.«

»Ach so … dann weiß es also sonst niemand?«

»Nein.«

»Gut.« Betsy sah erleichtert aus. »Aber was hast du denn nur mit deinem Gesicht gemacht, Liebling?«

»Wieso?«

»Es ist ganz … ach, das ist ja Puder! Herrje, Eliza!«

»Natürlich ist es Puder. Du willst doch nicht, dass ich mit einer glänzenden Nase herumlaufe, oder?«

»Liebes Kind! Wenn du schon in deinem Alter Puder benutzen musst, dann such dir wenigstens einen passenderen Farbton aus. Dieses Kreideweiß passt doch gar nicht zu deinem Teint.«

»Das ist doch kein Weiß«, sagte Eliza gekränkt. »Das ist Creme.«

»Versuch's das nächste Mal mit Ocker. Tut mir leid, mein Schatz, aber du siehst aus wie ein Gespenst.«

Eliza war alles andere als dankbar für diesen Rat, obwohl sie ihn gleich am nächsten Tag beherzigte. Verstohlen rieb sie sich die Nase mit einem Taschentuch ab und folgte Betsy hinaus in den Kirchhof, wo sie herumschlenderten und sich die Grabsteine ansahen.

»Malachi Miller«, las Betsy vor. »Guck mal, wie ergreifend:

›Der Mensch ist Gast auf Erden. Und wenn er dort
auch Heimat fand,
so kehrt er doch zu seiner Zeit – zurück ins
ew'ge Heimatland.‹

Aber was ist denn nun mit Ken? Was hat er angestellt?«

Betsy setzte sich auf einen flachen Steinsarg, und während Eliza ihr alles erzählte, seufzte sie hin und wieder oder sah nervös auf ihre Uhr.

»Wie dumm! Wie dumm von ihm! Er hat wirklich keinen Funken Verstand!«, rief sie schließlich.

Sie war sehr wütend auf Kenneth. Als Eliza sagte, es sei alles nur Beddoes' Schuld, widersprach sie ihr energisch: »Nein, diese schrecklichen Privatschulen sind schuld!«

»Hätte ich früher schon so gedacht wie jetzt, hätte ich ihn nie nach St. Clere's geschickt. Max hält gar nichts von Privatschulen.«

Als Eliza sie auf den neusten Stand gebracht hatte, fragte Betsy:

»Dann ist jetzt also alles in Ordnung? Er steckt nicht in Schwierigkeiten? Wir wussten nicht, was wir von den Zeitungsberichten halten sollten. Ich habe Max gesagt, dass sich Alec der Sache schon annehmen würde. Aber Max bestand darauf, dass wir herkommen, und er hat natürlich völlig recht. Wir sind für Ken verantwortlich. Allerdings kommt uns das alles sehr ungelegen. Max muss morgen eine wirklich bedeutende Rede halten. Ich hoffe doch … Die Anhörung findet jetzt gerade statt, sagst du?«

»Ja. Wir warten schon den ganzen Tag auf die richterliche Entscheidung.«

»Dann können wir natürlich nicht abreisen … Wir müssen abwarten … nur für den Fall, dass irgendetwas … Aber wenn wir das Flugzeug nehmen … Max will deinen Vater fragen, ob Ken noch eine Weile bei ihm bleiben kann, bis wir endgültig nach England zurückkommen. Wenn ihm das nicht recht ist, müssen wir ihn natürlich nach Genf mitnehmen. Aber wir sind beide sehr eingespannt. Diese Konferenz hält uns ganz schön auf Trab ... Wir könnten uns also nicht um ihn kümmern, und womöglich stellt er wieder irgendeinen Unfug an. Andererseits ... könnten wir einen Privatlehrer engagieren. Was meinst du? Glaubst du, dass er lieber hierbleiben würde? Wäre dein Vater bereit, ihn zu sich zu nehmen?«

»O ja«, sagte Eliza. »Bestimmt.«

»Dann wäre das ja geklärt. Ich hoffe, dass Max alles regeln kann. Er spricht doch gerade mit Joy, nicht? Wie schade, dass er nicht mit Alec selbst reden kann.«

»Sie wird ihm sagen, dass er gern bei uns ... also, bei ihr und Vater wohnen kann.«

Betsy stand auf und setzte ihren Spaziergang fort. Sie blieb vor dem kleinen Grabstein einer Lucy Jane Godden stehen, die im August 1741 geboren und im Januar 1742 gestorben war.

»Armes kleines Ding«, sagte sie seufzend. »Hat nur ...« Sie zählte die Monate an den Fingern ab. »... fünf Monate gelebt.«

»Dir ist da eine Haarnadel rausgerutscht«, bemerkte Eliza.

Das war die Revanche für die Sache mit dem Puder, aber Betsy steckte die Nadel geistesabwesend wieder fest, ohne ihren hämischen Unterton zu bemerken. Allem Anschein nach legte sie auf ihr Äußeres keinen großen Wert mehr. Dass sie nach ihrem überstürzten Aufbruch und einer so langen, anstrengenden Reise etwas mitgenommen und derangiert aussah, war wohl unvermeidlich. Allerdings konnte das nicht der einzige Grund für ihre legere Erscheinung sein. Jedenfalls war sie nachlässiger gekleidet als früher. Ihre Garderobe war zwar immer noch hochwertig und teuer, aber es schien, als hätte sie sich weder bei der Auswahl noch beim Ankleiden sonderliche Mühe gegeben. Lady St. Mullins war weit weniger elegant, als es Mrs Canning je gewesen war. Außerdem war ihre Haut nicht mehr ganz makellos, leicht gerötet und spröde. Und unter den Augen und in den Mundwinkeln hatten sich einige neue Falten gebildet. Offenbar hatte sie in dem erbitterten Rückzugsgefecht, das jede Vierzigjährige, die ihre Schönheit bewahren will, führen muss, endgültig die Waffen gestreckt.

»Max hat sich ganz vorbildlich verhalten«, sagte sie nun. »Es tut mir leid, dass meine Kinder ausgerechnet jetzt seine Zeit und seine Zuwendung beanspruchen.«

»Hättest du denn nicht auch ohne ihn kommen können?«

»Das hatte ich ja vor. Aber er wollte nicht, dass ich die Reise allein unternehme. Außerdem findet er, dass man einander in schwierigen Zeiten beistehen muss. Das gehört zu einer Ehe.«

»Warum bist du dann nicht mit zu uns gekommen? Wolltest du Vater und Joy nicht begegnen?«

»Na ja, ich … ich dachte … wo Max auch da ist … wäre es doch für alle angenehmer … wenn ich nicht mitkäme.«

»Und was ist mit Ken? Wolltest du nicht mal ihn wiedersehen?«

Betsy warf ihr einen warnenden Blick zu. Hüte deine Zunge, schien er zu sagen. Sag bloß nichts, was mich verletzten könnte!

Jetzt begriff Eliza, dass hinter Betsys Fahrigkeit, ihrem hilflosen Geplapper, ihrem makabren Interesse an Grabsteinen nichts als Angst steckte. Es stimmte nicht, dass ihre Mutter Ken nicht liebte. Im Gegenteil, sie liebte ihn zu sehr. Sie stand einfach völlig neben sich.

Eliza machte noch einen Versuch. »Aber Ken und Vater

sind doch in Salisbury. Nur Joy und ich sind da. Komm doch mit und trink mit uns eine Tasse Tee.«

»Nein«, sagte Betsy zögernd. »Lieber nicht. Nicht, weil ich Joy böse bin. Das weißt du doch, nicht wahr, Liebes? Es ist nur … Ich kann's nicht erklären … Vielleicht können wir später einmal alle zusammenkommen, in einer entspannteren Atmosphäre …«

Nein! Sie wollte weder das Haus sehen, in dem Alec jetzt wohnte, noch wollte sie *ihn* je wiedersehen. Deshalb hatte Max, der sie besser kannte als irgendjemand sonst, darauf bestanden, sie zu begleiten und die heikle Mission für sie zu übernehmen.

Wenn sie Alec oder Kenneth wiedersehen würde, könnte sie wieder in den bodenlosen Abgrund stürzen, aus dem Max sie gerade erst befreit hatte. Er hatte sie gerettet und an einen friedlichen, sicheren Ort gebracht – eine karge kleine Insel, auf der hier und da ein zartes Pflänzchen wuchs. Er hatte gesagt: Heirate mich und unterstütze mich bei meiner Arbeit. Und das hatte sie getan und war nun tatsächlich die Tatkräftigere von ihnen beiden. Er bot ihr Schutz und Geborgenheit und bescherte ihr sogar unerwartete Glücksmomente. Max' sanftes, großherziges Wesen machte das öde kleine Eiland zu einem anheimelnden Ort. Sie fragte sich nicht mehr, ob sie seiner Liebe würdig war, denn mittlerweile wusste sie, dass wohl niemand eine so selbstlose Liebe verdient hatte.

Eliza ließ nicht locker. »Das Haus ist wirklich schön«, sagte sie. »Ich wünschte, du könntest es dir mal ansehen.«

»Das freut mich. Vielleicht ein andermal.«

»Schon komisch, dass es eine alte Mühle ist. Genau wie Pandy Madoc. Wir haben wohl eine Schwäche für Mühlen.«

»Stimmt, habt ihr wirklich.«

*Habt ihr wirklich*. Wen meinte sie mit *ihr*? Eliza hatte die

Cannings gemeint. Aber wer waren die Cannings eigentlich?

Sie schlenderten weiter, gingen um die Kirche herum und entdeckten einen kleinen Schuppen, in den Betsy einen Blick warf. Schweigend musterte sie die Reisigbesen und die Spaten für die Totengräber. Eliza verstand jetzt, dass ihre Mutter nichts, rein gar nichts, über ihr Leben im Mill House erfahren wollte. Sie nahm nur wahr, was sich unmittelbar vor ihren Augen abspielte. Die Hügellandschaft ringsum oder die Bäume auf dem Friedhof oder irgendetwas, das zu Elizas neuem Leben gehörte, existierte nicht für sie.

»Hör mal, Liebling … Du sagst den anderen doch nicht, dass ich hier bin, ja? Ich möchte ihre Gefühle nicht verletzen.«

»Nein, keine Sorge. Wie geht's eigentlich Daph?«

»Ach, Daphne. Sie ist in letzter Zeit ziemlich anstrengend.«

»Gefällt's ihr denn in Genf nicht?«

»Na ja, wir hatten sie in eins dieser internationalen Ferienlager geschickt, mitten im Salzkammergut, wirklich idyllisch. Sie bemühen sich dort um eine Art Völkerverständigung, weißt du. Schulkinder aus der ganzen Welt sollen dort zusammenkommen, sich kennenlernen und Freundschaften schließen. Aber schon nach drei Tagen hat sie uns geschrieben und darum gebettelt, dass wir sie wieder nach Hause holen. Sie beschwerte sich über das Essen und die Betten und was weiß ich noch alles. Und sie mochte die anderen Kinder nicht. Also holten wir sie nach Genf zurück. Aber ich hatte zu viel zu tun, um mich um sie zu kümmern. Also habe ich ein sehr nettes junges Mädchen engagiert, eine Jüdin, ein Flüchtling, um genau zu sein, die dringend Arbeit brauchte. Doch das gab nur neuen Ärger. Daph wollte mit dieser ›eigenartigen Person‹ nichts zu tun haben. Das bedauernswerte Mädchen konnte ja nichts für seine ärmliche Erscheinung. Sie war wirklich sehr intelligent und sympathisch. Und jetzt will Daph auf so eine Art Ferienschule gehen, irgendwo in der Nähe von Luzern. Sie hat wohl im *Tatler* oder einem andern dieser Boulevardblätter einen Bericht darüber gelesen. Dort soll es ganz wunderbar sein, sagt sie. Ich halte das für keine gute Idee, nach allem, was ich über die Schule gehört habe. Das klingt alles furchtbar versnobt. Aber Max meint, dass Daph dort hervorragend betreut wird und dass ich ihr lieber ihren Willen lassen soll. Ihr anderen habt ja auch gemacht, was ihr wollt.«

Stimmt das denn?, fragte sich Eliza, die jetzt erst richtig begriff, dass die Cannings keine Familie mehr waren. Sie waren fünf Menschen, die nicht mehr zusammengehörten. Irgendwie hatte sie das nicht wahrhaben wollen; schließlich war es fast ihr ganzes Leben lang anders gewesen. Sie hatte sich an die Vorstellung geklammert, dass sie, Kenneth, Daphne und ihre Eltern eine untrennbare Einheit wären, die nur vorübergehend und quasi aus Versehen auseinandergerissen worden war.

Der Gedanke deprimierte sie so, dass sie nur noch allein sein wollte. Außerdem konnte sie es nicht länger ertragen, zwischen irgendwelchen Gräbern herumzulaufen.

»Ich sollte lieber mal zurückfahren«, sagte sie. »Vielleicht gibt's ja Neuigkeiten aus Salisbury. Vater wollte anrufen.«

Betsy küsste sie zärtlich, machte aber keinerlei Anstalten, sie zurückzuhalten.

»Du bist richtig hübsch geworden«, sagte sie.

»Ach ja?«, erwiderte Eliza traurig.

Einen Moment lang drückte sie ihr Gesicht an die Schulter ihrer Mutter.

»Liebling, weinst du etwa? Was ist denn?«

»Nichts. Es ist alles nur … so traurig … findest du nicht?«

»Doch«, sagte Betsy schroff. »Aber es hat keinen Zweck, Dingen nachzuweinen, die nicht mehr zu ändern sind.«

»Du hast recht.«

Eliza lief zum Tor hinaus, stieg in den Wagen und ließ sich zum Mill House zurückfahren.

Sie hätte gern gewusst, wie Max und Joy zurechtkamen. Aber sie wollte nicht aufdringlich erscheinen. Also stellte sie sich ans Salonfenster und lauschte. Max sagte gerade:

»Und wie denken die Landarbeiter darüber, hier in der Gegend, meine ich?«

»Also alle, mit denen ich gesprochen hab, wollen keinen Krieg«, sagte Joy jetzt. »Aber aus ziemlich egoistischen Gründen. Sie wollen auf keinen Fall zur Armee und kämpfen.«

»Ach! Nun ja … Das kann man schon verstehen …«

Eliza spähte vorsichtig durchs Fenster. Die beiden saßen einträchtig nebeneinander auf dem Sofa, über Joys Flugblätter gebeugt. Sie verstanden sich offenbar prächtig, genau wie Alec vorhergesagt hatte. Joy war so lebhaft wie seit Langem nicht mehr. Ihre Wangen glühten vor Eifer.

»Gibt's was Neues?«, fragte Eliza durchs Fenster.

Die beiden fuhren zusammen und sahen Eliza mit schuldbewussten Mienen an. Sie hatten weltbewegende Probleme gewälzt und darüber ganz die missliche Lage der Cannings vergessen. Es gab tatsächlich Neuigkeiten. Alec hatte angerufen und erleichtert berichtet, dass die Anhörung bestens verlaufen war. Der Untersuchungsrichter hatte ein Fremdverschulden ausgeschlossen, weil das arme Mädchen ohne Rücklicht gefahren war. Beddoes würde allerdings vor Gericht gestellt werden, weil er weder angehalten noch den Vorfall der Polizei gemeldet hatte. Kenneth werde keinerlei Fehlverhalten vorgeworfen.

»Ich muss mich auf den Rückweg machen«, sagte Max schließlich, dem seine Pflichten wieder einfielen.

Als Joy ihn freundlich bat, doch noch zum Tee zu bleiben,

lehnte er ebenso freundlich ab, brauchte jedoch eine ganze Weile, um sich endgültig zu verabschieden. Er hatte mit Joy alles besprochen. Kenneth würde vorerst in der Obhut seines Vaters bleiben, und was die geplante Reise nach Mexiko betraf, müsste noch Betsys Meinung eingeholt werden.

Als Eliza die verschwörerische Miene sah, mit der Max ins Auto stieg und in Richtung Friedhof davonfuhr, konnte sie sich ein Lächeln nicht verkneifen.

»Was für ein netter Mensch!«, rief Joy. »Ich hatte nach einer Weile überhaupt keine Angst mehr vor ihm.«

»Ja, er ist wirklich nett«, sagte Eliza. »Hab ich dir doch gleich gesagt.«

»Und er hat so interessante Ideen. Sie wollen im Herbst die führenden Köpfe der internationalen Friedensbewegung zu einer Art Konferenz nach Hornwood einladen. Ist das nicht fantastisch? Es sollen auch Bergarbeiter teilnehmen. Er hat mich … quasi … gefragt, ob ich auch kommen will. Ich hab natürlich Nein gesagt, obwohl ich wirklich gern hingehen würde. Aber das kann ich wohl nicht machen, oder?«

»Es gibt Leute, die meinen, dass hier ohnehin jeder macht, was er will«, bemerkte Eliza trocken.

»Trotzdem«, sagte Joy geknickt. »Das wäre Betsy bestimmt nicht recht. Weißt du, irgendwie überrascht es mich schon, dass Betsy ihn geheiratet hat. Er passt doch gar nicht zu ihr. Wundert dich das nicht auch?«

»Mich wundert gar nichts mehr«, sagte Eliza.

»Es ist vielleicht nicht nett, so was zu sagen … aber er sieht … also, er sieht schon ziemlich merkwürdig aus. Zumindest am Anfang, bis man sich dran gewöhnt hat. Er ist kein attraktiver Mann, meine ich. Ich versteh nicht, wie eine Frau, die mit Alec verheiratet war …«

Genau dasselbe sagte Max zu Betsy, als er mit ihr zum Flughafen zurückfuhr.

»Eine ausgesprochen sympathische Frau. Ich war äußerst angetan von ihr. Vielleicht nicht sehr helle. Ein bisschen konfus. Und sie hat eine recht saloppe Ausdrucksweise. Aber sie versteht, worum es uns geht, und scheint hier unten gute Arbeit zu leisten.«

»Ich hätte nie gedacht, dass sie sich für so etwas interessiert«, bemerkte Betsy.

»Nun ja, sie ist sich der Bedeutung unserer Sache durchaus bewusst. Aber mir ist ein schrecklicher Fehler unterlaufen. Ich habe einen Moment lang ganz vergessen, dass sie Alecs Frau ist, und sie zu unserem Friedenstreffen in Hornwood eingeladen.«

»Oh, Max! Wie konntest du nur?«

»Ja, ich weiß. Es tut mir auch wirklich leid. Allerdings schien es ihr peinlich zu sein, sie meinte, dass das leider nicht geht. Und dann ist bei mir der Groschen gefallen.«

Betsy lachte.

»Das hätte den Blochs einiges Kopfzerbrechen bereitet«, sagte sie. »Ich wünschte fast, sie würde kommen, nur um die Gesichter der Blochs zu sehen.«

Denn die Blochs wohnten nun doch in Hornwood, in einem Cottage hinter den Pferdeställen, in sicherer Entfernung zum Herrenhaus. Sie waren irgendwann im Frühjahr aufgetaucht, als Betsy in ihrer schlimmen Krise steckte und sich nicht dafür interessierte, was um sie herum vorging. Und wie sie vorhergesagt hatte, war es unmöglich, die Blochs wieder loszuwerden.

»Irgendwie hatte ich erwartet, dass sie hübscher ist«, sagte Max.

»Ach! Fandst du sie denn nicht attraktiv?«

»Nein, kein bisschen. Wie Alec ihretwegen sein ganzes Leben auf den Kopf stellen konnte, ist mir ein Rätsel.«

»Aber ich hab dir doch erzählt, wie es war.«

»Ja, schon. Jedenfalls würde ich sie nie als attraktiv bezeichnen. Sie ist zweifellos ein liebenswerter Mensch, aber ohne jeden Charme. Ich verstehe nicht, wie ein Mann, der mit dir verheiratet war …«

Als er das leichte Zucken um ihre Mundwinkel sah, verstummte er.

Schweigend fuhren sie über Wiltshires schmale Landstraßen, überquerten Kanäle und Flüsse. Betsy hatte keinen Blick für ihre Umgebung. Immer wieder sah sie auf die Uhr, überlegte, wieviel Zeit ihnen noch bis zum Abflug blieb und ob das Flugwetter stabil bleiben würde. Sie hoffte, dass sie es rechtzeitig bis nach Genf schaffen würden, damit Max seine Rede halten konnte.

Da riss Max sie aus ihren Gedanken.

»Oh, schau mal!«

Er hatte sich umgedreht und sah einem Auto nach, das gerade an ihnen vorbeigefahren war.

»Das waren Alec und Kenneth.«

»Ach was! Wirklich?«

Unwillkürlich wandte sie sich um. Das kleine Auto, in dem zwei Köpfe zu sehen waren, entfernte sich rasch und verschwand hinter einer Kurve.

»Sie müssen auf dem Rückweg von Salisbury sein«, sagte Max.

»Ob sie uns gesehen haben?«

»Ich glaube nicht. Möchtest du … dass wir …?«

»Nein, nein … Lass uns weiterfahren, Max. Wir müssen uns beeilen. Wir dürfen keine Zeit verlieren.«

# Der Lauf der Dinge

Alec hatte Mark gesagt, er sei im Mill House jederzeit willkommen. Er hatte diese Einladung nicht nur aus Dankbarkeit ausgesprochen, sondern auch, weil er fand, dass er genau der richtige Freund für Kenneth war, der ihn mittlerweile wieder wie einen Helden verehrte.

Mark besuchte ihn zweimal. Die beiden machten Ausflüge mit dem Motorrad oder badeten im Fluss und erneuerten ihre Freundschaft. Doch Eliza bekam er nie zu Gesicht. Beim ersten Mal blieb sie den ganzen Tag in ihrem Zimmer, weil sie Kopfschmerzen hatte. Beim zweiten war sie gar nicht da, verbrachte das Wochenende bei den Hewitts. Mark war enttäuscht und erwähnte das auch Ken gegenüber. Er würde sehr bald nach Gibraltar abkommandiert werden und wüsste nicht, ob er vorher noch einmal vorbeikommen könnte. Er hätte sie gern noch einmal gesehen, um sich von ihr zu verabschieden.

»Ich hab ihr erzählt, dass du wahrscheinlich zum letzten Mal hier bist«, sagte Kenneth. »Sie hätte an jedem anderen Wochenende nach Oxford fahren können. Ich werd ihr ausrichten, dass du das nicht besonders nett von ihr fandst.«

»Nein, mach das nicht. Sag ihr nur, dass ich mich gern von ihr verabschiedet hätte.«

Aber Kenneth vergaß, es seiner Schwester auszurichten. Als sie aus Oxford zurückkam und erfuhr, dass sie Mark wahrscheinlich nicht mehr wiedersehen würde, war sie erleichtert. Jetzt brauchte sie sich keine Ausreden mehr einfallen zu lassen, um ihm aus dem Weg zu gehen. Er würde in Gibraltar sein, und sie brauchte ihm nie wieder zu begegnen.

Die Grahams waren gerade für ein paar Tage zu Besuch, und das Haus war voller Leben. Es kam Eliza seltsam vor, dass offenbar niemandem auffiel, wie bedrückt sie war. Alle plauderten und lachten, aßen und tranken fröhlich, während ihr Kummer wie ein Geist mit am Tisch saß. Aber irgendwie war sie auch froh darüber, denn sie hatte nicht die geringste Lust, irgendjemandem von ihrem Elend zu erzählen.

Joy warf ihr manchmal einen mitfühlenden Blick zu, als ob sie es irgendwie ahnte. Ihr Verhältnis war inzwischen freundschaftlicher geworden. Und seit Susie Graham da war, hatten sie sich sogar miteinander verbündet. Sie ärgerten sich über Susies scharfen Blick und ihre noch schärfere Zunge. Sie würden nicht zulassen, dass sie über Mill House irgendwelche Lügengeschichten verbreitete.

Am Nachmittag saßen Joy und Eliza zusammen im Salon und nähten einen kleinen Kittel für Peter. Die anderen machten einen längeren Spaziergang und würden nicht vor dem Abendessen zurück sein. Als Eliza draußen das Knattern eines Motorrads hörte, fing ihr Herz an zu flattern. Sie wünschte, Joy würde sagen:

»Hat da nicht gerade ein Motorrad angehalten? Direkt vor dem Tor? Kriegen wir etwa Besuch?«

Stattdessen beklagte sich Joy darüber, dass sie nicht mehr wüsste, was der Unterschied zwischen einem Hexen- und einem Fischgrätenstich war. Sie schien nicht einmal zu bemerken, dass Clara an die Haustür ging.

Aber er ist es bestimmt nicht, dachte Eliza. Jedes Mal, wenn ich ein Motorrad höre, ist es dasselbe.

In diesem Moment wurde die Salontür geöffnet, und Mark trat ein, lächelnd und ganz ungezwungen.

»Ach herrje!«, rief Joy erschrocken. »Alec und Ken sind gerade erst fort. Du kannst sie bestimmt noch einholen.«

Doch Mark schüttelte ihr die Hand und sagte, er würde lieber bleiben und sich mit ihnen ein bisschen unterhalten. Dann reichte er Eliza die Hand und fragte, ob sie ein schönes Wochenende in Oxford verlebt habe.

»Ja, hab ich. Ja«, stammelte Eliza.

»Bleibst du zum Abendessen?«, fragte Joy.

»Danke, sehr gern, wenn es keine Umstände macht.«

Er setzte sich neben Joy und fragte sie, wie es denn mit *Byron* vorangehe und wann die Operette aufgeführt werde. Sie war hocherfreut über sein Interesse, obwohl sie nicht viel zu erzählen hatte. Sie hatte das Libretto nicht gelesen, konnte aber immerhin einigen Theatertratsch zum Besten geben. Ein paarmal sagte sie »wir«, als würde sie regelmäßig mit Alec und Johnnie zusammenarbeiten.

Eliza blickte starr auf ihre Näharbeit. Ihr Herz hatte sich beruhigt, doch sie wollte sichergehen, dass sie sich vollkommen unter Kontrolle hatte, ehe sie irgendetwas tat oder sagte. In ein paar Minuten würde sie lächelnd aufstehen und Joy ganz nebenbei fragen, ob sie Clara ausrichten solle, dass sie einen zusätzlichen Gast zum Abendessen hätten. Dann würde sie hinausgehen, sich in ihr Zimmer zurückziehen und dort bleiben, bis die anderen wieder da wären. Im größeren Kreis würde es ihr nicht schwerfallen, einem Gespräch mit ihm aus dem Weg zu gehen.

Einen Moment später war sie bereit. Sie legte ihre Näharbeit beiseite und erhob sich. Allerdings war sie dann doch nicht ganz so unbefangen, weil Joy und Mark ihr Gespräch unterbrachen und sie erwartungsvoll ansahen.

»Gehst du heute Abend noch schwimmen?«, fragte Mark.

»Nein. Ich war heut Morgen schon. Joy ... soll ich Clara sagen, dass wir noch einen zusätzlichen Gast zum Essen haben?«

»Ach ja, natürlich. Aber bemüh dich nicht.« Joy läutete nach dem Dienstmädchen. Und an Mark gewandt, fügte sie hinzu: »Möchtest du denn gern schwimmen gehen?«

»Ja, aber nicht allein. Nur wenn eine von euch …«

Als keine von beiden darauf reagierte, schlug er vor, ein wenig zu musizieren.

»Als ich die letzten Male hier war, wollte ich das auch schon vorschlagen, aber du warst ja nie da«, sagte er. »Weißt du noch, wie wir in Pandy Madoc zusammen gesungen haben? Spielst du noch regelmäßig Klavier?«

»O ja, sie hat große Fortschritte gemacht. Auch mit dem Singen«, sagte Joy. »Sie übt sehr fleißig.«

»Wollen wir dann nicht was zusammen singen? Da liegen doch jede Menge Notenhefte.«

Er schob sie sanft in Richtung Klavier und nahm ein Heft mit Schubert-Liedern vom Klavierschemel.

Als Clara hereinkam und Joy ihr Anweisungen fürs Abendessen gab, hörte Eliza Marks leise Stimme hinter sich:

»Wollen wir uns nicht wieder vertragen? Bitte verzeih mir, Eliza!«

Wenn er plötzlich unter der Decke geschwebt wäre, hätte sie nicht überraschter sein können. Was hatte sie ihm denn zu verzeihen?

Sie sank auf den Klavierschemel. Mark blätterte im Notenheft.

»Was haben wir früher immer gesungen? Ach ja. *Der Tod und das Mädchen*. Hier ist es.«

»Ihre Stimme hat sich enorm verbessert«, sagte Joy, nachdem Clara gegangen war.

»Wirklich? Na, dann mal los, Eliza!«

Kaum hatte sie angefangen zu spielen, unterlief ihr ein Patzer.

»Ganz ruhig«, sagte Mark. »Lass dir Zeit. Du spielst zu hastig und verkrampft. Wie wär's, wenn ich erst mal meinen Part übe. Ich bin mir nicht sicher, ob ich den Text noch weiß.«

Als sie die ersten harmonischen Akkorde spielte, kehrte

ihre Selbstsicherheit zurück. Joy strahlte die beiden durch ihre Hornbrille, die sie immer beim Nähen trug, begeistert an.

»Und jetzt du«, sagte Mark.

Eliza versuchte es noch einmal, und diesmal schaffte sie es mit Bravour. Eine ungeheure Kraft und Energie durchströmte ihre Hände, ihre Stimme, ihren Geist. Sie ließ sich von der Melodie hinwegtragen, schien völlig mit ihr zu verschmelzen. Mark war so verblüfft, dass er etwas zu spät einsetzte.

In Pandy Madoc hatte er nur mitgesummt, aber jetzt war er von Elizas Spiel so beflügelt, dass er laut mitsang, mit einer weichen, sonoren Bassstimme, die ihm bis zur letzten Note gehorchte. Gegen Ende ließ ihr Elan etwas nach, was er mit einem Achselzucken und sie mit einem Lachen quittierte.

»Das war ganz wunderbar«, sagte Joy. »Macht weiter.«

Und während sie noch ein paar Lieder sangen, hing sie mit verträumtem Blick ihren Gedanken nach.

Wie schön. Musik … und Gäste im Haus … wie früher in Pandy Madoc. Jetzt, wo Ken bei uns wohnt, wird sich Alec hier endlich zu Hause fühlen. Es war nicht alles umsonst … Die ganze Zeit hab ich mir solche Mühe gegeben … dachte, es würde nie … aber jetzt scheint er viel zufriedener zu sein. Und alle sind richtig nett zu mir … selbst Susie … Obwohl sie manchmal spitze Bemerkungen macht … Was sie über Betsys Bett im Gästezimmer gesagt hat, zum Beispiel … das war doch Absicht … nein … vielleicht auch nicht. Ich will nicht ungerecht sein. Aber ich mag Margaret Merrick trotzdem lieber als Susie … Wie wunderbar Eliza singt! Und wie hübsch sie ist! … Ich weiß gute Musik zu schätzen. Und ich habe geistige Interessen. Es ist ja nicht so, dass Alec und ich keine Gemeinsamkeiten hätten. Ich höre wirklich gern diese Musik. Und ich verstehe sogar, worum es in den Liedern geht. Ich kann nämlich Deutsch. Ich habe eine gute Schulbildung. Mal sehn … *Am Brunnen vor dem Thore … Da steht ein Linden-*

*baum* … Wie traurig das klingt! Anscheinend geht's mir viel besser, sonst könnte ich mich nicht an einem so traurigen Lied erfreuen.

»Apropos Bäume«, sagte Mark. »Versuchen wir's doch mal mit dem *Nussbaum*.«

Eliza blätterte durch das Heft mit den Schubert-Liedern und vergaß ganz, dass sie dieses Lied dort nicht finden würde.

»Nein, Liebling …«, sagte Mark.

Er hielt jäh inne, als stünde er am Rand eines Abgrunds.

Das Wort fiel in ihre Herzen wie ein kleiner Stein in einen Teich. Es sank bis auf den Grund, während sich Welle um Welle kreisförmig ausbreitete, bis zu den fernen Gestaden ihres Denkens und Fühlens.

Es war ihm einfach so herausgerutscht, aber jetzt, da er es ausgesprochen hatte, war er geradezu euphorisch. Er würde nicht stillschweigend darüber hinweggehen oder eine spöttische Bemerkung machen. Er schwieg und sah Eliza unverwandt an.

Schließlich hob sie langsam den Blick von dem Notenheft auf ihren Knien. Und da sah er etwas, was ihn zutiefst berührte: Sie hatte Angst und wirkte völlig verloren. Es schien, als hätte sie nicht dieses zärtliche Wort gehört, sondern ein verstörendes Geräusch wie das Läuten einer Totenglocke, den Schrei eines Neugeborenen oder einen galoppierenden Reiter in windiger Nacht. Im Lärm des Lebens nimmt man die sanften Töne nur selten wahr, auch wenn die Botschaft noch so bedeutungsvoll und unwiderruflich ist. Sie brechen sich wie Wellen an einem fernen Strand; dennoch sind sie es, die den größten Widerhall in der menschlichen Seele finden.

Joy drehte sich in ihrem Sessel um. Die plötzliche Stille im Raum hatte sie aus ihren Gedanken gerissen.

Das Knarren des Sessels weckte Mark und Eliza aus ihrer Erstarrung.

»Nein, nicht Schubert. Schumann«, sagte Mark rasch.

Er suchte die Noten heraus und reichte sie ihr. Doch sie schüttelte den Kopf.

»Ich kann das nicht gleichzeitig singen und spielen.«

»Dann spiel es nur. Die Melodie ist so schön.«

Also tat sie ihm den Gefallen.

Doch er hörte kaum zu. So viele Gedanken schossen ihm durch den Kopf: dass er für lange Zeit weggehen würde, dass er sie nicht so verstört und hilflos zurücklassen konnte, dass er sicher keine Gelegenheit mehr hätte, noch einmal allein mit ihr zu sprechen. Er wollte ihr noch so viel sagen, ihr seine Gefühle offenbaren, ihr erklären, was in ihm vorging. Sie waren unversehens auf unbekanntes Terrain vorgestoßen, waren aber zu jung und unerfahren, um sich dort zurechtzufinden. Deshalb durften sie nichts überstürzen, sondern mussten klug und besonnen vorgehen, um ihr Glück nicht zu verspielen.

Für uns gibt's nur alles oder nichts, dachte er. In ein paar Jahren komme ich zurück und heirate sie. Aber so lange müssen wir uns in Geduld üben. Bis dahin werde ich sie nicht wiedersehen und ihr auch nicht schreiben. Sie ist noch ein junges Mädchen. Es ist nicht fair, sie wie eine Erwachsene zu behandeln und solche tiefen Gefühle in ihr zu wecken. Ich muss uns beiden Zeit lassen …

Draußen vor dem Fenster waren Stimmen zu hören. Die Spaziergänger kehrten zurück, und Joy ging hinaus, um sie zu begrüßen. Hastig sagte er zu Eliza:

»Ich würde gern kurz allein mit dir reden, bevor ich gehe.«

Sie nickte, ohne ihr Spiel zu unterbrechen.

»Ich muss um zehn los. Kannst du vorher irgendwie unauffällig verschwinden und ein Stück den Feldweg raufgehen? Ich hole dich dann ein.«

»Gut.«

Dann kamen die anderen herein, und sie wechselten kein Wort mehr miteinander. Alec, der den verschwörerischen Blick registrierte, den die beiden sich hastig zuwarfen, beobachtete sie aufmerksam. Die krampfhafte Art, mit der sie jeden Augenkontakt vermieden, war wirklich verdächtig. Mark tauschte mit allen Anwesenden Höflichkeiten aus, während er Eliza völlig ignorierte. Und sie war die Einzige, die nicht lachte, wenn er eine witzige Bemerkung machte. Sie sagte kaum ein Wort, während er gesprächiger war als sonst. Er steckte die ganze Runde mit seiner guten Laune an, und weil es sein letzter Besuch war, stand er im Mittelpunkt der Aufmerksamkeit. Kenneth stellte beruhigt fest, dass Mark die Grahams offenbar beeindruckte. Auch beim Abendessen ging es lebhaft und heiter zu. Selbst Joy machte ein paar geistreiche Bemerkungen.

Wie konnte mir bloß entgehen, dass da zwischen den beiden was ist?, fragte sich Alec. Joy hat gesagt, dass Eliza irgendwie verändert wäre, seit Ken bei uns wohnt … aber Mark hatte ihn ja hergebracht … und war eine Zeit lang mit ihr allein … aber … haben sie sich nicht auch vorher schon mal getroffen? … Und als er später bei uns zu Besuch war, hat er da mit ihr gesprochen? … Nein … Sie hatte ja Kopfschmerzen … und dann war sie in Oxford … Wahrscheinlich wollte sie deshalb unbedingt die Hewitts besuchen … Hatten sie sich vielleicht gestritten? … Und heute ist er hier reingeschneit, weil … jedenfalls scheinen sie sich wieder versöhnt zu haben.

Seine Entdeckung beunruhigte ihn, obwohl er sich einzureden versuchte, dass es wahrscheinlich nichts Ernstes war – eine Liebelei zwischen jungen Leuten, die man am besten ignorierte. Es war nicht einfach, Kenneth ein guter Vater zu sein; er würde sich wohl auch noch den ganzen Herbst um ihn kümmern müssen. Wenn es jetzt auch noch mit Eliza Schwierigkeiten gäbe, wäre das zu viel für ihn. Aber er machte sich wirklich Sorgen. Wie Betsy wohl darüber denken würde? Mark war ein ganz besonderer Junge. Und vielleicht hatten sie Eliza tatsächlich vernachlässigt, wie Joy behauptete. Sie hatte mehr durchgemacht als die meisten Mädchen ihres Alters, und alle hatten sie wie eine Erwachsene behandelt. Das war sie aber nicht. Für Betsy und ihn war es bequemer gewesen, sich aus der Verantwortung zu stehlen und Eliza schalten und walten zu lassen. Sie hatten auf Elizas Reife gebaut, und das war nun die Quittung.

Die beiden am Klavier hatten so eine Verbundenheit und Einmütigkeit ausgestrahlt, als wäre da schon eine Menge zwischen ihnen geschehen – eigentlich alles, was zwischen Verliebten geschehen kann. Einen Moment lang war er schockiert gewesen. Aber dann war ihm eingefallen, dass Hannay ein reifer junger Mann war, und das hatte ihn beruhigt. Und trotzdem war er froh, dass er nach Gibraltar ging.

Wenn er nicht so bald das Land verlassen würde, müsste ich natürlich mit ihm reden, dachte er. Ich würde ihm sagen, dass sein Verhalten nicht fair ist. Sie ist einfach noch zu jung. Er hat kein Recht, mit ihren Gefühlen zu spielen. Soll er in ein, zwei Jahren wiederkommen. Das würde mich wirklich freuen … in ein, zwei Jahren … Sie braucht Struktur, und er wäre der Richtige dafür.

Als sich die Männer nach dem Abendessen wieder zu den Frauen gesellten, war Eliza verschwunden. Joy sagte, sie sei müde und schon zu Bett gegangen. Um zehn Uhr brach Mark auf. Alle gingen in den Garten, um ihn zu verabschieden.

Ein voller, runder Herbstmond stand über den Hügeln. Die Luft war mild, und die Konturen der Bäume zeichneten sich schemenhaft vor dem hellen Nachthimmel ab. Fröhliches Gelächter und Abschiedsgrüße folgten Mark, während er sein Motorrad anließ und davonfuhr. Als er fort war, unterhielten sich die Zurückgebliebenen noch eine Weile über ihn.

Kenneth schwärmte geradezu von seinem heldenmütigen Freund. Auch die Grahams waren offenbar sehr angetan von ihm. Susie fand ihn unglaublich attraktiv, und Johnnie murmelte etwas von patenter Bursche und jammerschade.

»Jammerschade?«, empörte sich Kenneth, der meinte, seinen Freund verteidigen zu müssen. »Er bleibt doch nur drei Jahre im aktiven Dienst. Danach ist er Reservist und kann trotzdem in die Politik gehen, wie er's schon immer vorhatte.«

»Politik?«, schnaubte Johnnie. »Für welche Partei? Labour? Die Kommunisten?«

»Weiß ich nicht. Ich glaube, das ist ihm nicht so wichtig, solange er sich einen Namen machen kann.«

»Aber was hat er denn eigentlich vor?«

»Hat er überhaupt Geld?«, fragte Susie.

»Jede Menge. Aber er will von höchstens sechshundert Pfund im Jahr leben. So wie die anderen auch. Alles, was sie darüber hinaus haben oder verdienen, geht in einen Fonds. Er meint, dass man nie zulassen darf, dass Geld Macht über einen bekommt, sondern man sollte es dazu benutzen, um Macht über andere zu bekommen.«

»Was denn für ein Fonds? Und wer sind diese anderen?«

»Na ja, da gibt's ein paar Jungs, Freunde von ihm. Zwei Amerikaner und ein Franzose und noch ein paar andere, die sie für ihre Sache gewonnen haben. Und die haben beschlossen, niemals wie reiche Männer zu leben, weil sie nur dann wirklich frei sind. Sie haben alle den gleichen niedrigen Lebensstandard, damit auch arme Leute mitmachen können, ohne sich ihnen unterlegen zu fühlen. Oder korrupt zu werden. Ihr solltet mal hören, wie er über Labour-Abgeordnete herzieht, die sich von irgendwelchen Herzoginnen zum Dinner einladen lassen.«

»Aber was wollen sie denn erreichen?«, fragte Alec, und die anderen nickten zustimmend.

»Na ja, sie wollen die Welt beherrschen«, sagte Kenneth leichthin.

Als alle lachten, erklärte er eifrig:

»Man braucht nur wenig Leute, nur eine kleine Gruppe, um die Macht zu übernehmen. Ich meine, wenn man bedenkt, in welchem Zustand sich die Welt gerade befindet. Alle haben Angst, und keiner weiß, wie's weitergehen soll. Ein paar Leute, die ein klares Ziel vor Augen haben, die sich nichts aus Geld machen und vor nichts Angst haben, könnten ziemlich schnell Macht und Einfluss gewinnen. Denkt doch mal an die Jesuiten!«

»Sechshundert im Jahr!«, höhnte Susie. »Das werden sie nicht lange durchhalten. Jedenfalls werden sie sich keine Familie leisten können.«

»Viele Menschen kommen mit weniger aus. Viele Menschen würden das für ein Vermögen halten.«

»Wart mal ab, bis sie heiraten wollen.«

»Sie werden sogar früh heiraten«, erklärte Kenneth. »Und ihre Ehefrauen müssen sich gleich dran gewöhnen, mit wenig Geld auszukommen. Sie wollen das Thema Frauen möglichst schnell aus dem Kopf bekommen. Damit sie nicht von ihrer Mission abgelenkt werden.«

»Aber hat Mark wirklich gesagt, dass er die Welt beherrschen will?«, fragte Alec.

»Nein. *Ich* sage das. Denn ich glaub wirklich, dass er das vorhat.«

»Und du auch, nehme ich an?«

»Ja, ich würde gern mitmachen«, sagte Kenneth und errötete. »Wenn sie mich dabeihaben wollen. Denn sie nehmen nicht jeden. Nur Leute, die bereit sind, ihr altes Leben hinter sich zu lassen, und die ihnen wirklich nützlich sein können. Mark glaubt, dass sie genügend Leute zusammenbekommen, hauptsächlich in England, Frankreich und Amerika. Er meint, dass die meisten jungen Männer in der zivilisierten Welt es einfach satthaben, tatenlos zuzusehen, wie alles den Bach runtergeht. Wahrscheinlich werden sie erst mal eine Partei gründen, jede Gruppe in ihrem eigenen Land. Und dann, wenn sie genug sind, schließen sie sich zu einer internationalen Bewegung zusammen.«

»Also eine Art moralischer Feldzug?«, fragte Joy hoffnungsvoll.

»Ja, schon. Aber wenn's sein muss, auch ein militärischer. Da darf man nicht zimperlich sein.«

Als er sah, wie beeindruckt sie waren, ließ er sich ausführlich über Marks Pläne für eine Weltregierung aus, auch wenn er ein bisschen improvisieren musste. Denn eigentlich wusste er nur, dass Mark und seine Freunde eine Zukunftsvision entworfen hatten, dass sie bürgerliche Normen und Werte ablehnten, dass sie alle in die Politik gehen und eine Art internationales Abkommen durchsetzen wollten. Aber das reichte aus, um ihn zu abenteuerlichen gesellschaftlichen Utopien zu inspirieren: Einige waren faschistischer, andere kommunistischer Natur, aber totalitär waren sie alle.

»Was für ein Humbug«, seufzte Johnnie. »Humbug! Wenn er nach Oxford gegangen wäre, hätten sie ihm diese Flausen schon ausgetrieben. Dann hätte er einen ordentlichen Beruf ergriffen und würde ein bürgerliches Leben führen.«

»Ich finde die Idee eigentlich gut, solange es nur ein *moralischer* Feldzug ist«, sagte Joy.

Susie empörte sich darüber, dass Mark und seine Mitstreiter offenbar das Thema Frauen »aus dem Kopf bekommen« wollten. Sie fasste das als persönlichen Affront auf.

»Ha!«, sagte sie grimmig. »Wartet nur ab!«

Alec hatte schon eine Weile nichts mehr gesagt. Ihn beunruhigte der Gedanke, dass sein junger Gast vielleicht gar nicht weggefahren war. Wenn ihn seine Ohren nicht getäuscht hatten, war das Geräusch des davonbrausenden Motorrads nämlich nicht leiser geworden, sondern ganz plötzlich verstummt.

Wortlos verließ er die Runde im Garten und schlenderte ein Stück den Feldweg hinauf. Und dann sah er etwas, was seine Befürchtungen bestätigte: An einem Weidezaun war ein Motorrad geparkt. Er spähte in die Dunkelheit und glaubte, vor einer Hecke am anderen Ende der Weide einen hellen Fleck auszumachen.

Er stieg über das Gatter und ging darauf zu. Er verlor ihn wieder aus den Augen, stapfte aber weiter durchs kurze, feuchte Gras, während ihm sein Schatten im Mondlicht vorauslief. Und dann, wie er gehofft hatte, traten sie aus dem Schutz der Hecke hervor und kamen auf ihn zu.

»Eliza!«, rief er. »Mark! Dachte ich's mir doch!«

Ganz unbefangen hakte Eliza ihn unter, und Mark tat es ihr nach. Und er, ein fröstelnder, desillusionierter Mann in den mittleren Jahren, fand sich zwischen zwei Verliebten wieder, die das Feuer ihrer Jugend und ihrer Leidenschaft verströmten. Während sie zusammen zum Gatter zurückgingen, glaubte er dieses Glühen fast körperlich zu spüren. Aber er versuchte tapfer, es zu ignorieren, und überlegte stattdessen, was er sagen könnte, um seine Autorität wiederherzustellen und den beiden die Leviten zu lesen.

»Also …«, begann er schließlich. »Da habt ihr uns ja ganz schön hinters Licht geführt.«

»Ich weiß!«, riefen Mark und Eliza wie aus einem Mund.

Und Mark fügte hinzu:

»Wir werden uns mindestens zwei Jahre lang nicht sehen. Sie brauchen sich also keine Sorgen zu machen, Sir.«

»Und auch nicht schreiben oder so«, sagte Eliza. »Wir haben das gerade besprochen.«

»Sehr beruhigend«, murmelte Alec, der sein Verhalten jetzt heuchlerisch und ein wenig lächerlich fand.

»Denn, weißt du, es ist eigentlich alles zwischen uns geklärt …«

Sie brach ab und seufzte glücklich.

»Das hört sich sehr vernünftig an«, sagte Alec. »Weißt du, Mark … ich würde mir weniger Sorgen machen, wenn … wenn ihre Mutter hier wäre. Ich kenne mich mit Töchtern nicht so aus. Aber es ist schon in Ordnung, denke ich …«

»Das versteh ich«, erwiderte Mark. »Für Eliza und mich ist das alles ja auch ganz neu. Es gibt eine Menge zu überdenken. Aber wir haben ja alle Zeit der Welt.«

Als sie an ein Dickicht aus stacheligen Disteln gelangten, machte sich Alec von den beiden los und ging hinter ihnen her. Wehmütig erinnerte er sich daran, dass er früher auch einmal so gedacht hatte. Fast war er ein bisschen neidisch. Er war wirklich der Letzte, der ihnen kluge Ratschläge geben sollte.

»Mach dich lieber mal auf den Weg«, sagte er zu Mark. »Ich geh jetzt nach Hause. Ich gebe euch fünf Minuten. Wenn ich dann nicht dein Motorrad höre, komme ich mit 'ner Reitpeitsche zurück.«

Er stieg über das Gatter und eilte den Weg hinunter. Als er am Gartentor ankam, hörte er, wie Mark sein Motorrad anließ und davonbrauste. Diesmal fuhr er tatsächlich weg. Alec konnte in der stillen Nacht noch lange das Dröhnen hören, bis es immer schwächer wurde und schließlich so leise war wie das Ticken einer Uhr.

Alle waren wieder hineingegangen, bis auf Johnnie Graham. Alec gesellte sich zu ihm, um auf Eliza zu warten. Einen Augenblick später sah er, wie sie sich schnell und geräuschlos dem Tor näherte, durch die gezackten Schatten der Bäume tauchte und auf das Haus zusteuerte, unbeirrt wie eine Schlafwandlerin, die von einer geheimnisvollen Kraft angetrieben wird. Im Mondlicht wirkte ihr Gesicht seltsam fremd und doch vertraut; es erinnerte ihn an eine Zeit, als auch er jung und ahnungslos gewesen war und an die eine, wahre Liebe geglaubt hatte. Und jetzt, viele Jahre später, sah er es wieder, dieses glückliche Gesicht, diesen beseelten Blick. Dann war sie im Haus verschwunden.

Auch Johnnie schaute ihr nach.

»Sie erinnert mich an jemanden«, sagte er plötzlich. »Aber mir fällt ihr Name nicht mehr ein.«

»Wahrscheinlich hast du ihn nie gekannt«, sagte Alec.

»Oh, doch, natürlich«, erwiderte Johnnie pikiert. »Wilcox oder Wilkinson ... vielleicht war's auch Blenkinsop. Schon komisch ... Ich kann mich nie an ihre Namen erinnern ...«

»Tja, Namen«, sagte Alec. *»... Sie nennen den Namen, da schaudert es mich ...«*

Er hielt inne, weil er nicht mehr wusste, wie der Vers weiterging. Johnnie allerdings schon, wie er überrascht feststellte. Doch der machte keinen Hehl daraus, wie sehr ihm Poesie und jedwede Gefühlsduselei zuwider waren.

*»Mein Herz will erlahmen, ...* würg! ... *so liebte ich dich.«*

Wie ein Echo war aus dem Schilf am Fluss das leise, heisere Quaken eines Frosches zu vernehmen.

# Über die Autorin

Margaret Kennedy, geboren 1896 in London, gestorben 1967 in Adderbury, stammte aus einer großbürgerlichen Londoner Familie und studierte am Somerville College in Oxford. Schon ihr zweiter Roman *The Constant Nymph* wurde 1924 zu einem weltweiten Bestseller, der bereits dreimal verfilmt wurde. Fünfzehn weitere, ebenso erfolgreiche Romane folgten, die Kennedy teils selbst fürs Theater adaptierte. Außerdem schrieb sie Sachbücher, unter anderem eine Jane-Austen-Biografie. Kennedy hatte drei Kinder, eine ihrer Töchter und eine Enkelin wurden ebenfalls Schriftstellerinnen.

*Schöffling & Co.*

Elsemarie Maletzke
*Agathes dunkler Garten*
Kriminalroman
288 Seiten. Gebunden.
ISBN: 978-3-89561-613-6

»Elsemarie Maletzke schreibt mit viel Augenzwinkern, Schwung und Eleganz, mit Spaß an der Sprache und an ihren skurrilen Figuren.«
*Ursula May / Hessischer Rundfunk*

Agathe wartet, aber sie weiß nicht, auf wen. Sie hat die kleine Hasenmühle mit dem verwilderten Garten gekauft, weil sie glaubt, dort vor einem anonymen Erpresser in Sicherheit zu sein. Doch er ist ihr auf den Fersen, und nun braucht sie Verbündete, die ihr beistehen: der junge Andreas und sein Großvater Adam. Als Adam im Garten auf die Spur eines »kalten« Mordfalls an einer Unbekannten stößt, wird allen klar: Die Toten lassen nicht los und Schuld verjährt nicht. Die Fährte des Verbrechens führt bis nach Estland, wo unverhofft eine junge Frau mit dem Namen der Ermordeten auftaucht. Das wirft weitere Fragen auf: Wer ist die Tote und was hat sie in der Hasenmühle gesucht? Und womit hat der Erpresser deren Besitzerin in der Hand? Im dunklen Garten muss sich Agathe am Ende der Vergangenheit stellen.
Elsemarie Maletzke ist eine Meisterin der Täuschung: In ihrem neuen Krimi finden exzentrische Charaktere unter alten Obstbäumen zusammen – bis sich die Idylle als Schauplatz eines Verbrechens entpuppt und der Garten als Zufluchtsort für mehr als nur einen unentdeckten Mörder.

*Schöffling & Co.*

Vita Sackville-West
*Das Erbe*
Roman
Aus dem Englischen von Irmela Erckenbrecht
128 Seiten. Gebunden.
ISBN: 978-3-89561-708-9

»Aristokratin, Gartengestalterin, Schriftstellerin. Rebellisch. Leidenschaftlich. Arrogant: Vita Sackville-West.«
*Ruth Rach, Deutschlandfunk*

Alles an Mr Chase ist ein wenig mittelmäßig: angefangen mit seinem Aussehen, sein Versicherungsjob, das Dorf, in dem er lebt und erst recht seine Wohnung. Und dann passiert ihm etwas, das man nur aus hochgespannten Wunschträumen kennt: Eine alte Lady, von deren Verwandtschaft er bisher kaum etwas wusste, verstirbt, und er erbt Ländereien, verpachtete und vermietete Häuser, Grundstücke in verschiedenen Grafschaften, einen großen Garten mit über fünfzig Pfauen und ein Tudor-Haus ohne Elektrizität, fließend Wasser und Heizung. Der Testamentsvollstrecker empfiehlt ihm, alles so schnell wie möglich unter den Hammer zu bringen. Wie Mr Chase trotz der Verkaufsabsichten immer mehr dem Charme des alten Hauses erliegt und wie er begreift, dass dieses Haus zu ihm gehört, beschreibt die Autorin ebenso spannend wie amüsant.